Las brujas y el inquisidor

Novela Histórica

Esta obra ha obtenido el Premio Primavera 2023,
convocado por Espasa y Ámbito Cultural
y concedido por el siguiente jurado:

Antonio Soler
Gervasio Posadas
Fernando Rodríguez Lafuente
David Cebrián

Elvira Roca Barea

Las brujas y el inquisidor

Premio Primavera de Novela 2023

ESPASA

Espasa, sello editorial de Editorial Planeta, S. A.
Avda. Diagonal, 662-664, 08034 Barcelona
www.espasa.com
www.planetadelibros.com

Adaptación de la cubierta: Booket / Área Editorial Grupo Planeta a partir de la idea original de Lookatcia.com
Fotografías de la cubierta: Shutterstock
Primera edición en Colección Booket: abril de 2024

Depósito legal: B. 4.307-2024
ISBN: 978-84-670-7314-0
Impresión y encuadernación: CPI Black Print
Printed in Spain - Impreso en España

Biografía

Elvira Roca Barea es licenciada en Filología Clásica y Filología Hispánica y doctora en Literatura Medieval. Ha enseñado latín y griego, literatura española e historia del mundo hispano en varias universidades estadounidenses y europeas. Es autora de numerosos artículos publicados en revistas especializadas y diarios como *El Mundo*, *El País* o *Abc*, y ha impartido conferencias dentro y fuera de España. La mayor parte de su vida profesional la ha dedicado a alfabetizar adolescentes en la enseñanza pública como profesora de instituto. Ha publicado los libros *Imperiofobia y leyenda negra*, uno de los ensayos de historia más exitosos de los últimos tiempos, y *6 relatos ejemplares 6*. En 2018 fue galardonada con la Medalla de Andalucía y la Medalla de Honor de San Telmo, y con el premio Los Libreros Recomiendan, otorgado por el Gremio de Libreros de España. En 2019 recibió el Premio Héroes Olvidados, concedido por la Fundación Blas de Lezo, y en 2022 el Premio 1812 que otorga el Club Liberal de Cádiz, así como también el Premio Bernardo de Gálvez. Su obra *Fracasología* fue distinguida con el Premio Espasa en 2019.

A la memoria de don Alonso de Salazar y Frías, inquisidor

ÍNDICE

I

De la carta que don Alonso de Salazar y Frías envía a su sobrino Baltasar de Velasco y Frías, que más que carta fue tabla de salvación.

De reojo, Baltasar miró la carta que yacía sobre la mesa baja de su aposento. Era una mesa muy chica, de madera sin desbastar, con un único cajón, tan pequeño que si hubiera metido la carta dentro se habría llenado. Baltasar odiaba aquella mesa. No sabía por qué. O sí lo sabía. Era el único mueble de la habitación, además de la cama o más bien camastro en que pasaba las horas dormitando, y era un ridículo exceso de refinamiento. ¿Para qué aquella mesa si no había silla? Tenía, además, las patas tan cortas que era imposible servirse de ella para escribir. Lo sabía porque lo había intentado usando como asiento el baúl que había venido con él de Japón. La visión de aquella mesa tarada junto a su baúl lo ponía en un estado de ánimo insoportable. A veces se los quedaba mirando y se obligaba a sí mismo a permanecer así, con la vista fija, venciendo el deseo de salir corriendo para no ver, para no oír, para no sentir todo lo que salía de la mesa tarada y su baúl de náufrago. Aquellas sesiones de tormento acababan en una larga caminata que lo llevaba hasta el arroyo de la Castellana o a una taberna. De ambas volvía tan confuso como al principio, pero muy cansado. Y esto le ayudaba a dormir. La carta llevaba allí dos días y Baltasar no sabía por qué no se determinaba a abrirla. Cuando se la entregaron en el mesón en el que se hospedaba, el corazón le dio un vuelco de alegría.

—¿Cómo se las ha arreglado mi tío para encontrarme?

Por fin. Por fin algo ocurría, alguien se acordaba de él, alguien que le escuchaba y le veía. A su mente acudieron las mil regañinas recibidas de don Alonso y el corazón se le inundó de calor. Entonces, ¿por qué no abría la carta? ¿Acaso no tenía derecho a sentir alegría? Sabía que don Alonso venía a sacarlo de aquella perlesía de cuerpo y alma que lo tenía atenazado desde hacía varios meses. Que el licenciado irrumpiría en sus tribulaciones con la serenidad de un Séneca y la lógica de un santo Tomás y que lo obligaría a poner de nuevo el norte en su sitio. Pero sentía una enorme pereza, y se regodeaba en la indignidad que era perpetuar aquel estado de cosas. Ningún hombre con honor se porta así y menos aún un jesuita. Qué lejos estaba san Ignacio de imaginar que algún día su santa Compañía acogería a sujetos de tan poco fuste. Simplemente había aspirado a un destino que era demasiado grande para él. Tenía que abandonar la Compañía. Eso era lo primero en cuanto fuese capaz de hilvanar dos ideas. Pero nada de lo que había pasado era culpa suya, ¿o sí? Don Alonso pondría orden en aquella confusión moral. Un par de azotes o un par de docenas. Eso era todo lo que necesitaba y su tío era el hombre adecuado. Entonces, ¿por qué no abría la carta? Era flojedad, molicie del espíritu.

—Tengo que abandonar la Compañía.

Qué pocos bríos le quedaban. Había subido al barco en Sevilla tan entusiasmado, tan seguro de sí mismo. Él no tenía ninguna duda, pero don Alonso las tenía todas. Una arcada de amargura y remordimientos le subió como un basilisco por el pecho y le hizo enrojecer. No soportaba sentir cómo se le teñían las mejillas sin remedio. Era muy blanco de piel y se le notaba muchísimo, pero sobre todo es que tenía veintisiete años o estaba por cumplirlos. Ya no era un muchacho, pero hacía meses que se sentía como una criatura. Mucho peor: como una criatura vieja, ajada.

—Qué inmenso desierto es el desengaño que media entre la ida y la vuelta. No hay torre que el tiempo y la experiencia no derriben. En realidad, es el tema por antonomasia de la poesía universal, mucho más que el amor.

Y murmuró para sí:

> *Quot sunt mihi templa, quot arces,*
> *vulnera sunt totidem. Crebis confusa ruinis*
> *moenia, reliquia inmensae protinus Urbis*
> *ostentant, lacrimasque movent spectantibus.*

Y se recordó en la proa del barco que lo llevaba a los confines del mundo, con su hábito nuevo y crujiente, la faja bien ajustada, y la alegría inmensa de ver por fin que había logrado algo grande y que lo había hecho por sí mismo. El ejemplar del *Dictionarium Japonicum duplex* de Juan Fernández estaba tan sobado de pasar de unas manos a otras que habían decidido hacerse una copia para uso personal. El estudio de la lengua japonesa y del *Catechismus Christianae fidei, in quo veritas nostrae religionis ostenditur* del padre Valignano les llevaba la mayor parte del tiempo. Eso e imaginar cómo serían aquellas tierras que el Altísimo había puesto al otro lado del orbe, y el puerto de Nagasaki, que los jesuitas habían perdido y debían recuperar. Baltasar se había esforzado por retener cada día en su memoria como algo único, pero pronto comprendió que esto era harto difícil, especialmente cuando no hay más que mar por los cuatro costados. Con gran satisfacción comprobó que era un navegante nato y que no se mareaba ni cuando el barco se agitaba con la liviandad de un cascarón. Su tío le había advertido mil veces de los peligros del mar y había insistido hasta el agotamiento en que los hombres de tierra adentro se echan a morir en cuanto pisan los maderos. No quería regodearse en aquella pequeña vanidad, pero hubiera dado algo porque don Alonso lo viera cantando alegremente mientras ayudaba a los marineros en cualquier menester. Un barco es un mundo. Esto lo comprendió enseguida y se dio cuenta de que todos los brazos eran pocos, sobre todo cuando había mala mar. Insistió y consiguió que le dejaran ayudar y miraba con orgullo los callos que se habían formado en sus blandas manos de hombre de pluma. Con paciencia y resignación atendía a sus hermanos, que al menor cabeceo palidecían y tenían que retirarse de la cubierta.

—Mis hermanos. Dios los tenga en su gloria. ¿Habrá alguno vivo?

Mejor que no. O mejor que sí. Qué extraño era no saber qué desear. No saber nada, en realidad. En tan poco tiempo había pasado de ser un niño a ser un viejo. La carta. Tenía que abrir la carta. Era una llamada de su tío y de Dios a través de su tío; de Dios, que le decía que deshonraba su hábito y sus sagrados votos si seguía dejándose arrastrar por el desánimo y la inacción, por la compasión de sí mismo. Además, que él no merecía compasión. ¿Acaso no había sido más afortunado que los otros? ¿Y por qué? No lo había merecido. Pero no, no debía él juzgar sus méritos o deméritos, ni los suyos ni los ajenos. No debía ni pensar qué premio o castigo conviene a cada uno. Eso era soberbia, era querer juzgar a Dios. Sin embargo, habían ido al fin del mundo a llevar Su Palabra a gentes que no la conocían y habían ido para nada. ¿Dónde estuvo el error? Llegados a este punto, Baltasar volvía contra sí el discurrir de sus argumentos invariablemente. Había sido un vanidoso y un soberbio. Empresa de tal envergadura exige hombres de mucha talla, con cabeza y corazón, con coraje y con conocimiento. Don Alonso sabía que le venía grande y había tratado por todos los medios de apartarlo de aquel proyecto. Por eso habían discutido bastantes veces. «Se puede servir a Dios de muchos modos —le decía—. No tienes que ir tan lejos a buscar una tarea digna de un sacerdote».

Quienes conocieron a Baltasar de joven, le recordaban como un mozo más alto que bajo, recio de constitución, el pecho ancho y las manos fuertes. Aquellas hechuras macizas se veían suavizadas por un rostro muy blanco, y casi sonrosado, con mofletes de niño bueno y bien alimentado, que hacían un agradable contraste con los ojos de color avellana, y el pelo y la barba, negros e hirsutos. Desde que empezó a afeitarse, aquella barba de alambre le ponía de mal humor, porque le costaba Dios y ayuda dejar limpias las mejillas y tenía tendencia a posponer el rasurado hasta el siguiente día, para ahorrarse la irremediable sangría. Alarcón y su tío insistían en que se dejara la barba y así evitaría aquel tormento y las heridas que se hacía constantemente, pero a él no le gustaba. Verse barbudo y con aspecto de rufián era todo uno. Otras barbas eran más suaves y acomodadas a la condición de sacerdote, pero la suya era cabalmente una barba de mozo de mulas. Por eso lo primero, antes de abrir la carta de don Alonso, era ir a afeitarse. Había que empezar por el avío del cuerpo. Determinó encaminarse a la barbería de Quintana el alavés. Allí solía ir antes, cuando estaba en Madrid, aunque no había pisado el sitio desde su regreso. Con paso decidido, salió a la calle.

El alavés, como todos los barberos, era charlatán y preguntón. Varias veces pasó Baltasar por delante de la covachuela sin decidirse a entrar. Le acobardaba enfrentarse a la retahíla de preguntas que sin duda le harían Quintana y los parroquianos habituales que allí recalaban. La firme decisión de afeitarse se le fue reblandeciendo en la voluntad y terminó dando bandazos arriba y abajo de la calle, sin determinarse a entrar ni a marcharse. Tan abstraído iba en sus preocupaciones que dos o tres veces tropezó con los viandantes que iban y venían a sus ocupaciones y hasta recibió algún empellón. La calle estaba muy concurrida a aquella hora de la mañana, como todas las que rodeaban el Alcázar. De pronto se dio cuenta de que había varios hombres a la puerta del tonelero que estaba frente por frente a la barbería y de que estos comenzaban a mirarlo con extrañeza. Alguno de aquellos rostros incluso le resultó familiar, aunque no pudo con honradez decidir si esto era así o si eran sus propias aprensiones las que le hacían ver lo que temía. Se sintió como un animal enjaulado y, por fin, en un arranque de coraje y vergüenza de sí mismo, entró atropelladamente a la covachuela de Quintana y saludó a los presentes con la mayor desenvoltura que pudo componer.

—Buenos días nos dé Dios.

El alavés lo miró entre sorprendido y curioso y tardó un instante en reconocer al joven Baltasar.

—¡Alabado sea su santo nombre! Pero ¿qué tenemos aquí? Sea su merced muy bienvenido, que ya le dábamos por perdido para siempre.

El barbero se interrumpió para mirar a los circunstantes como el que tiene un gran secreto y está a punto de revelarlo. Aguardó unos instantes hasta cerciorarse de que había logrado despertar suficiente curiosidad entre sus clientes, y continuó:

—Es el joven don Baltasar de Velasco, sobrino de don Alonso de Salazar y Frías, secretario que fue de don Bernardo de Sandoval, inquisidor general desde el año pasado y tío del señor duque de Lerma. Cuánto bueno por mi humilde establecimiento. Aprecio a su tío grandemente y aquí compartimos con él su gran preocupación cuando vuestra merced marchose tan lejos.

El barbero se detuvo y miró a la parroquia con aire de gran importancia. Con la navaja en la mano señaló a Baltasar e hizo una pequeña reverencia.

Ante aquella aparición sensacional había olvidado por completo al desdichado que, con las barbas enjabonadas y enfriándose, esperaba a que lo afeitasen sujetando pacientemente la bacía con las manos.

—Nuestro joven sabio viene de las Indias Orientales, de tierra de moros y paganos, a donde fue a evangelizar y a predicar la palabra de Dios, con grandes peligros y tempestades, por lo que he podido oír.

El alavés calló y sonrió a Baltasar como para invitarle a hacer relación de sus aventuras. Todos los parroquianos, entre exclamaciones de asombro y admiración, le miraban expectantes. Baltasar solo veía un montón de rostros confusos, bocas desdentadas y ojos rapaces, y apenas podía dominar su deseo de mandarlos a todos a paseo. En medio de su nerviosismo comprendió, sin embargo, que esquivar las preguntas o parecer misterioso era lo peor que podía hacer, porque despertaba más interés aún. No había forma de sustraerse a la curiosidad de las gentes. Todo Madrid sabía, y aun todo el reino, que varios jesuitas habían muerto en Cipango y que uno había regresado. Y él era ese uno. Con la claridad de una revelación se dio cuenta de que, para no hablar de aquello, lo que tenía que hacer era justamente eso, hablar de aquello. Componer un relato que, sin mentir, no contara nada; hacerse un prontuario de respuestas prefabricadas a las preguntas ajenas y aun adelantarse a esas preguntas. Si era él quien llevaba la conversación, podría dirigirla y así soslayar lo que debía quedar entre las sombras. Sin más pensar, Baltasar arrancó:

—Los peligros por los que tienen que pasar los misioneros de Dios Nuestro Señor siempre son grandes porque las gentes que viven sin conocer su Divina Palabra tienen hábitos atroces y grandes vicios de comportamiento. Fíjese vuestra merced si es necesaria esta ardua labor. Por eso los que nos hemos consagrado al servicio de Dios y su Iglesia afrontamos estos riesgos con alegría, porque grande es la empresa de cristianizar el mundo y todo lo grande entraña siempre trabajos y sinsabores.

Baltasar sonrió beatíficamente y miró a Quintana con la mayor dulzura. Era esta una actitud sacerdotal que detestaba con toda su alma, porque la encontraba mujeril y, como muy bien le habían enseñado sus maestros, el sacerdote es hombre y debe serlo, porque el compromiso de la castidad no es dejación de la naturaleza de varón sino norma de vida. Pero ante aquella concurrencia de gatos curiosos lo mejor era el disimulo y Baltasar afectó una mansedumbre que se avenía mal con su carácter, sobre todo en aquellos tiempos en que estaba más turbio de lo que solía.

El alavés asintió con la cabeza y esperó a que Baltasar continuara su relato. Todos, en realidad, miraban al joven jesuita con el mismo propósito. Contestó Baltasar a las preguntas con serena conformidad y palabras vacías. Y, en cuanto pudo, se adelantó a preguntar él mismo:

—Y dígame vuestra merced, ¿qué hay de nuevo por estos reinos? El que pasa tanto tiempo lejos de su tierra, cuando retorna a ella, se siente como forastero. Vos, como navarro que vive en Madrid, bien lo sabéis.

—Alavés soy, no navarro, que a muchos parece lo mismo pero no lo es. Aunque no yerra del todo vuestra merced porque, a fin de cuentas, son tierras muy pegadas unas a otras y lo que pasa en una llega pronto a las colindantes. No sé qué le habrán contado, pero lo que se va diciendo por ahí de hechicerías es falso de toda falsedad.

—¿Ah, sí? —se asombró sinceramente Baltasar, que no entendía a qué se refería el barbero.

Con mayor o menor soltura, Baltasar consiguió llevar la conversación hacia el poderoso duque de Lerma y su influencia, que muchos pensaban excesiva, sobre el rey Felipe III. El alavés no perdió la ocasión de explicar que en todas partes cuecen habas y que ministros que se creen incluso más altos que los monarcas siempre los ha habido y puso como ejemplo a don Álvaro de Luna en tiempos de Juan II. ¿Acaso no había llegado a tal extremo que hubo que cortarle la cabeza? Baltasar aprovechó para sacar el tema de la mudanza de la corte de Madrid a Valladolid y luego de Valladolid a Madrid, asunto que arrebataba a los madrileños y que desencadenó una apasionada discusión. Así, con menos contratiempos de los que pensaba, Baltasar se afeitó, se cortó el pelo y regresó a su alojamiento. Una vez allí, conteniendo la impaciencia, se sentó en el camastro y abrió la carta.

Querido sobrino:

He sabido, y no por ti, que llevas muchas semanas errando por Madrid. No preguntaré, pues resulta manifiesto que quieres callar. Pero conozco las razones que motivaron tu regreso a España después de haber partido para el Cipango con los bríos de un nuevo Cristóbal Colón. No confiaba en que esta empresa pudiera prosperar, además del peligro que en sí entrañaba. Me ha, sin embargo, sorprendido verte regresar apenas dos años de ido. Corren rumores. Ya corrían antes de que llegaras al puerto de Lisboa. Las noticias vuelan y varios jesuitas muertos en los confines del mundo despiertan mucha curiosidad. Hay versiones para todos los gustos. Ya me contarás tú la tuya cuando quieras. Por mi parte te diré que es mi oficio estar bien informado y procuro estarlo.

Los propósitos que el hombre se hace son muchos y no todos llegan a buen puerto. En ocasiones no llegan a ningún puerto, ni bueno ni malo, y esto nos desconcierta. Pero cada experiencia de la vida es un aprendizaje que puede hacernos mejores, por dura que esa experiencia sea, por difícil que nos parezca. De Séneca aprendimos que no se debe combatir el dolor en la violencia de su primer arrebato, porque es como un torrente desbordado y hay que permitir que fluya. Pero tampoco podemos entregarnos a esa corriente para dejarnos morir anegados por ella. Ya han pasado varios meses y has podido atemperar el sufrimiento, enfrentarte a él y dominarlo. Y si no has podido, es hora ya de que vayas encontrando el modo de hacerlo. El aislamiento y el mutismo difícilmente contribuirán a ello. Me consta que no has ido a visitar ni a amigos ni a parientes.

Parece que no hay en Madrid, con ser grande y corte, menester que te acomode. Como tu orden misma no parece tener prisa en decidir nada sobre tu persona y porvenir, he decidido tomar cartas en el asunto porque la holganza es la madre de todos los vicios, como sabios y filósofos, así paganos como cristianos, han demostrado desde Aristóteles a tu san Ignacio. ¿Crees acaso que no llegará el día en que tengas que dar a Dios cuenta de tus actos? Decía el gran santo a quien debes el hábito que quien evita la tentación evita el pecado. Por lo tanto, procura olvidar lo ocurrido en Japón. No es la primera vez. Era de suponer que los hechos se repetirían. Fue una temeridad enviar hombres allí de nuevo y los hechos me han dado la razón. Hace poco más de diez años que fueron martirizados en Nagasaki más de veinte cristianos por orden del señor Toyotomi Hideyoshi, demonio familiar del clan Oda. Aquel perro murió, pero la rabia no ha sido erradicada. Lo ocurrido allí es terrible, pero a nadie debiera sorprender. Dejémoslo estar y acudamos al momento presente.

Hijo mío, me preocupa el bienestar de tu alma y de tu cuerpo. Como padre espiritual tuyo que soy y padre de oficio, único que has conocido, he dispuesto que vengas donde me hallo y como familiar del Santo Oficio me ayudes y me sirvas en lo que te mande. No recibirás por ello más que la manutención, que ya es mucho, y una instrucción provechosa para cumplir, si algún día así lo quieres, con el noble oficio que ahora desempeño.

Debes saber que hace pocos meses fui nombrado inquisidor e inmediatamente llamado con urgencia por nuestro inquisidor general, don Bernardo de Sandoval. Hallábame entonces ocupado en asuntos de mucho más interés que este de ahora, pero don Bernardo consideró que debía enviarme a Logroño, por unos casos de brujería sucedidos en Navarra.

Y ahora estoy aquí interrogando hoy sí y mañana también a gentes ignorantes, cuando no cosas peores, pero todas envueltas en una cortedad de seso que temo sea contagiosa. Para mí que no hay demonios que perseguir en estas brumas sino mentes calenturientas. E incluso muy calenturientas. Pero don Bernardo cree que esta explosión de fanatismo e ignorancia puede ser peligrosa, que ocultos tras las hechicerías más peregrinas en ocasiones hay hechos muy graves que deben ser investigados y resueltos, y no precisamente con conjuros. Por escrito no te diré más y ya comprenderás mi reserva cuando te haga saber más detalles.

Por ahora es bastante para ti lo que te he dicho. En cuanto recibas esta carta ponte en camino y en pocos días estarás en Logroño. De Madrid a Burgos, cuatro o cinco días son suficientes. Te aconsejo que hagas noche en Pardilla y luego en Cerezo, y de ahí, aunque la jornada se te hará larga, a Aranda de Duero. Las ventas son mejores, más limpias y con aposentos bien encalados. De Burgos a Logroño, tres días bastarán. En Villafranca y Santo Domingo encontrarás muy buenas hospederías. En general las hallarás por todas partes porque el camino de Santiago que por ahí pasa hace que haya un ir y venir constante de peregrinos y viajeros.

El servicio de posta lo he encontrado excelente. Las mulas son jóvenes y jalan con brío. Mil veces mejor que los pencos malencarados que nos dieron al hermano Alarcón y a mí para venir a La Rioja desde Madrid, que parecía que nos estaban dando yeguas de Tesalia cuando fuimos a recoger las bestias al corral del portugués. Ya sabes dónde digo. Decidí que no iba a consentir aquel atropello, más por el pobre Alarcón que por mí, que ya sabes que está achacoso y, además, que siempre fue propenso a padecer de los cuartos traseros. Excuso la descripción de los arreos de las mentadas animalias, pero más parecían lajas de granito que aparejos. Tuve una discusión con el portugués y nos insultamos gallardamente en varias lenguas peninsulares, pero no dio su brazo a torcer. Me dirigí entonces a nuestra casa en Atocha a exigir que se nos pagara el viaje por la posta hasta Logroño. Allí me tropecé con la cara de mojama del padre Armengol, que más que administrador del Santo Oficio parece un contable fenicio y me dijo que, habiéndome proporcionado nuestra bendita institución medio de transporte «propio de señores», no veía necesidad de cambio. Me contuve pensando en cuánto tuvo que padecer Nuestro Señor Jesucristo en este mundo y con qué sublime paciencia sobrellevó tantas humillaciones. Finalmente me vi precisado de molestar a don Bernardo ante la contumacia de Armengol. En fin, que todo está más o menos como siempre: cuatro inquisidores mal contados y peor pagados para hacer frente a los muchos males que, por nuestros pecados, proliferan por tantos y tan extensos reinos. Te cuento todo esto para que veas que, por muy agitado que esté tu ánimo, la vida no se detiene, el sol se levanta y cae hacia el ocaso cada tarde, el portugués intenta estafar a los viajeros y las viñas están llenas de racimos que nos darán buen vino y pasas. El mundo sigue girando.

Te espero en pocos días para que me alivies del mucho trabajo que tengo y más que amenaza con caer sobre mí. Vete a ver a don Blas Bravo a la parroquia de la Virgen de Loreto. Me debe dinero y no pondrá pegas a saldar una parte dándote lo que necesites para llegar aquí. Una legua en coche de posta viene a salir a tres reales. Calcula lo que necesites para pagar tus deudas, que las tendrás, adecentar tus ropas y llegar a Logroño.

Antes de acabar, quiero pedirte que reflexiones sobre tus pocos años y tu mucha inexperiencia de la vida. El hombre a tu edad es un ser pletórico de fuerzas y falto de juicio, que todo lo siente con la fuerza de los huracanes, y más tú, que tienes un carácter extremado, inclinado al entusiasmo o a la melancolía. Bien sabes que eres demasiado apasionado en tus alegrías y tus tristezas. Pero, hijo, la escuela de la vida templa los metales, y yo espero que la dureza de tus vivencias en el Cipango te haya templado a ti, afirmando tu buen juicio y la sensatez que intenté inculcarte año tras año. La Providencia habrá sabido hacer lo que yo, con mi escaso entendimiento y mis pocas fuerzas, quizás no pude o no supe. Siento gran impaciencia e interés por volverte a ver y abrazarte. Alarcón también.

Tu tío, que te quiere como te mereces,

Alonso de Salazar y Frías

II

De otra carta que don Alonso recibió de manera intempestiva y cuantas molestias causó esto al fraile Alarcón.

Una semana antes, el fraile Alarcón subía pesadamente las escaleras de su nueva morada. Por los ventanucos que servían para alumbrar cuando era de día, se escuchaba el rumor de una brisa fresca y era de agradecer porque llevaban una semana de bochorno casi andaluz. El alojamiento en Logroño no era malo, pero estaba, al menos para Alarcón, lleno de escaleras retorcidas. Se detuvo por segunda vez y resopló, más por fastidio que por fatiga. Bien mirado, Alarcón no estaba tan gordo, más bien se hacía el gordo. No eran horas, pero don Alonso esperaba aquella carta desde hacía días y como había llegado, pues había llegado y santas pascuas. Al rentero que les había alquilado las habitaciones y que vivía a pie de calle, no se le había ocurrido mejor idea que ir a despertarlo a él. Media hora había estado aquel merluzo susurrando junto a su puerta «Hermano Alarcón, hermano Alarcón», para avisarle de que había un mozo en el zaguán con una carta para don Alonso y Alarcón tuvo que bajar por aquellas escaleras endemoniadas hasta la puerta de la calle, recoger la carta y despedir al mozo. Bien podía haber ido a tocar a la puerta del destinatario, que hubiera sido lo lógico y bien pensado, lo que cualquiera con un poco de sesera hubiera hecho, pero no, el buen hombre, por torpeza o por ignorancia, había decidido que era menester despertarlo a él, que dormía benditamente, como hacía días que no dormía, en un colchón de lana, y qué lana. Las ovejas de la región, que las había por todas partes, debían de tener buen vellón o al menos en abundancia. Ahora, como estaban esquiladas, no se notaba. Los rebaños que había visto por el camino daba gusto contemplarlos, y la leche estaba riquísima y el queso, ¡ay, el queso!, ¿y pues los postres, de requesón y leche con mermelada de arándanos que nunca los había comido él porque era de Almería?

El hermano Alarcón, humilde fraile terciario, apartó con pesar su pensamiento del requesón con miel y con la carta en la mano se dispuso a vencer el último tramo de escalera. Primero había tenido que bajar y ahora le tocaba subir. El día empezaba bien. Golpeó la puerta de don Alonso dos veces. No hacía falta más. Sabía que don Alonso estaría ya en pie y aguardando las claras del día. Siempre se levantaba con oscuro, lo cual era cosa de muy poco provecho, que ya lo dice el refrán: no por mucho madrugar... pero esto no regía para el licenciado, que siempre encontraba un cabo de vela o un candil y con aquella escribanía portátil que él, por sus pecados, tenía que llevar a todas partes, se daba a redactar memoriales o cartas, a unas horas que, bien lo sabe Dios, ni las lechuzas. Abrió la puerta.

—Buenos días tenga su merced. Que ha llegado la carta de Bayona que esperábamos.

—Que Dios nos acompañe. ¿Ya resoplas y aún no amaneció?

—Es que las escaleras tienen una subida...

—Y una bajada, mi buen Alarcón, y una bajada.

Alarcón miró a don Alonso con perplejidad no disimulada. Las ironías y los conceptos antes de amanecer no eran su fuerte.

—Dispense, pero no acierto...

—Da lo mismo. Vuelve al lecho.

Y sin prestar atención a lo que Alarcón hacía, el inquisidor abrió la carta y se sumergió en ella con los cinco sentidos. El fraile esperó y, como don Alonso parecía haberse olvidado de él, preguntó suavemente y con tono de profunda resignación:

—Como sé que vuestra merced lleva ya rato levantado, se me ocurre que quizás le convenga desayunarse. Al menos, un poquito de leche con miel.

Don Alonso se volvió un instante y lo miró desconcertado. Aquella pregunta tonta le había interrumpido la lectura de la carta y dijo lo primero que se le ocurrió.

—¿Para qué?

—Pues para lo que se desayunan todos los cristianos y hasta los paganos desde que el mundo es mundo.

Don Alonso negó con la cabeza y siguió leyendo. Alarcón, que se había quedado junto a la puerta y no se decidía a irse, dudaba si interrumpirlo de nuevo o no. Conocía muy bien al licenciado. No en vano llevaba con él desde los tiempos en que era canónigo en Jaén. Lo que aquella carta decía estaba trastornando al inquisidor que, según iba leyendo, levantaba los ojos de cuando en cuando y se quedaba mirando a la pared de enfrente. Alarcón leía en el rostro de don Alonso. No era solo perplejidad lo que reflejaba, era también preocupación. Cuando acabó de leer, volvió otra vez al principio, lo cual confirmó a Alarcón que la carta de Bayona no traía buenas noticias.

—Mientras vuestra merced pierde la vista leyendo cartas a la luz miserable de un candil, voy a calentar leche y le traeré un jarrillo.

Don Alonso miró a Alarcón como si acabara de darse cuenta de que estaba allí.

—Por favor, ahora no, Alarcón, no tengo ganas ni tengo tiempo. Y sí tengo en cambio muchas cosas en qué pensar.

—Vuestra merced se fue ayer para el tribunal *in albis* y no comió nada hasta mediodía. Que digo yo que se piensa mejor cuando está el cuerpo bien alimentado.

Comprendiendo que era inútil discutir con Alarcón, don Alonso cedió y el fraile se retiró a encender la lumbre en el hogar del cuarto que servía de comedor y cocina. Al poco regresó con un humeante tazón de porcelana de Talavera, que era uno de los pocos lujos del ajuar doméstico. Alarcón se sentía particularmente orgulloso de aquellas piezas. Don Alonso seguía sentado ante su mesa, junto a la ventana, y seguía con la mirada clavada en el papel. Alarcón sabía que don Alonso, si hubiera querido decir algo, ya lo habría hecho. De manera que era mejor no preguntar, pero ardía en deseos de saber qué contenía aquella carta traída tan a deshora y con tanto sigilo. Como no quería indagar de manera directa, se valió de un subterfugio. Sabía que con esto no engañaba a don Alonso, pero mantenía el decoro y esto era importante para él.

—¿Puedo preguntar a vuestra merced si son noticias de nuestro Baltasar? No quiero ser indiscreto, pero sabéis que es para mí como un hijo...

Don Alonso lo miró de soslayo y sonrió.

—Sabes que no puede ser del joven Baltasar, que, además, ya no es tan joven. Hecho y derecho está o debiera estar.

Parecía evidente que el inquisidor no iba a contar nada de aquella carta.

—Sin duda está, y bien que lo ha demostrado. Que ha ido al fin del mundo y ha vuelto—dijo Alarcón con convicción y hasta orgullo.

—Es un hecho incontrovertible que Baltasar ha ido al fin del mundo y ha vuelto —añadió don Alonso con serenidad—. Otra cosa es que esto haya sido de provecho para algo. Y el ser hombre hecho y derecho se mide precisamente en la capacidad para no perder el tiempo, así sea yendo al fin del mundo.

—Vuestra merced es muy severo. A mí no me parece pequeña proeza.

—Es desde luego una gran proeza, una gran proeza inútil, pero ahora no es cosa que deba preocuparnos. Sé que ardes en deseo de saber qué contiene esta carta...

Alarcón enrojeció y se apresuró a protestar.

—Sabe vuestra merced que he procurado siempre refrenar...

—Mi buen Alarcón, no te defiendas que de nada te he acusado. Esta carta no me dice nada y por eso justamente me inquieta... Quizás hayas acertado con tu pregunta sin saberlo, porque me has dado una idea. Puede que la respuesta a esta carta que no dice nada sea Baltasar.

III

En el que el juez Pierre de Lancre se lava las manos muchas veces para tormento del mozo Henri de Otaola.

El joven criado se movió por la habitación con tanto sigilo que apenas podía oírse el rozar de los pasos. Se había mirado las manos varias veces hacia arriba y hacia abajo antes de subir con la jofaina. Le habían dicho que su nuevo señor era extremadamente pulcro y no toleraba ni manchas ni uñas negras. No era la primera vez que veía a su amo. Apenas llevaba unos días en Saint-Pée y su señor no se había fijado en su insignificante persona. El primer día solicitó su venia para presentarse y agradecerle que le hubiera admitido a su servicio. Pero el juez estaba demasiado ocupado y lo despachó con un gesto vago. Se puso tan nervioso que al hacer la reverencia estuvo a punto de decir «A vuestro servicio, Monsieur de Rosteguy» en vez de «A vuestro servicio, Monsieur de Lancre». Esto lo hubiera enfurecido. Todos sabían que Rosteguy era un nombre del país y que el padre de Monsieur de Lancre, cuando ascendió socialmente, había decidido cambiárselo para tener un nombre más francés y menos vascón.

Se había aprendido muy bien las instrucciones que había recibido sobre los gustos y peculiaridades de Monsieur de Lancre y estaba dispuesto a no incurrir en su desagrado costara lo que costara. Estaba harto, muy harto de los callos en las manos y los sabañones en todas partes. Todavía era bastante joven y la dura vida de la montaña no le había cuarteado la piel dejándolo inservible para el servicio en cualquier casa buena. Con el tiempo mejoraría su dominio del francés y ya no se notaría su origen. Pero aquel día, con tantos nervios, a punto estuvo de meter la pata. Así que, con la jofaina entre las manos y la toalla colgada del antebrazo, ordenó a su alborotado corazón que se serenase. Monsieur de Lancre estaba de pie frente a la ventana y no daba muestras de haber notado su presencia. El muchacho tosió discretamente para llamar su atención, pero Monsieur de Lancre no se inmutó. Pero qué mala suerte había tenido. La pura verdad era que Monsieur de Lancre le aterraba y aquel lugar abandonado de Dios en el que había venido a caer todavía más. Cómo engañan las apariencias del mundo. El castillo le había parecido maravilloso la primera vez que lo vio desde un alto en el camino que llevaba al pueblo. Ahí estaba, majestuoso y elegante elevándose sobre sus muros de piedra como un símbolo de la riqueza, de la vida de las gentes civilizadas que él quería llevar, tan lejos como fuera posible de las ovejas, el ordeño y la leche. Qué pícaro mundo este y cómo engaña a los incautos, a los ignorantes como él. Quién le iba a decir que bajaba de los riscos para ir a caer en una prisión, en un nido de brujas, en una oficina del demonio, en un lugar tan terrible que ni siquiera hubiera podido imaginar en su peor pesadilla que existiera. Claro que había oído hablar de las sorguiñas, como todo el mundo, pero ningún hombre que se preciara admitía creer en aquellas cosas. Cuentos de viejas. Alguna había que presumía de serlo porque curaba las verrugas, pero esto lo hacían, o eso había creído él hasta que llegó a Saint-Pée, para darse importancia. El primer día en el castillo estuvo a punto de volverse loco y consideró muy seriamente la posibilidad de escapar durante la noche. No se había atrevido. El mayordomo de Monsieur de Lancre le había dejado claro que del castillo no se podía salir hasta que su señor lo autorizara. Quizás compadecido de su juventud e inexperiencia, había insistido en que sería muy bien recompensado por su servicio, que Monsieur de Lancre y el propio rey de Francia serían muy generosos con todos aquellos que ayudasen a limpiar de brujas la región. El joven pastor no comprendía nada y soñaba con grandes cocinas en las que humeaban deliciosos estofados, pan blanco en abundancia y pulcras doncellas con nalgas apretadas. Su inexperiencia del mundo era mucha, pero no tanta como para no darse cuenta de que el castillo de Saint-Pée, más que una rica y lujosa morada para señores ociosos, parecía un cuartel. Docenas de soldados entraban y salían constantemente y, adosados al muro de poniente, se habían levantado dos cobertizos, uno para bestias y otro para tropa, porque el castillo no era tan grande como para dar acomodo a todos los hombres de Monsieur de Lancre. El alma se le había caído a los pies. Aquello no era lo previsto. Se comía bien. Eso al menos había ganado, pero a qué precio. Desde que llegó a Saint-Pée no había tenido un minuto de sosiego.

—Henri.

El sonido de su propio nombre le causó tal sobresalto que por poco no se le cae la jofaina. Pudo evitar la catástrofe mayor, pero unas gotas fueron a parar al suelo y le mojaron las abarcas. Así que Monsieur de Lancre sabía de su humilde existencia y hasta conocía su nombre. Con un hilo de voz, acertó a responder:

—Sí, señor, para servirle.

El juez no dijo nada más. Siguió mirando por la ventana, como si de nuevo se hubiera olvidado de la presencia del muchacho. Pasaron varios minutos y el joven pastor se dijo que ya no podía más, que de un momento a otro sus piernas echarían a correr sin que él pudiera remediarlo. El sudor le bañaba la frente y sentía cómo las gotas le bajaban por el cuello.

Con las manos mojadas de agua y sudor, sostener la jofaina era cada vez más difícil. Por un momento aparecieron ante sus ojos los prados altos por los que transitaba con las ovejas desde que tenía uso de razón y apretó los dientes para rechazar aquella imagen que lo arrastraba hacia el pasado, hacia una vida que había decidido dejar atrás. Allí estaba sosteniendo la jofaina y allí se quedaría. Ni todas las sorguiñas del mundo ni todos los jueces del reino de Francia conseguirían que él volviera a ser un pastor de ovejas.

De pronto, Monsieur de Lancre se dio la vuelta y lo miró. Henri se inclinó ante su nuevo señor y no osó levantar la cabeza hasta que este se lo indicó. Sin prisa, Monsieur de Lancre se acercó y se lavó las manos. Después cogió la toalla de lienzo del antebrazo de Henri y se secó despacio los dedos uno por uno. El muchacho no había visto nunca unos dedos tan largos y tan blancos y al mismo tiempo tan huesudos. Parecían sarmientos encalados. Había oído en las cocinas que el señor se cuidaba mucho las manos y ahora, mientras miraba con qué parsimonia se secaba cada dedo y escrutaba cada uña, se dio cuenta de que era verdad y no le extrañó que llamara la atención con qué delicadeza y hasta deleite Monsieur de Lancre limpiaba sus nudillos y sacaba brillo a sus uñas, pasando una y otra vez el lienzo por ellas. Aquella operación duró varios minutos y a Henri, que observaba fascinado todo el proceso, le sirvió para olvidarse un poco de sus temores y cobrar alguna confianza en sí mismo. Bien, aquello no era lo que él esperaba de su ingreso en el mundo. Pero, a fin de cuentas, a él qué más le daba si su nuevo señor era cazador de brujas o de venados. Lo que él tenía que hacer era mantenerse en su puesto, no fallar, no equivocarse y mirar por su porvenir.

Cuando acabó de frotarse los dedos y las uñas, Monsieur de Lancre colocó la toalla húmeda en el hombro de Henri y volvió a la ventana. El muchacho ya estaba a punto de solicitar permiso para retirarse, cuando Monsieur de Lancre comenzó a hablar:

—Henri de Otaola, de catorce años, hijo de Marica y de Bastián. Pastor de ovejas desde que aprendiste a andar, como también lo fue tu padre. ¿Me he equivocado en algo?

Con los ojos bajos y la toalla mojándole el cuello, Henri contestó rápidamente:

—No, señor, así es.

—Eres huérfano y no tienes hermanos.

—Sí, señor, así es.

—Has entrado a mi servicio por mediación de Petro de Otaola, que es tu tío abuelo, hermano de tu abuelo Otaola.

—Sí, señor, así es.

Las manos de Henri empezaron a temblar imperceptiblemente. ¿A qué venía aquel interrogatorio? ¿Acaso iban a tratarle como a los presos que se amontonaban en los calabozos del castillo de Saint-Pée?

¿Era él acaso un brujo? La posibilidad de que alguien le hubiera acusado de serlo le golpeó con más fuerza que un latigazo. El temblor de las manos de Henri se fue haciendo más intenso. Ya no tenía ningún dominio sobre ellas.

—Deja la jofaina sobre la mesa, Henri, y contesta a mis preguntas sin temor.

Era fácil decirlo, pero hasta donde él sabía no había nadie capaz de contestar a las preguntas de Monsieur de Lancre sin temblar. Y, además, ¿por qué tenía que interrogarlo a él, que no era nadie, que había llegado a Saint-Pée ignorando todo sobre brujos, brujas y conjuros y que no hacía otra cosa más que sacar agua del pozo y acarrear cubos de acá para allá? ¿Había caído en una trampa mortal sin saberlo?

—Dime, Henri, ¿cómo es que decidiste venir a servir a este lugar? ¿Qué te atrajo de él?

El nudo que tenía en la garganta era cada vez más tenso. Por más que se esforzaba en hablar, en responder con presteza y diligencia, no encontraba las palabras ni el modo de pronunciarlas.

—Estoy esperando, Henri.

En un esfuerzo supremo, el joven Otaola acertó a responder algo.

—Quería servir, señor... yo quería servir.

—Bien, es muy loable el deseo de prosperar, pero no has respondido a mi pregunta.

La pregunta, la pregunta, ¿cuál era la pregunta?, pensó el criado con desesperación, pero no se atrevió a decirlo y a él mismo aquel silencio le pareció la confesión de algún crimen que no podía ni imaginar.

—Vamos, Henri, sosiégate y contesta a lo que te he preguntado. Es muy simple. Solo tienes que decirme qué te atrajo de este lugar y por qué decidiste venir aquí.

Ante el temor de que el uso del lenguaje se le escapara por completo, Henri comenzó a hablar sin orden ni concierto.

—Fue por mi tío, mi señor, él tiene la culpa de que yo viniera aquí, pero yo no, quiero decir que yo solo buscaba una colocación, donde fuera, en cualquier lugar, quiero decir, no en cualquier lugar, una buena casa para servir, que a mí el trabajo no me asusta, así que me dije para algo serviré, me dije yo a mí mismo, y a mi tío también se lo dije y él me dijo que me comprendía, que la vida de pastor es muy dura, y que me ayudaría y que había un señor en la comarca que tenía necesidad de servicio y que era una oportunidad y yo me dije, Henri, no tienes nada que perder, vete a ver si te cogen, que son dos días de camino nada más y le dejé las ovejas a Martín de Urdúa, que es el primo segundo mío por parte de madre y le dije, ahí te dejo las ovejas, y si me cogen no vuelvo, que lo sepas, así que se las devuelves a su dueño, si de aquí a cuatro días no estoy de vuelta, que yo, señor, soy un hombre honrado, y mi tío habló con el mayordomo de vuestra merced y aquí estoy, pero yo de sorguiñas no sé nada ni he sabido nunca. Por Dios Nuestro Señor y su Santa Madre os lo juro.

Monsieur de Lancre paseó por la habitación durante un minuto después de escuchar con atención el atropellado parlamento del pastor. De repente, se detuvo frente a Henri y lo miró a los ojos fijamente. Aquella mirada causó en el joven Otaola un efecto aterrador. Los ojos de Monsieur de Lancre eran fríos y azules y miraban pero no miraban. Tuvo la sensación de que aquellas pupilas lo atravesaban y, en realidad, no lo miraban a él sino a algo que estaba detrás de él o que veían a través de él. Para aumentar su temor un pensamiento se le fue condensando en el cerebro: así debían ser las miradas de los brujos. Ya había oído hablar del extraño efecto que provocaban los ojos de Monsieur de Lancre. Una de las cocineras que estaba en el castillo de Saint-Pée antes de la llegada de Monsieur de Lancre y que se reía de todo y de todos a carcajadas y no parecía tener miedo ni a las brujas ni a los jueces, se burlaba del temor que todos sentían ante las miradas del juez francés y decía que simplemente bizqueaba algo de un ojo y por eso parecía que miraba, pero no se sabía a dónde. El joven Otaola no veía la bizquera por ningún sitio.

De repente, un zureo indecente que venía de sus tripas llenó la habitación y Henri sintió que la vista se le nublaba. Lo que ocurrió después no podía recordarlo con exactitud. En medio de una neblina que apenas le dejaba ver por dónde pisaba abandonó los aposentos de Monsieur de Lancre, que lo había despedido con precipitación, sin duda alarmado por los síntomas de un inminente peligro intestinal. Corrió por los pasillos como un alma en pena tropezando con soldados y oficiales del rey de Francia que llevaban y traían a los brujos de los interrogatorios. La visión de aquellos rostros aterrorizados añadió más pánico al que ya sentía y como loco buscó un lugar discreto en un costado del cobertizo de los caballos para aliviar sus tripas. Allí lo encontró la cocinera que, escandalizada ante semejante desfachatez, a punto estuvo de romperle en la cabeza uno de los troncos de leña que llevaba.

—¡Desgraciado! ¡Puerco! ¡Cochino! ¿No puedes ir al arroyo como hace todo el mundo?

Henri apenas tuvo tiempo de cubrirse las nalgas. La vergüenza se unió al miedo y todo junto dio al traste con su voluntad de aguantar a pie firme lo que viniera. Se echó a llorar como una criatura. Mocos y lágrimas se mezclaron con hipidos y temblores. Del ataque de nervios lo rescató la cocinera que, aunque estaba indignada con aquel desahogo perpetrado junto a la leñera, no pudo evitar sentir compasión por el muchacho. Con discreción procuró apartarlo de allí y lo llevó hasta las cocinas. Varias veces le preguntó qué le pasaba, pero fue inútil. Comprendiendo que era imposible para Henri contestar a nada con coherencia, lo hizo sentar en la despensa de la harina donde se guardaban los avíos para hacer pan, un sitio poco frecuentado los días en que no se amasaba. Allí le llevó una taza de caldo de gallina y se la hizo beber como pudo. Poco a poco la respiración de Henri se fue sosegando y a los sollozos desesperados y avasalladores siguió un llanto suave que a la cocinera le ablandó aún más el corazón.

—Pero, criatura, ¿qué te ha pasado? ¿Tú has visto cómo estás? ¿Te ha maltratado algún ganapán de la tropa francesa?

Henri negó con la cabeza.

—No, no... Nadie me ha pegado, pero yo quiero irme de aquí, como sea. Me vuelvo con mis ovejas.

La cocinera Ana Martil lo miró con paciencia.

—No digas tonterías. Sabes que no puedes irte. Anda, termínate el caldo, que se te va a enfriar, y cuéntame qué es lo que te ha pasado.

—¿Que no puedo irme? Puedo escaparme... A ver quién me lo va a impedir.

Esta vez el tono de voz de la cocinera adquirió un matiz de dureza y severidad.

—Eres más lerdo de lo que pareces, Henri de Otaola. Has entrado a servir al castillo de Saint-Pée, a las órdenes de Monsieur de Lancre, que es un juez, y hasta que tu señor no lo disponga no puedes ir a ningún sitio.

Los ojos del joven Otaola se abrieron como platos. Miró a la cocinera como si la viese por primera vez. De repente, lo vio todo claro: se encontraba en una cárcel y, aunque él no era un preso ni entendía de achaques de brujería, estaba atrapado por los muros de Saint-Pée, como si fuese él también un prisionero.

IV

Donde se cantan algunas coplillas y Baltasar de Velasco encuentra al fraile Alarcón en una venta y no por casualidad.

En Cogollos, a tres leguas de Burgos, lo estaba esperando Alarcón.

Baltasar iba sentado en el pescante del tren de mulas. En la parada de Buitrago el cochero le había visto leyendo el *Repertorio de todos los caminos de España* de Juan Villuga y se había acercado a él con el sombrero en la mano para decirle que libro más útil jamás habíase escrito en las Españas y que él se había hecho copiar en un pliego la parte de los caminos que van desde Madrid hacia el noreste, por ser este su recorrido habitual, y que estaba ahorrando para comprarse un ejemplar como el que Baltasar tenía. Como el cochero mirara el libro con ojos golosos, Baltasar se lo había prestado en varias paradas y el hombre, para corresponder a aquel rasgo de liberalidad, le había invitado a subir al pescante, cosa que raramente hacía porque había muchos hombres torpes que a simple vista no lo parecían, pero luego iban a parar al suelo al primer aspaviento inesperado de las mulas o por culpa de un bache poco visible. Pero aquel mocetón recio tenía aire espabilado y se le veía ágil. Aun así quiso asegurarse:

—¿Vuestra merced gusta de viajar un ratico al aire libre? Se respira mejor pero hay que estar avisado. Los traqueteos a veces son muy malos y es fácil caer.

—Muy agradecido. Descuida, no caeré.

Baltasar vio el cielo abierto. Iba embutido al lado de un bodeguero de Coria, tan gordo que necesitaba todo el asiento para él. Haciendo honor al oficio, no hacía más que levantar la bota de vino y roncar en los intermedios. En el asiento de enfrente iban una abuela y una nieta que cuchicheaban constantemente, casi tapadas con tanto encaje y tanto velo. Así llevaba tres días agobiado por el polvo y los olores corporales propios y ajenos. Por eso la propuesta del mulero le había parecido una bendición.

Se arremangó los hábitos negros con agilidad y se aupó en el pescante. Con un leve gesto de la mano rechazó el cojín que le ofreció el cochero y se dispuso a disfrutar de la brisa fresca de la mañana. Habían pasado la noche en Aranda, que a Baltasar le pareció uno de los pueblos más ricos y bien dispuestos que había visto nunca. Admirado quedó del paso constante del ganado que no cesaba ni de día ni de noche, y de la iglesia de Santa María la Real. Más admirado quedó todavía cuando el ventero le habló de las bodegas subterráneas que constituían casi otro pueblo a modo de catacumbas, pero esto, como ya llegaron tarde, no pudo asomarse a verlo. La morcilla de Aranda le pareció una delicia y se prometió a sí mismo volver en cuanto pudiera.

Al día siguiente se pusieron en camino antes de que el sol despuntara. Todos en el coche iban muertos de sueño. El más despierto de todos era desde luego el mulero, que se había levantado mucho antes que los demás para echar pienso a los animales y darles de beber antes de ponerse en camino. Era una mañana de septiembre luminosa y fresca que anunciaba ya el comienzo del otoño. En el cielo no había nubes y el cochero, con ojo de entendido, miró a levante y a poniente y comentó con tono del que conoce la materia:

—De aquí a un rato hará mucho calor, pero vuestra merced puede volver dentro cuando quiera.

Baltasar no le dejó seguir.

—Ya veremos, ya veremos.

Por lo pronto quería disfrutar de aquel camino que no conocía y con aire distraído miró a su alrededor como para dar a entender que no tenía ganas de conversación. El mulero, que tenía muchas leguas, no necesitó más seña para comprender. Arreó a las mulas, que bien descansadas y alimentadas tiraban con alegría.

Conforme se acercaban a La Rioja cada vez más a menudo veían cruzar el Camino Real del Norte cuadrillas de vendimiadores que habían ido a ganar el pan de temporeros en la cosecha: las mujeres con las canastas al cuadril y los hombres con canastos y capachos de vara y esparto. A lo lejos pudo distinguir a algunos más garbosos que cargaban los racimos en airosa pirámide sobre la cabeza en unas canastas de poca hondura y gran diámetro. A veces las cuadrillas iban dispersas, pero en ocasiones los vendimiadores marchaban juntos y se podían oír las voces de los que cantaban y hasta entender las letras de las coplas. Una de ellas se le quedó en la cabeza y al poco rato sin darse cuenta comenzó a tararearla:

A la cabecera
tiene la bota,
cada vez que se vuelve
moja la boca.

El cochero hizo un gesto pícaro para aludir al que iba dentro del carro, el pasajero de Coria al que la copla iba como de molde. Entonado por el canturreo de Baltasar, el cochero se animó también:

Una nueva te traigo
señora abuela,
que las viñas se secan
pa que no bebas.

Y la abuela responde
con grande llanto:
«Las penas del infierno
no temo tanto».

Baltasar se echó a reír.

—¿A que es buena? En mi pueblo las levantan por docenas cada año —dijo el mulero.

—Pues ¿qué levantan? —preguntó Baltasar, que no acababa de entender lo que el cochero había dicho.

—¿Pues qué va a ser? Las coplas.

Y se arrancó de nuevo:

A la viña y a las flores
que sus frutos son amores,
que sus frutos amores son
y alegran el corazón.

—¿De dónde eres? —preguntó Baltasar.

—De Santa Cruz de Mudela, para servirle. A la vera del Viso del Marqués, donde tiene su asiento el palacio de don Álvaro de Bazán, de gloriosa memoria. ¿Conocéis el sitio?

—Por desgracia no, pero me han dicho que es un edificico muy notable.

—¡Muy notable! —exclamó el cochero con asombro—. Una maravilla es lo que es y luego que tiene su gracia haber puesto el gobierno de la Marina en medio de La Mancha.

Baltasar, que no había reparado en el detalle, se quedó pensativo unos instantes.

—Pues sí que tiene su poco de misterio, pero algún motivo debió haber.

—Claro que lo hubo.

Y de nuevo se puso a cantar:

El marqués aquí lo hizo
porque pudo
y porque quiso.

Baltasar se echó a reír otra vez y esto complació al mulero.

—Tienes buena cabeza para las coplas.

El cochero chasqueó la lengua mientras sacudía las riendas y hacía restallar el látigo.

—Ya están cansados los animales, así que vamos a parar en Cogollos a dar alivio a las mulas. —Y añadió con un punto de resignación—: Buena cabeza para las coplas sí tengo. Y para los animales, pero para nada más. ¿Conocéis Cogollos?

—No, nunca estuve por aquí.

—Vuestra merced anduvo poco porque se ha pasado la vida entre libros en Alcalá o en Salamanca seguramente. Se le ve enseguida.

Con un gesto de resignación, Baltasar dio por buena la afirmación.

—Sí, anduve poco, aunque lo voy remediando.

El cochero estaba encantado de poder enseñar algo a aquel joven al que suponía un pozo de grandes sabidurías.

—Es buena posta la de Cogollos, por la cercanía de Burgos. Abruma un poco el bullicio de gente que hay siempre allí, pero como no hay mal que por bien no venga, la abundancia de viajeros hace que haya buenas viandas en la cocina y casi siempre cocido y comida caliente.

La venta de Cogollos era un caserón enorme y destartalado acompañado de otras construcciones que parecían haber crecido aquí y allá alrededor de la principal. El lugar estaba efectivamente muy concurrido. Distraído por el vocerío de los mozos de mulas que se disputaban el acceso al pilón de agua, las cuadrillas de vendimiadores, los pastores de ovejas que aprovechaban el paso por la venta para vender quesos y otros muchos ejemplares de la fauna humana que allí se congregaban, Baltasar no identificó al primer golpe de vista al fraile paticorto y algo barrigudo que dormitaba sentado en un poyete a la sombra fresca del emparrado que protegía la entrada principal de la venta. Tuvo que mirar dos veces para cerciorarse. El corazón le dio un salto de alegría. Era sin duda el fraile Alarcón, al que hacía ya varios años que no veía. Sin mirar bien lo que hacía se tiró del pescante y a punto estuvo de ser atropellado por una yegua blanca y bien enjaezada a la que su amo, un caballero de aspecto distinguido y garboso sombrero de plumas, acababa de poner al trote. El caballero soltó una maldición y el cochero varias más, pero Baltasar no hizo caso y echó a correr hacia el poyete. Sin entretenerse en despertar al durmiente, abrazó al fraile, que volvió en sí sobresaltado y con la sensación de que el aire le faltaba.

—¡Baltasar, hijo mío, mi querido muchacho!

Varias veces lo miró de arriba abajo, como para asegurarse de que sus ojos no le engañaban. Con afectuosa rudeza le palmeó las espaldas y los brazos. La emoción no le permitió hilvanar una frase más lucida.

—¡Baltasar, hijo mío, qué alegría! Estás más flaco.

Comenzó a hablar, pero enseguida se arrepintió de lo que estaba diciendo:

—Cuánto tiempo ha pasado y cuántas preocupaciones. Un mes y otro sin saber nada de ti y luego creímos que habías muerto, no te puedes imaginar...

El rostro de Baltasar se endureció y perdió en un instante la expresión de alegría.

—No, no, no te estoy haciendo ningún reproche. Un hombre tiene que hacer su propio camino y nadie debe decidir por él. Solo me quejo de que llevas ya en España muchas semanas y parece como si hubieras querido ocultarte de nosotros. Ya me hago cargo de que no tienes muchas ganas de hablar, que te lo conozco por el gesto y no te voy a preguntar nada.

—Pues yo a ti sí. ¿Qué haces aquí en Cogollos? ¿A dónde vas?

—Voy a Logroño.

—Qué cosa más extraordinaria que nos hayamos encontrado en esta venta. Yo voy también para Logroño. Llevo tres días de zarandeo y moscas, pero no me pesa. Ya sabes que a mí me gusta viajar.

—Ya lo creo que lo sé y tú también sabes que a mí no. Soy un hombre simple y con pocas ambiciones.

—Con pocas ambiciones sí, pero simple, no.

El fraile miro detenidamente al joven Baltasar. Sí que había cambiado. No solo estaba más delgado. Aquel tema de conversación lo habían trenzado y destrenzado muchas veces. ¿Era la falta de ambición una forma de simpleza o un rasgo de sabiduría? Normalmente Baltasar afirmaba lo primero y él lo segundo. Qué cosas le habrían ocurrido por esos mundos para mudar así de opinión. Sentía curiosidad y al mismo tiempo temor. Mucho le preocupaba el encuentro entre tío y sobrino. Él siempre había sabido templar gaitas con el uno y con el otro, como que llevaba sirviendo a distintos amos desde que tenía uso de razón. Sin embargo, este Baltasar no era un amo. Le había conocido cuando era una criatura y con su tío le había enseñado las primeras letras. Qué facilidad tenía para aprender. Y cómo trepaba a los árboles, para desesperación suya, que nunca fue demasiado ágil en aquellos menesteres.

—No hay tiempo ahora para enredos de filosofía moral. ¿Traes algún equipaje?

—Sí, un par de bultos. Están en el coche de mulas, pero...

—¿Pero qué? —se impacientó Alarcón.

—Pues que podías venirte con nosotros. Irías un poco apretado, pero yo me subiría al pescante con el mulero y así no tendrías...

—No, no. Traigo un caballo. O más bien me ha traído el caballo a mí —concluyó Alarcón con un suspiro melancólico y resignado.

Baltasar abrió mucho los ojos y miró al fraile fijamente.

—¿Un caballo tú? ¿Pero de dónde vienes?

—De Logroño.

—¿Cómo que de Logroño? Si me has dicho que ibas a Logroño.

—Así es, así es.

Baltasar lo miró de hito en hito y Alarcón se dio cuenta de que lo que había pensado contarle por el camino tenía que empezar a contárselo ahora. Como olía a mosto y uva fermentada, Baltasar tuvo un mal pensamiento. Alarcón nunca le había hecho ascos a una buena bota. La coplilla le salió de los labios sin pensar:

Bendito sea Noé,
el que las viñas plantó
para quitarnos la sed
y alegrar el corazón.

—¿Ya estamos? Te vas y te vuelves del Cipango con las mismas mañas...

Baltasar soltó una carcajada y le echó el brazo por el hombro. Por primera vez en mucho tiempo, mucho tiempo, se sentía en casa. Pero lo que había dicho Alarcón era absurdo, porque era de todo punto imposible ir y venir de un sitio al mismo tiempo. Era evidente que Alarcón no había bebido, aunque siempre le había gustado zaherir al fraile con pullas sobre su afición a la buena mesa y a los buenos caldos. Con gesto paciente, Baltasar le pidió que se sentara y que le explicara cómo era aquello de que iba a Logroño pero venía de Logroño. Alarcón se negó a sentarse.

—Sí, sí, todo te lo explicaré y con detalle, pero ahora no podemos entretenernos. Si espabilamos estaremos en Logroño en dos o tres días. Así que vamos a por tus bultos y al camino.

Mientras se acercaban al coche de posta para recuperar el equipaje de Baltasar, Alarcón fue explicando las peculiares características de aquel viaje suyo de ida y vuelta al mismo tiempo. Don Alonso, inquieto ante la posibilidad de que su sobrino se retrasara, lo había enviado a buscarlo. Ese era todo el misterio.

—Pero si yo le escribí y le dije que no tardaría y lo he hecho, ¿a qué viene mandarte a ti, con lo que te quebrantan los caminos, a buscarme? Es verdad que no siempre he obedecido su voluntad, pero hasta ahora que yo sepa siempre hice honor a mi palabra.

—Baltasar, no te sofoques. Ya estás discutiendo y todavía no has llegado a Logroño. Cómo te alimentan las ganas de reñir. Te las podías haber dejado en el Cipango. —Alarcón suspiró—. Dios me dará paciencia para bregar contigo, pero me tendrá que dar mucha porque la dosis habitual no basta.

La conversación tuvo que ser interrumpida mientras recuperaban los bultos y se despedían del cochero y de los compañeros de viaje. Baltasar no dio muchas explicaciones. Simplemente se había encontrado con un pariente que también iba a Logroño y había decidido continuar el viaje con él. Abonó el costo del transporte y, con gran pesar, el mulero le devolvió el *Repertorio de los caminos* de Villuga. Estaba convencido de que, si alguna vez conseguía establecerse por su cuenta como arriero, aquel libro era el secreto del éxito.

Cuando llegaron al palenque que estaba en la parte de atrás de la venta, Baltasar vio con asombro que Alarcón disponía de dos caballos:

—¡Qué ven mis ojos! Dos caballos, dos hermosos caballos, y además con buenos jaeces. ¿Por ventura hemos heredado a algún pariente desconocido?

—Calla, calla, ya te iré contando. Ayúdame ahora a atar los equipajes, que el tiempo apremia.

Cada vez más intrigado por el encuentro con Alarcón en la venta, por sus prisas y por la presencia de aquellos animales, Baltasar se puso a atar sus pertenencias a los aparejos. Apenas llevaba dos bultos y no eran muy grandes. Ardía en deseos de hacer preguntas pero se contuvo. Ya habría tiempo por el camino.

—A ti te toca el caballo tordo y a ver cómo te apañas con él. Se cree Babieca o Bucéfalo. Se espanta por cualquier cosa y echa a correr. Menuda brega me ha dado. Yo me quedo con el alazán.

Con grandes precauciones, Alarcón se subió al tocón de un árbol que había junto al palenque y desde ahí trepó más que subió a la grupa de su caballo. Componía la figura menos airosa que imaginarse pueda. Montado a mujeriegas, el hábito se le había subido hasta los muslos y con las manos agarraba el cabestro como si la vida le fuera en ello. El sombrero se le cayó a la espalda en la maniobra, pero no intentó volvérselo a poner en la cabeza. Para eso hubiera tenido que soltar las bridas y este era un riesgo que no estaba dispuesto a correr. Baltasar, evitando la risa, observaba por el rabillo del ojo las fatigas del pobre Alarcón. Sin duda tenía que haber un buen motivo para que su tío lo hubiera mandado a tragar polvo en los caminos. Y encima pagando el alquiler de dos caballos.

Las explicaciones de Alarcón al principio no fueron muy precisas. Don Alonso estaba preocupado por Baltasar y ese había sido sin duda uno de los motivos por los que le había enviado a buscarlo. Había además otras razones. El inquisidor había llegado a Logroño en junio un tanto fastidiado de que se le encomendara el asunto de las brujas que habían aparecido en Navarra. Al principio había pensado que aquello se podía despachar en pocas semanas. Pero conforme el tiempo pasaba la situación no se aclaraba sino que se complicaba.

—No puedo decirte mucho más. Ya sabes que tu tío no habla más que lo preciso cuando se trata de temas delicados. Pero estos últimos días o yo no lo conozco bien o anda verdaderamente preocupado. Estuvo varias jornadas ausente de Logroño y no sé a dónde fue. Dijo que iba al Pilar a Zaragoza a cumplir una promesa y fue muy criticado por don Juan del Valle Alvarado y don Alonso de Becerra Holguín, que son los otros inquisidores. Ya los conocerás. La verdad es que no era momento para irse de romerías, y sospecho que no estuvo solo en el Pilar. Y luego está lo de las cartas.

—¿Qué es lo de las cartas?

—Tampoco lo sé. Quizás a ti te lo cuente. Escribe y recibe cartas desde Francia, desde Pamplona... y esto no tendría nada de particular si no fuera por el sigilo que pone en ello y porque las oculta.

—Pero tú te has enterado—respondió Baltasar con sorna.

Alarcón se encogió de hombros. Sí, era de natural curioso y no lo negaba, pero también discreto. La situación en Logroño iba transformándose en un pandemónium y nunca mejor dicho. Cada día había denuncias nuevas, unos acusaban a otros de practicar la brujería, de pactos con el demonio, de misas negras.

—No da tiempo a hacer comprobaciones. De ahí las críticas de Valle y Becerra cuando tu tío se ausentó con la excusa de la promesa a la Pilarica. De hecho, no da tiempo ni a tomar declaración. Nos faltan escribientes. Y asómbrate, algunos vienen ellos mismos a acusarse.

—¿Y qué dicen las brujas? —preguntó Baltasar ya picado por la curiosidad.

—Es difícil de explicar en dos palabras. Son cosas que resultan difíciles de creer, pero dan miedo. En cualquier caso, el vulgo parece dispuesto a creerlas y hay un ambiente de pánico que se ha extendido por toda Navarra desde Zugarramurdi y Urdax, que son las aldeas en que empezó todo, y ahora alcanza Logroño también. Cualquiera al que se le estropea el queso o se le muere el cerdo está dispuesto a creer que tiene una bruja oculta en la chimenea que le hace conjuros y mal de ojo.

—Pero ¿qué dicen las brujas? —insistió Baltasar.

Alarcón se encogió de hombros. De manera un tanto deshilvanada y con grandes precauciones fue explicando a Baltasar lo que sabía o intuía sobre aquel asunto.

V

Que cuenta las inquietantes noticias que llegaron al gran inquisidor don Bernardo de Sandoval sobre el caso de las brujas de Navarra una fría mañana de invierno.

Unos meses antes, con fecha de 13 de febrero de 1609, fue recibida en Madrid una carta procedente de Logroño. La firman Alonso de Becerra y Juan del Valle Alvarado, inquisidores del Tribunal del Santo Oficio en esa ciudad, y va dirigida a don Bernardo de Sandoval Rojas, cardenal y arzobispo de Toledo, y ahora además inquisidor general. No era un hombre cualquiera y esto por muchas razones. Una de ellas, nada desdeñable, es que era tío del duque de Lerma, don Francisco de Sandoval y Rojas, el todopoderoso valido de Felipe III.

Don Bernardo conoce bien la zona norte porque no en vano ha sido obispo de Pamplona entre 1588 y 1596. Hay obispos y obispos. El que llegó a Pamplona en 1588 era un hombre joven, culto y ambicioso. Uno de sus primeros objetivos fue mejorar su diócesis y durante los años que permaneció en Navarra convocó un sínodo y, sobre todo, desarrolló una incesante labor pastoral con visitas a las más apartadas parroquias de la región, a veces pequeñas iglesias en lugares de difícil acceso que nunca habían recibido la visita de un obispo. Él había dispuesto que las fiestas de San Fermín se celebraran el 7 de julio. El gran inquisidor se sentía un poco navarro. Por eso apartó rápidamente la carta que venía de Logroño. Otra vez el asunto de Zugarramurdi. Lo sabía antes de abrirla porque el territorio de su antigua diócesis pertenecía a la provincia inquisitorial de Logroño, que agrupaba toda Navarra, obispado de Calahorra y La Calzada, condado y señorío de Vizcaya con Álava y la provincia de Guipúzcoa, así como la comarca que dentro del arzobispado de Burgos cae de los montes de Oca hacia La Rioja.

Hacía un frío de venganza bíblica. Don Bernardo, que había nacido en Aranda de Duero, sobrellevaba bien los rigores de Castilla, pero aun así se había hecho colocar un braserillo bajo la mesa, aunque sabía que era un remedio insignificante contra aquel helor que parecía penetrar no solo las carnes humanas sino también las piedras, los útiles de la elegante escribanía que estaban sobre la mesa y hasta el papel. La correspondencia era abundante todos los días. Varios escribanos se encargaban de despachar los asuntos de menor importancia sin apenas molestar al inquisidor general, que con breves indicaciones daba las instrucciones precisas con una celeridad que solo la larga práctica permitía alcanzar.

El encumbramiento de su casa le había llevado muy arriba. No podía decirse de él, como era fama de su predecesor, don Juan Bautista Acevedo y Muñoz, que «no heredó de sus padres más que nacer en su casa». Don Bernardo tenía muy presente a Acevedo. Aquel hombre enjuto y de pocas palabras había ascendido por sus méritos hasta ocupar los más altos puestos en la administración de los reinos y había muerto admirado por todos y sin que nadie tuviera un pero que ponerle a la sencillez de sus costumbres o a la justicia de sus decisiones. El mismo año de su muerte había intervenido sin que le temblara el pulso en el destierro del conde de Villamediana, cuyos escándalos eran un mes sí y otro también la comidilla del reino. Acevedo consideró que sus excesos con los naipes habían sobrepasado lo tolerable cuando se probó que había ganado con el juego nada menos que treinta mil ducados desplumando a una buena cantidad de gente. Villamediana, que disfrutaba poniendo a prueba la paciencia de sus semejantes y hasta provocando a la justicia del rey, había tenido que tragarse aquel exilio.

Con un punto de envidia que no se ocultaba a sí mismo, don Bernardo recordaba otra carta, muy distinta a la que había recibido desde Logroño aquella mañana. La había puesto sobre su mesa un humilde escribano que solicitaba su permiso para hacer traslado y archivo de la misiva, pues sus primeros días en el cargo estuvieron dedicados a recoger y ordenar los papeles de Acevedo.

—Quizás su señoría quiera leerla antes de que se guarde por venir firmada de tan alta mano...

Y la había leído, claro. Muchas veces. Era una carta de Felipe III a Acevedo.

> El día que me besaste la mano, no pude deciros algunas cosas. Os las he querido escribir, confiando las cumpliréis como obligación de vuestro oficio. Lo primero, estoy contento de aver hecho elección de vuestra persona y espero me aveis de sacar muy bien de las obligaciones que tenemos yo y vos. Y creo ha sido Dios el que me ha inspirado que os elija para cosas tan de su servicio y bien universal de mis Reynos, y pues de su divina mano pende todo, no hay sino pedirle que nos ayude, como vos lo hazeis, que sé decís Missa cada día, y con tal principio, se puede esperar acertareis en todo y ansí os pido lo llevéis adelante las más veces que pudieredeis. No hay para qué deciros lo que importa escoger personas beneméritas, ansí para los Obispados y cosas eclesiásticas como para Ministros de justicia y gobierno, pues lo sabréis considerar, aviendo de pasar por vuestra mano. Os mando se me propongan personas tales que queden nuestras conciencias seguras de cualquiera que se escogiere, y particularmente para Obispados. Os ayudará para

> ello estar informado de todas las personas que ay en mis Reynos de más santidad, virtud y letras y proponerme las tales, pues desto pende la mayor parte de la buena y recta administración de la justicia y govierno. Y no es de menor importancia que sean tales para los Tribunales de mis Coronas, pues poniendo buenas personas en ellos no ay sino descansar, aunque siempre es bueno velar.

El rey le había obligado a aceptar el cargo de presidente del Consejo de Castilla porque Acevedo, que ya era inquisidor general, no quería. Esta negativa había levantado su prestigio hasta las nubes, y en esto enfermó y murió. Apenas si había habido tiempo para que los conflictos que siempre traen consigo tan altos nombramientos enturbiasen su fama. Pero llevaba ya seis años como inquisidor general y su mano se notaba en todas partes.

Tan hecha estaba la casa a las costumbres de Acevedo que el día que don Bernardo pidió por primera vez el brasero había habido murmullos y hasta un cierto revuelo. Enseguida se dio cuenta de que aquel no era hábito de su predecesor. A punto estuvo de dejarse intimidar y suprimir el brasero al día siguiente, aunque no tardó en considerar que el gesto sería interpretado como falta de carácter, y esto no era nada conveniente para un hombre que acababa de ocupar un cargo tan importante. Y, además, que gobernar con rectitud y misericordia el Santo Oficio no tenía nada que ver con dejar que los sabañones se le comieran los pies. Don Bernardo era un hombre de carácter firme y nada pusilánime y por eso precisamente le molestaba tanto que le afectara la opinión ajena sobre su parentesco con el duque de Lerma, pero el hecho es que le afectaba y él lo sabía. En los días buenos pensaba que hubiera igualmente prosperado sin aquel sobrino. También los nombramientos de Acevedo habían sido propiciados por el duque, pero Acevedo no era su tío, y por tanto las gentes consideraban que había sido elegido por sus méritos, mientras que él lo había sido por el parentesco y esto le causaba un enorme malestar que procuraba disimular ante los demás, aunque no podía ocultárselo a sí mismo. Por eso había rechazado varias veces el nombramiento de inquisidor general.

Cuántos cambios habían ocurrido en la corte desde la muerte de Felipe II. Había sido un reinado largo que parecía que no se iba a acabar nunca, pero que había llegado a su fin, como todo lo humano. Sandoval tenía diez años cuando el príncipe Felipe fue proclamado rey, y cincuenta y dos cuando murió, así que la mayor parte de su vida había transcurrido al servicio del viejo rey en una época en que todavía su sobrino no era un personaje poderoso. En ese tiempo había sido obispo de Ciudad Rodrigo, de Pamplona y de Jaén. Esto parecía haber caído en el olvido desde que el duque se había convertido en el hombre más importante del reino. No había que darle más vueltas a aquel asunto. Toda cara tiene su cruz. Don Bernardo abrió la carta y en el primer golpe de vista comprendió que el asunto de Zugarramurdi se complicaba. Las cosas de Navarra le preocupaban especialmente porque conocía bien el reino y su laborioso encaje en la monarquía, que jamás había sido aceptado por Francia. Preocupado por ese flanco, que había sido una fuente continua de sobresaltos, Felipe II había firmado con Enrique IV el Tratado de Vervins en 1598, en un intento de dejar algunos asuntos peliagudos de política internacional resueltos para su joven e inexperto hijo. El viejo rey había previsto, como solía, todos los escenarios posibles e intentado adelantarse a los conflictos que pudieran venir. La paz con Francia era una prioridad. En primer lugar, para descansar de aquel estado de pugna permanente y, en segundo lugar, porque el reinado de Enrique IV era ya inevitable y Felipe II lo sabía, como sabía que Enrique IV de Francia insistía en nombrarse a sí mismo como Enrique IV de Francia y... III de Navarra.

El contenido de la carta avivó las inquietudes de don Bernardo. Como se había temido, el brote de brujería no solo no se había aliviado, sino que continuaba y crecía. Sandoval era consciente de que este era un sarampión que cada cierto tiempo provocaba una epidemia en alguna comarca remota. Siempre eran lugares alejados de las grandes ciudades. Era menester manejar los contagios con grandes dosis de prudencia y sagacidad. En los últimos años, esta epidemia recurrente había provocado en algunas regiones de Europa más estragos que las viruelas.

Como hombre de gobierno que era, don Bernardo de Sandoval procuraba estar enterado de lo que pasaba en el mundo, y aquel asunto de las brujas hacía ya mucho que se había ido transformando en un problema que crecía y crecía en toda Europa sin que nadie supiera muy bien el motivo, y esto era debido, en la opinión del inquisidor general, a que los motivos eran muchos y variados. En cierta forma, la brujería era como un espejo que permitía proyectar intereses diversos y conflictos muy distintos. Había desde luego un fondo de superstición y magia que servía de mantillo. Y allí iban a arraigar semillas que unas veces eran transportadas por el viento de la ignorancia y otras de la intención.

Con los dedos ateridos por el frío, el gran inquisidor guardó la carta cuidadosamente y se puso en pie. Anunció en la antesala a sus dos secretarios que iba a dar un paseo para entrar en calor. A buen paso recorrió los largos pasillos de la Suprema, el consejo que gobernaba el Santo Oficio, y llegó a la calle con la esperanza de encontrar un benéfico rayo de sol. Y sol había, pero no servía para nada.

«Astro cobarde», pensó don Bernardo.

Estaba claro que si lograba calentar sus huesos sería por efecto de una buena caminata y dirigió sus pasos a su huerta de Atocha. También serviría un poco de aguardiente, pero no había comido nada desde que se desayunó con el alba y temió los efectos que los vapores etílicos pudieran tener. Venció la tentación de dirigirse a alguna de las tabernas de la calle de Tudescos. Además, era un buen caminante. Su tiempo en las cercanías del Pirineo le había enseñado el placer de la montaña. Muchas de aquellas visitas a las parroquias más remotas las había hecho por obligación pastoral, desde luego, y también porque le gustaba el aire limpio y el olor del bosque, y los sonidos de los arroyos que se precipitaban chocando con las piedras, contraste y armonía al mismo tiempo. Don Bernardo tenía algo de poeta y disfrutaba con la compañía de los hombres de letras. Por eso le gustaba Madrid. A aquellas horas había por lo menos tres o cuatro tertulias literarias a las que podía dirigirse. Por alguna razón que no alcanzaba a entender, aunque estaba seguro de que así era, las musas todas del Helicón y posiblemente las que andaban perdidas por el Parnaso y otros montes de menor altura poética, se habían mudado a Madrid. ¿Qué era lo que había provocado tan extraordinaria concentración de poetas y escritores de talento sobresaliente en aquella ciudad que, bien mirada, no tenía nada de particular, que no era más bella que la mayoría y aún era más fea que muchas? Capricho sería de las bellas hijas de Mnemósine. El hecho era que Madrid vivía a golpe de endecasílabo y heptasílabo, de sonetos y silvas, y que los corrales de comedias estaban mañana y tarde llenos a rebosar.

Pero no cabía escapar de la obligación. Don Bernardo procuró alejarse del bullicio que solía rodear las calles cercanas al Alcázar porque siempre había el peligro de encontrarse con alguien que anduviera ocioso y con ganas de charlar. En la carta se le pedían instrucciones y no podía improvisar una respuesta que no estuviera a la altura de los problemas que la carta planteaba. Hacía aproximadamente un año que había recibido desde Inglaterra el tratado *Daemonologie in forme of a Dialogue* del rey Jacobo VI. A tales extremos de prestigio había llegado el tema de la brujería que había incluso cabezas coronadas que se ocupaban de él. Con el texto inglés el embajador español le había remitido como curiosidad un panfleto de 1591 titulado *Newes from Scotland* que había sido impreso y distribuido para general conocimiento de la población sobre los terribles sucesos de North Berwick. En él se veía al propio rey dirigiendo los interrogatorios y la persecución de las brujas. El libro lo había escrito unos años antes, pero al acceder al trono el propio monarca lo había hecho editar de nuevo, en 1603. Parecía convencido de que su real persona era objeto de una persecución luciferina a gran escala que se manifestaba a través de un grupo de brujas terribles. En el panfleto de hecho se contaba cómo las maléficas habían estado a punto de provocar la muerte del soberano haciendo naufragar la embarcación que lo llevaba a Dinamarca a contraer matrimonio con la princesa Ana.

Doscientas brujas se habían reunido la Noche de Todos los Santos en la iglesia de North Berwick, un pueblo costero cercano a Edimburgo. Allí el diablo se había manifestado de manera visible y las había convencido de que tenían que acabar con el rey porque era su mayor enemigo. Para don Bernardo este era un punto crucial para entender los motivos por los cuales un hombre en apariencia culto, aunque algo extravagante, se convertía en un teórico de la brujería y en un perseguidor implacable. Ay de aquel que se opusiera o que incurriera en el desagrado real. El monarca no tenía más que acudir a la acusación de brujería y con tan simple excusa podía acabar con quien quisiera y, además, pasar ante sus súbditos como un rey temeroso de Dios que procura librar sus dominios de las acechanzas del Maligno. Jacobo no era un innovador. En 1560 el Parlamento escocés había adoptado el protestantismo de manera oficial y en 1563 se aprobaba una ley que condenaba el delito de brujería con la muerte. El tratado real era un auténtico catálogo en el que se exponían con detalle desde las prácticas de nigromancia, los pactos con el demonio, la vida de los vampiros y los hombres lobo hasta una descripción de la vida de las hadas de cuya existencia el monarca inglés no dudaba un segundo. Al contrario, como si hubieran vivido en el vecindario toda la vida, describía sus hábitos y costumbres. Por medio de los personajes que dialogan en su tratado, Jacobo explicaba que en el mundo de las hadas hay un rey y una reina y una corte donde disfrutaban de lujo y entretenimientos, como en cualquier capital de Europa. Una de las afirmaciones que más había desconcertado a don Bernardo era que las hadas, a pesar de sus poderes sobrenaturales, tales como la adivinación, la curación o el vuelo, se reproducían usando el mismo procedimiento que los humanos, es decir, hados y hadas eran engendrados en cópula de macho y hembra y nacían en un parto. Era tal el lujo de detalles y la minuciosidad que daban ganas de escribir al rey para preguntarle si alguna vez había realizado una visita a la corte del rey y la reina del país de las hadas. No obstante, aquel era solo un capítulo menor. La mayor parte del texto era una sistematización de lo ya conocido desde antiguo y expuesto en otras obras sobre las brujas y la hechicería a la que el autor real añadía su propia experiencia como cazador de brujas, especialmente en North Berwick, en la misma línea que la obra de George Gifford, *A Dialogue Concerning Witches and Witchcrafts*, que se había editado por esos años también.

No había sido escasa la influencia de la brujería en la Inglaterra de los Tudor. Se afirmaba incluso que Ana Bolena había sido bruja y que llevaba en su cuerpo la marca del diablo. Don Bernardo había leído a algunos que decían que los cargos contra ella habían sido no solo los de adulterio, incesto y alta traición sino también brujería, aunque otros lo negaban. En cualquier caso, los rumores habían existido y contribuyeron a su horrible caída.

En el último medio siglo los tratados sobre brujería proliferaban en Europa y habían dejado obsoleto el viejo *Malleus maleficarum*, superado por obras más completas y detalladas. En 1563 había aparecido *De Praestigiis Daemonum et Incantationibus ac Venificiis* del holandés Johannes Wier. Don Bernardo sabía también de la existencia de varios textos muy importantes de origen francés, pero no había podido conseguir ninguno de ellos. En 1578 un magistrado francés, Pierre Grégoire, había escrito *Syntaxes artis mirabilis* sobre artes ocultas y hechicería, una obra bastante influyente a la que había que unir *De la démonomanie des sorciers*, de otro magistrado y hombre muy importante, Jean Bodin, que había visto la luz en 1580. Y pocos años después, en 1595, apareció *Daemonolatreiae libri III*, de Nicolás Remy, otro magistrado francés. La proliferación de textos franceses escritos por hombres de leyes, jueces y magistrados tenía perplejo a don Bernardo.

De sus lecturas y experiencia, el gran inquisidor había llegado a algunas conclusiones y ninguna de ellas contribuía a tranquilizarlo una vez leída la carta que había recibido procedente de Logroño. No quería alarmarse más de la cuenta y con ello alarmar a otros, en particular a los inquisidores Becerra y Valle Alvarado, que eran los autores de la carta y ya parecían bastante desbordados con la situación. En Logroño había dos inquisidores y don Bernardo por desdicha no conocía bien a ninguno de ellos. En realidad, debía haber tres. Hizo un repaso mental de los hombres sobre el terreno con los que contaba en aquella crisis que bien podía ser una calentura loca y sin importancia, o no serlo. El repaso no lo sosegó en absoluto. El inquisidor más antiguo, don Juan Ramírez, había abandonado Logroño el año anterior. Por ese motivo había ascendido a primer inquisidor del tribunal el que le seguía en antigüedad, el doctor Alonso de Becerra Holguín, de la orden de Alcántara, que había sido nombrado inquisidor con más de cuarenta años. Había pasado la mayor parte de su vida entre su Cáceres natal y Salamanca. Llevaba ya como inquisidor en Logroño unos ocho años. En este tiempo no se había destacado especialmente por nada. Don Bernardo no sabía mucho de él. Le había parecido un hombre rutinario y de pocos alcances, pero esto bien podía ser un prejuicio suyo. El hecho incuestionable era que este hombre, al que apenas conocía y del que no tenía buena impresión, estaba al frente del tribunal de Logroño. A don Bernardo le hubiera gustado tener a una persona de su confianza allí, pero no la tenía porque el segundo inquisidor, Juan del Valle Alvarado, a quien él mismo acababa de nombrar, era paradójicamente también un desconocido. Por alguna razón que no se había entretenido en averiguar, Acevedo había propuesto este nombramiento, pero no pudo llevarlo a efecto porque murió antes y él, deseoso como estaba de que el tránsito en la jefatura del Santo Oficio se hiciera de la forma más suave posible, había ratificado la decisión de Acevedo sin hacer mayor pesquisa. Si el antiguo inquisidor general le había designado, él sabría por qué, y don Bernardo se había limitado a firmar el nombramiento sin hacer preguntas, porque no pareciera que cuestionaba en modo alguno a su predecesor. Ahora lo lamentaba. El resto de los hombres que debían componer la dotación del tribunal no recordaba quiénes eran, aunque tenía claro que debía haber al menos un secretario y un fiscal. En cualquier caso, el hecho principal era que tenía un brote de brujería en la montaña navarra y que los dos hombres que debían encargarse del problema no eran de su confianza. Un asunto como aquel manejado por manos torpes podía transformarse en un avispero.

VI

De cómo Pierre de Rosteguy llegó a ser Pierre de Lancre y de sus comienzos como cazador de brujas.

La estancia de Pierre de Lancre en el castillo de Saint-Pée no debía ser larga, pero tampoco breve y superficial. Él desde luego procuraría que su tarea se llevara a cabo con la mayor celeridad posible. No le gustaba la región de la que era originaria su familia y él mismo. Era algo que compartía con su padre y siempre había pensado que fue una decisión muy acertada cambiarse el nombre, porque los Lancre no siempre habían sido Lancre.

El abuelo del juez, Bernard de Rosteguy, era originario de Juxue, cerca de Bayona. En realidad, Rosteguy era una aldea próxima a La Bastide-Clairence, un lugar que había dado nombre a muchas familias porque Rosteguy era un apellido muy común en el Bearn y en la Baja Navarra. Los Rosteguy o Aróstegui se habían mudado a Saint-Macaire y allí el abuelo Bernard había hecho fortuna con el comercio de vinos de Burdeos y como recaudador de derechos reales. En el enriquecimiento de Bernard de Rosteguy también había tenido parte su *tolerancia* con el comercio transfronterizo con las vecinas ciudades españolas a condición de que le fuese enviado *un détail* de las mercancías que eran llevadas a Francia. Como hombre prudente procuró siempre mantener este comercio de manera continua y discreta. En la cumbre de su buena fortuna, Bernard de Rosteguy había comprado la casa noble de Tastes con todos sus derechos, propiedades y rentas, y así había ennoblecido su linaje.

Su hijo y heredero, Étienne de Rosteguy, era el padre de Pierre de Lancre. Recibe a la muerte de su padre un buen patrimonio y se nombra señor de la noble casa de Tastes. Estudia derecho y se siente ya muy lejos del remoto mundo de las aldeas pirenaicas. En 1554, al ser nombrado consejero y secretario *du roi, maison et couronne de France*, que es como decir magistrado, Étienne de Rosteguy deja de usar el nombre con el que había nacido y pasa a llamarse Sieur de Lancre, nombre que es inmediatamente adoptado por sus hijos. El Rosteguy va desapareciendo y cae en el olvido. Los recién llamados Lancre viven ahora entre Saint-Macaire y Burdeos, y estas serán las ciudades en las que se críe el juez que viene a limpiar de brujas las tierras del Labort.

La vida toda de Pierre de Lancre giraba en torno a la persecución de la brujería, que para él era una forma de herejía como cualquier otra. Aborrece la región de la que procede su familia porque allí, a causa de su situación fronteriza, de las dificultades de comunicación que las altas cumbres pirenaicas ofrecen y de los dialectos en que el vulgo habla, se ha producido un abandono de la verdadera religión y de las buenas costumbres que ha tenido como consecuencia que la brujería haya crecido hasta extremos intolerables. El asunto coleaba desde hacía ya años y por fin las autoridades habían intervenido de manera decisiva y ejemplar. Y esto era obra suya y solo suya, aunque otros querían para sí aquel honor. Ya podía aquel fatuo Tristán de Urtubi presumir cuanto quisiera de nobleza y de tener un ridículo castillo cerca de San Juan de Luz. Él era el juez y sin duda la persona más cualificada de Francia para descubrir y perseguir los engaños del demonio. Durante toda su existencia se había preparado para aquella misión trascendental sin saberlo, o quizás guiado por la Providencia.

El trabajo era agotador. Aquellas gentes ignorantes y obtusas mostraban una astucia que solo la inspiración diabólica podía explicar. Hombres salvajes que viven en el mar la mitad de su vida y mujeres depravadas por la ausencia de hombres honestos y buenos cristianos. Cuando vuelven de Terranova se encuentran con que en su casa hay ya otro señor y que el amo es ahora Satanás. La mayoría son tan ignorantes y lerdos que no se dan cuenta. El que sospecha prefiere callar en espera de irse a la mar de nuevo y escapar del círculo infernal. Otros son atraídos por sus madres y esposas al culto satánico. Nadie les ha enseñado a temer a Dios, pero él lo haría. Desde hacía ya tiempo sospechaba que los curas y sacerdotes se habían convertido en siervos del diablo. Él mismo había comprobado que Lucifer se había posesionado no solo de curas y eclesiásticos, sino también de lugares consagrados como la capilla du Saint-Esprit de la Rhune y la iglesia de Dourdan. Allí se celebraban aquelarres y, en lugar de decir misas para que las almas reciban remedios y edificación con las enseñanzas que dejó dispuestas Nuestro Señor, se reunían de noche para el *sabbat*. Había sido muy largo el camino que le había llevado hasta Saint-Pée, largo y lleno de obstáculos no solo por la dificultad de la empresa en sí, sino porque había otros que estaban dispuestos a apropiarse de la gloria de haber limpiado de brujas el Labort. El mismo señor de la comarca, don Tristán de Urtubi, había enredado en aquel asunto cuanto había podido, como hacía en todo lo que se le ponía por delante. Don Tristán pensaba que le estaba utilizando a él, pero Monsieur de Lancre era de la opinión contraria. Hubiera sido complicado determinar quién tenía razón en aquel laberinto que era la región del Labort, que no había conocido paz ni sosiego desde hacía muchas décadas.

La Providencia había dispuesto todo de la mejor forma posible para que él fuese enviado a aquel lugar en el que la presencia del demonio podía no ya sentirse, que esto estaba al alcance de cualquier alma cristiana si tenía valor suficiente, sino también verse, aunque para ello era preciso haberse instruido con disciplina y rigor en los secretos de Satán, en sus marcas y transformaciones, como había hecho él durante toda su vida. Pierre de Lancre se sabía una auténtica enciclopedia y estaba orgulloso de ser el máximo experto en las ciencias satánicas en el reino de Francia y posiblemente en toda la cristiandad.

Era hora ya de regresar. Se había permitido un pequeño paseo para despejarse la cabeza después de varias horas de agotadores interrogatorios. Antes de volver a su tarea, tenía que dar las órdenes oportunas para la salida que debían hacer al día siguiente hacia Ascain y Sara y quizás también a otros caseríos cercanos. Subió las escaleras que conducían a la entrada principal del castillo y desde allí observó el buen orden y la disciplina con que todos trabajaban. Monsieur d'Amou, que era propietario del lugar, había cedido al rey y a su juez el castillo de Saint-Pée mientras durara aquella misión extraordinaria. Ningún lugar en las cercanías reunía condiciones para albergar a tantos detenidos ni a tantos soldados como estaban haciendo falta para llevar a cabo una buena limpieza. Si las detenciones proseguían al ritmo que iban, pronto Saint-Pée se quedaría pequeño y habría que buscar otro lugar que sirviera de prisión y sede judicial, y esto sería sin duda una dificultad adicional. Se imponía por lo tanto reservar el castillo para los casos más graves y, en consecuencia, proceder a interrogatorios previos en las aldeas y parroquias de alrededor. Al principio había enviado subordinados para llevar a cabo esta tarea, pero finalmente había decidido hacerla él mismo. En parte porque se dejaban engañar como pánfilos y en parte porque aprovechaban el día fuera del castillo para entregarse a la ociosidad. Aunque procuró traer gente de fuera, había descubierto que tenía a sus órdenes bastantes hombres que procedían o tenían familia en la región. Tuvo que despedir a una parte de su personal y solicitar que le enviasen otros. Esto retrasó su trabajo y lo puso de un humor de perros.

Traspasada la puerta, Monsieur de Lancre subió las escaleras de piedra y se dirigió a sus aposentos. Al entrar había ordenado a uno de los porteros que le subieran agua. La higiene de sus manos era muy importante para el juez. Se acercó a la ventana mientras esperaba e hizo caso omiso del fuego tentador que crepitaba en la chimenea. La estancia estaba agradablemente caldeada, pero prefirió esperar a tener las manos limpias antes de sentarse a trabajar. Repasaría las declaraciones que se habían tomado durante el día no fuera que los escribientes hubieran olvidado algún detalle importante y después daría las órdenes oportunas para el día siguiente. Hecho esto, pediría aguamanos de nuevo y haría que le enviasen la cena. Era importante mantener un orden en la actividad diaria. Le había costado años educar a su esposa en esta disciplina y estaba seguro de que, si hubiera tenido hijos, también habría sabido hacerlo. Dios, sin embargo, no había tenido a bien bendecirlo con descendencia, sin duda porque le tenía reservado para más altos menesteres. A fin de cuentas, hijos puede tenerlos cualquier gañán, pero lo que él estaba haciendo, en combate casi cuerpo a cuerpo con el demonio, no estaba al alcance más que de unos pocos elegidos. Gigantesca tarea era la que le había sido encomendada por la Providencia, pues no de otro modo podían interpretarse las intervenciones de don Tristán, cualesquiera que fuesen sus verdaderas intenciones, y el hecho extraordinario de que el rey de Francia hubiese nacido también en aquella región y tuviese por tanto un interés muy particular por el Labort. Efectivamente, Enrique IV de Francia había llegado a ser rey del más bello reino de la cristiandad porque antes había sido rey de Navarra, aunque no de la Navarra que se extendía al otro lado del Pirineo y que había sido incorporada a la corona de España por Fernando el Católico.

El aguamanos se retrasaba y a Monsieur de Lancre no le gustaba perder el tiempo. A todas horas se sentía rodeado de inútiles que parecían no comprender la gravedad y la importancia de su misión. Por fin dos golpecitos tenues en la puerta precedieron a la entrada de uno de los criados con la jofaina y el lienzo. Sin mediar palabra, Lancre se lavó las manos con mucho cuidado y parsimonia y se frotó las uñas una a una. Cuando acabó se dirigió hacia la mesa escritorio, cuya gigantesca presencia dominaba la espaciosa sala. El criado, un hombre de mediana edad que estaba acostumbrado a servir, se inclinó respetuosamente.

—¿Da su señoría su permiso para que me retire?

El juez no contestó de inmediato. Primero se sentó y comprobó que el tintero estaba lleno y las plumas en buen estado.

—¿Dónde está Henri?

Por un momento, el criado no atinó a contestar.

—Disculpad mi torpeza, señor, no sé a quién os referís. Hay tanta gente nueva en el castillo que...

Con un vago gesto de la mano, Monsieur de Lancre hizo callar al criado y no pudo evitar un suspiro de impaciencia.

—Creo que estáis al cargo del servicio de cocina y aposentos. ¿No es así? Bien. Entonces no deberíais haber venido vos mismo a servir el aguamanos. ¿Correcto? Ayer vino aquí un Henri de Otaola a quien al parecer vos mismo debíais haber encargado este menester. Ahora venís vos. ¿Por qué? ¿Dónde está Henri? Y ya de camino quisiera saber cuántas personas distintas van a estar entrando y saliendo de mis habitaciones.

El criado tragó saliva. No encontraba explicación rápida a tantas preguntas.

—¿Necesitáis medio día para responder?

—No, señor... Es que hay mucho trabajo y no hay manos suficientes para atender a tantas personas como se alojan ahora en el castillo, aparte las... quiero decir lo que hay en las mazmorras, que también da trabajo. Y los soldados que no son fáciles de contentar, y Henri, pues debo confesaros que no sé dónde está.

Lancre se puso en pie y el criado retrocedió un paso instintivamente. Todos sus esfuerzos por organizar la intendencia y el servicio eran infructuosos no solo por la dificultad casi sobrenatural de su tarea, sino también por aquella caterva de inútiles que lo rodeaba.

—Oídme bien. Primero quiero que encontréis a Henri y lo mandéis aquí. Nadie puede dejar el castillo de Saint-Pée sin mi permiso. Hecho esto, y como ya he repetido más de una vez, quiero que una sola persona se encargue de atender mis aposentos y mi servicio. ¿Recordáis haberme oído deciros esto antes o no?

El criado agachó la cabeza.

—Sí, señor. Os suplico indulgencia.

No sabía si debía irse o quedarse. Muchos años aguantando estoicamente a señores exigentes y de humor variable le indicaban que lo más prudente, cuando los amos estaban irritables, era quitarse de en medio a la mayor brevedad posible entre muestras de humildad y eso fue lo que hizo. Pero cuando cerró la puerta comenzó a maldecir a Lancre, a su señor natural, que los había dejado en manos de un juez al que todos temían, y finalmente a aquel muchacho al que apenas si podía recordar, pero al que pensaba moler a palos en cuanto le echara la mano encima. En su apresuramiento tropezó con un par de soldados que subían las escaleras para el cambio de guardia en la torre y una parte del agua se le derramó. Los soldados le insultaron y el criado se revolvió furioso contra ellos. Como no sabía contra quién descargar su furia se dirigió a las cocinas, único lugar en el que todavía mandaba algo, a pesar de la desfachatez de la cocinera. Iba dispuesto a encontrar a Henri costara lo que costara. No quería ni pensar en la posibilidad de que aquel ignorante se hubiera marchado sin decir nada a nadie.

Intentando controlar el acceso de ira que aquel criado inútil le había provocado, Monsieur de Lancre se sentó de nuevo a su mesa de trabajo. Las habitaciones que ocupaba en el castillo eran de su agrado. Se obligó a sí mismo a concentrarse en su tarea y a olvidar las querellas con el servicio. Ya le había avisado el señor de Saint-Pée de que los naturales de la comarca eran gandules y poco obedientes. Eso ya lo sabía él. No por casualidad había el demonio encontrado tantos pupilos en aquella región del mundo.

Entre unas cosas y otras ya apenas quedaba luz y todavía tenía mucho trabajo por hacer. Monsieur de Lancre miró hacia el bargueño que había junto a la ventana. Tenía una buena cerradura y la llave colgaba de su cintura e iba con él a todas partes. Allí guardaba los documentos más importantes y sus escritos, que algún día servirían de base al más importante tratado sobre la brujería que se hubiera escrito jamás. Llevaba años reuniendo información, acumulando datos y consultando autoridades, pero sobre todo anotando los resultados de su propia experiencia en la lucha contra el Maligno y contra las brujas y hechiceros que se ponían a su servicio. Ya no le daba tiempo más que a repasar el trabajo del día y establecer las disposiciones para el siguiente. Al paso que iba tardaría años en acabar su magna obra, pero eso no le importaba. Lo esencial era que fuese completa y perfecta. La obra que todos los buenos cristianos temerosos de Dios necesitaban para luchar contra la plaga de las brujas. El mundo entero sabría gracias a Pierre de Lancre que el diablo acecha tras las más inocentes apariencias y aprendería cómo descubrir sus engaños y cómo defenderse de él. Para entorpecer su sagrada misión le ponía trampas constantemente y dificultaba sus esfuerzos de mil maneras, pero ya no podía derrotarlo. Había sobre la mesa once interrogatorios y el juez se preparó para repasarlos. La mañana había sido bastante provechosa en el castillo de Saint-Pée.

VII

En el que Baltasar y Alarcón tienen una sabrosa plática sobre las brujas sin por ello perder el apetito.

De regreso al Camino Real del Norte, Alarcón y Baltasar mantuvieron una larga y dificultosa conversación. Larga porque eran muchas las leguas que todavía quedaban hasta Logroño y dificultosa porque había que evitar varios temas espinosos. El tiempo pasado por Baltasar fuera de España no había ni que mentarlo. Eso lo intuía ya Alarcón antes del encuentro en la posta de Cogollos, pero ahora lo veía clarísimo y sobre todo se daba cuenta de la profundidad de aquel mutismo. Quizás don Alonso se equivocaba al pensar que la Compañía se había desentendido por completo de su sobrino, cosa que lo indignaba sobremanera y era para indignar si fuese cierto. Ahora Alarcón, en los ratos de silencio en que tenía tiempo para reflexionar, miraba de soslayo a aquel hombre joven que hacía muy poco era un muchacho robusto y tragón, con buenos puños y mejores entendederas. Quizás era Baltasar el que se había desentendido de la Compañía y a esta no le había importado demasiado, pero él no podía resignarse a que se hubiera convertido en un extraño. Le había limpiado los mocos y enseñado a asearse. También le había obligado a dominar los impulsos, que en Baltasar eran siempre intensos, para bien y para mal, aunque reconocía que en esto había sido más decisivo el empeño de don Alonso. Decidió que no debía preocuparse por el encuentro entre tío y sobrino. Don Alonso sabría cómo manejar la situación.

Aunque el laconismo de Baltasar parecía una muralla, a Alarcón le dominaba el deseo de hablar con él después de años de separación, y si no podía ser de aquel extraño viaje al otro lado del mundo, pues de cosas más cercanas. El fraile se había propuesto seguir a rajatabla el consejo de don Alonso de no impresionar al joven con demasiados detalles y hechos escandalosos, aunque procuró interesarlo en el caso de Zugarramurdi.

—Cuando nosotros llegamos en junio, la situación ya era muy complicada, mucho más de lo que pensábamos. Don Bernardo le dijo a tu tío que necesitaba en Logroño a una persona de su confianza. Y por eso lo nombró inquisidor y lo mandó aquí.

—¿Y mi tío qué dijo?

Alarcón se revolvió encima del caballo con impaciencia.

—Había poco que decir porque no tenía elementos de juicio para llegar a ninguna conclusión. Date cuenta que tu tío sobre brujería no sabía nada, es decir, lo que cualquiera que pasea por el mercado puede saber, pero creo que don Bernardo quiso enviarlo aquí precisamente por eso. Quien conoce a don Alonso sabe que no es hombre que se deje arrastrar con facilidad por las opiniones ajenas y que, antes de formar criterio, estudia e investiga de manera exhaustiva. Fíjate tú que cuando viniste a vivir con nosotros, que eras entonces una criatura, se procuró los mejores tratados de educación que se habían escrito desde los tiempos de Aristóteles, incluidos los espejos de príncipes que se escribieron en la Edad Media para educar a los hijos de los señores cristianos, y los leímos todos, que todavía me acuerdo: *De regimine principum* de Egidio Romano, el *Doctrinal de príncipes* de Diego de Valera, Erasmo y su *Institutio principis christiani*, y Aristóteles, claro está, y cuando yo le preguntaba si era...

—Lo sé, mi buen Alarcón, lo sé, pero yo no he resultado ser un Alejandro —interrumpió Baltasar— y por eso entiendo su decepción conmigo... y la tuya.

—Oye, oye, señorito, estás hablando de lo que no sabes. ¿Decepción mía dices? ¿Acaso tú, jesuita sabiondo, estás dentro de mi alma para saber lo que yo siento?

—Está bien, no te ofusques.

—No me ofusco.

Y con tono decidido, Alarcón detuvo el caballo, porque no quería que el cuadrúpedo lo distrajera con algún movimiento raro:

—Mira, Baltasar, ni tu tío don Alonso ni yo estamos decepcionados de ti. Te hemos criado lo mejor que hemos sabido. Fuiste la admiración de tus maestros antes de Alcalá y en Alcalá y eso nos llenó de orgullo. Don Alonso ya sabía entonces que no ibas a hacer siempre su voluntad. Su empeño era que supieras y pudieras gobernar la tuya con conocimiento y criterio. Esa decepción de que hablas no es de don Alonso, es la que tú sientes de ti mismo. Tú sabrás por qué. Y si no lo sabes, haz por averiguarlo, pero no te permito...

Con un golpe diestro de talones, Baltasar hizo que el caballo se pusiera al trote y se alejó de Alarcón que, con mucha fatiga y torpes maniobras, consiguió que el suyo echara a andar de nuevo. Al trote desde luego no estaba dispuesto a ir en aquella subida, suave pero subida. Acabaría escurriéndose por la culata. Tras unos segundos de reflexión, decidió cambiar de táctica.

—¡Ya que has decidido seguir tú solo, tendrás que saber dónde debes ir a alojarte cuando llegues a Logroño!

Poco a poco Baltasar fue reduciendo la velocidad de su caballo, aunque Alarcón tardó todavía varios minutos en llegar a su altura.

—¿Todavía quieres saber lo que me dijo don Alonso cuando el gran inquisidor, don Bernardo de Sandoval, nos mandó a Logroño?

Baltasar movió la cabeza para asentir. No se atrevía a mirar al fraile. Aquellos arranques de mal genio lo avergonzaban profundamente. Alarcón, como siempre, tenía razón.

—Claro que quiero. ¿Pues no voy a Logroño a ayudar a mi tío en esta inquisición?

—Eso es —añadió Alarcón complacido—. Lo que tu tío dijo, como hombre avisado que es, es que si don Bernardo lo mandaba a Logroño por algo sería. Y que, si era por nada, pues mejor para todos.

—Entonces está claro que el asunto es grave o mi tío no me habría mandado llamar ni te habría obligado a echarte a los caminos con tanta urgencia.

Alarcón tardó unos segundos en responder.

—Todavía no lo sabemos porque el asunto peliagudo aquí consiste en saber cuál es el asunto. ¿Me entiendes, hijo?

—Francamente no. No sé si te ha dado por hablar *in aenigmate* o es que ya tienes más hambre de la cuenta, lo que no sería de extrañar considerando que hace ya un par de leguas que no paramos...

—Si tienes ganas de hacer un alto, dilo, aunque ya te adelanto que me opongo. Don Alonso no se ha gastado sus buenos ducados en estos dos caballos de duque o marqués para que tú y yo nos entretengamos cantando madrigales al borde del camino. No, hijo. Si tienes hambre, dímelo y desato la talega. Tengo queso camerano, cecina de Burgos, una buena bota de vino de Calahorra y una hogaza de pan blanquísimo, para que celebremos tu regreso. Unas viandas que resucitarían a un muerto. A saber lo que habrás comido tú por esos mundos.

—Andaluz exagerado —murmuró Baltasar, a quien Alarcón había devuelto el buen humor con la descripción del contenido de la talega—. ¿Realmente quieres que comamos encima del caballo? Comeré yo pero no tú. Tendrás que soltar las bridas...

—Pues no comeré. Coge tú la talega y no te preocupes por mí. Ya me llenaré la andorga más adelante.

Con cierta brusquedad, Baltasar tiró de las riendas y detuvo su montura, al tiempo que alargaba la otra mano hasta el cabestro del caballo del fraile, que estaba muy cerca, y también lo paró.

—Mira, Alarcón, no podemos ir de Burgos a Logroño sin bajar de los caballos. Deben ser más de veinte leguas. Los animales tienen que descansar, tienen que beber agua y luego comer. Estas preciosidades que nos llevan están acostumbradas a buenos piensos y no creo que caminen mucho si les falta el forraje...

—De acuerdo. Me has convencido —lo cortó Alarcón con un deje de alivio mucho más evidente de lo que le hubiera gustado.

—Pues vamos a buscar una buena sombra o una buena venta y ve pensando ya en lo que vas a contarme con tantos misterios como te traes porque me estás causando una auténtica desazón.

Decidieron parar antes de entrar en Belorado, a unas cuatro leguas de Santo Domingo de la Calzada, en una fuentecilla rodeada de chopos que vieron desde el camino. A cincuenta pasos de la fuente había una casilla de labranza y en ella un mulo atado a la ventana. Baltasar se acercó y consiguió por unos cuantos maravedíes un buen pienso de paja y alfalfa que el campesino llevó hasta la chopera en dos espuertas de esparto.

Mientras desaparejaban los animales, Alarcón pensaba que su explicación era difícil porque una parte no resultaba creíble y la otra no se podía tomar en serio.

—Si no viera a tu tío tan caviloso, no estaría yo preocupado, por mucho bullicio y escándalo que estos aldeanos hayan levantado. El núcleo del problema parece estar en Zugarramurdi, pero de lo que allí está pasando realmente solo tenemos noticias indirectas.

—¿Por qué? Oye, este queso está delicioso. ¿De dónde dijiste que era?

—Claro que está delicioso. ¿Acaso alguna vez te he alimentado mal? Es de la sierra de los Cameros, cerca de Logroño. Y no me líes. ¿Que por qué no sabemos lo que pasa en Zugarramurdi? Pues porque ninguno de nosotros ha podido desplazarse hasta el lugar. De hecho, cuando don Alonso se ausentó con la excusa de pagar la promesa en el Pilar, yo pensé que lo había hecho para dar un rodeo y conocer sobre el terreno la situación.

—¿Y lo hizo? —preguntó Baltasar que había dejado de masticar picado por la curiosidad.

Con gesto pausado, Alarcón limpió la magnífica navaja con cachas de nácar que siempre llevaba con él y que lo mismo le servía para pelar rabanillos que para afilar plumas. Miró que el filo estaba limpio y apretó el pan contra el pecho para cortarse una buena rebanada.

—Él te lo dirá si quiere, cuando os veáis.

—Pero ¿tú sabes o no sabes a dónde fue?

—Eso no importa ahora. Tú lo que tienes que hacer es comprender la situación.

—Me estás dando largas y no sé por qué. Pero bueno, sigue. Ya me queda claro que el foco está en Zugarramurdi. ¿Es un pueblo, una aldea, un caserío o un conjunto de varios?

—Seiscientas almas, no más, según mis datos, entre Zugarramurdi y Urdax.

—¿Qué es Urdax?

—Un monasterio.

Baltasar miró a Alarcón entre divertido y escandalizado.

—¿Y allí también hay brujas? No me extraña que mi tío esté preocupado: un monasterio lleno de brujas.

—Déjate de chanzas y atiende, Baltasar, que me haces perder el hilo...

—No te preocupes, Alarcón, yo no lo pierdo. Estamos con el epicentro geográfico del problema.

—Eso es. Está muy cerca de la raya de Francia, de hecho le han pagado diezmos al obispo de Bayona toda la vida.

—Bien, ¿cómo es que este asunto de Zugarramurdi llega a Logroño?

Alarcón miró a Baltasar y asintió con la cabeza vigorosamente.

—Veo que conservas la capacidad para identificar los puntos esenciales de un problema. Esto me tranquiliza, porque vamos a necesitarla. Mira, quizás te sorprenda saber que varios brujos y brujas han venido a Logroño por su propia iniciativa.

Baltasar abrió los ojos desmesuradamente.

—Pues es un detalle de cortesía muy a tener en cuenta.

—Eso pienso yo, y don Alonso también. Se podrían haber quedado en su pueblo. ¿No crees? Pero no es así, se desplazan a Logroño y se acusan unos a otros con los más fantásticos relatos.

—¿Por ejemplo?

—Pues tengo frescas, porque las hemos leído hace pocos días, las declaraciones de una tal Estefanía de Navarcorena y tres más, que llegaron a finales de enero a Logroño. Estas fueron llamadas a testificar por nuestro Santo Oficio.

Por fin se decidía Alarcón a contar algo sobre las declaraciones de las brujas. Ya le había preguntado varias veces y el fraile había esquivado la cuestión.

Baltasar sentía una curiosidad tonta y quizás también un poco infantil.

—Ahora que lo pienso la más locuaz no fue esta Estefanía, sino una tal María de Jureteguía, que es muy habladora.

Con total tranquilidad y parsimonia, Alarcón se puso a raspar un costado de la hogaza que se había llenado de tierra. La curiosidad de Baltasar era algo que desde pequeño era más fuerte que él y a Alarcón le gustaba azuzarla con silencios e indirectas. Era un juego que mantenían desde que Baltasar era un chiquillo, y a este le agradó recordar aquellas bromas de sus muchos años de convivencia.

—Está bien. Yo aparejo los caballos pero habla ya.

—Bueno, pues... vuelan.

—¿Dicen que vuelan, así sin más? ¿O usan una alfombra maravillosa como en los cuentos orientales?

—Por medio de una sustancia mágica que les permite volar. También pueden cambiar de tamaño y hacerse diminutas y pasar por el ojo de una cerradura.

—¿Y esa sustancia se unta o se toma?

Alarcón, que no paraba de comer mientras hablaba, chasqueó la lengua.

—A veces se unta por el cuerpo y otras se bebe.

—¿Habéis podido conseguir una muestra?

—Pues no, el ungüento es bastante esquivo... A ver si te crees tú que es cosa que sabe preparar cualquiera.

Como dice don Alonso, hay que licenciarse en cánones brujeriles para según qué hechicerías.

—Entiendo. Tienen aprendices y maestros.

—Exacto. María de Jureteguía no es todavía una bruja... con licenciatura. Al parecer una tía suya la hizo abjurar de la fe en Cristo y empezó a llevarla al aquelarre.

—¿A dónde? —preguntó Baltasar que nunca había oído aquella palabra.

Alarcón deletreó con mucho cuidado porque tenía la boca llena.

—A-que-la-rre. Es lo que se ha llamado en los tratados sobre brujería el *sabbat* tradicionalmente. Es una reunión que se celebra para hacer ritos demoníacos en un lugar determinado. Invocan al Maligno y, según cuentan ellas, este aparece bajo formas distintas. Encienden una hoguera que no se apaga nunca y a su alrededor bailan y se entregan a la lujuria. Copulan con el demonio hombres y mujeres y también entre ellos, sin distinguir si son miembros de una misma familia.

—¿Y esto lo cuentan tal que así o es conclusión a la que habéis llegado vosotros?

—Nosotros no hemos llegado a ninguna conclusión. Por eso te decía que el asunto principal es averiguar cuál es el asunto. Todo lo que sabemos es lo que ellas cuentan. Y no creas que todas son mujeres. Hay hombres también. El 6 de febrero llegó a Logroño un grupo de seis. Esta vez tres hombres y tres mujeres, todos pastores y de una misma familia. Aquí es cuando conocimos a Graciana de Barrenechea, que pasa por ser la bruja decana de aquellos pagos. Estos seis le pagan a un hombre para que los lleve a Logroño y se presentan ante el tribunal y piden declarar. Dicen que vienen a pedir justicia porque las autoridades en sus pueblos les están procesando injustamente y amenazando con las mayores penas, pero esto es falso porque pudimos interrogar al guía que los había traído hasta Logroño y este aseguró que ninguno de ellos había sido acusado de nada ni había sido sometido a juicio en Zugarramurdi.

Con gesto de fastidio Baltasar apartó varias moscas que se habían posado sobre la cecina y el queso.

—No entiendo nada.

—Tampoco don Alonso. ¿Por qué se presentan en Logroño sin que nadie los llame? ¿Por qué dicen que los persigue la justicia si no es verdad? Por eso te ha mandado llamar. Tu tío no puede ausentarse de Logroño sin una orden expresa del Consejo. Por otra parte ha sido el último en llegar, es decir, es el inquisidor con menos antigüedad y, por tanto, son Valle y Becerra los que tienen más autoridad y capacidad de decisión.

—¿Y estos dos qué tal son?

Tras reflexionar un poco, Alarcón contestó con cautela.

—No son como don Alonso.

—Vamos, Alarcón. Esto es no decir nada. No hay mucha gente como don Alonso. Mi tío es uno de los hombres de leyes más capaces de España. Es brillante e inteligente, valiente y persuasivo. Sabe ser indulgente y sabe ser severo, y reúne tan raras cualidades. El haberse pasado la vida entre libros no le ha restado humanidad y su gran cultura tampoco le ha hecho pedante, y además...

A Alarcón se le escapó una risita.

—Vaya, vaya... En cuanto lo vea, me apresuraré a contarle la buena opinión que tienes de él.

Baltasar no dijo nada. Se limitó a mirarlo fijamente y Alarcón le palmeó el hombro con familiaridad y cariño.

—Descuida, tu secreto está a salvo conmigo, como siempre.

El calor había aflojado ya. Había que aparejar los caballos y volver al camino. Baltasar recordaba perfectamente que le tocaba a él hacer el trabajo, momento que Alarcón aprovecharía para descabezar un sueñecito. Miró a su alrededor y de pronto tuvo la sensación de que las cosas empezaban a colocarse en su sitio. Hacía calor y había unas moscas pesadísimas, de esas que se pegan como garrapatas y hay que estarlas aventando cada tres segundos. El cielo estallaba de luz y el brillo del sol casi dañaba los ojos. Tenía la ropa pegada al cuerpo por el sudor y se sentía cansado y pringoso. Decidió que, tras aviar los caballos, sacaría la pastilla de jabón y se asearía un poco en la fuentecilla. De un salto se puso en pie y miró a Alarcón que sentado contra el tronco de un chopo acogedor ya empezaba a dar cabezadas. Sí, definitivamente, las cosas estaban empezando a colocarse en su sitio. De repente sintió un deseo intensísimo de llegar a Logroño y abrazar a su tío. Se le hizo en la garganta un nudo de emoción. Por primera vez en mucho tiempo no sentía rabia, frustración o ganas de morirse.

Con mucha suavidad zarandeó a su viejo maestro.

—Voy por los caballos, pero antes quiero saber dos cosas.

Alarcón no abrió los ojos y contestó con voz gangosa:

—Luego me preguntas lo que quieras. Ahora déjame dar una cabezadita.

—Dos preguntas y te dejo en paz. Tienes mi palabra.

Con tono resignado, Alarcón respondió.

—A ver, ¿qué es eso tan importante y que necesita saber con tanta urgencia usía?

—Valle y Becerra.

—¿Qué?

—¿Son aliados o son adversarios?

—Son torpes, que es peor. ¿Y la otra pregunta?

—Aparte de volar por encima de los tejados y pasar por el ojo de una cerradura, aquí tiene que haber algo más. Cuatro alucinaciones de aldeanas no hacen que don Bernardo de Sandoval envíe a mi tío Alonso a Logroño.

Alarcón hizo un gesto afirmativo con la cabeza.

—Hay delitos y delitos muy graves y no solo contra la religión.

—¿Qué clase de delitos?

Alarcón cerró los ojos de nuevo y recostó la cabeza contra el tronco del árbol.

—Eso son tres preguntas.

Baltasar hizo un gesto de impotencia y se fue a por los caballos.

VIII

Que trata de la memorable velada a la que, entre truenos y relámpagos, asistió don Tristán de Urtubi en el Hôtel de Rambouillet.

En el invierno de 1608, tras la disputa por los puentes en San Juan de Luz, don Tristán de Urtubi había acompañado a Pierre de Lancre a París y movido sus influencias para que fuese recibido en el Hôtel de Rambouillet. En realidad, sus buenos dineros le había costado que la urraca de Madame d'Hauterive propiciara una aparición triunfal en los medios cortesanos cuyo último objetivo era interesar al rey. Mientras esperaba la llegada de Lancre, Urtubi reflexionaba sobre cómo se las habría arreglado Madame d'Hauterive para conseguir que la linda marquesa dedicase una velada a un asunto tan poco ortodoxo. Era cara la señora pero eficaz.

—Arthénice, querida, nuestro invitado se aburre entre nosotros. —Parpadeó Madame d'Hauterive, con aquel aire suyo entre la estulticia y la inocencia.

Don Tristán se había apresurado a negarlo. ¿Qué pretendía aquella mujer, ponerlo en evidencia ante un auditorio tan distinguido? Don Tristán nunca había podido comprender la costumbre parisina de recibir a la gente en el lecho. Una vez se lo había contado a un primo suyo de Pamplona y este se había negado a creer que los franceses, por muy locos que estuvieran, tuvieran tal entretenimiento.

A Madame d'Hauterive le gustaba llamar a Catherine de Vivonne, marquesa de Rambouillet, por el anagrama de su nombre. Todos lo interpretaban como una forma de familiaridad que a ella le encantaba y a la marquesa la sacaba de quicio. Madame d'Hauterive lo sabía y sabía que su exquisita prima creía que aquel bello nombre en sus labios era como una perla en labios de un porquero. Un nombre tan helénico, tan olímpico, que parecía una columna del Partenón... Se lo había fabricado el poeta François de Malherbe en un rapto de inspiración cuando la joven marquesa decidió adentrarse por los complejos vericuetos de la vida social. Aquella foca con dientes de caballo lo profanaba. De hecho no sabía muy bien cómo conseguía colarse una y otra vez en su *cabinet*. Era cierto que tenía muy buenas relaciones, pero se prometió a sí misma no volver a recibirla. Le dirigió una mirada de soslayo y se abstuvo de contestar. Era mucho peor darle conversación.

Con cierta inquietud, la marquesa se fijó en el caballero de frente despejada y nariz aguileña que estaba de pie, a la derecha de Madame d'Hauterive. Era un noble del Labort, ya entrado en años pero pasable. Había, además, una señora con buena presencia que debía ser la dama de Burdeos cuya hija estaba por casarse con un hijo del ministro Sully. Qué desastre. No recordaba su nombre. Le había sido muy recomendada para aquella velada de *cabinet* que, sin duda, estaba destinada a ser memorable. Observó con agrado que tampoco la dama de Burdeos prestaba atención a Madame d'Hauterive. Sin duda había en las provincias distinción suficiente como para saber comportarse con decoro en un *cabinet* parisino. Y no cualquier *cabinet* sino el suyo, el del palacio de Rambouillet, que estaba destinado a ser el más selecto y elegante de Francia. El primero. Observó con gusto, excepción hecha del ser inclasificable que era su prima política, a la concurrencia que se había dado cita alrededor de su elegante lecho y comprobó que todo discurría conforme a lo previsto. El invitado principal no había llegado todavía y así debía ser. Todos los presentes sabían que aquella noche habría alguien muy especial, un hombre del que muchos hablaban, y nadie sabía nada de cierto. Rumores y más rumores se habían ido extendiendo por los mentideros. Algunos daban su opinión al parecer bien informada o procedente de algún conocido que lo sabía de buena tinta, pero que no podía ser mencionado ya que esto supondría comprometer al informante. En realidad, la mayoría inventaba lo que no sabía o encubría su ignorancia con protestas de discreción. La marquesa Arthénice (¡cómo le gustaba este nombre!) sabía esto y por eso también sabía que todas las conversaciones aparentemente banales que había a su alrededor eran una forma de entretenimiento conveniente al protocolo, el cual exigía dejar a la anfitriona la decisión de descubrir las sorpresas de la noche a su gusto y conveniencia. Todos menos la cabeza de chorlito de Madame d'Hauterive, que era muy capaz de volver a sus inoportunos comentarios a pesar de la respuesta glacial que había obtenido.

A la derecha de la cama, todavía de pie, conversaban a media voz los hermanos De la Motte, que venían dispuestos a hacer valer aquella noche su condición de bearneses. El recurso a su origen no se les caía de la boca desde que otro bearnés, Enrique IV, se había hecho con el trono de Francia. Es cierto que habían pasado lo suyo para tapar su apoyo en algunos momentos delicados a Jacqueline de Bueil, amante del rey cuando esta tuvo la inoportuna (o quizás no tan inoportuna) ocurrencia de quedarse embarazada del monarca, lo que vino a confirmar un secreto a voces en París, a saber, que el rey le ponía los cuernos a la reina y a la amante oficial. El muy inestable triángulo amoroso que formaban Enrique IV, la reina María de Medici y la amante de toda la vida, Catalina Enriqueta de Balzac, se vio sacudido por aquella preñez, y todos los que de un modo u otro habían intervenido, bien apoyando a la reina ofendida; bien a la amante primera, ahora desdeñada y también ofendida; bien a la nueva estrella del concubinato real, acabaron arrastrados a un conflicto de lealtades y enfrentamientos cruzados que convirtió la vida de la corte durante varios meses en un polvorín.

Los De la Motte, que habían buscado la cercanía de la nueva amante del rey, terminaron siendo víctimas de las iras de la reina. En medio de aquel fuego artillero de concubinas habían optado por retirarse a su castillo solariego en el Bearn en espera de que se sosegaran los ánimos, cosa que ellos sabían que sucedería antes o después. Desde entonces los hermanos De la Motte se habían distanciado de las mujeres del rey, incluida la propia María de Medici, y procuraban su lucimiento cortesano con un argumento mucho más sencillo e inocente en su opinión: eran bearneses en la corte de un bearnés. Como si dijéramos paisanos del rey. La presencia inesperada de Tristán de Urtubi, a quien consideraban un hombre sin aspiraciones cortesanas, en el *cabinet* de Arthénice los había sorprendido grandemente. Lo comentaron en voz baja y decidieron que tendrían que hacer averiguaciones más tarde. Mientras tanto, continuaron con su guerra particular.

—Vuestro perfume, querido hermano, es insuficiente.

Y arrugó la nariz con desdén. El olfato del pequeño Pierre de la Motte era tan afilado como su lengua. Especialmente en relación a su hermano Louis-Philippe, que era mucho más alto que él y lo sabía. Es más, no había día que no tuviese oportunidad de mencionarlo por algún motivo. El comentario de Pierre se lo puso fácil:

—A vos en cambio os sobra casaca.

Pierre fingió no haber oído y continuó con su asunto. Esta vez tenía las de ganar, porque, a pesar del intenso perfume que desprendían sus ropas, lo cierto era que Louis-Philippe de la Motte hedía a sobaco sudado a tres metros, cosa que don Tristán ya había notado. Aquel aborrecimiento al agua de los cortesanos era uno de los motivos por los que odiaba París. Los De la Motte siguieron con su venenosa conversación entre susurros.

—Me bañé en Pascua de Resurrección como vos mismo y todos los gentiles hombres de Francia. Id a morder a otro mendrugo.

Pierre sonrió con afectación y contestó a su hermano sin mirarlo.

—Los humores corporales, como la altura o la inteligencia, varían grandemente de unos hombres a otros, incluso entre los miembros de una misma familia.

El aludido sacudió la cabeza con un ademán despreciativo, pero a punto estuvo de inclinarse para comprobar si lo que su estúpido hermano decía era cierto. El gesto hubiera sido delator e inútil, bien lo sabía él. Nadie puede percibir su propio olor al cabo de un rato. Llegados a ciertos extremos, basta con cambiar de perfume y ello produce un renacimiento tanto en el olfato ajeno como en el propio. Además, el lavatorio excesivo estaba mal visto y era reputado como costumbre extranjera. Hasta los criados se hacían lenguas de la afición al agua que mostraba sin disimulo María de Medici, una italiana que jamás había tenido la humildad y el buen gusto de adaptarse a las costumbres francesas.

El Hôtel de Rambouillet semejaba una olla que va cociendo su caldo con buena voluntad, pero no llega a cuajar. A la joven marquesa, de apenas veinte años, le faltaba práctica. No quería rivalizar con Charlotte des Ursins, vizcondesa de Auchy, que le doblaba la edad y que llevaba ya años, desde su lecho, cultivando el buen gusto y la influencia política, según unos; la afectación y el ridículo, según otros. Para evitar la declaración abierta de guerra, Catherine procuraba no reunir a su alrededor demasiada gente. Los que frecuentaban su *ruelle* debían ser escogidos e incorporar el aliciente de la novedad. Además, la aglomeración no solo estropea las tapicerías, sino que suelta en el aire miasmas de vaya usted a saber qué enfermedades, y la joven Catherine, como corresponde al buen gusto de las damas francesas, derrocha mala salud.

Alrededor del lecho en que descansa reclinada la anfitriona, va congregándose un selecto grupo de invitados. Solo algunas damas han tomado asiento.

No conviene todavía formalizar la posición que se ha de ocupar durante la velada. Son apenas las once de la noche. Lancre ha convencido a don Tristán de que acuda él primero y don Tristán, que no está muy ducho en lances de *ruelle*, está comprendiendo que el juez busca crear gran expectación sobre su persona, pero todavía no desconfía de él.

El *réduit* del Hôtel de Rambouillet acaba de ser redecorado por su dueña con algunas novedades excitantes en cuanto a telas italianas y muebles lujosos y adornos exóticos. El cambio más evidente tiene que ver con la ampliación del *cabinet* en que recibe la marquesa, que era un estrado bastante reducido en que *les ruelles* que rodeaban el lecho apenas dejaban espacio para poder entrar y salir con holgura. El nuevo *cabinet* es mucho más amplio y está graciosamente rodeado de cortinas y columnas, de tal modo que puede decirse que forma una estancia aparte. El de Charlotte des Ursins, al menos en su adorno y complementos, ha quedado ampliamente superado, aunque el decorado humano puede que todavía no. La joven Catherine, aunque amable y complaciente, no quiere ser segundona de nadie y eso, siendo joven e inexperta, conlleva algunos riesgos. El de esta noche es casi espectacular, y la joven dama que desde su lecho recibe, en apariencia relajada y sonriente, a sus invitados, es consciente de ello. Y está nerviosa.

Sigue llegando gente y entre ellos, para contento de la joven marquesa, el gran poeta François de Malherbe, devoto de la vizcondesa Charlotte y, según las malas lenguas, más que devoto. Es el primer triunfo que la marquesa tiene esa noche después de la presencia de los hermanos De la Motte, que vienen en calidad de oídos del rey. Tiene muchos oídos por París Enrique IV. En realidad, los tiene por todas partes. Dicen que la reina María no le va a la zaga, pero en este asunto del Labort parece que la soberana no ha mostrado interés. Malherbe saluda con leves inclinaciones de cabeza a unos y otros. No pronuncia palabra hasta que sus ojos inquietos y oscuros se detienen en los de Catherine. Su voz profunda y bien timbrada se oye en todo el *cabinet*:

—Madame, vuestra belleza entorpece mi sintaxis.

—Amigo mío, vuestra sintaxis está por encima de todo entorpecimiento.

Un murmullo de admiración rodea tan galante saludo. Malherbe sonríe. Sabe que su presencia allí ha sido muy deseada, especialmente aquella noche, y también sabe que no es él quien deberá convertirse en el centro de la conversación. Pero la joven marquesa se siente insegura y quiere tenerlo allí. Necesita, sobre todo, su experiencia de hombre de mundo, de poeta sin rival en la corte de Enrique IV, y no ha podido negársela a aquella dama tan joven y atrevida. Quiere que salga airosa de una velada en que no se hablará de versos, de música y de los bellos mitos de la antigua Grecia sino de demonios, brujos y el misterioso *sabbat*.

El problema de la herejía satánica en la Baja Navarra parece grave de verdad, aunque Malherbe no acaba de entender por qué la Inquisición del obispado de Burdeos no se hace cargo de perseguir a la secta herética. Tiene algunas ideas sobre el particular, que son confusas y no acaban de resultarle convincentes ni siquiera a él mismo. No se atreve a discutir sus puntos de vista con nadie porque no quiere verse envuelto en problemas que no son de su incumbencia. Sin embargo, sabe que hay algo extraño en el asunto del Labort del que todo el mundo habla en voz baja y el más extraño de todos es el silencio de la Iglesia, que debería ser la principal interesada. A Malherbe le gustaría aprovechar aquella ocasión singular para enterarse *en passant* de algunas cosillas solo por curiosidad y, desde luego, manteniéndose lejos de aquel espinoso asunto. No se llega a primer poeta de la corte sin la dosis necesaria de discreción. El poeta es un adorno necesario en los palacios, en todo tiempo y lugar. Como todos los objetos decorativos, es prescindible y está en peligro constante de ser cambiado por otro. En unas ocasiones es la moda, el deseo de novedades que lleva consigo toda vida palaciega lo que vuelve al poeta un bibelot caduco. En otras son su propia vanidad y su falta de inteligencia las que lo transforman en un complemento desechable para el señor que se decora con sus versos. Esto sucede siempre por no saber entender, consideraba Malherbe, que el poeta debe ser osado en su poesía y extremadamente precavido en la política. No era necesario caer en la adulación, como algunos versificadores ignorantes pensaban. Malherbe los detestaba y no ocultaba el desprecio que sentía por ellos. Para él eran el síntoma más evidente de que los poetas pueden estar deshabitados de inteligencia. Y tiene su lógica, porque las musas eran siete y muy bellas, aunque un hombre con talento no debe olvidar nunca que los griegos pusieron la corona de las artes sobre las cabezas de siete mujeres, jóvenes para mayor desasosiego. Hubieran podido, siendo como había sido el pueblo más esclarecido del orbe, elegir a siete hombres, pero no lo hicieron. Por lo tanto, era fuerza reconocer que las artes tenían algo de femenino y, por tanto, de inconstante y peligroso.

Estos y otros pensamientos pasaban por las mientes del gran poeta mientras miraba sin fijarse demasiado a los que conversaban en torno a la marquesa en espera de que llegaran los restantes. Observó con cierta inquietud el rostro sobrecargado de afeites de Madame d'Hauterive. Seguramente la joven e inexperta Catherine no sabía aún que era imposible deshacerse de ella. Se preguntó si debía tener con su anfitriona unas palabras al respecto y se dijo que no, que la marquesa debía hacer su propia *maîtresse de salonnière* y que esta incluía aprender a ver más allá de las apariencias. Él no podía ni debía aligerarle el esfuerzo, por el propio bien de la marquesa y porque, aunque sentía viva simpatía por la osada Catherine, era de dominio público que él estaba comprometido con el *cabinet* de Charlotte des Ursins, de quien Catherine se había declarado rival por decisión propia. Malherbe sonrió al recordar ciertos pormenores íntimos relacionados con el carácter altamente inflamable de la vizcondesa. Por una vez, y si no se repetía, la dama no se tomaría su presencia en el *réduit* de Rambouillet como un desaire. Era demasiado inteligente para eso, pero tampoco podía excederse en sus atenciones con la marquesa. Era mejor abstenerse de todo comentario con respecto a Madame d'Hauterive. Ya descubriría la joven *salonnière* que era la intrigante más lista de París. Doblemente peligrosa porque parecía tonta de remate. Ella se ocupaba de que así fuera con admirable maña. Para empezar, cultivaba una suerte de antielegancia escandalosa en el vestir y, en general, en todo su arreglo personal, que provocaba una mezcla de conmiseración y risa. La astuta señora administraba el capital del desprecio ajeno con excelentes resultados para su negocio. Era la pariente pobre de todos los apellidos ilustres de París, pero no era pobre en absoluto. El caserón decrépito en que habitaba formaba parte de una puesta en escena tan cuidadosamente organizada como invisible para el gran mundo que la rodeaba y a través del cual ella iba y venía, deslizándose como una sanguijuela. Algunos observadores más avispados, y Malherbe lo era, se habían dado cuenta de que Madame d'Hauterive constituía toda ella un personaje creado por la propia Madame d'Hauterive. Nadie sabía nunca cuál era su verdadero propósito y para quién, en realidad, trabajaba. El desdén que despertaba en todas partes su ridícula presencia desarmaba a quienes se consideraban muy superiores a aquella señora gorda que se hacía vestir con telas que una modistilla habría desechado. Las joyas que lucía eran grandes y ostentosamente falsas. Era imposible tomarse en serio a Madame d'Hauterive y ella misma se había encargado de que así fuera con una astucia que a Malherbe le parecía un prodigio de inteligencia práctica. Pero Madame d'Hauterive estaba allí aquella noche, y si estaba, era por algo. Lo más inquietante para Malherbe era la coincidencia con los hermanos De la Motte, *le grand et le petit*, y esto le producía un vago malestar porque indicaba que la velada en casa de la marquesa había despertado interés en los círculos más elevados. Había muchos ojos y muchos oídos que estaban allí al servicio de otros, y se preguntó si Catherine no se habría metido sin saberlo en honduras que estaban más allá de su capacidad. Ah, *les précieuses ridicules*...

Poco a poco el *cabinet* de la marquesa se iba llenando de gente. Con gran prosopopeya de inclinaciones hizo su aparición uno de los hombres más guapos de Francia, Jean-Baptiste de Suyrot, un perfecto idiota para los hombres que observaban su teatral aparición y un caballero gentil y distinguido para las damas que admiraban con mayor o menor disimulo la gallarda apostura de aquel Adonis que apenas si tenía tiempo para otra cosa que no fuese la adoración de sus propias hechuras. Catherine de Vivonne lo vio acercarse con verdadero gusto porque era de la opinión de que una velada bien organizada no debe excederse en ningún ingrediente y así no convenía que hubiera en torno a su cama ni demasiada fealdad ni demasiada belleza. Catherine consideraba que el mal gusto y los pocos atractivos de Madame d'Hauterive se verían compensados con la apolínea presencia del recién llegado, que se acercó al lecho para besar con muestras de devoción la mano que la anfitriona le tendía sonriente.

—Observo que ha comenzado a llover.

Jean-Baptiste elevó los ojos al cielo con un gesto de fastidio. Llegaba más despeinado de lo que él quisiera.

—Así es, señora. Parecía que la noche iba a ser tan serena como el día, pero de repente han empezado a acumularse nubarrones. Creo haber percibido incluso algún relámpago a lo lejos.

Madame d'Hauterive palmoteó con entusiasmo.

—Oh, ¿de veras? Eso lo hace todo aún más interesante. Muy adecuado para el *sabbat*, ¿no?

La marquesa no pudo evitar contradecir a su prima, que miraba con entusiasmo a sus vecinos en busca de aprobación general para su comentario, al mismo tiempo que señalaba con el dedo índice de la mano izquierda al techo como si allí estuviera lo más emocionante de la velada. A punto estuvo la linda Catherine de saltar de la cama para propinar una sonora guantada a aquel dedo ridículo que no paraba de señalar la parte de su *cabinet* que era lo peor de la estancia. Los techos de Rambouillet estaban inevitablemente deteriorados y la combinación artística de estuco, tapices y papel pintado no habían resuelto el problema. El arquitecto que el marqués había hecho traer de Florencia para consultar el caso dejó pocas dudas sobre el verdadero estado del viejo Hôtel de Rambouillet. El enorme caserón debía ser prácticamente reconstruido. Esto Madame d'Hauterive lo sabía muy bien y siempre encontraba una manera de llevar la atención de los invitados hacia el techo para irritación de su prima. Se divertía sacando de quicio a aquella *précieuse ridicule*. No podía remediarlo.

En espera de que el marqués se decidiera a acometer las grandes obras que el Hôtel de Rambouillet requería para ser convertido en lo que Catherine deseaba que fuese, había salvado las apariencias con algunas obras menores en la fachada y una redecoración en firme de las estancias de recibir y de las salas por las que transitaban los invitados hasta llegar al *cabinet*. Más no podía hacerse por el momento: nuevas telas, muebles recién barnizados, tapicerías relucientes, satén, brillo y encaje por doquier. El techo, sin embargo, no había podido ser mejorado. Las vigas, el yeso que las cubría y las lámparas que colgaban estaban en un estado de deterioro verdaderamente alarmante. Por más que había insistido no había conseguido que el marqués y el arquitecto la autorizaran a cubrir de nuevo la madera con estuco. El italiano había insistido en que lo mejor era no tocar la techumbre hasta que pudiera ser reformada por completo y mientras tanto aligerar el peso cuanto se pudiera. Pero Catherine se había negado a descolgar las lámparas, aunque se había ocupado de que la parte más transitada del *cabinet* y su propia cama no estuvieran debajo. Se oyó un trueno y en su lecho de recibir la joven dama se estremeció. Había filtraciones en las cubiertas del techo. Con poca simpatía contestó al comentario de su inoportuna pariente.

—Querida prima, no creo que las iras del cielo contribuyan en nada a mejorar nuestra velada.

Una leve vibración en el tono de Catherine hizo que Madame d'Hauterive se diera cuenta de que esta estaba bastante nerviosa, aunque no pudo determinar cuál era el origen de su inquietud. Quizás le daban miedo los truenos y no quería admitirlo. Eso es algo que le pasa a mucha gente, incluso hombres. Pero también era posible que el nerviosismo de Catherine se debiera a que ya se acercaba la hora en que llegaría aquel invitado sorpresa que todos fingían no esperar, y esto la convenció de que había hecho bien en prestar atención a don Tristán de Urtubi y en aceptar su generosa donación para llevarlo a él y a un tal Lancre, experto cazador de brujas, a Rambouillet. El asunto de las brujas en Navarra despertaba la curiosidad de todos. Lo que estaba sucediendo en el Labort podía ser un problema regional o no serlo. Llevaba ya varios meses sumando datos dispersos, rumores recogidos aquí y allá, y cada vez estaba más convencida de que algo importante se cocía. Madame d'Hauterive sonrió con la más estúpida de sus sonrisas y se la dedicó con generosidad a su estupenda prima.

—Pues yo diría que precisamente esta noche sí. ¿No comprendes? Será aún más misterioso todo.

La marquesa suspiró con resignación y decidió cortar la conversación. Sus ojos se encontraron con los de Malherbe, que la estaba mirando con benevolencia y comprendió que el poeta se daba cuenta de su malestar y estaba de su parte. Se sintió más segura y agradeció con una sonrisa aquel apoyo silencioso y paternal. Con un hombre de mundo como aquel no tenía nada que temer por más que ahora, entre trueno y trueno, su aplomo parecía írsele de las manos y comenzaba a pensar que quizás no había sido una buena idea escuchar los cantos de sirena de quienes perecían por enterarse de los detalles de la explosión satánica que al parecer había sucedido en la región en la que había nacido el rey. Hacía ya bastantes días que consideraba que la idea de aquella velada en su *cabinet* era no solo magnífica sino completamente suya. Ahora tenía sus dudas, quizás por la presencia insidiosa y estúpida de Madame d'Hauterive o por culpa de los techos carcomidos del Hôtel de Rambouillet o por el efecto de los truenos. Buscando a quien culpar de lo que a cada instante que pasaba le parecía un lamentable error, recordó que había sido su prima D'Hauterive quien le había sugerido dedicar una *soirée* a la brujería y a la nigromancia.

Sonó otro trueno estremecedor y las defensas de Catherine se desmoronaron un poco más. Dirigió a Jean-Baptiste y a Malherbe una mirada anhelante, que cada uno interpretó a su manera. El apuesto Jean-Baptiste se sintió encantado y se esponjó un poco más en su propia salsa. Parecía un caballo enjaezado y preparado para su lucimiento en el desfile. Mientras reunía un ramillete de frases triviales con que cumplimentar a la anfitriona, Malherbe, que había captado perfectamente la mirada de Catherine y la petición de ayuda que en ella se escondía, comprendió que la joven e imprudente marquesa necesitaba no solo un tema de conversación con que entretener a sus invitados, sino un tema que la entretuviese a ella misma y la distrajera de su creciente nerviosismo. No titubeó.

—La naturaleza es aliada de la poesía en toda circunstancia. Yerran quienes piensan que solo la primavera favorece a las musas. Recordemos que el divino Homero dedica docenas de maravillosos hexámetros a describirnos las tempestades que agitan el vinoso Ponto por el que sus héroes semidivinos navegan en bajeles de muchos remos. No olvidemos tampoco que las musas nacen del mismo amor que engendra el mundo, pues son hijas de Mnemósine y Zeus, y Zeus es hijo de Urano y Gea, Cielo y Tierra, por eso están en el principio y por eso, en todo comienzo que desee un camino en compañía de las artes, se ha de acudir a las musas para demandar su protección. Los tratadistas nos dicen que las fuentes servían de altar en el que colocar las ofrendas con que los aedos buscaban atraerse la compañía de estas diosas esquivas. Pero ¿hay mayor fontana que aquella que mana directamente del anchuroso Urano, abuelo de nuestras musas? No por cierto. En consecuencia, no desaprovechemos la ocasión que se nos brinda de manera tan inesperada como sonora. Convoquemos a las musas del Helicón para que dejen sentir sus delicados pasos sobre los techos que nos cobijan y que cada una nos traiga el misterio de su gracia, que nutrirá nuestra inspiración.

—Permitidme, maestro Malherbe, que añada mis ruegos a los vuestros.

El brioso arranque de Madame de Rennine, que irguió el busto con decisión y se enderezó en su silla, como para distanciarse de la absurda presencia de Madame d'Hauterive, sorprendió a Malherbe, que apenas conocía a aquella señora, la dama bordelesa cuyo nombre no conseguía recordar Catherine.

—Esta noche el Hôtel de Rambouillet semeja un ara helénico en que un nutrido grupo de sacerdotes y sacerdotisas elevan preces a las diosas esquivas, pero bellísimas, que derraman sobre el mundo las gracias del arte que hace soportable el triste discurrir de la existencia humana, que no vale nada si no sabe buscar aliados que la eleven de su desdichada condición material. Decidme, ¿creéis vos que puede compararse la vida de quienes dedican sus afanes a la satisfacción de sus ambiciones o sus instintos a la de aquellos que se esfuerzan por elevar su alma del triste cepo de la materia en que está alojada para acercarse, al menos en el deseo, a las moradas en que habitan la poesía y la belleza?

Catherine inclinó su rostro en señal de aprobación y se maldijo por el olvido del nombre de aquella señora notable, fruto sin duda de los nervios. Malherbe no desaprovechó la ocasión que la dama desconocida le proporcionaba para encauzar una conversación que diera sentido a aquella velada en el *cabinet* de la marquesa y al mismo tiempo distrajera a esta de su creciente nerviosismo, porque los minutos pasaban y el invitado que todos esperaban no hacía acto de presencia. La tormenta golpeaba furiosa los techos y las ventanas vibraban como si una terrible fuerza exterior quisiera atravesarlas. En tales condiciones era posible que el invitado de Catherine no pudiera venir. A don Tristán de Urtubi la impaciencia apenas le permitía estar sentado. Maldijo a Lancre una y mil veces. Cada *sou* que le había pagado a Madame d'Hauterive le pinchaba como un alfiler clavado en las posaderas. En cualquier caso había que salvar la velada en el *cabinet* de la marquesa.

—Ponéis, señora, el dedo en la llaga que los platónicos abrieron en los entendimientos más nobles por los siglos de los siglos. ¿Nuestra alma pertenece a este desdichado mundo material o está aherrojada en él como el preso que soporta la oscuridad de la mazmorra en la que malvive solo para mirar la luz que apenas entra por el ventanuco estrecho y oscuro y que le recuerda cada día que fuera está el radiante sol?

La conversación mal que bien se fue encadenando con la ayuda de Malherbe y de Madame de Rennine que, pese a su origen provinciano y su falta de experiencia en las veladas de *cabinet*, supo entender la necesidad del momento. Catherine procuró que unos y otros intervinieran en la tertulia y no sin esfuerzo dominó sus nervios y logró evitar los incómodos silencios que hacen pesado el aire en las reuniones sociales.

IX

Donde se cuenta cómo don Bernardo de Sandoval se hace leer el pleito de las brujas de Ceberio y se narra la triste historia de la niña Catalina de Guesala.

A comienzos de la primavera de 1609, tras ordenar a sus oficiales que buscaran en los archivos qué casos de brujería se habían producido en aquella región en los últimos tiempos, don Bernardo decidió que el siguiente paso que debía dar era encontrar al hombre adecuado para enviar a Logroño. Estuvo dando muchas vueltas sobre este nombramiento. Era preciso que fuese alguien de su absoluta confianza y firme de carácter. En Logroño había una vacante desde que Juan Ramírez se había marchado y esto ofrecía una oportunidad que si se desperdiciaba podría traer muchos y grandes quebraderos de cabeza, y eso era algo que no se podía permitir, no en un caso de brujería. Pues cada vez veía más claro que lo sucedido en Zugarramurdi no iba a tener una solución sencilla. No era la primera vez que esto pasaba.

En 1555, lo recordaba bien, había habido otro episodio en la región. Qué curioso. Esto había sucedido precisamente el mismo año en que había muerto Enrique II y había ascendido al trono su hija Juana de Albret, que era hugonote declarada y, por tanto, el mismo año en que habían comenzado los conflictos religiosos en la Baja Navarra.

Entonces la Inquisición no había querido intervenir. El caso de brujería se había producido en el valle vizcaíno de Ceberio y habían sido las autoridades civiles las que se habían encargado del asunto. Ahora el hijo de Juana de Albret, que también había sido hugonote y probablemente lo seguía siendo, era el rey de Francia, de manera que todo cuanto sucedía en los Ultrapuertos estaba directamente conectado con París. Don Bernardo necesitaba pues un hombre que tuviese talento suficiente para ver más allá de la mera apariencia de los hechos que se le presentaran y no a un inquisidor rutinario que levantara actas y tomara declaración. En los casos de brujería era habitual que se produjera una espiral de acusaciones en cadena que dificultaba enormemente determinar qué es lo que había sucedido realmente y lo que no.

Después de muchos paseos por su huerta de Atocha, don Bernardo decidió en primer lugar no informar a su sobrino el duque de Lerma todavía y en segundo lugar llamar a Alonso de Salazar y Frías, al que conocía desde hacía tiempo y que era una persona que reunía condiciones más que sobradas para ocupar la vacante de inquisidor que había en Logroño. Tras mucho meditar determinó que era mejor no consultar con nadie esta decisión. Primeramente, llamaría a don Alonso y lo pondría al tanto de lo que estaba ocurriendo y, sobre todo, de lo que podía llegar a ocurrir.

Semanas antes de nombrar a Salazar, don Bernardo se había hecho traer el pleito de Ceberio y había dispuesto que Luis de Oviedo, su más fiel servidor, se lo leyera una noche en su casa. Hacía ya tiempo que los ojos se negaban a servirle. Si no era con luz de sol y con la ayuda de anteojos, le costaba leer.

Una niña de pocos años, ocho o diez, llamada Catalina de Guesala, se presenta ante las autoridades y acusa a varios vecinos de reunirse en el «campo de Petrelanda» para realizar actos diabólicos. Confiesa que una noche en que se acostó en casa de Pero Ortiz de Areilza se despertó en la de Juan de Bereinocha y que allí vio a Diego de Guinea, a su tía María Ochoa de Guesala, al mentado Juan de Bereinocha, su mujer, su madre y su hermana; a Bastiana de Bereinocha; a Mariachea, mujer de Min de Amecola y a su hija; a Marina de Barbanacho y a su hija; a Juan de Isasi; a algunos vecinos de Gorocito cuyo nombre no sabe; a María de Arrugaeta y a su hija María Ybanes. En su casa, este Juan sacó una olla con cierto ungüento con el que se untaron en las palmas de las manos y las plantas de los pies, y sobre el corazón y en la espalda, y también en la barbilla y en la frente, unos a otros, y que así untados saltaron desde el antepecho de una ventana y volaron por los aires hasta el prado de Petrelanda. Todos desnudos o escasamente cubiertos con alguna manta vieja. Lo sucedido en el prado era bastante notable.

Mientras leía a la luz de las velas, Luis de Oviedo levantaba la vista una y otra vez hacia don Bernardo esperando en él algún gesto o comentario que le viniera a explicar por qué motivo el gran inquisidor permanecía serio y mudo, con la vista fija en el fuego de la chimenea, a la que ambos se habían arrimado buscando alivio para el frío de Madrid. Aquel año el invierno se resistía a irse. Hacía rato ya que había anochecido y el viento helado había expulsado a los viandantes de las calles, de donde apenas si llegaba ruido alguno. La chimenea era pequeña, pero como el cuarto también lo era bastaba para calentar la estancia agradablemente. Aquella sala chica era muy del gusto del cardenal en los días más duros del invierno y la usaba para trabajar de noche antes de dirigirse al oratorio al último rezo del día.

Como don Bernardo no respondía a sus miradas interrogadoras, Luis de Oviedo continuó leyendo. La niña Catalina, sin que se le haga violencia de ninguna clase, afirma que ha ido a este prado varias veces siempre en compañía de los Bereinocha y desde su casa, y que allí hay una casilla junto a unas grandes rocas y también una ermita. Dice que en ese lugar los estaba esperando Belcebú. Cuando se le pregunta cuál es su aspecto, Catalina declara que es como «rocín muy negro», con cuernos y sentado en un sillón. La primera vez que su tía María Ochoa la llevó al prado fue presentada por esta al demonio.

—¿Qué os parece el regalo que aquí os traigo? —dijo María Ochoa señalando a la pequeña Catalina.

Belcebú contestó:

—Es lo que yo espero de vos, un presente como este y otros muchos que me traeréis.

A continuación todos se pusieron a bailar y saltar, desnudos como estaban, mientras los brujos jóvenes o todavía niños se sentaban en un rincón del prado a observar. Desde allí Catalina describe lo que afirma haber visto. Terminada la danza, se pasaron unos a otros una taza grande que parecía de plata. Cuando le preguntan qué era lo que en la dicha taza había, contesta que allí había orinado Belcebú y que esto era lo que bebían todos y ella también.

Llegados a este punto en la lectura, Luis de Oviedo ya no pudo callarse más.

—Su Eminencia me disculpará, pero lo que...

Don Bernardo miró a su fiel servidor con afecto y sonrió levemente:

—Te aseguro que si no fuese necesario no te haría leer esto.

Luis de Oviedo se apresuró a protestar. El cardenal y arzobispo de Toledo podía usar sus ojos tanto como lo deseara, que eso estaba más allá de cualquier duda. Pero jamás en toda su vida había tenido que leer nada semejante. En un tris estuvo don Bernardo de responderle que ahora él era el gran inquisidor y que pronto tendría que acostumbrarse a este tipo de cosas, pero no quiso inquietar a Luis de Oviedo, que era hombre muy leal aunque impresionable.

—Si estás cansado de leer, podemos seguir mañana.

Luis de Oviedo contestó rápidamente que no y continuó con las actas del interrogatorio. A la pregunta de si era dulce o amarga aquella bebida, la niña Catalina contesta que amarga. A la pregunta de si en dicho campo tenían lugar ayuntamientos carnales, afirma que sí, hombres y mujeres, y también contra natura.

—Espera, Luis.

El de Oviedo se detuvo de inmediato y aguardó al arzobispo sin atreverse a mirarlo.

—Repasa bien, ¿es la muchacha por sí misma la que se refiere al pecado contra natura o esto le es preguntado de manera explícita?

Con empeño, Luis de Oviedo volvió a los renglones. El escribano era malo de verdad y la letra muy difícil de leer. No le había extrañado que su eminencia le pidiera ayuda.

—La pregunta solo dice si «algunos tenían acceso carnal» en aquel lugar y ella responde que sí, que unos con otras y que «usaban contra natura».

—¿Lo dice así, tal cual, «usaban contra natura» y es la propia Catalina la que se expresa en esos términos?

—Eso parece. Al menos así consta aquí.

—Bien —don Bernardo suspiró—. Vamos a continuar un poco más.

Aunque estaba deseando acostarse, Luis de Oviedo no podía evitar sentir curiosidad por relato tan sensacional y sobre todo por los motivos que habían llevado a don Bernardo a pedir que le leyeran aquel viejo expediente. Esto no se atrevía a preguntarlo de manera directa, así que desvió su interés hacia los detalles.

—Su eminencia me perdonará mi ignorancia, pero ¿tiene importancia cómo sea la pregunta ante la enormidad de lo que esta muchacha declara?

Con gesto cansado aunque comprensivo, don Bernardo procuró explicar el motivo. Se sentía fatigado y no le agradaba la tarea y menos a aquellas horas. Le llenaría la cabeza de ideas tenebrosas y esto le dificultaría el sueño. El rezo limpiaría la mente de aquella oscuridad, pero no podía huir hacia el oratorio por más que le apeteciera. Había escuchado con mucha atención lo que Luis de Oviedo le iba leyendo, y le parecía que aquel caso podía servir muy bien para que don Alonso comprendiera las dificultades de su tarea en Logroño.

—Sí importa, sí. Aquello que se dice al preguntar pone ideas en la mente del preguntado que puede acabar respondiendo con las mismas palabras con las que se le interroga sin darse cuenta. ¿Entiendes?

—No muy bien.

—Mira, si yo te pregunto qué viste esta tarde al asomarte por esa ventana, tu respuesta no será la misma que si yo te pregunto si viste hombres barbudos al asomarte por la ventana. ¿Lo comprendes ahora?

—Creo que sí, y dispense que le haga perder el tiempo a estas horas con preguntas tontas.

Don Bernardo le quitó importancia. La curiosidad de Luis de Oviedo le parecía más que comprensible y apreció la discreción. Sabía que hubiera deseado preguntar mucho más, y que no se atrevía. No hubiera sido humano si ante la mención del Maligno no hubiera sentido curiosidad.

Luis de Oviedo se enfrascó de nuevo en la lectura de aquellas páginas hostiles mientras maldecía en su interior al escribano. Al parecer la niña Catalina, después de acusar a unos y otros, se había desdicho y había declarado que era mentira. A los pocos días se presenta otra vez ante el juez y afirma entre llantos que todo lo anterior es contrario a la verdad, que ha dicho lo que no era y que ella nunca fue bruja y que esto se lo hicieron decir con amenazas una tal Marinacho de Becurten, que ahora está avecindada en Bilbao, pero que antes vivía en la casa de Pero Ortiz de Areilza y Catalina de Recalde, hija de Juan de Recalde; y María Ochoa, hija de Juan Aranacho

Tatugorra y María de Areilza, hija de Pero Ortiz de Areilza. Que la obligaron para que declarase que era bruja ante el juez Pedro de Pilla y que dijese que todos los de Bereinocha eran brujos también y Diego de Guinea y otros, y que le pegaron, la amenazaron y que la tiraron al suelo y le dieron muchas patadas.

Luis de Oviedo se detuvo para tomar aliento. Como esto contradice lo anteriormente dicho, el juez le pregunta si al menos es o no verdad que se juntaban en el prado de Petrelanda.

—¿Y qué contesta Catalina? —inquirió el inquisidor rascándose con aire pensativo la barbilla.

—Que sí, pero que iban allí de día, a guardar las cabras.

—Pobre hombre.

—¿Quién? —preguntó Luis de Oviedo alarmado.

—El juez. ¿Cómo has dicho que se llama?

—Don Pedro de Pilla.

—Luego encenderemos una vela por la salvación de su alma, aunque no creo que la necesite. Con este pleito ya hizo bastante penitencia.

La interrupción dio a Luis de Oviedo oportunidad para expresar su opinión. La curiosidad no se le había pasado, pero su estupor aumentaba por momentos.

—Todo esto parece el reino de los disparates, eminencia.

—No solo lo parece, aunque eso no le quita peligro a la situación. Un peligro real. ¿Cómo crees tú que estaban las relaciones vecinales en los caseríos del valle de Ceberio en este año de 1555, que es cuando interviene la justicia?

Luis de Oviedo, que después de muchos pliegos ya se leía los renglones de dos en dos, soltó una exclamación.

—Oh, el santo Job nos asista, que la moza vuelve a cambiar de opinión unas semanas después.

El cardenal hizo un gesto de profundo escepticismo y se levantó para dar unos cuantos pasos por la sala. Luis de Oviedo esperó instrucciones. Don Bernardo se acercó a la chimenea y con la ayuda de las tenazas recogió algunas astillas que se habían desparramado. Después se sentó con mucha parsimonia y se recolocó sobre las rodillas los pliegues del hábito.

—Si no te resulta extenuante, creo que debemos proseguir. Si lo dejamos ahora, mañana por la noche habremos perdido el hilo y habrá que releer algunos folios.

—Tiene razón su eminencia. A mí ya la letra de este endiablado escribano me parece transparente como el cristal.

—Sí, no hay letra mala a la que no quebrante la paciencia. No obstante, hay que dar alivio a los ojos de vez en cuando. No vendría mal una tisana de yerbaluisa con miel para reponer fuerzas y calentar las tripas, porque la noche es crudísima.

Tras este pequeño descanso, Luis de Oviedo continuó con la lectura. Efectivamente, unas semanas después la misma Catalina vuelve a comparecer ante el juez y declara que todo cuanto había declarado sobre los brujos era cierto y que mentía cuando dijo que mentía y que la habían obligado a hacerlo. Cuando el juez le pregunta cómo es que antes había dicho una cosa y luego otra, Catalina le explica que lo hizo porque su tía la amenazó con matarla si no decía que todo era mentira y que eran aquellas mozas las que la habían obligado a decirlas.

—Con el permiso de su eminencia, pero yo me estoy perdiendo.

—No es de extrañar. Las causas por brujería llevan al extravío fácilmente. Atiende, Luis. Primero Catalina declara que es bruja y participa en los ritos satánicos y dice nombres. Esto es lo esencial, que acusa a otros. Segundo: cambia luego su testimonio, llora y gime ante el juez y dice que la han obligado a decir aquellas cosas. De nuevo, acusa a unas mozas y dice nombres. Tercero: Catalina se desdice de lo anterior y afirma que cuando dijo que era mentira lo hizo por consejo de su tía, que le dice que la va a matar. Y repara en esto, que es esencial: a estas alturas Catalina, queriéndolo o sin querer, nos ha informado de que la han amenazado y le han pegado muchos vecinos del valle. Marinacho de Becurten, la que luego se fue a Bilbao; Catalina de Recalde, María de Aranacho y María de Areilza le pegaron y la obligaron a declarar contra Diego de Guinea y María Ochoa de Guesala, que es su tía,y contra todos los Bereinocha, que no son pocos (el marido, mujer, hermana, madre, hija y otros parientes), y otros vecinos y amigos de los Bereinocha, y esto podemos suponerlo porque frecuentan su caserío. También le ha pegado Diego de Guinea por haberlo acusado de brujo, y finalmente su propia tía María Ochoa la ha amenazado de muerte si no acusa a Marinacho de Becurten y las otras de ser las instigadoras de su primera declaración. Hasta aquí para mí hay dos hechos evidentes. El primero es que unos y otros están utilizando a la niña Catalina, que seguramente es huérfana y no tiene quien la defienda, y otro es que la enemistad de unos con otros debía venir de mucho antes, en especial entre la tía y los Bereinocha por un lado, y el grupo de Catalina de Recalde y los Areilza por otro.

—Tiene razón su eminencia. Por eso el juez se desplazó hasta Areilza y allí tomó declaración a una tal Marinacho de Unzueta sobre los bailes de Ceberio. ¿Y no podría ser que todo esto no fuesen más que unas danzas obscenas de esas que con frecuencia se dan en las noches de San Juan junto con otras costumbres un poco paganas pero inofensivas?

Don Bernardo tardó un poco en responder.

—Es posible, pero normalmente nunca se reduce a algo tan simple. Empiezan a acusarse unos a otros y el laberinto puede ser más enmarañado que el de Creta. Imagínate que alguien hubiera muerto y unos vecinos acusaran a un tercero de haberlo asesinado con venenos, con pócimas, con hechicerías. El muerto existe y los testigos también. ¿Cómo conviene proceder en ese caso? No se pueden ignorar acusaciones de tanta gravedad. Porque con brujería o sin ella, el hecho es que hay una acusación de asesinato, hay testigos y un cadáver.

Luis de Oviedo se rascó la cabeza y miró al arzobispo con ojos asombrados.

—Entonces, es imposible saber la verdad...

—No es imposible, pero es muy difícil y con frecuencia las declaraciones producen confusión y errores. Por eso quiero estudiar este caso, para poder explicárselo a don Alonso y que se haga una idea siquiera aproximada de lo que se va a encontrar en Navarra. Venga, vamos con lo que cuenta esta testigo Marinacho de Unzueta y procura resumir porque nos van a dar las claras del día.

Con presteza, Luis de Oviedo agarró un tronco del capacho de la leña y lo echó a la chimenea. El sonido silbante del viento se colaba por los postigos de la ventana. De nuevo se inclinó hacia los pliegos y procuró leer deprisa y concentrarse en lo esencial. Marinacho declara que una noche Catalina la despertó y la llevó junto al hogar en la cocina y que la mentada Catalina se había puesto los vestidos al revés, la saya y el sayuelo. Catalina le explica que un hombre negro y una mujer le pusieron las ropas al revés y que luego la mujer le puso un trapo por la cabeza y con este trapo la llevaron al lagar y del lagar a la bodega y de allí al manzanal donde le sacaron todo lo que tenía en las tripas y luego la llevaron al nogal de Bernardino de Areilza donde la maltrataron mucho. El hombre negro y la mujer le decían que renegase de Dios Nuestro Señor y de la Virgen y de todos los santos que hay en el cielo y hasta de los panes que había comido y la leche que había mamado. Así, turbada y confusa, la llevaron de nuevo a la cocina y allí el hombre negro puso a hervir una olla grande de la que salía mucha espuma, pero entonces cantó el gallo y los dos huyeron llevándose la olla.

Aquella misma noche, Marinacho, asombrada y compadecida de lo que le había contado Catalina que le habían hecho el hombre negro y la mujer desconocida, cogió a la chiquilla y la llevó ante el matrimonio Areilza, y afirma que ambos dijeron que no era de buenos cristianos tratar así a una niña. Entonces se levantó Diego de Guinea y dijo que seguramente la niña se habría quedado dormida junto al hogar por error y que luego se despertó y no atinó a encontrar la cama y que en medio del desconcierto se habría caído y por esto estaba descalabrada. Entonces dijo que tenía que dormir con él, a lo que Catalina se negó varias veces con gran susto.

—¿Y lo dice así, directamente y ante los vecinos, que la niña duerma con él?

—Sí, eminencia. De esto hay varios testigos y nadie lo desmiente.

—Menudo pájaro. Continúa, por favor.

A continuación el juez le pregunta por la gente que suele ir a la casa de Bereinocha y al prado de Pretelanda. Aquí Marinacho cuenta lo que dice que le ha dicho Catalina. Esta le había explicado que la primera vez que fue a esta casa y al prado había visto allí a Diego de Guinea y a Juan de Bereinocha y a su madre, su mujer y su hermana y a su tía María Ochoa de Guesala y a otras muchas personas a las que mienta por su nombre.

—Y claro, Marinacho no acusa por sí misma sino que echa todo sobre los hombros de la pequeña Catalina.

—Así es, eminencia. Qué galimatías.

—Sí, pero hasta ahora no ha habido ningún crimen, aparte de maltratar sin misericordia a una niña de pocos años.

—Pues no es el único niño al que hacen violencia. Aquí está también la declaración de Ortuño de Areilza, que pone los pelos de punta.

El gran inquisidor, con gesto fatigado, indicó a Luis de Oviedo que continuase. Este tardó unos minutos y luego resumió lo leído lo mejor que pudo. El testigo declara que vivía con su madre en el lugar de Areilza junto a la ermita de Santo Tomás de Olabarrieta cuando tenía cuatro o cinco años, y recuerda que hasta allí venía Diego de Guinea, que estaba avecindado entonces en la casa de Goicoechea y que venía de noche y entraba en la cámara donde él dormía con su madre y le sacaba de la cama y le llevaba a la casa de Goicoechea. Allí, en el hogar, encendía un fuego muy grande y con un instrumento de hierro le hacía sangrar por las rodillas y las muñecas y por detrás de las orejas y le chupaba la sangre y luego le untaba las heridas con un ungüento y después le llevaba de vuelta a la cama de su madre. Este Ortuño, que tiene diecinueve años en el momento de declarar, dice que se acuerda de esto porque tiene señales, especialmente detrás de las orejas.

Don Bernardo se enderezó rápidamente en el sillón.

—¿Y el juez no le pidió que las mostrara?

Luis de Oviedo tragó saliva. Ya estaba convencido de que no iba a poder dormir en muchas noches y se preguntó si su pacífica vida al servicio del arzobispo se habría acabado para siempre. Ahora veía claro por qué don Bernardo se había negado varias veces a aceptar el cargo de gran inquisidor.

—Sí, lo hizo y el testigo las mostró. El tal Ortuño también recordaba que su madre, al enterarse de que había inquisidores en Bilbao, le llevó hasta allí y había hecho que los inquisidores las vieran, pero su eminencia ha dicho que la Inquisición no intervino en este pleito...

—No, ya te lo dije —contestó don Bernardo.

—Pero ¿por qué?

—Seguramente porque no hubo delitos más graves. Vamos a continuar.

Cuando don Bernardo calló, el silencio de la madrugada, solo interrumpido por el crepitar de la chimenea, le pareció a Luis de Oviedo ominoso y terrible. ¿No sería mejor olvidar todo aquello y dejarlo enterrado en los archivos?

La siguiente testigo era María Ibanes, la mujer de Juan de Bereinocha.

—Vamos llegando al núcleo del conflicto.

Luis de Oviedo no acertó a comprender lo que su eminencia quería decir, aunque no preguntó.

—Esta María Ibanes, cuando le preguntan si es verdad que ella es bruja, se aflige muchísimo y comienza a temblar. Dice que sí y que la había hecho bruja una tal María de Álava, que ya había muerto, presa en Bilbao, dándole unos polvos y también confiesa que había ido cinco o seis veces con esta María de noche a echar a perder los trigos.

—Las cosechas.

Don Bernardo miraba el fuego fijamente y parecía hablar para sí mismo.

—Aparecen siempre antes o después. Años de malas cosechas y penurias los hay una y otra vez, y el recuerdo de lo padecido aumenta el temor de que se repitan. Así que no resulta difícil imaginar cuánto poder e influencia puede acumular quien se dice capaz de provocar malas cosechas...

Luis de Oviedo, que iba leyendo a buen ritmo, se detuvo de pronto.

—Aquí hay la declaración de un clérigo de la ermita de Santo Tomás de Olabarrieta.

—¿Y qué dice?

—Pues se refiere a varios de los mentados y a otros, y dice que públicamente se nombran a sí mismos brujos y brujas, y explica los parentescos, que a lo que parece todas estas familias están emparentadas. Finalmente diecisiete de ellos son procesados y salen con penas leves.

—¿Y Catalina?

—No está entre los condenados.

Don Bernardo asintió con un gesto de satisfacción.

—Parece que el juez pudo orientarse.

De pronto, Luis de Oviedo soltó una exclamación:

—Ah, aquí se cuenta el origen de la niña Catalina, que como su eminencia sospechaba era huérfana, pero...

—Pero ¿qué?

Con un cierto titubeo, Luis de Oviedo resumió lo que varios testigos habían declarado sobre el nacimiento de Catalina, que era hija del difunto Juan de Guesala y de María Miñez de Mendieta. Al parecer la madre, cuando estaba por nacer la niña, decía a unos y otros que estaba preñada del demonio e iba a parir al anticristo.

Don Bernardo asintió tristemente.

—Pues el demonio la engañó, porque solo trajo al mundo a la infeliz Catalina...

X

De cómo Baltasar de Velasco y el fraile Alarcón llegan a Logroño tras comer sopas de ajo y dormir en el Hospital de San Juan de Acre.

Estaba oscureciendo ya cuando Baltasar y Alarcón llegaron a Navarrete. La larguísima jornada desde Nájera los tenía molidos. Los caballos estaban para el arrastre. El tordo que Baltasar montaba y que tenía cada cierto tiempo un arranque de rebeldía y se empeñaba en salirse del camino, sin que hubiera forma humana de saber qué era lo que provocaba aquellos aspavientos, había abandonado toda forma de insubordinación. El animal iba ya con las orejas gachas y parecía un borrego. Alarcón hacía mucho rato que había enmudecido por completo y solo se le oía resoplar y gruñir. Todos los intentos de Baltasar por hacerle conversar y distraerlo habían fracasado. El de Almería contestaba con monosílabos o no contestaba. Unos nubarrones a poniente vinieron a oscurecer el ánimo ya muy alicaído de

Alarcón. Solo faltaba que lloviera. La idea de ponerse chorreando encima del caballo y sin encontrar sitio donde guarecerse le hacía estremecer de espanto. Le dolían las piernas y la cintura, aunque las posaderas eran la fuente principal del tormento. Tenía la sensación de que miles de alfileres se le clavaban constantemente. Para acabar de colmar su mal humor veía a Baltasar tan contento. Ni siquiera lo habían molestado los feos que el caballo hacía por sorpresa y que a otro jinete menos ágil lo hubieran mandado al suelo o al menos lo habrían enfadado. Pero no. Baltasar dominaba el mal genio del animal una y otra vez, y lo devolvía al camino sin dificultad. Aquel muchacho no montaba como un clérigo. Para compensar, él no montaba ni siquiera como un clérigo. Se sentía más bien una piedra abandonada a su destino en el camino de un torrente.

—Navarrete —atinó a decir.

—¿A cuánto estamos? —preguntó Baltasar.

—Ya falta poco.

Baltasar miró al fraile de reojo y consideró que era perder el tiempo proponerle que continuasen una legua más, después de parar para cenar y dar descanso a los caballos.

—¿Y de Navarrete a Logroño?

—Poco menos de dos leguas —musitó sin ganas Alarcón.

—Pues podríamos...

El fraile no lo dejó continuar. Conocía muy bien a Baltasar. Las cabalgadas nocturnas lo entusiasmaban.

—Ni lo sueñes.

Esto era lo que Baltasar esperaba y no quiso insistir. Ya veía a Alarcón muy quebrantado y con un humor de perros. También él lo conocía muy bien y sabía que solo había dos cosas capaces de hacerle perder su habitual amabilidad: los viajes y el hambre. Para ver si lo animaba un poco le preguntó:

—¿Hay buen alojamiento en Navarrete?

—Extraordinario. El Hospital de San Juan de Acre.

Y no añadió nada más. Estaba claro que iba a tener que sacarle las palabras con unas tenazas.

—¿De los hospitalarios o de los templarios?

El fraile no contestó y Baltasar se dijo que debía de estar haciendo acopio de energía para el esfuerzo de descabalgar, maniobra singularmente delicada para él. Observó con disimulo al fraile. Ya no iba ni a mujeriegas ni a caballero. Tenía una rodilla casi encima del cuello del caballo y la otra pierna colgando. Cualquier tropezón del animal lo hubiera mandado al suelo. Todos sus intentos por explicarle que aquellas posturas eran no solo más incómodas a la larga, sino también peligrosas habían sido infructuosos.

A pesar del mal humor de Alarcón, de los nubarrones negros que iban cubriendo el cielo y de todas las incertidumbres que lo rodeaban, Baltasar se sentía bien. Intentó imaginarse el gran Hospital de San

Juan de Acre. Nunca lo había visto, aunque había tenido ocasión de conocer otras construcciones de este tipo y sabía que estaban a medio camino entre el castillo y el monasterio porque habían servido de amparo a los peregrinos del Camino de Santiago en tiempos en que la frontera con los moros estaba muy cerca. Seguramente tendría muros ciclópeos, un patio porticado con un pozo, recias columnas y capiteles con tallas muy simples, pero hermosísimas en su sencillez. Don Alonso le había enseñado a apreciar el arte de otros tiempos, no solo en la literatura, sino también en la piedra. Con él había estudiado al marqués de Santillana y había visitado Santillana del Mar. Perdido en los recuerdos de aquel viaje, Baltasar casi se olvidó de Alarcón, que cabalgaba a su lado, para acordarse de otro Alarcón más joven, e igualmente reacio a los viajes que, sin embargo, no había querido perderse la visita a Santillana.

El joven jesuita tenía entonces trece o catorce años y absorbía como una esponja todo lo que Alarcón y don Alonso le iban explicando del mundo. Su afán por aprender solo era comparable a su facilidad para meterse en peleas callejeras, inclinación que era muy severamente castigada por aquellos dos hombres tan dispares que le habían criado. De pronto comprendió que el bienestar que sentía y cuyos motivos no quería preguntarse, no fuese a deshacerse en la nada, se debía a que había regresado junto a su familia, porque don Alonso y Alarcón eran su verdadera familia y la Compañía, a pesar de todo su empeño, no había llegado a serlo nunca. Cuando renunció a los suyos, lo hizo con toda convicción y dispuesto a convertirse en un hijo de Ignacio de la cabeza a los pies, pero no había podido ser. ¿Lo había engañado la ambición o el orgullo? ¿La vocación que había creído sentir con fuerza inconmovible había sido un espejismo fruto de la irreflexión o del deseo de hacer algo extraordinario? Era la primera vez desde que consiguió subir a un barco portugués en Ternate, tras semanas de huida desesperada, que podía pensar y hacerse estas reflexiones sin caer en la desesperación y el vacío. Y sabía que podía hacerlo porque Alarcón cabalgaba a su lado. De pronto oyó un ronquido que lo sacó de sus cavilaciones. Ya era casi de noche y la oscuridad crecía por momentos. A lo lejos un grupo de lucecitas temblorosas anunciaban la proximidad de Navarrete, pero Baltasar no supo calcular cuánto faltaba para llegar. No podía permitir que Alarcón siguiera durmiendo o acabaría cayéndose del caballo.

—¡Alarcón, Alarcón, despierta! Mira, ya se ven las luces de Navarrete.

Sin ningún sobresalto, el fraile abrió los ojos.

—No estaba durmiendo.

—Claro que no —respondió Baltasar sin el menor asomo de ironía en la voz.

El Hospital de San Juan de Acre era extraordinario; el alojamiento no. El edificio, a pesar de la oscuridad, se veía enorme y antiquísimo. Los ecos de la historia parecían atrapados en las piedras centenarias que armoniosamente combinadas desafiaban el paso del tiempo, aunque la mayor parte del recinto estaba abandonado. Solo se mantenían en servicio algunas celdas para los viajeros y los monjes. Por toda colación pudieron ofrecerles unas sopas de ajo con pimentón. A Baltasar le hubiera gustado entretenerse al día siguiente y ver el hospital a la luz del sol, pero Alarcón, que había recobrado el uso de la palabra tras comerse las sopas de ajo, había declarado sin apelación posible que partirían antes del amanecer. Acto seguido se fue a la celda que les habían dado para pasar la noche y se tiró en el jergón de esparto, limpio pero duro, como un náufrago que encuentra un tronco en medio del océano. Se durmió en el acto.

No había en el hospital mozos que atendieran a los animales, así que Baltasar tuvo que sacar agua del pozo para llenar el pilón y ocuparse del pienso y los aparejos. Conforme acababa con aquellas tareas y llevaba a la celda que compartía con Alarcón los sacos de viaje, la talega con las vituallas y sus escasas pertenencias, se dio cuenta de que estaba cada vez más nervioso. Al día siguiente vería a su tío y no lo inquietaban los reproches que este pudiera hacerle, que no serían muy severos, sino su propia incapacidad para controlar sus emociones y para explicarse. De nuevo, lo inundó un mar de aprensiones y aquella sensación de no tener rumbo ni norte que le hacía sentirse como una hoja seca arrastrada por el viento.

El farol de aceite que les habían dado para poder moverse por el hospital apenas alumbraba la celda porque Baltasar había reducido al mínimo el pábilo con el fin de que el combustible durase más. Veía extenderse ante sí el abismo de la noche sin sueño y no quería quedarse a oscuras. Se tumbó en el jergón convencido de que la desesperación del insomnio lo obligaría a levantarse y cerró los ojos. El silencio era absoluto y solo se percibía la respiración del fraile, suave y acompasada.

Cuando Alarcón lo despertó al día siguiente con una suave sacudida en el hombro, apenas podía creer que había dormido toda la noche de un tirón y sin darse cuenta.

—Ya cantan los gallos —dijo el fraile a modo de buenos días.

La capacidad de Alarcón para dormir y despertar en cualquier circunstancia y al ritmo de su voluntad era algo que fascinaba a Baltasar desde su niñez. Don Alonso decía que Alarcón tenía un reloj instalado en el cerebro, mientras que los demás tenían que estar orientándose con el sol o con las campanas.

Baltasar se puso en pie inmediatamente.

—Ahora mismo voy a echar un pienso a los caballos y en cuanto acaben de comer nos ponemos en camino —dijo, y miró a Alarcón con una alegría que apenas podía disimular.

Todas las tinieblas que por la noche lo atormentaron habían desaparecido. Tenía ganas de llegar a Logroño, de abrazar a su tío y comenzar con las tareas, fuesen las que fuesen, que este le encomendara.

Apenas empezaba a clarear cuando subieron a los caballos y dejaron atrás Navarrete y el Hospital de San Juan de Acre. Antes de perderlo de vista, Alarcón, con grandes precauciones, detuvo su montura y se giró trabajosamente.

—¿Lo has mirado bien? Échale un vistazo antes de que partamos. Ya no quedan muchas hospederías como esta. Es una lástima que la estén dejando caer.

—¿De qué siglo es?

—A ver, observa con atención. Sabes lo suficiente como para averiguarlo por ti mismo.

Baltasar observó apenas un minuto.

—Del siglo XII o del XIII como mucho.

Alarcón asintió con la cabeza satisfecho.

—Así es. Los caballeros hospitalarios lo construyeron aquí para servir de bastión y defensa del Camino de Santiago, y le pusieron ese nombre tan bonito en homenaje a su fortaleza principal en San Juan de Acre, camino de Jerusalén. No olvides que en este lugar por el que transitamos ahora estuvo una vez la frontera con el infiel.

Entre charlas de asuntos diversos, pero sin referencia alguna a Zugarramurdi y sus brujas, llegaron a Logroño. A Baltasar lo asombró la feracidad de los campos que rodeaban la población y la incesante actividad de trajinantes, vendimiadores, pastores y gentes de toda clase y condición que transitaban por el Camino Real conforme se acercaban a la ciudad. A media mañana entraron en ella y antes de dirigirse a su alojamiento fueron a entregar los caballos a los corrales de un tal Mingo Tello que estaban hacia la salida de Álava. Tenía unas cuadras magníficas de caballos destreros, pero también de animales de carga, mulos para carro y transporte, burros zamoranos de buen porte... Después se dirigieron hacia la catedral porque en una de sus calles adyacentes había alquilado don Alonso unas habitaciones en el tercer piso, para tormento de Alarcón, que detestaba las escaleras. Don Alonso se encontraba en el edificio que el tribunal de la Inquisición tenía en Logroño y Baltasar no quiso ir allí. No deseaba que el encuentro con su tío se produjera delante de extraños, así que mientras Alarcón iba a avisar al inquisidor, Baltasar se dedicó a mirar por las ventanas y curiosear por las habitaciones para calmar su nerviosismo. No había mucho que ver, en realidad. Eran tres cuartos amplios con los techos altos y buenas ventanas aunque muy escaso mobiliario. A don Alonso no le gustaba vivir a pie de calle. Le parecía que las plantas bajas eran más sucias y ruidosas, y soportaba con paciencia el inconveniente de subir cubos de agua y leña por varios tramos de escalera todos los días.

Baltasar reconoció sobre la mesa el recado de escribir de don Alonso y el tintero de plata mexicana que había heredado de su padre y del que nunca se separaba. Se entretuvo mirando los libros que don Alonso se había traído hasta Logroño. Le llamaron la atención algunos títulos que no conocía, como el *Tractatus de superstitionibus* de Martín de Arles, un libro de 1517, con casi un siglo de antigüedad. También era viejo el volumen titulado *Tratado de las supersticiones, hechicerías y varios conjuros y abusiones y de la posibilidad y remedio dellas* de Martín de Castañega, que tenía la fecha de 1529. Era una obra desconocida para él, no así la *Reprobación de las supersticiones y hechicerías* de Pedro Ciruelo, que se había editado unos años después. Más voluminoso y mejor encuadernado parecía la obra de Peter Binsfeld, *Tractatus de confessionibus maleficorum et sagarum* de 1591, con grabados muy llamativos. Vio también unas notas de don Alonso sobre Jean Bodin, hombre muy influyente por sus teorías sobre el Estado y sobre una obra suya que llevaba por título *De la démonomanie des sorciers*, de 1580. Conocía al personaje, pero no aquel texto sobre brujería. En cambio sí sabía de Cornelio Agripa, que pasaba por ser uno de los grandes filósofos y nigrománticos de su tiempo. ¿Para qué se había traído don Alonso el tratado de Agripa, alquimista, médico y filósofo? Miró con desconfianza el círculo de Agripa, con el que se decía que podía invocarse al demonio.

Su *De occulta philosophia libri tres*, que había sido publicada en 1533, fue en su momento leída con pasión por los cabalistas cristianos que buscaban, como Marsilio Ficino y Pico della Mirandola, la incorporación de la cábala, la numerología judía, al saber cristiano. Creía recordar que los textos herméticos de Marsilio Ficino habían sido traducidos al español muy pronto, ya en tiempos de los Reyes Católicos, por un clérigo de origen oscuro, un tal Diego Guillén de Ávila, pero Ficino, Della Mirandola y Agripa vivían en un mundo de universidades, de erudición exquisita, y no veía qué relación podían tener con las brujas ignorantes de que le había hablado Alarcón. Recordaba que Agripa había sido secretario de Carlos I y que antes, cuando era joven, había servido a Fernando el Católico en 1508, en una campaña militar en la que Agripa había causado la admiración de todos, incluido el rey, por su habilidad con los explosivos. Pero sobre todo recordaba la enconada querella que su libro *De nobilitate et praeccellentia faemini sexus* en defensa de las mujeres había provocado en una de aquellas *disputationes* universitarias que apasionaban a los estudiantes, no tanto por su argumentación sobre la superioridad de las mujeres como porque algunos habían demostrado que era un plagio de *Triunfo de las donas* de Rodríguez del Padrón.

Baltasar soltó el *De occulta philosophia* en la pequeña librería que su tío había dispuesto en su alcoba junto a la mesa y se fijó en algunos pliegos que sobre esta había. Para distraer su nerviosismo, leyó en voz alta:

—*An Act against Conjuration, Witchcraft and dealing with Evil and Wicked Spirits*, 1604.

Su inglés no era muy bueno, pero entendió lo básico.

En ese momento se abrió la puerta y entró don Alonso de Salazar que, en dos zancadas, cruzó la habitación y sin decir palabra abrazó a su sobrino. Alarcón, que era curioso aunque también discreto, se había hecho el entretenido en la escalera, aprovechando que en ella se había tropezado con uno de los vecinos.

Don Alonso era más alto que Baltasar y más delgado, pero tenían un innegable aire de familia que se veía en los ojos color avellana y las mejillas carnosas y sonrosadas, más visibles en Baltasar que en don Alonso por causa de la edad.

—Bien. Ya estás aquí.

El inquisidor no dejó que la emoción estorbara aquel momento. Sabía que su sobrino estaba muy turbado. Con la prudencia que lo caracterizaba, condujo la conversación hacia las realidades inmediatas.

—Tienes buen aspecto. ¿Alarcón te ha alimentado bien?

Baltasar se echó a reír y agradeció aquella manera humorística y sin ceremonia de comenzar una conversación que se había interrumpido varios años atrás y no en los mejores términos.

—Alarcón siempre alimenta bien. También vos tenéis buen aspecto.

—Oh, no. He envejecido muchísimo y me están saliendo canas. Mira...

Y se señaló cómicamente la cabeza y la barba. Era verdad. Don Alonso tenía ya cuarenta y cinco años y empezaba a envejecer. La última vez que Baltasar lo había visto apenas si había alguna hebra blanca entre los cabellos de don Alonso, que eran como los de su sobrino, lacios y oscuros.

—Estarás muy cansado de tanto viaje. —Y don Alonso no aclaró a qué viaje se refería, pero inmediatamente al ver la cara que Baltasar puso, rectificó—: De Madrid hasta aquí en tan pocos días, vendrás baldado. Alarcón... Prefiero no preguntarle.

Baltasar se enganchó presto a aquel hilo.

—Hoy está mucho más animado, digo yo que será por la alegría de llegar. Anoche no se le podía hablar... Bueno, poderse se podía, pero no contestaba.

Y así, como si el tiempo no hubiera pasado, tío y sobrino fueron llevando una conversación que ambos comenzaron con las mismas precauciones que si estuvieran caminando por un entramado de tablas carcomidas que al menor descuido podía hundirse bajo los pies. Sin embargo, al cabo de varios minutos el diálogo fue fluyendo con naturalidad y sin esfuerzo. Don Alonso iba contando las circunstancias de su nombramiento como inquisidor y su mudanza un tanto apresurada a Logroño a comienzos de verano. Baltasar, sin entrar en detalles de su experiencia personal, habló de las diferencias, las ventajas o inconvenientes, de viajar por tierra o por mar. El inquisidor recordó la mala experiencia de su viaje a Italia, donde creyó morir primero por el efecto del mareo, que no le permitía parar nada en el cuerpo, y luego en una tormenta que los había sorprendido después de atravesar el estrecho de Bonifacio. Alarcón, que había esperado pacientemente en la escalera el tiempo que le pareció prudencial, se incorporó a la conversación para añadir que la naturaleza humana se ve muy maltratada y zarandeada en toda clase de viaje, porque siempre hay que subirse encima de algo que se mueve, lo cual perjudica gravemente la digestión y el sueño, y por tanto el equilibrio de los humores, de donde resulta que las más de las personas sufren trastornos de salud al viajar, prueba irrefutable de que la naturaleza avisa a los atrevidos que encuentran razón en cualquier circunstancia para irse de viaje e *incontinenti* enfermar por esos mundos de Dios.

El licenciado y Baltasar combatieron con argumentos y chanzas los puntos de vista del fraile, y así pasaron un buen rato hasta que Alarcón anunció que era hora de comer y don Alonso se puso en pie rápidamente para decir que regresaba al tribunal sin dilación porque se le había ido el santo al cielo y había estado fuera más rato del que pensaba. A duras penas consiguieron que se comiera de pie un par de tajadas de conejo frito con salsa de higadillos que Alarcón, siempre previsor, había encargado a la mujer del rentero, que era muy limpia y servicial, cuando llegaron del corral de Mingo Tello.

A los dos segundos de salir por la puerta, don Alonso regresó:

—Casi se me olvida. Que el barbero está en la calle de atrás. Pregunta por Agustín Díaz.

Y sin más despedida salió como exhalación.

XI

En el que la estrafalaria Madame d'Hauterive acude en ayuda de su bella prima la marquesa Catherine de Vivonne.

El agua caía como un torrente sobre los techos del viejo Hôtel de Rambouillet y los truenos ensordecedores hacían que la conversación se viera interrumpida constantemente y se pareciera cada vez más al discurso de un tartamudo.

Los minutos pasaban y don Tristán se preguntaba dónde se habría metido Lancre. Se hizo el firme propósito de partirle la cara a aquel leguleyo si no aparecía. A don Tristán no le gustaba tirar el dinero y se lo llevaban los demonios. La marquesa estaba ya muy inquieta. ¿Convenía concluir la velada por causa del mal tiempo? La terrible tormenta que azotaba París en aquel momento era una excusa más que razonable para que los invitados quedasen en libertad de regresar a sus casas ante la posibilidad de que las calles se volvieran intransitables. De haber habido alguna insinuación en este sentido, Malherbe la hubiera apoyado de mil amores, pero Catherine, a pesar de su preocupación, no parecía dispuesta a dar la noche por perdida. La conversación había evolucionado sin brillantez del alma platónica en su prisión carnal al amor platónico.

A pesar del interesante asunto de que se trataba y que cualquier otro día hubiera dado lugar a debates apasionados y eruditos, la conversación, pensaba Malherbe, no acababa de fluir con naturalidad y había que añadirle constantemente frases de enganche, como paja al fuego de leña mojada que no termina de prender. La metáfora del fuego y la conversación le gustó. Se prometió a sí mismo dedicarle un rato de estudio poético. Cada vez le costaba más prestar atención a lo que sucedía a su alrededor y no dejarse arrastrar por sus propios pensamientos, que lo llevaban a las relaciones del fuego, la conversación y a la tormenta que, ajena por completo a los intereses de los mortales, aplastaba con inusitada ferocidad la variopinta concurrencia que aquella noche apenas atinaba a encontrarse a sí misma en el *cabinet* de la marquesa.

Sonó entonces un trueno que hizo estremecer a la joven Arthénice. El relámpago iluminó con cegadora intensidad el *cabinet* de la dueña del Hôtel de Rambouillet, que a estas alturas ya no sabía si deseaba que su invitado apareciera o no. ¿Acaso aquellos truenos y relámpagos eran un aviso de Dios, que le advertía de que no se debe convertir al demonio en el tema de una velada mundana? ¿O era el mismo demonio el que anunciaba su presencia tenebrosa convocando sobre los techos carcomidos de Rambouillet aquel *sabbat* de lluvias torrenciales?

Catherine de Vivonne se reprochó a sí misma su frivolidad y se juró que, tanto si las calles de París se inundaban como si no, al amanecer el día iría, aunque tuviera que hacerlo en barca, a Notre Dame a pedir perdón por sus niñerías y a rogar a la Virgen Santísima que la protegiera de las añagazas del Maligno, que ella, tan estúpida como ingenuamente, había tenido la ocurrencia de traer aquella noche a su casa. Rezó para que no llegase nunca el malhadado señor de Lancre, que comenzaba a hacerse aborrecible, pero ya era demasiado tarde.

Un criado, con impecable jubón negro, atravesó la puerta e, inclinándose con soltura a pesar del candelabro que llevaba en la mano, anunció:

—Monsieur de Lancre y el señor marqués de Rambouillet.

—A buenas horas —murmuró por lo bajo don Tristán, que ardía en deseos de soltarle un pescozón al pomposo juez.

A pesar de su largo entrenamiento en el disimulo, Catherine apenas pudo contener la sorpresa que le vino al rostro. Su marido raramente participaba en sus veladas, aunque no se oponía a ellas. De hecho había pagado la redecoración parcial del palacio sin mucha protesta, y quizás consentiría más adelante en su remodelación completa. Pero una cosa era que la alcoba de su esposa se transformara en centro de actividad social, como era la moda del momento, y otra que él, Charles d'Angennes, aceptara sentarse junto al lecho de su mujer como cualquier otro tertuliano.

Por eso a Catherine le costó disimular el asombro cuando vio aparecer al marqués acompañando a Monsieur Pierre de Lancre. A la luz de las velas le llamó la atención la palidez del hombre y sus ojos muy claros, de un azul gélido.

Aunque sabía que nadie haría ninguna pregunta indiscreta, Charles d'Angennes era consciente de que convenía dar alguna clase de explicación.

—Querida esposa...

El marqués se inclinó galante y besó la mano que Catherine le tendía desde el lecho. Luego sonrió con desenvoltura a la concurrencia.

—Les presento a Monsieur Pierre de Lancre. Nos hemos encontrado a la entrada y he decidido acompañarle yo mismo hasta aquí.

No dijo más y nadie preguntó. Hubiera sido una descortesía hacerlo. El recién llegado apenas despegó los labios para responder a los saludos y esto añadió frialdad a la ya de por sí incómoda tertulia de aquella noche. Don Tristán se quedó sin entender por qué Lancre actuaba como si no lo conociera. Los truenos y relámpagos del exterior no contribuían a distender el ambiente.

De manera inesperada, Pierre de Lancre empezó a hablar. No esperó a que la conversación fuese conducida por la anfitriona hasta su terreno, como exigía el protocolo de *cabinet*. Sin que nadie le preguntara, interrumpió el hilo, bastante tenue y deshilachado por cierto, de la tertulia que en aquel momento discurría en torno a los sorprendentes fenómenos de la naturaleza y a su inesperada forma de manifestarse:

—La naturaleza, damas y caballeros, no se muestra propicia, pero no dejaremos que interfiera con el asunto que a vuestras mercedes interesa y que me ha traído esta noche a este lugar, como antes me trajo a París cumpliendo una misión que ningún hombre en su sano juicio desearía para sí, pero que es inevitable afrontar si queremos evitar a Francia males mayores. Males quizás irreversibles.

Todos callaron. La solemnidad y trascendencia de aquella declaración dejó a los invitados en suspenso. Nadie se atrevió a añadir nada ni tampoco a preguntar. Consciente del efecto que sus palabras habían producido, Pierre de Lancre miró uno por uno a quienes formaban la, en otras ocasiones, alegre concurrencia del *cabinet* de la marquesa. Incluso Madame d'Hauterive, que no solía asustarse por nada, sintió un leve cosquilleo de inquietud en el estómago. Observó los fríos ojos. La piel muy blanca y pegada a los huesos de la cara formaba ángulos insospechados, el cabello ralo de un color indefinido entre blanco, rubio y gris. Observó que, aunque no era bizco, no se sabía a quién miraba.

El recién llegado se recreó durante unos segundos en la expectación que rodeaba a su persona y tomó asiento con ademán pausado cuando el marqués, en un gesto más automático que cortés, se lo indicó. No tenía prisa. Había llegado a París hacía unos días y hasta ahora todos a su alrededor se habían sentido impresionados ante la gravedad de su misión, una auténtica cruzada contra la herejía y contra la malvada secta del Maligno, que él y solo él era capaz de llevar adelante, porque para eso se había preparado toda su vida. El demonio era un rival artero, engañador, y había logrado desarrollar múltiples astucias para arrastrar a los incautos y a otros que, incluso presumiendo de inteligencia, despreciaban las sutiles señas que la presencia de Lucifer dejaba tras de sí. Pero a él no podía engañarle. Llevaba años estudiando sus transformaciones, observando el rastro de Lucifer como el cazador aprende a leer en los campos las huellas que deja el animal que quiere abatir. En esto no tenía rival, él así lo creía y los demás tendrían que aceptarlo. Por fin había llegado el momento de que se reconociera la importancia de su labor. La salvación de Francia dependía de ello.

Con las manos pulcramente cruzadas sobre el regazo, Lancre se dirigió a su anfitriona.

—Sois, señora, una dama joven, pero de extraordinarias cualidades, como lo demuestra que hayáis comprendido que nuestra amada Francia puede verse arrastrada a la herejía y a la perdición si no actuamos de manera rápida e implacable para evitar la propagación del mal. Es preciso confesar que hasta ahora han abundado los jueces estúpidos y la justicia del rey, por cobardía, negligencia o interés no ha actuado con la celeridad y la firmeza que esta guerra eterna contra el demonio reclama. Y una de esas batallas se está librando en Francia, en Navarra, ante nuestros ojos, sin que la veamos. En este bello *cabinet* puede haber algún ingenuo que piense que esto a él no le concierne.

Malherbe carraspeó incómodo, aunque no dijo nada. Estaba decidido a mantenerse lejos de aquel asunto de la brujería. Con ademán distraído, miró hacia el peinado imposible de Madame d'Hauterive y se propuso a sí mismo ir haciendo una pequeña *satire* mientras aquel personaje siniestro gozaba, porque a todas luces se veía que gozaba, aterrando a la concurrencia. Pensó en la Paz de Vervins firmada entre Felipe II y Enrique IV unos años antes; en la negativa de Enrique IV, rey de media Navarra antes que de Francia, a dar por perdida la Navarra que estaba al otro lado de los Pirineos y que se había incorporado a la corona de España; en cómo este escollo había estado a punto de dar al traste con el acuerdo de paz entre los dos reyes y pensó... que ya no pensaba más, que él era un poeta lírico que se ganaba bastante bien la vida y no necesitaba saber nada de acuerdos de paz o guerra entre monarcas que se detestaban, ni de brujos ni de hechizos ni de la remota Navarra. Él era de Normandía. Si se concentraba en la *satire*, evitaría que se le escapara algún comentario inconveniente. Invocó al espíritu de Juvenal y sin querer le vinieron a la memoria algunos versos bárbaros del *Roman de Renart* que desechó de inmediato. En medio de esta lucha interior se dio cuenta de que había perdido el rumbo de la conversación por completo. Catherine estaba hablando.

—Monsieur, es bien sabido que el vulgo cultiva toda clase de extrañas supersticiones.

La voz de la marquesa no sonaba muy firme y parecía impresionada por el personaje o por su discurso. Esto preocupó al marido, que desde el principio se había opuesto a aquella velada en el *cabinet* de su esposa. Catherine era demasiado atrevida. Tendría que hablar con ella sobre el futuro de su *cabinet*. Si deseaba conservarlo, debería demostrar mayor prudencia. Madame d'Hauterive, que veía crecer los apuros que estaba pasando su hermosa prima, se dispuso a disfrutar del espectáculo.

—¿El vulgo decís? ¿Os referís a mí? —preguntó el juez con serenidad y altivez.

Tarde reparó Catherine en lo poco conveniente de su comentario. Ni Malherbe ni Jean-Baptiste ni su propio marido acudieron en su auxilio. Le estaba bien empleado. Un nuevo relámpago hizo palidecer la luz de los candelabros que iluminaban el *cabinet*. Se sintió abandonada y estúpida.

—De ningún modo, Monsieur de Lancre, de la misma manera que no hay que confundir al médico con la enfermedad. Sin duda sois el sanador de esta lacra, si bien entenderéis que aquí en París no tengamos un conocimiento muy preciso de lo que sucede en las lejanas tierras del Labort.

Lancre inclinó la cabeza en señal de agradecimiento y, con un suave movimiento de manos, se dispuso a impresionar aún más a la concurrencia. El *cabinet* de Catherine era una buena caja de resonancia y era preciso saberla usar. Era absolutamente necesario que el peligro fuese sentido como una realidad inmediata y aterradora incluso en las aristocráticas mansiones de la capital.

—No solo en el Labort, aunque allí muy especialmente. ¿Conocéis el caso del hombre lobo de Burdeos acaecido en 1603?

Madame de Rennine, que era bordelesa, se removió incómoda en su asiento. Interpelada de manera tan directa, la marquesa no tuvo más remedio que reconocer que desconocía por completo el asunto.

—Fue un episodio aterrador que dejó en la región cicatrices que todavía no se han cerrado, pero las autoridades actuaron con una negligencia impropia de la gravedad del caso o al menos eso creyeron muchas personas cristianas y temerosas de Dios.

Lancre miró descaradamente a Madame de Rennine, que se sintió acusada sin saber por qué. El juez se disponía a dar las oportunas explicaciones cuando el adonis de la tertulia interrumpió para preguntar lo que Lancre consideró una simpleza.

—Dispensad, Monsieur de Lancre, mi ignorancia, no puedo afirmar que sepa qué es un hombre lobo. ¿Es alguien que nace así o es una víctima de un sortilegio? A primera vista parece cosa increíble.

Con un gesto de paciencia, Lancre se dispuso a ilustrar al apuesto Jean-Baptiste.

—El hombre lobo no es más que una de las transformaciones que el demonio provoca en su afán por destruir a los buenos cristianos. Nada más y nada menos. Puedo aseguraros que es totalmente creíble. La corrupción de nuestra sagrada religión es el efecto más inmediato de los trucos de Lucifer y sus servidores. La transmutación se hace por hechizos y brujería. Las Santas Escrituras nos enseñan que los brujos del rey de Egipto podían transformar los báculos en serpientes, en apariencia como hacía Moisés, aunque Moisés no lo hacía valiéndose de hechizos, sino con la ayuda de Dios. En lo tocante a estas transformaciones, también conocemos el caso famoso, que en todas las cortes de Europa fue comentado y que sucedió hace poco ante el emperador Fernando, primero de este nombre, y ante una infinidad de personas de su propio palacio. El caso es célebre y por tanto nadie me acusará de inventar nada...

Hubo murmullos de protesta en el *cabinet* y Jean-Baptiste se sintió en la obligación de no dar ocasión a malentendidos con aquel hombre que parecía venir de los arrabales del Averno. Se sentía cada vez más incómodo. Él era un buen cristiano, pecador como otros y aun menos que otros que pasaban por casi santos. Confesaba, iba a misa y daba limosna y esperaba que la infinita misericordia del Señor lo acogiera en su seno cuando llegara el fin de sus días. El demonio sin duda existía, pero él no quería entender nada de aquellos saberes infernales. Había preguntado solo por cortesía. Qué gran error. Debió haberse marchado con el primer trueno.

—Estimado Monsieur de Lancre, espero que no hayáis interpretado mal mis palabras. Si ha sido así, es sin duda por error mío, he debido de expresarme de manera torpe o inadecuada. Mi ignorancia de vuestra ciencia es infinita. Sin duda he preguntado lo que no debía o una simpleza.

Madame d'Hauterive miró de soslayo al hermoso semental que adornaba el *cabinet* de su prima. La vibración del pánico era evidente. Un hombre asustado era siempre un espectáculo lamentable. Pobre Jean-Baptiste. Era guapo y entretenido. Ya era mucho pedir que fuese, además, listo y valiente. Monsieur de Lancre sonrió con condescendencia y alzó los ojos hacia Jean-Baptiste, pero la mirada del cazador de brujos tenía la virtud de desconcertar a sus interlocutores. La oronda señora se preguntó si aquel efecto que los ojos azules y glaciales de Lancre provocaban era el resultado de una leve bizquera apenas perceptible o un producto cuidadosamente estudiado. En cualquier caso causaba un extraordinario desasosiego en los demás; no en ella desde luego. Eso, unido a aquellas manos blancas como la nieve, recorridas por venas azules, los dedos largos como sarmientos blanquecinos, el rostro huesudo, la palidez... Desde que entró en el *cabinet*, la estancia parecía más fría y extrañamente incómoda. ¿Cuánto había allí de puesta en escena y cuánto de verdad? Y se dijo que la puesta en escena la había comprado Urtubi, pero que Lancre era un producto genuino, un fanático inasequible a la duda. Quizás le convenía hacer algunas discretas averiguaciones.

—Oh, no tenéis que inquietaros, amigo mío. Estoy acostumbrado a que mi ciencia, como vos la llamáis, sea ignorada no por personas como vos, que no estáis en la obligación de conocerla, sino por quienes tienen el deber de saber ya que su posición les exige velar por la salvaguarda no solo de los cuerpos sino de las almas de los franceses. De ahí mi interés en referiros el caso del hombre lobo de Burdeos.

—En ese caso, disculpad, señor de Lancre, mi torpe interrupción.

Las manos de Lancre se despegaron del regazo para trazar en el aire un vago ademán con que quitó importancia al asunto.

—No tengo nada que disculparos, es más, quizás deba aprovechar vuestra pregunta para explicar algunas nociones básicas de demonología. Podemos seguir con el caso del brujo polaco que tanto dio que hablar en la corte del emperador Fernando I. Múltiples testimonios nos cuentan que a pesar de que el emperador, un hombre muy piadoso y temeroso de Dios, no sentía la menor curiosidad, el brujo fue mandado llamar por algunos nobles frívolos. En menos de una hora, en uno de los salones del palacio de Numbourg, se transformó primero en caballo, luego en buey y finalmente en león por medio de una sustancia que llevaba consigo. El emperador, horrorizado, lo mandó arrojar del palacio y obró bien. Tenía también que haber hecho lo mismo con quienes pensaron que las seducciones del demonio pueden ser tomadas como un divertimento cortesano.

Pierre de Lancre calló lo suficiente como para que sus palabras hicieran el efecto necesario entre los invitados de la marquesa. Don Tristán no salía de su asombro. Pero ¿qué era lo que se proponía aquel loco? ¿Ofender a los marqueses? Catherine se quedó sin habla. A Madame d'Hauterive, a pesar suyo, le dio un poco de pena.

Tras unos segundos en que nadie se atrevió a decir nada, Charles d'Angennes se consideró con el derecho, como anfitrión, de poner las cosas en su sitio. No temió ofender a su invitado. Estaba ya bastante enfadado. Había tenido un día muy duro y a aquellas horas lo único que le apetecía era irse a dormir.

—Vuestra sola presencia es garantía suficiente para conjurar cualquier tentación de frivolidad, pues no cabe pensar que el más honesto y erudito conocedor de las artes del Maligno de que dispone Francia se preste a entretenimientos frívolos con materia de tan grave naturaleza... ni siquiera en el *cabinet* de Rambouillet.

La última frase fue dicha con el suficiente retintín. Madame d'Hauterive pensó que todas las tontas encuentran siempre un marido que les saca las castañas del fuego. Un largo silencio siguió al comentario del marqués y Catherine temió que su esposo hubiera ido demasiado lejos. Como dueño y señor de la casa estaba desde luego autorizado a intervenir, pero lo último que aquella malhadada velada necesitaba era que el marqués y su invitado se enzarzaran en una agria discusión. Miró a Malherbe, que había dado suavemente un paso atrás y parecía dispuesto a mantenerse al margen. ¿Qué le pasaba al poeta? Lo consideraba uno de sus mejores amigos, aunque aquella noche de truenos y demonios no parecía estar a la altura de las circunstancias. Y las circunstancias eran bien difíciles para ella, aunque Malherbe no se daba cuenta o lo fingía.

Lancre suspiró visiblemente.

—Es bueno que el señor de una casa tan noble como esta se muestre celoso de su buen nombre, suspicaz incluso, en lo tocante al pundonor con que debe salvaguardar su reputación pero, creedme, está más allá de toda duda la honorabilidad y seriedad de Rambouillet no solo para este, vuestro humilde invitado y servidor, señor marqués, sino para todo París, y no exagero si afirmo que para toda Francia. De modo que si de algún modo os he ofendido...

Tristán de Urtubi suspiró aliviado. El marqués hizo una leve inclinación con la cabeza, Lancre lo imitó y de ese modo dieron por concluido el malentendido.

«Estamos todos que saltamos sin necesidad de que nos piquen las pulgas», pensó Malherbe, que permaneció obstinadamente silencioso.

—Es necesario, señores, para el buen entendimiento del caso escandaloso de las brujas en el Labort, que comprendan vuestras mercedes que el demonio puede alterar la apariencia de todo cuanto se ve o se oye o se toca. Puede hacer la trasmutación de un hombre en animal o de un animal en otro de diferente especie, y esto, aunque no afecta a la naturaleza sustancial o esencia del ser, lleva al extravío. Por ello muchos hombres notables han caído en el error. Es un verdadero disparate lo que cuenta Pitágoras de que las almas pueden pasar de un cuerpo a otro y de una especie a otra. Lo dicho deberá ser tenido en cuenta para que vuestras mercedes entiendan el caso del hombre lobo de Burdeos, y para que no se dejen engañar por algunos supuestos sabios de la antigüedad que parecen haber tenido una inclinación lamentable hacia ideas *non sanctas*. Ya sabemos que entre los paganos hay hombres que nuestros teólogos han considerado *naturaliter* cristianos, aun cuando llegaron al mundo mucho antes de la venida de Nuestro Salvador Jesucristo. Otros en cambio, no. Pitágoras afirmaba que recordaba sus vidas anteriores, hecho imposible, porque no las tuvo. Decía que había vivido en el mundo en tiempos de Troya y que, en aquel entonces, se llamaba Euforbo, y que todavía el que había sido su escudo colgaba en los muros del templo de Hera, privilegio que había alcanzado por su valor en el combate. Contaba que antes de ser Pitágoras había sido mujer, incluso animal o pájaro, motivo por el cual se abstenía de comer carne. Ideas aberrantes propias de una mente pagana. La mutación en la apariencia de especie se hace solo con prestigio del Averno y por ilusión diabólica porque el espíritu del mal, Lucifer, puede alterar hasta tal punto el aire que rodea el cuerpo de los brujos que engañará nuestros sentidos y los hará parecer lobos, perros u otro animal cualquiera. Este lobo o este perro sigue siendo humano y su alma no ha desaparecido. Un alma condenada, pero está ahí. El demonio no puede hacer desaparecer el alma, y con ella el castigo, porque el alma es patrimonio de Dios. Pero sí puede modificar la apariencia del brujo y este realmente creerá que se ha transformado en lobo o perro y sentirá apetito brutal de carne cruda e incluso de carne humana. Hasta tal punto puede llegar la alteración que el demonio hace por medio de sus negras artes. Pero el demonio no puede obrar de este modo si no halla nuestra naturaleza bien dispuesta a sus manejos. Lo dicho no debe hacer creer a los ingenuos que están a salvo de las maquinaciones del demonio y su ejército de brujos porque las desconocen. Es más, la inocencia es buscada por ellos porque es fácil engañar a las criaturas. Y donde digo inocencia digo también inadvertencia o ignorancia voluntaria y negligente de los hechos del mal. Quizás alguno de los presentes no conozca el caso que nos relata san Antonino, arzobispo de Florencia.

Desde la retaguardia, Malherbe sonrió y su gesto fue inmediatamente aprovechado por Monsieur de Lancre:

—¿Encontráis risible a san Antonino o solo mis palabras?

Los hombros de Malherbe se enderezaron y se pusieron rígidos. Compuso una expresión amable y piadosa.

—¿Acaso no es risible que el demonio se viese burlado de una manera tan ostentosa por el buen arzobispo?

—Comparto vuestra opinión, si bien en asuntos de tan grave naturaleza conviene mantener una prudente reserva. Lucifer aprovecha cualquier descuido del cristiano ingenuo para llevarlo a su terreno, pero como veo que conocéis el caso os agradecería que lo expusierais ante la concurrencia. Como poeta sabréis hacerlo mejor que nadie y así me daréis ocasión para descansar y tomar este agradable vino caliente que acaban de traerme por la excesiva bondad de mis anfitriones.

Con un esfuerzo supremo de la voluntad, el poeta consiguió mantener la compostura y vencer la tentación de encararse con aquel personaje al que encontraba ridículo pero no por ello menos inquietante. No había prestado atención a los rumores que corrían por París sobre el Labort, sobre el rey Enrique, sobre brujas en la región. El asunto le había parecido demasiado vulgar. Ahora lo lamentaba porque, aunque su orgullo se sintiera herido, lo cierto era que aquel sujeto pálido y de dedos sarmentosos lo había arrastrado astutamente al centro de una conversación de la que no deseaba formar parte. Se prometió a sí mismo que se marcharía de inmediato aunque tuviera que abandonar nadando el Hôtel de Rambouillet. La tormenta seguía batiendo los tejados de la mansión y aquel acompañamiento de truenos y relámpagos parecía una puesta en escena preparada para otorgar a Lancre un ambiente adecuado a sus propósitos. Pero ¿cuáles eran sus propósitos? Malherbe no tenía ni la más remota idea. Reparó en los ojos de cernícalo de Madame d'Hauterive, que no perdían puntada. Ella sin duda sí sabía o al menos sabía mucho más que él. Reparó en el rostro preocupado de Charles d'Angennes, que de vez en cuando lanzaba a su esposa una mirada de reproche. Reparó también en que su encantadora Catherine bajaba la vista contrita y asustada. Jamás la había visto así. Parecía una niña que se había excedido en alguna travesura que creyó banal y graciosa. Pobre Arthénice, qué mal rato estaba pasando. La jaqueca iba a durarle una semana por lo menos.

—¿Monsieur de Malherbe?

La voz meliflua de Lancre lo arrancó de sus pensamientos. Se había distraído. El cazador de brujas se llevaba a los labios la copa de vino especiado y caliente con aire de satisfacción.

—Oh, creedme, Monsieur de Lancre, mi conocimiento del caso de Florencia no es mayor que el que pueda tener un vulgar parroquiano de aldea. Sin duda, la historia de san Antonino estará mejor servida si los presentes la escuchan de vuestros labios.

Lancre sonrió comprensivo.

—Cuánta modestia. ¿Quién dijo que la vanidad es el pecado mayor de los poetas? Os lo ruego, Monsieur de Malherbe, no privéis a los amigos del Hôtel de Rambouillet del placer de oír esta historia, que tan grandes enseñanzas encierra para los buenos cristianos, arropada con la seda de vuestra elocuencia. No solo de los dioses del Olimpo vive el hombre. Usad vuestro indiscutible talento también para esta pequeña lección moral.

La sangre de Malherbe estaba a punto de hervir. Enrojeció visiblemente y esto azuzó todavía más la ira que sentía crecer dentro de sí. Aquel juez siniestro lo estaba acusando de inmoral delante de todo el mundo. Al día siguiente, todo París comentaría el lance y sería el hazmerreír de los salones. Esto le molestaba sin duda, pero lo que de verdad le sacaba de quicio era que aquel leguleyo petulante y provinciano, ignorante y fanático, se saliera con la suya y consiguiera ponerle a él, a él, que era una de las glorias vivas, si no la que más, del Parnaso francés, en un aprieto. Entonces recordó que alguien (¿quizás aquel noble labortano llamado Urtubi?) a quien no había prestado atención había comentado que Lancre, en realidad, tenía uno de esos apellidos vascones impronunciables que nadie fuera de aquellas provincias remotas y atroces usaba. Malherbe sonrió para sus adentros. Monsieur de Lancre, por mucha apariencia de buen francés que exteriorizara, era un labortano tan cerril y primitivo como sus paisanos. Esto lo animó muchísimo.

—Temo, querido amigo, que no sabré estar a la altura. Si la memoria no me falla, hay en el milagro de san Antonino un burro o una burra. ¿O era un mulo? No tengo apenas experiencia con estos animales. De manera que mi descripción sería defectuosa o poco ajustada al decoro que tal materia requiere. Vos, sin duda, que venís del Labort, podéis componer una narración que haga justicia a un sujeto poético que a mí se me escapa.

Los dedos de Catherine de Vivonne se cerraron involuntariamente sobre el delicado embozo cuyos artísticos bordados habían sido encargados por la anfitriona para dar mayor realce al lecho en el que recibía a sus invitados. Madame d'Hauterive, que seguía observando, se dio cuenta y comprendió que su prima estaba a punto de zozobrar. En verdad que el demonio hacía sentir su presencia aquella noche en el Hôtel de Rambouillet. A cada paso la conversación amenazaba con provocar un conflicto. La tensión en el ambiente era palpable y no había forma de conducir aquella velada hacia una agradable y distendida tertulia cortesana. A buena hora se le había ocurrido a Malherbe intervenir. Decidida a impedir el naufragio de aquella noche singular que podía provocar la ruina prematura de su *cabinet*, la marquesa tosió con delicadeza para llamar la atención de los presentes.

—Estimado amigo, querido Monsieur de Lancre...

Y se quedó en blanco. El cerebro se le paró y la lengua también. No podía recordar qué iba a decir. Estaba segura de que iba a decir algo pero...

—Querida prima, hace días que os digo que debéis cuidaros esa tos. Ah, la juventud, siempre imprudente. No, no intentéis hablar o será peor.

Madame d'Hauterive se volvió hacia Monsieur de Lancre con su mejor sonrisa caballuna.

—Permitidme, Monsieur de Malherbe, sería muy cruel privar a nuestro invitado de un momento de descanso después de haber llegado hasta aquí casi a través de un diluvio. Los resfriados hay que cuidarlos, ¿verdad, querida Catherine? No le impidamos disfrutar de un buen vino que atempere el frío de la noche y la mucha agua por la que han debido transitar sus pies en medio de esta terrible tormenta. Disculpad la franqueza, Monsieur de Lancre, pero me preocupo por vuestra salud. Los resfriados son peligrosos y no hay nada mejor para prevenirlos que el vino caliente. Por favor, servíos disfrutar de vuestra copa y yo misma me encargaré, si me consideráis capacitada para hacerlo, de contar el milagro de san Antonino de Florencia.

Con disimulada conformidad, Monsieur de Lancre accedió a la propuesta de Madame d'Hauterive y Malherbe no tuvo más remedio que admirar el tino con que aquella había intervenido para evitar un enfrentamiento entre Lancre y él mismo que hubiera podido terminar de mala manera.

La marquesa se incorporó un poco sobre los bellos almohadones que adornaban la cama y miró a su prima de hito en hito. ¿Era tonta o no lo era? Solo entonces se dio cuenta de que su mano derecha se había cerrado sobre el embozo como una garra y se apresuró a abrir la mano y a alisar con disimulo la tela. Con estudiada prosopopeya y cuidada pronunciación, Madame d'Hauterive comenzó su relato.

—Muchos son los milagros que se cuentan de san Antonino, pues nuestro Señor lo favoreció con este don desde muy joven. Pronto fue nombrado arzobispo de Florencia, y en ella se convirtió en azote de pecadores, corruptos y concupiscentes. Se cuenta que había en la ciudad un joven enamorado, aunque es dudoso que de verdad lo estuviera, teniendo en cuenta lo que luego hizo. Lo más probable es que alimentara una de esas pasiones irrefrenables que los jóvenes confunden con el amor tan a menudo. Desdeñado una y otra vez por el objeto de sus deseos, una muchacha honesta que no quiso dejarse arrastrar por sus requerimientos, el joven decidió apoderarse de ella sin reparar en medios y así solicitó a un afamado brujo, judío para más señas, pues suelen los de esta raza tener inclinación a la magia y son famosos como nigromantes, que transformara a la joven en burro. De esta manera todos la darían por desaparecida y él podría llevarla a su casa sin que nadie lo notara y mantenerla en sus corrales para su satisfacción y deleite. Hízolo así el brujo judío y la muchacha se vio transformada en jumento sin acertar a comprender, para su desesperación, qué le había sucedido.

Madame d'Hauterive se detuvo un instante y respiró hondo. Convenía un pequeño silencio para dar más emoción al relato. Sonrió a su prima, que todavía tenía cara de susto, y se dijo que había hecho muy bien en aprovechar la oportunidad de ayudar a la bella Catherine. Durante meses no se mostraría reticente y despreciativa con ella. Y desde luego la gratitud le impediría «olvidarse» de invitarla a su *cabinet*, un lugar que le convenía frecuentar. Era mucho por muy poco. Con esto apagó el malestar que le producía hacerle un favor a aquella *précieuse ridicule*.

—Sus parientes la buscaron durante días sin resultado. Mientras tanto el joven enamorado y artífice de tanto mal se paseaba con el burro por Florencia sin que nadie notara nada de particular en el animal, sino solo la afición que parecía mostrarle su dueño. Así pasaron los días hasta que en una ocasión burro y amo atravesaron la plaza del mercado y quiso Dios que san Antonino estuviese en ella amonestando a unos jugadores de dados, según era su costumbre. Sus ojos santos, que podían ver más allá de las meras apariencias con que el Maligno puede engañar a los mortales, vieron a la muchacha que estaba prisionera en aquella forma engañosa de burro que el brujo judío le había impuesto por medio de sus artes diabólicas, artes que Monsieur de Lancre ha estudiado y contra las que nos previene con generosa insistencia, lo cual de todo corazón, como buenos cristianos, le agradecemos.

El aludido sonrió complacido y con fingida modestia quitó importancia a su persona y animó a Madame d'Hauterive a continuar.

—No queda mucho que decir. San Antonino deshizo el embrujo inmediatamente y devolvió a la muchacha, recuperada su forma verdadera, a su familia. Toda Florencia quedó asombrada ante aquellos hechos innegables, puesto que sucedieron a la vista de todos. Si Monsieur de Lancre desea...

Se oyó entonces, como la descarga de cien cañones, un trueno ensordecedor que hizo temblar el edificio entero. Catherine percibió el movimiento de las lámparas y sus ojos se dirigieron hacia el techo, donde pudo distinguir perfectamente un cerco de humedad. Las cubiertas no habían podido resistir la tormenta. Pronto las goteras serían visibles para todos. Guiado por los ojos de Catherine, el marqués miró hacia arriba con disimulo y se puso inmediatamente en pie.

—Señoras, señores, voy ordenar que enganchen los caballos. Sería una temeridad prolongar esta velada. Me ocuparé de que cada uno sea llevado a su casa o alojamiento.

Todos aceptaron el parecer del anfitrión con evidente alivio. Los que estaban sentados se levantaron, menos Pierre de Lancre, que no daba crédito a su mala suerte. Don Tristán tuvo que hacerle señas para que se pusiera en pie. El juez sintió muy cerca la presencia del demonio desbaratando sus planes.

XII

De cómo y por qué don Tristán de Urtubi se sintió solo y despreciado en su hermoso castillo.

El señor d'Amou y señor de Urtubi pensaban que, ocurriese lo que ocurriese en la Baja Navarra, los intereses de sus linajes debían prevalecer y lo pensaban porque así lo habían creído sus padres y antes sus abuelos. Hacía un siglo que la región no tenía un momento de paz. A los conflictos entre los municipios y los grandes señores territoriales, a las dificultades de la Navarra Alta y la Navarra Baja, a los cambios políticos en Francia y España que siempre terminaban salpicando la región, se había unido el crecimiento difícil de contener de la herejía. Pero esto tampoco preocupaba en demasía ni al señor d'Amou ni al señor de Urtubi, a los que la ortodoxia o la heterodoxia traían más bien al fresco. Porque ya fuese hugonote o católica lo único que importaba es que hubiera en Navarra señores d'Amou y señores de Urtubi. Esto, sin embargo, no le quitaba dificultad a la situación, ya de por sí inestable y conflictiva desde hacía mucho, si acaso venía a añadir más leña al fuego. Que el rey de Navarra, solo de la Baja Navarra en realidad, fuese después rey de Francia no se sabía si era algo que había que agradecer o lamentar. A Amou y Urtubi les daba igual mientras se respetasen sus fueros. Que Enrique III de Navarra, hugonote y caudillo indiscutible en las guerras de religión, se hubiera transformado en el católico Enrique IV de Francia podía ser una bendición o no serlo. Para muchos lo que estaba claro era que, si a Enrique no lo protegía Dios, lo favorecía el demonio, porque era inexplicable la suerte extraordinaria que había tenido y cómo se habían encadenado las circunstancias que habían terminado con Enrique de Borbón, navarro y hugonote, en el trono de París. Y don Tristán compartía esta opinión.

Todavía príncipe, Enrique había combatido en la tercera guerra de religión con diecisiete años a favor de la fe en que lo educó su madre, la reina Juana de Albret. El padre, Antonio de Borbón, duque de Vendôme y de Borbón, había dedicado su vida a intentar recuperar para su linaje la Alta Navarra, que desde 1512 se había incorporado a la corona de España por obra de Fernando el Católico, a quien el largo pleito entre su padre Juan II y su medio hermano Carlos de Viana había metido en los asuntos navarros desde la infancia. Carlos de Viana era hijo de la reina Blanca de Navarra y era también el primogénito de Juan II de Aragón, rey consorte de Navarra por su matrimonio. Padre e hijo mantuvieron un duro enfrentamiento por el derecho al trono. Lo que habían sufrido los Urtubi entonces... pero habían sobrevivido.

Tras morir Carlos de Viana, Juan II, el viejo rey de Aragón y padre de Fernando el Católico, hizo proclamar reina a su hermana Leonor, y al fallecer esta, heredó su hija Catalina. Hubo otra guerra civil, esta vez entre Catalina de Navarra y su tío Juan de Foix, segundo en el orden de sucesión que pretendía hacer valer su derecho al trono con la ley sálica en la mano. Fue la decisión de esta Leonor de casar a su primogénito Enrique con una hija de Luis XII de Francia lo que decidió a Fernando el Católico a intervenir o de otro modo Navarra hubiera sido incorporada al trono francés. Enrique II siguió titulándose rey de Navarra, aunque ya no lo era. Hubo que hacer componendas casi inverosímiles, pero la casa de Urtubi logró capear el temporal.

Catalina y su marido Juan de Albret lucharon con ayuda francesa para recuperar el territorio y también lo hizo su hijo Enrique. Hubo varias negociaciones en 1516, y luego en 1518 sin resultados satisfactorios para él. Por eso, en 1521 Enrique II, padre del rey de Francia Enrique IV, lo intentó por la vía militar con el apoyo de Francisco I, cuyo objetivo principal era debilitar al emperador Carlos. Las tropas enviadas por Francisco I penetraron en Navarra. Sin embargo, en lugar de asentar sus posiciones y asegurar lo conquistado, se dirigieron hacia Logroño, poniendo de manifiesto que Enrique II y su causa solo habían sido una excusa y que el propósito verdadero del rey de Francia era invadir Castilla. Fueron expulsados por tropas guipuzcoanas y la batalla de Noáin en 1525 puso fin a la aventura. Dos años después, para contentar a Enrique II, el rey sin corona de Navarra, Francisco I lo casó con su hermana, Margarita de Angulema.

Fueron años muy duros para Urtubi porque a las circunstancias externas vinieron a sumarse varios enfrentamientos familiares que a punto estuvieron de acabar en tragedia. Sobre todo cuando María de Urtubi, harta de un marido que no le hacía caso, contrajo nuevo matrimonio con el navarro Rodrigo de Gamboa, señor de Alzate. El marido desdeñado, Juan de Montréal, había incendiado el castillo para obligar a la adúltera y su nuevo esposo a marcharse. Esto había dado origen a un sinfín de pleitos sobre el señorío de Urtubi que acabaron con la intervención providencial de la Iglesia, que decidió resolver el conflicto casando a los vástagos de las ramas familiares enfrentadas. Don Tristán descendía de este apaño por la vía del himeneo. El castillo había tenido que ser reconstruido entero.

Pero no había durado mucho la tranquilidad. En 1530 volvieron a entrar los franceses porque Carlos I decidió que no merecía la pena mantener los Ultrapuertos y abandonó la Baja Navarra, momento en que Enrique II pudo llamarse rey con alguna propiedad, aunque su dependencia de Francia era absoluta. A su hija Juana, lejos de pacificar el territorio, le había dado por hacerse hugonote, bien porque pensó que la fe calvinista iba a triunfar en Francia, bien porque quiso distinguirse de Francia y de España al mismo tiempo, señal de que no supo calcular bien sus posibilidades. Ella fue la que hizo hugonote, o sea, calvinista a su hijo Enrique, futuro rey de Francia. Y sin embargo, por extrañas carambolas del destino, reyes sin descendencia y matrimonios casi suicidas, el hecho es que este Enrique de Borbón, paladín de la causa hugonote, había llegado a ser rey católico de Francia. Los Capetos habían intentado incorporar Navarra a la corona francesa por la vía del matrimonio varias veces y al final habían sido incorporados a los Borbones navarros. Cosas del destino.

Todo esto a don Tristán le daba dolor de cabeza porque la alta política era un asunto que escapaba a sus entendederas y también a sus ambiciones. Pero era preciso saber navegar en aquellas aguas procelosas y salvaguardar el bienestar de su linaje, porque su *chateau* era el más bello de la región y así tenía que seguir siendo, dijeran lo que dijeran el hipócrita de Saint-Pée y el canalla de Pierre de Lancre, que se la habían jugado y bien jugado en aquel conflicto con las brujas. No lo habían hecho solos, de eso estaba seguro. Miró por el ventanal al hermoso parque que rodeaba el castillo de Urtubi. Desde el comedor que daba hacia la entrada principal podía ver el sendero de árboles que conducía a la magnífica puerta de roble por la que se accedía al edificio. Al paso que iba le sentaría mal el cabrito asado y hasta el pastel de liebre que se estaba comiendo. Ni siquiera el vino bordelés con que había regado generosamente el almuerzo había conseguido disipar el mal humor que lo perseguía desde por la mañana. Primero le habían asaltado las mudanzas y conflictos por los que había pasado el territorio y con él los Urtubi, y luego, para acabar de amargarle los ricos manjares, no podía dejar de recordar las fechorías de Monsieur d'Amour, señor de Saint-Pée, y Pierre de Lancre, que era un particular que lo sacaba de quicio. Pero ya le pondría él remedio. Los Urtubi habían sobrevivido siempre a las locuras ajenas y también a las propias, que tampoco habían sido desdeñables. Era este el tercer pensamiento molesto que le perseguía. Cerró los ojos con fuerza para no recordar cómo había quedado el castillo después del incendio provocado por el marido de doña María. El que había pagado las consecuencias de aquellas insensateces había sido el señorío de Urtubi, que no tenía culpa de nada, y llevaba allí siglo tras siglo procurando seguridad y bienestar a sus habitantes. Lo invadió una oleada de ternura hacia aquellos muros venerables que aumentó todavía más su indignación por el desprecio de que habían sido objeto.

¿Cómo se las había arreglado el menguado de Saint-Pée para conseguir que fuese su castillo y no el de Urtubi el elegido para servir de sede judicial y prisión en la gran persecución de brujas que se estaba llevando a cabo en el Labort? Don Tristán se puso en pie bruscamente y despidió con un gruñido al criado que se acercó solícito para preguntarle si se le ofrecía algo. Comer solo era un error. Ningún hombre agobiado por las preocupaciones debe comer solo nunca. Miró el cabrito que quedaba y el pastel de liebre que apenas había tocado. Había bebido mucho y comido poco, y sentía la cabeza pesada y turbia. Para acabar de animarlo sintió en el pie izquierdo los pinchazos de la gota. Una vez había consultado a una sorguiña que tenía fama de sanadora y mujer santa. Todos decían que rechazaba el trato con el demonio y se valía solo de las yerbas, y la muy bruja le había aconsejado que comiera verduras de los huertos y aceite de oliva. La expulsó del castillo sin contemplaciones. Desde entonces tenía claro que las sorguiñas solo buscaban perjudicar a sus semejantes, ya fuese matándolos de hambre o convirtiéndolos en animales que salen a pastar.

Don Tristán decidió pasear un rato por el parque. Hacía un día fresco y claro de comienzos de otoño y le sentaría bien. Su hijo Aimé, por supuesto, no estaba y quizás fuera mejor. No había forma humana de que aquel muchacho pusiera la cabeza en nada útil. Pero él tenía una cuenta pendiente con Saint-Pée y Lancre, y antes o después la cobraría. Juntos se las habían apañado para dejarlo completamente fuera del asunto, a él, que era quien lo había empezado todo y había puesto las primeras denuncias. Menudo par de intrigantes. Primero Saint-Pée se había pegado a él como una lapa con la excusa de que las dos casas más importantes tenían que colaborar en aquella guerra contra el demonio por el bien de la región. Luego Lancre y Saint-Pée habían conseguido apartarlo por completo. ¿Y quién era aquel Lancre sino un Rosteguy, como otras docenas de Rosteguy? Un recién llegado que afectaba maneras elegantes y cortesanas, pero que no podía quitarse de encima lo que en realidad era, el vástago de una estirpe de comerciantes de vinos ennoblecida hacía dos días. El paseo no estaba sirviendo para nada porque estaba cada vez más furioso. Aquella sonrisa meliflua de Lancre cuando le había explicado que el castillo de Saint-Pée era mejor porque tenía más calabozos y estaba mejor comunicado con Burdeos... El argumento era ridículo y, como lo vio a punto de explotar, el muy taimado le había dicho que el propio rey en persona le había otorgado plenos poderes con un documento firmado por él mismo, aunque don Tristán nunca había podido conseguir que se lo enseñara. Para mayor humillación, había tenido que soportar a Saint-Pée haciendo protestas fingidas y lamentando todo el trabajo que iba a caer sobre él. Casi se le tira al cuello en aquel momento. Reventando caballos había regresado a Urtubi y todavía no había logrado dominar la ira. Así llevaba ya muchas semanas. Varias veces había intentado acercarse a Saint-Pée de incógnito, pero era imposible. Había soldados por todas partes, no solo en los caminos de acceso, sino también en los bosques que rodeaban el castillo. Ante el peligro de ser interceptado por la guardia, se había alejado. Hubiera podido, claro está, escribir a Lancre o a Saint-Pée y anunciar oficialmente su visita. Quería creer que le habrían recibido con los honores que merecía su persona. No obstante, la posibilidad de que le contestaran con cualquier excusa era una humillación que no hubiera podido soportar. Y llevaba ya muchas acumuladas en los últimos años. El señor de Urtubi tenía que hacerse respetar porque si no, no era señor de Urtubi ni era nada. La cabeza le iba a estallar y el dolor en el pie izquierdo iba siendo insoportable.

Don Tristán ya no era joven, pero seguía siendo don Tristán y sabía muy bien cómo habían empezado las denuncias por brujería. Cuatro años antes las gentes de San Juan de Luz habían tenido la desfachatez de disputarle sus derechos sobre los puentes de Ciburu. En el colmo de la desvergüenza el bailío de San Juan de Luz y los vecinos habían acusado de brujería a sus servidores para provocar la intervención de las autoridades judiciales. Habían apresado a diecisiete personas de su casa y habían conseguido que doce, entre ellas algunos de sus hombres más leales, fuesen llevados a Burdeos como prisioneros y sometidos a duros interrogatorios. Don Tristán no tardó nada en reaccionar y estaba contento de haber tenido reflejos para saber qué era lo que exactamente convenía hacer. Ojo por ojo y diente por diente. No paró hasta encontrar a las dos mujeres que habían acusado a su gente de brujería. La disputa entre el municipio y la casa de Urtubi arreció. A la fuerza había llevado a aquellas dos a la iglesia de San Juan de Luz y las había obligado a confesar que habían hecho aquellas acusaciones bajo coacción y porque les hicieron tomar una pócima cocinada con artes de hechicería y no sabían lo que hacían. Así habían quedado las cosas y él había dejado claro que con el señor de Urtubi no se jugaba. Sin embargo, apenas habían necesitado dos años para olvidar la lección. Poco a poco los vecinos habían vuelto a usar los puentes a su antojo hasta que se había visto obligado a enviar a sus hombres a San Juan de Luz para restablecer sus derechos de nuevo. Había habido una auténtica batalla campal en el pueblo. Los muy canallas no habían parado, a pesar del escarmiento, de enviar quejas y denuncias a las autoridades de Burdeos.

Esta vez, don Tristán de Urtubi, con la lección aprendida, había convencido a Monsieur d'Amou, del castillo de Saint-Pée, que era una necesidad vital limpiar el Labort de brujas y demonios. Con aquella herramienta en la mano, estaba seguro de que nadie se atrevería a discutir sus fueros. Se había adelantado a todos, pero desde luego no se le había ocurrido que aquellos dos buitres se quedaran con la caza que él había levantado.

Desde el parque miró hacia la fachada principal de su castillo. Aquella imagen siempre le había llenado de orgullo y de una saludable sensación de que él ocupaba un lugar importante en el mundo. Urtubi era el norte y el sentido de su vida hasta un punto en que le costaba discernir entre él mismo y aquella heredad. Las ofensas a su persona no eran importantes porque atentaran contra su dignidad en particular, sino porque mancillaban el honor de Urtubi y eso era algo que no podía tolerar.

El pinchazo de la gota le molestaba cada vez más, aunque sentía la cabeza más despejada porque el paseo le había ventilado los efectos del vino. Aquella molestia le recordó que el tiempo no pasa en balde. El castillo de Urtubi podía estar tan espléndido como siempre, incluso mejor que nunca, pero él desde luego no lo estaba. Don Tristán había sido un hombre atractivo, buen cazador, altanero y viril. Sin embargo, las mozas de Sara o Bayona ya no se volvían en los lavaderos para ver pasar al apuesto señor de Urtubi. Los tiempos en que cazaba muchachas y bucardos por las aldeas y bosques del Labort estaban cada vez más lejanos. También esta era una diferencia entre él y Saint-Pée, que ni en sus tiempos de mocedad había podido lucir un jubón con garbo porque las redondeces del vientre le hacían parecer un morcón relleno. Y el llamado Lancre, tan afectado y pomposo, bien podía haber sido engendrado por el mismo demonio en una noche de tormenta. La primera vez que lo había visto en Burdeos, cuando le fue presentado como la mayor autoridad en las artes del Maligno que tenía Francia, le había recordado a una lechuza, por lo blanquecino y por aquellos ojos desmesurados y azules. Intentó imaginarlo cortejando a alguna chica bonita y se dio cuenta de que era imposible, tal era la impresión de frialdad que provocaba. Desdichada la que hubiera ido a buscar calor en aquellos brazos. Entonces recordó que estaba casado con una sobrina nieta de Michel de Montaigne, pero no tenía hijos y esto le pareció un síntoma infalible de que la descompensación de humores del juez le había enfriado la capacidad germinativa, de donde sin duda también debía venir aquel resentimiento, aquel desprecio por el mundo entero que destilaba, por mucho que quisiera cubrirlo con buenos modos y ademanes suaves. Se preguntó qué pensaría el eruditísimo y finísimo Montaigne de su pariente, cazador de brujas. En definitiva le resultaba insoportable, si bien no había tenido más remedio que estrechar con él una alianza en beneficio mutuo. Lancre pasaba por ser el mayor experto en materia de brujería de la región de Burdeos. Al principio no mostró interés alguno. Solo mucho después se había dado cuenta de que Lancre no necesitaba que lo interesaran y que aquella reserva eran un modo fingido y muy artero de reservarse sus opiniones y sus propósitos mientras procuraba que el otro se explayara y contara más y más. De esta manera él siempre sabía de los otros más que los otros de él.

El señor de Urtubi estaba seguro de que este era el modo de proceder de Lancre en todo tiempo y circunstancia, y sintió lástima por aquellos que tenían que ser juzgados por aquel advenedizo implacable y rencoroso. Este breve destello de conmiseración le duró poco porque don Tristán no era capaz de prestar atención a las desdichas del prójimo más allá de unos minutos. Sin embargo, ahora se detuvo a considerar este particular con un poco más de atención. Era un hecho evidente que no había podido acercarse a Saint-Pée para averiguar qué era lo que allí sucedía, pero Saint-Pée, aunque ciertamente era el lugar de mayor interés, no era el único sitio donde podían hacerse averiguaciones. Había dejado por imposible a Madame d'Hauterive, que se negaba a prestarle ningún servicio. Simplemente había rechazado el dinero que le ofreció y le había recomendado que se mantuviera apartado del asunto. Las investigaciones de Lancre, los interrogatorios y las detenciones se habían desplegado por varias comarcas del Labort desde Hasparren a Hendaya. Hasta sus oídos habían llegado rumores de que familias enteras escapaban atemorizadas cuando se sabía o sospechaba que Lancre y sus hombres iban a pasar por allí. Quizás sus crueldades estuvieran sobrepasando los límites de lo tolerable y, si esto era así, el señor de Urtubi podía tener un buen motivo para intervenir. Había concentrado tanto su interés en Saint-Pée que no había prestado oídos a las muchas noticias que, en voz baja, pero de manera incesante, iban y venían. Esta idea lo animó un poco. ¿Cómo no se le había ocurrido antes? No necesitaba ni a Lancre ni a Amou. Sus pastores iban y venían de un sitio para otro y podían tener los oídos abiertos para enterarse a fondo de lo que estaba sucediendo. No era muy complicado mandar llamar a los más avispados y con sencillez hacerles las preguntas oportunas y animarlos para que se enteraran de lo que no sabían, con discreción, por supuesto. Lo último era que llegase a oídos de Lancre que el señor de Urtubi estaba haciendo pesquisas aquí y allá sobre su magna cruzada contra el demonio y las sorguiñas. Era muy capaz de acusarlo a él mismo y si no a él directamente, porque estaba seguro o quería estarlo de que a tanto no se atrevería, podía hacerlo con sus servidores. De hecho, esto ya había ocurrido antes y no quería volver a ver el castillo de Urtubi mezclado en problemas de herejías. A pesar del dolor que tenía en el dedo, aplastó con saña a una lagartija que dormitaba sobre una piedra. Todavía tenía recursos, muchos recursos.

XIII

Donde se tiene una larga conversación sobre los sucesos de Zugarramurdi y Baltasar conoce por fin cuál es la tarea que el inquisidor don Alonso desea encomendarle.

Cuando Alarcón y Baltasar se quedaron solos, mandaron llamar al aguador y se asearon adecuadamente antes de comer. Después Alarcón enseñó a Baltasar cuál sería su cama en una alcoba bien blanqueada, aunque no muy grande, que había de compartir con el fraile, como había hecho toda su vida, excepto el tiempo pasado en la Universidad de Alcalá y luego en las rutas procelosas del Oriente. Tras el almuerzo y como hacía bastante calor, se echaron un rato. A Alarcón no le dio tiempo más que a ponderar la excelencia de los colchones que había conseguido en Logroño y se quedó dormido enseguida.

Cuando el licenciado regresó, el sol se estaba yendo. Los encontró roncando como dos benditos. Del hecho de que Baltasar estaba sin afeitar dedujo que llevaban durmiendo toda la tarde, así que los despertó sin brusquedad pero con firmeza.

—Arriba, haraganes, que tenemos mucho trabajo por delante.

—¿Vuestra merced no va a dar a este joven ni un día de descanso? —preguntó Alarcón.

—Ya ha descansado bastante —respondió don Alonso lacónicamente y se dirigió a su alcoba, que era donde, además de la cama, tenía su mesa de trabajo, la escribanía portátil y la estantería con los libros.

Todavía atontado de la larga siesta, Baltasar siguió a don Alonso y se dejó caer en una silla frente a su mesa. Sin decir palabra Alarcón se sentó en el poyete de la ventana que estaba abierta. Era muy agradable la brisa fresca que por ella entraba. Miró complacido los tejados de Logroño y el perfil de la catedral de Santa María la Redonda, visible a su derecha. El sol poniente daba a las tejas de barro cocido una tonalidad cálida y dorada. A Alarcón le hubiera gustado quedarse así un rato en silencio, rezar juntos el rosario como habían hecho tantas veces y dar gracias a Dios por la belleza de su obra, que se manifestaba incluso en la humildad de una puesta de sol un día cualquiera, pero don Alonso lo sacó de aquel momento de piadosa ensoñación en cuanto comenzó a hablar.

—No sé cuánto te habrá contado Alarcón por el camino.

—Casi nada —respondió Baltasar rápidamente.

Don Alonso miró complacido al fraile.

—Así le pedí yo que hiciera y no sin motivo. Cuando no se tiene experiencia en los casos de brujería, conviene ir entrando en materia poco a poco. Aquí tienes en la mesa el resumen de un caso sucedido en el valle de Ceberio en Vizcaya en 1555.

Don Alonso señaló un grupo de pliegos atados con un cordel que estaban sobre su mesa.

—Luego lo podrás leer, que hoy como has dormido bastante no creo que te dé sueño hasta bien tarde. Don Bernardo de Sandoval, nuestro inquisidor general, lo mandó preparar para mí antes de enviarme a Logroño. Bien. ¿Por dónde empiezo?

—Por el principio —sugirió Alarcón.

—Sí, probablemente sea mejor así.

Para demostrar que algo sí sabía, Baltasar comentó:

—Parece que es un sitio muy concreto el origen del problema, según me ha dicho Alarcón, una aldea que se llama Zugarramurdi.

—En efecto. Pero la primera dificultad con que me encuentro al llegar es determinar qué ha estado sucediendo allí antes de que el asunto se desplazara hasta aquí. Al principio pensé que todo había comenzado en los primeros días de este año, cuando tuvo lugar en la iglesia de Zugarramurdi una espectacular confesión pública en la que participaron más de cincuenta personas. Allí, en presencia del párroco fray Felipe de Zabaleta, en una especie de auto de fe improvisado, varios vecinos, no sabemos exactamente cuáles, se confiesan brujos y piden perdón a sus paisanos por los daños que les han causado. Se produce una suerte de ceremonia pública de reconciliación. Y ahí hubiera debido parar todo el asunto, pero no ocurrió así.

Baltasar levantó el dedo índice para pedir a don Alonso que se detuviera.

—¿Por qué hubiera debido ocurrir así?

—Porque la comunidad ha aceptado la confesión de los brujos y ha otorgado públicamente su perdón en presencia de un sacerdote que viene a ser el garante de la reconciliación vecinal. No parece que nadie hasta este momento se queje de haber sufrido graves daños ni en su persona ni en su propiedad. La Inquisición no tiene particular interés en intervenir. Cuando llega a Logroño información sobre estos hechos, se manda llamar a cuatro testigos y las instrucciones que los inquisidores Valle Alvarado y Becerra tienen son claras: «Sean admitidos a reconciliación sin secuestro de bienes». Pero cuando estos testigos llegan, comienza a embrollarse la cosa. Son cuatro mujeres y confiesan por su voluntad, sin violencia alguna. María de Jureteguía dice que es bruja desde niña, que a los doce años había renunciado a la fe cristiana. Explica que todavía es, como si dijéramos, una bruja en proceso de formación, sin categoría de bruja con licenciatura, como le gusta decir al hermano Alarcón.

Baltasar, que recordaba algunas cosas que el fraile le había contado por el camino, no pudo resistir la tentación de preguntar.

—¿Esta María es de las que vuelan?

Don Alonso contuvo el deseo de sonreír. No quería alarmar a su sobrino, pero tampoco que este infravalorara los peligros del caso de Zugarramurdi.

—Esta María hizo un largo y detallado relato del pastoreo de sapos.

—¡¿Pastoreo de sapos?! —exclamó Baltasar más que preguntó.

—Pues sí. Según nos dice, los niños en el aquelarre se dedican a guardar los rebaños de sapos que tienen las brujas y son severamente castigados si no los tratan con el mayor respeto. Dice que su tía María Chipía es la que la ha hecho bruja y narra cómo esta fabricaba un ungüento que lo mismo las hacía volar que las volvía tan chicas que podían colarse por las cerraduras. Después declaró Juana de Telechea, de treinta y seis años, que confiesa haber sido bruja durante dieciocho años y haber consagrado al demonio sus cuatro hijos. Pero es con las declaraciones de las otras dos testigos, María Pérez de Barrenechea y Estefanía de Navarcorena, cuando el caso se complica verdaderamente. La primera, que tiene cuarenta y seis años, confiesa, sin que medie tortura ni presión de ninguna clase, que ha tomado parte en el asesinato de varias personas, y la segunda, que tiene ochenta años, declara que también ha asesinado a varias personas y cometido otros muchos crímenes. Confiesa, por ejemplo, haber dado muerte a su propia nieta porque la niña se le había orinado encima. Llegados a este punto se procede a la detención de estas mujeres y no hay más remedio que abrir proceso.

Baltasar hizo un gesto de comprensión.

—O sea, que no solo hay delitos de herejía o apostasía.

—Así es. Unos días después llegan a Logroño seis personas más, entre ellas, Graciana de Barrenechea y sus dos hijas, María de Iriarte y Estefanía de Iriarte. Este grupo de tres mujeres es quizás el que llama más la atención. Las acompaña el marido de Estefanía, Juanes de Goiburu, y dos hombres más, Miguel de Goiburu y Juanes de Sansín. Afirman que «la justicia de aquella tierra procedía contra ellos y les quería hacer grandes castigos porque habían confesado ante el vicario y otras personas que eran brujos, pero que ellos no lo eran y que les levantavan falsos testimonios y que si ellos lo avían dicho y confesado era porque los apresaron y amenazaron mucho si no lo decían». Mandamos llamar al guía que los había traído y le preguntamos quién procesaba a aquellas personas y el hombre respondió que ninguna de ellas tenía abierta causa alguna. Lo comprobamos y efectivamente es falso: la justicia civil en aquella comarca no tiene investigación ni denuncia contra ellos.

—Quizás temían que las podría haber en el futuro o había rumores sobre el particular —sugirió Baltasar, que no perdía comba de lo que iba explicando el inquisidor.

—Puede que sí. El mundo de los rumores en los casos de brujería es una madeja con tantos nudos que es muy difícil distinguir los hilos con claridad. Por eso hay que atenerse a los hechos comprobados y, si hacemos esto, lo que resulta evidente es que se declaran víctimas de persecución judicial y amenazas de graves condenas y que esto no es verdad. ¿Cuál es su propósito?

—Eso, ¿cuál es su propósito?

—No lo sabemos, pero alguno debían de tener, aunque todavía no sepamos cuál es y puede que nunca lo sepamos. En la instrucción de una causa los móviles de los testigos y acusados deben ser tenidos en cuenta e investigados, mas no pueden sustituir a los hechos. Por lo tanto, continuemos con la relación de hechos conocidos y comprobados y dejemos de lado, por ahora, aunque sin olvidarlos, los posibles móviles que estos declarantes podían tener. Valle y Becerra, que tienden a creer todo lo que oyen, opinan que verdaderamente son brujos y que vinieron hasta Logroño para evitar el proceso civil declarándose víctimas de persecución y amenazas. Si este era el objetivo, no lo lograron, puesto que ellos mismos terminaron acusándose unos a otros. Y así fue como supimos que Graciana de Barrenechea y Miguel de Goiburu pasan por ser los caudillos de la brujería en Zugarramurdi. A partir de aquí la espiral de acusaciones en cadena se desborda. Estefanía de Iriarte pide declarar ella misma en abril y confiesa ser bruja y cómo ha sido su madre la que la ha hecho bruja. Su hermana María también confiesa que ha sido su madre Graciana la que la ha hecho bruja, insiste en lo de los sapos y en el asco que le dan y afirma que ha llegado a besar al demonio. Es una confesión agitada, llena de llantos y sofocos.

El fraile, que llevaba un rato ya sentado en el poyete de la ventana, sonrió plácidamente y se levantó.

—Hace más fresco de la cuenta ya y además está oscureciendo.

Cerró la ventana y echó las aldabas.

—Voy a traer un candil o algo —dijo Baltasar, que estaba deseoso de ayudar.

—Espera, que no sabes dónde están las cosas y lo liarás todo, según es tu costumbre.

Don Alonso y Baltasar se miraron y no dijeron nada. Alarcón era inflexible en cuanto al buen orden y limpieza del ajuar doméstico. Un minuto después regresó con una palmatoria y una vela.

—¿Solo una? —preguntó decepcionado don Alonso.

—¿Va vuestra merced a leer algo?

—No, por ahora no...

—Pues entonces, para hablar...

Baltasar no pudo evitar la tentación.

—Creo que no nos arruinaremos por excesos de candelabro...

Como había supuesto, Alarcón reaccionó con irritación.

—Mira, hijo, aquí no nos sobran los dineros, quizás tú que vienes del Oriente...

Don Alonso cortó de inmediato la querella doméstica, que normalmente acababa en bromas, pero también podía ser que aquellos dos se enfurruñaran para varios días.

—Estamos bien con una vela.

Alarcón asintió complacido a aquel refuerzo de su autoridad y colocó su silla, según tenía por costumbre, cerca de la ventana.

El inquisidor continuó su relato.

—Desde entonces para acá no puedo ni siquiera resumir los crímenes y las horrendas descripciones de hechos abominables que nos han sido detalladas por unos y otros. Para que te hagas una idea aproximada te leeré algunas notas que tengo aquí. Goiburu declara que, aparte de otras personas, hombres y mujeres adultos, mató chupando por el seso y por la natura a un sobrino suyo, hijo de su hermana. María de Iriarte afirma que chupó por las mentadas partes y ahogó apretándolos con las manos y con la boca por la garganta a varias criaturas, y que fabricó polvos y ponzoñas y con ellos mató a tres hombres y una mujer. Acto seguido explica los sufrimientos que padecieron hasta morir. Confiesa también los nombres de otras personas a las que provocó enfermedades o daños diversos y refiere cuáles son las causas de sus venganzas. Y lo mismo podemos decir de su hermana Estefanía y su madre Graciana.

De repente, en la cabeza de Baltasar estalló un carrusel de imágenes terribles, cabezas cortadas, miembros cercenados, ojos fuera de sus cuencas y sangre roja y caliente... Casi podía olerla. ¿Era el destino de su vida encontrarse una y otra vez en medio de atroces carnicerías? Se puso en pie intentando ocultar su turbación y se dirigió a la ventana y la abrió. Al saco de horrores que llevaba con él y que intentaba por todos los medios mantener cerrado se le rompieron las costuras y por un momento no supo dónde estaba. La brisa fresca le secó el sudor frío que perlaba su frente y pudo rehacerse. Don Alonso y Alarcón lo miraban sin atreverse a decir nada. Al cabo de unos minutos el inquisidor siguió hablando.

—Creo que es mejor que dejemos el trabajo para mañana. Estás cansado, Baltasar, y todo esto es nuevo para ti.

Con las manos todavía un poco temblorosas, Baltasar cerró la ventana y volvió a la silla.

—No. Vamos a continuar. Me encuentro bien.

Pero Alarcón miraba aquel rostro demudado y pálido y, aunque no podía comprender qué le ocurría a Baltasar, le parecía evidente que no era aconsejable seguir con la conversación.

—De ninguna manera. Vamos a cenar y a descansar. Si quieres damos un paseo.

Con enorme ternura, el joven jesuita miró al fraile.

—No te preocupes tanto por mí. Como dice mi tío, ya he descansado mucho. Me conviene estar ocupado y no quiero acostarme sin saber qué tengo que hacer para ayudaros.

Don Alonso decidió acabar cuanto antes.

—No te impresiones, aunque comprendo que es difícil. Ten en cuenta que todavía no sabemos cuánto hay de verdad en esto. Ahora bien, siendo cada vez más complicado orientarse conforme las declaraciones se van acumulando y crece el embrollo de acusaciones mutuas, se me antoja evidente que es necesario para desenredar el ovillo, si es que esto es posible, ir al origen del caso. Y ahí Alarcón estuvo sutil y pudo averiguar qué es lo que ocurrió en Zugarramurdi antes de aquella confesión colectiva que tuvo lugar en la iglesia en los primeros días de este año. Alarcón, por favor, sigue tú.

—No, no, vuestra merced lo está explicando todo muy bien.

—Fuiste tú el que averiguó estos hechos, así que te toca a ti contarlo y, además, con ello descansaré un poco y aprovecharé para beber agua. ¿Baltasar, quieres tú también? ¿Alarcón?

Baltasar dijo que sí con la cabeza, pero Alarcón no tenía sed. Don Alonso se puso en pie.

—No quiero entretenerme en halagos, pero fue una idea brillante que, haciéndote el ocioso, te dedicaras a dar conversación a unos y otros en las tabernas, fuera de nuestro edificio y de la formalidad de las declaraciones con fiscal y secretario.

Mientras el licenciado iba a la cocina a por agua, Alarcón miró a Baltasar sin ser capaz de determinar cuál era su estado de ánimo.

—Estás muy callado.

Baltasar asintió con la cabeza.

—Estoy empezando a darme cuenta de la complejidad del problema que mi tío tiene entre manos.

—Enorme. Yo he de confesarte que me siento como el que ve formarse una tormenta en el horizonte y quisiera salir corriendo a buscar refugio. Aunque si hay alguien en el mundo capaz de enderezar este nublado, ese hombre es don Alonso.

—También yo lo creo, pero cuenta tú lo que averiguaste.

—Sí, pues uniendo cabos sueltos de conversaciones diversas en las que me inmiscuí, pude saber algunas cosas. Por ejemplo, que en el otoño de 1608 todavía nadie hablaba de brujería ni en Zugarramurdi ni en Urdax. Esto para tu tío era muy importante, el saber cuál era el punto de arranque. Y este se halla en una mujer joven que llegó a Zugarramurdi en diciembre de 1608, una tal María de Ximildegui, de veinte años, que había dejado el lugar hacía ya mucho tiempo. En realidad, ella y su familia se habían marchado a Francia hacía años. Esta Ximildegui regresa sola a la aldea en diciembre y de inmediato empieza a acusar a unos y otros de brujería.

Don Alonso regresó de la cocina. Tras acercar el botijo a Baltasar, volvió a tomar asiento a su mesa.

—Sí, el punto de arranque, Baltasar, es lo que menos entiendo. No solo el punto de arranque de Zugarramurdi, sino de la brujería como delito, o sea, cuándo empieza la brujería a ser un delito, a ser considerada como una actividad real que produce efectos reales. Fíjate que el *Canon Episcopi*, que ha sido la doctrina oficial de la Iglesia desde comienzos del siglo x, niega que la brujería sea verdad. Desde ahí hasta la publicación en 1487 del *Malleus maleficarum* de los alemanes Heinrich Kramer y Jacob Sprenger, el cambio ha sido radical. Fíjate que dos años después la Iglesia modifica oficialmente su criterio y el papa Inocencio VIII publica la bula *Summis desiderantes affectibus*. No acabo de comprender cómo y por qué se ha producido esta evolución. Indiscutiblemente hay que ir al interés de los humanistas por el ocultismo que se vio abonado por la traducción al latín del *Corpus Hermeticum* de Hermes Trimegisto por Marsilio Ficino en 1471. ¿Quién te crees tú que fue el primero en poseer este texto traducido al español?

—Ni idea —contestó Baltasar.

—Pues Diego de Gómez Manrique, el tío de Jorge Manrique.

—Ya me había dado cuenta de que vuestra merced ha reunido una buena cantidad de textos interesantes.

Don Alonso estaba en su elemento.

—Me falta muchísimo, pero date cuenta que esta traducción que fue enviada desde Roma la hizo...

Alarcón miró fijamente a don Alonso y movió negativamente la cabeza.

—¿Qué? —preguntó el inquisidor.

—Pues que no podemos poner la cabeza en todos los frentes. Si nos vamos al siglo XV, no nos concentramos en 1610 y nuestro asunto de Zugarramurdi. Que no digo yo que no sea menester saber el origen de este cambio, mas eso no va a suponer mudanza alguna en lo que aquí y ahora nos interesa.

—Llevas mucha razón, Alarcón. Esta María de Ximildegui es tu primera tarea, Baltasar.

—¿Ah, sí? —exclamó sorprendido Baltasar—. ¿Y qué tengo que hacer?

—Ya te explicaré. Por ahora escucha con atención a Alarcón.

Consciente de la expectación, Alarcón esperó unos segundos y escogió cuidadosamente sus palabras.

—Los padres de la moza son franceses y viven en Ciboure o Ciburu, pero años antes habían vivido en Zugarramurdi. Sea como sea, y esto es extraño, ella vuelve sola al pueblo. Dice que se ha salvado del demonio por intervención de la Virgen María y con la ayuda de un sabio y bondadoso sacerdote de Hendaya que, tras consultar con el obispo de Bayona, le ha dado la absolución. Ahora bien, el carnaval arranca cuando María comienza a contar que durante el tiempo que vivía en Ciburu ha venido ocultamente a Zugarramurdi a las juntas de brujos que allí se celebran y que estos aldeanos, brujos o no, comienzan a llamar aquelarre. Sospecho que esta palabra, que antes nunca habíamos oído, está destinada a tener fortuna. Parece que significa campo o prado del cabrón en vascuence. La moza empieza a acusar a unos y otros de brujería y las reacciones no se hacen esperar. De manera especial, los Navarcorena, ya que María de Ximildegui había acusado abiertamente a María de Jureteguía, de veintidós años, y el marido de esta es un Navarcorena. Al principio María de Jureteguía lo niega todo, pero la Ximildegui la acosa de tal manera que Jureteguía se derrumba y, tras sufrir un desvanecimiento, confiesa ante testigos que ella es bruja y que ha hecho daño a otras personas—no sabemos qué daños— con sus malas artes. Acto seguido suceden dos hechos importantes. Primero: que Jureteguía acusa a su tía María Chipía de Barrenechea de ser inductora y maestra suya en las artes del demonio. Y segundo: que confiesa públicamente en la iglesia en presencia del párroco fray Felipe de Zabaleta. Esto debió de ser unos días antes de Navidad.

Con un suave carraspeo, don Alonso interrumpió a Alarcón.

—Es muy posible que esta confesión pública sea el precedente de la gran confesión de enero y que fray Felipe pensara que este era un buen medio de poner paz en las querellas vecinales que se habían desatado. Sin embargo, no sirvió de nada. Lo que hizo fue multiplicar el problema.

Don Alonso miró fijamente a Baltasar, que apenas había hecho preguntas desde que había empezado aquel relato a dos voces entre Alarcón y él.

—Es posible, Baltasar, que todo esto te resulte extraño y terrible, y, además, que has llegado esta mañana y no quiero abrumarte. Ya irás poco a poco entendiendo los pormenores del caso.

Baltasar negó con la cabeza. Afirmó que estaba perfectamente y ni por asomo quería interrumpir aquella relación de acontecimientos tan anómala como fascinante.

—Por favor, Alarcón, no dejes a medias lo que llegaste a averiguar sobre estas mozas que parecen ser...

—No, no. El punto de arranque es María de Ximildegui. La otra María vino a Logroño y ha prestado declaración. Pero Ximildegui no.

—Entonces lo que tengo que hacer es ir a Zugarramurdi y averiguar lo que pueda sobre ella —concluyó Baltasar.

Don Alonso afirmó con la cabeza.

—En Zugarramurdi parece que no está.

Antes de que Baltasar pudiera preguntar nada, Alarcón se adelantó.

—¿Y cómo lo sabe vuestra merced? No, no me lo diga, que ya lo sé: el viaje a la basílica del Pilar...

Don Alonso se encogió de hombros a modo de disculpa.

—No te lo tomes a mal, Alarcón. No quise contarte nada para que no te vieras obligado a mentir por mí.

Pero Alarcón sí estaba un poco molesto y se le notó en el tono de voz.

—Vuestra merced no tiene por qué darme explicaciones a mí, no faltaba más, que uno sabe muy bien...

El inquisidor no lo dejó seguir.

—Mira, Alarcón, si yo te hubiera dicho a dónde iba, además de a Zaragoza, hubieras tenido que mentir por mi causa a unos y otros cada vez que alguien te preguntara por el motivo de mi ausencia. De esta manera, no.

Qué admiración sentía Baltasar ante la discreción y rectitud con que su tío se gobernaba incluso ante los más pequeños detalles de la existencia, aunque ahora lo esencial era que contara los pormenores de aquel viaje misterioso. El momento de pánico había pasado y se sentía mucho mejor.

—¿Entonces vos fuisteis a Zugarramurdi?

—Así es, aunque nadie lo supo. A Zugarramurdi y a Ciburu, donde tampoco encontré a María de Ximildegui, y esto ya empezó a resultarme extraño, pero aún averigüé más cosas.

Baltasar no dijo nada, pero Alarcón no se pudo contener.

—Pues declárese vuestra merced.

—Que al otro lado de la frontera hay una epidemia de brujería de grandes proporciones y que la justicia francesa ha enviado un juez con poderes especiales que tiene atemorizada a la comarca desde su base de operaciones en el castillo de Saint-Pée. Me dijeron que habían muerto más de cincuenta personas. El pánico puede sentirse en las aldeas. Hay ejecuciones cada semana, pero no he podido averiguar nada más porque tenía que regresar y porque acercarse a Saint-Pée es casi imposible o al menos lo fue para mí.

Con cierta precaución Alarcón aventuró una posible relación entre ambos hechos. Quizás Ximildegui había venido a Zugarramurdi huyendo de la persecución en el lado francés, si bien don Alonso pensaba de otra manera.

—Esa idea la tuve yo al principio, pero si te fijas bien, te darás cuenta de que no tiene sentido. Si esta moza vino huyendo de la persecución del juez de Saint-Pée, ¿cómo es que al llegar a Zugarramurdi se apresura a montar escándalo con las acusaciones de brujería? El que huye de la justicia procura no llamar la atención sobre sí mismo. Pero ella organiza el escándalo y luego desaparece. ¿Por qué? ¿A dónde va?

Una imagen apareció en la mente de Baltasar y le pareció adecuada para hacer un símil con la situación: Ximildegui era como una piedra que se arroja en un estanque y provoca un efecto de ondas concéntricas, pero luego la piedra desaparece como por ensalmo.

Durante unos minutos el inquisidor y Alarcón continuaron hablando de cómo se desencadenan normalmente los episodios de brujería, de otros casos famosos que habían tenido lugar en distintos países en los años anteriores. El joven jesuita recordó los pliegos atados con un cordel que descansaban sobre la mesa de don Alonso.

—Creo que aprovecharé la vela para leer el caso de Ceberio.

Esto a Alarcón no le pareció bien. Recordó que no habían cenado, que don Alonso llevaba todo el día trajinando en el tribunal y que hay que darle al cuerpo lo que es del cuerpo, pero don Alonso no pareció oírle. El fraile evitó mencionar el mal momento que había pasado Baltasar, que lo había dejado bastante preocupado.

—Sí, tienes que leerlo y también a Cornelio Agripa. Aunque pueda parecerte que no tienen relación, cada vez estoy más convencido de que sí la tienen. Sin embargo, hoy ya no hablemos más de esto.

Alarcón se dio cuenta de que también don Alonso estaba inquieto por Baltasar y aprovechó para recordar que, si encendía el fuego para freír unos huevos, no estaba dispuesto a consentir que los huevos se quedaran fríos y bailando en el plato sin que nadie les hiciera caso. Que aquella inclinación a comer a salto de mata, bueno, quizás no era pecado, pero desde luego sí un desprecio a los alimentos que Dios Nuestro Señor ha tenido a bien concedernos y por los que rogamos en cada padrenuestro... Pero Baltasar no le hizo caso.

—No entiendo. ¿Qué pueden tener en común Cornelio Agripa, uno de los hombres más cultos de su tiempo, y la vieja Graciana de Barrenechea, *magistra maleficarum*, o la joven María de Jureteguía, aldeanas e iletradas ambas? Agripa es una de las glorias del humanismo. Sabía latín, griego, hebreo, español, italiano, además de su lengua materna alemana, un sabio entre los sabios, respetado por reyes y emperadores, adorno de cortes y universidades. Se dice que gozó del aprecio y la admiración del emperador Carlos como solo Erasmo lo hizo.

—Pues aunque te parezca que es imposible establecer un vínculo entre uno y otra, lo cierto es que lo hay porque ambos creían en la magia—respondió el inquisidor.

—Creo que sé a dónde venís a parar. Si algo es posible, todo es posible. No hay una solución intermedia.

El breve resumen de Baltasar era como una fórmula lapidaria. Don Alonso recordó con alegría qué inteligencia tan despejada había tenido siempre su sobrino, al menos hasta que se le llenó de nieblas orientales. En cualquier caso, se alegró de tenerlo allí y de contar con su ayuda porque cada día tenía más claro que lo que estaba sucediendo en Logroño era un reflejo de lo que pasaba en otros sitios y que era por lo tanto necesario no limitarse a Zugarramurdi y sus brujas.

—Puede resumirse así. O es posible violentar las leyes de la naturaleza por medio de la magia y la brujería, o no es posible. *Tertium non datur*.

—Y vos estáis convencido de que no.

—Como abogado, en cada caso tengo que ceñirme a las pruebas. Ahora bien, si los hombres de ciencia dan como buena la intervención de la magia en los asuntos humanos, la aplicación de las leyes es imposible y la justicia salta por los aires, porque ya no podemos basarnos en las evidencias. Y eso es lo que ha pasado, en realidad, en toda Europa. Sucede que hasta aquí se ha llegado por un camino y tenemos que recorrerlo desde la altura de la erudición humanista hasta la miseria de las pócimas fabricadas por la vieja Graciana con ojos de gato negro. Eso si queremos comprender lo que está sucediendo y evitar males mayores.

—¿De cuánto tiempo dispongo?

—De poco. Llévate el libro de Agripa y reflexiona sobre él desde el punto de vista de un hombre de leyes, pero no pierdas el hilo principal de tu tarea. Date una vuelta por la zona, Zugarramurdi y los pueblos de alrededor. Ve luego al otro lado de la raya, si puedes hacerlo sin peligro. Tienes dos objetivos fundamentales: encontrar a María de Ximildegui y enterarte de lo que está pasando en Saint-Pée. Ten mucho cuidado. No puedes permitir que te descubran porque estamos a punto de empezar una guerra con Francia y serías tratado como un espía español en territorio enemigo. Enrique IV va a saltarse el Tratado de Vervins y va a atacar la frontera de los Países Bajos. No olvides que Enrique IV es navarro y jamás aceptó que la Alta Navarra fuese española. La región está muy revuelta y nosotros queremos saber por qué. Por qué ahora. Procura enterarte de quién es el juez y en qué circunstancias lo han enviado al Labort. ¿Ha sido la justicia de Burdeos bajo cuya jurisdicción está esa región o la decisión viene de más arriba?

Baltasar no comprendía muy bien el enorme tablero que su tío estaba desplegando delante de él.

—Y eso realmente ¿qué importancia tiene?

Alarcón emitió un pequeño silbido por lo bajo. Don Alonso y el fraile se miraron en un gesto de mutua inteligencia.

—Mira, Baltasar, para comprender este caso de brujería —continuó el inquisidor— es necesario estudiar otros muchos y saber lo que han pensado y escrito personas muy destacadas de Europa sobre el particular. Incluso lo que se ha legislado en distintos países, aunque nosotros estamos investigando un caso concreto que tiene sus propios vericuetos y misterios y estos claramente tienen su origen en Francia. No sabemos si en la Baja Navarra... o dónde. Yo no puedo ausentarme para hacer averiguaciones, pero tú sí.

XIV

Que cuenta las fatigas que pasaron el juez Pierre de Lancre y la cocinera buscando las señales del demonio en los más remotos e indiscretos lugares de la anatomía humana.

La vida en el castillo de Saint-Pée era un sobresalto continuo para Henri de Otaola. Se sentía muy desdichado. Cuando no podía soportarlo más se dedicaba a cultivar fantasías sobre sí mismo en las que protagonizaba huidas espectaculares, incluso a plena luz del día. Imaginaba cómo los soldados que lo perseguían iban quedando atrás mientras los gritos de Pierre de Lancre desde la torre del castillo de Saint-Pée se apagaban en la lejanía. *Attrapez lui, attrapez lui,* gritaba Lancre como un poseso.

Otras veces se deslizaba silencioso y astuto como una comadreja en medio de la noche y burlaba a los guardias que vigilaban la fortaleza. Pero ninguna de estas fantasías había conseguido distraerlo del asunto principal: Henri de Otaola había descubierto que era un cobarde. Esta revelación lo había dejado paralizado. En la montaña, con un cayado en una mano y un hacha en la otra, había defendido su rebaño de los lobos más de una vez. Esto le había llevado a pensar que era valiente, al menos tanto como cualquiera. Al repasar aquellos episodios, se dio cuenta de que quienes peleaban de verdad contra los lobos eran los perros. Peleaban y morían. Y él se situaba al otro lado de aquella línea defensiva de animales que estaban dispuestos a dar la vida para defender al rebaño y a su amo. Pero el amo estaba detrás, blandiendo el hacha y dando voces, pero detrás.

En estas cosas pensaba mientras colgaba para que se orearan una docena de conejos que uno de los tramperos de la casa había traído. La cocinera se lo había ordenado. El mozo Otaola procuraba no perder el arrimo de la cocina. Era lo único que lo consolaba. Allí se sentía seguro. Buscaba hacerse útil a Ana Martil para que esta reclamara sus servicios. Por muy triste y angustiado que estuviera nunca se le quitaba el hambre. Solo una vez estuvo a punto de no poder acabarse el plato de gachas con miel que ella le había guardado. Estaba sentado en el escalón con la escudilla entre las piernas y la cuchara de palo en la mano, dándose el gran banquete, cuando percibió un olor extraño, un olor que no conocía. Preguntó a la cocinera, que respondió con un murmullo, y siguió limpiando lentejas en el lebrillo sin levantar la cabeza. Otaola tardó en comprender que aquel era el olor de la carne quemada y casi perdió el apetito, pero se obligó igualmente a terminarse las gachas. Desde entonces habían pasado varias semanas y el olor, aunque le seguía desagradando, ya no le impresionaba. Todas las semanas había varias ejecuciones y el acarreo de leña era constante. En el tiempo que él llevaba allí habían ejecutado a docenas de personas.

Lancre iba y venía infatigable de Sara a Ciburu, de Ciburu a Bayona, de Iruña a Hasparren... Por la noche se encerraba en sus aposentos y escribía. Otaola había oído decir que el sueño de Lancre era enseñar a todos los jueces, ya fuesen seglares o clérigos, a reconocer a los brujos y a identificar los engaños con que estos servidores de Lucifer llevan a la perdición a los cristianos. Porque Otaola, aunque procuraba pasar desapercibido, pegaba la oreja. A las celdas donde se llevaban a cabo los interrogatorios y se aplicaba el tormento procuraba no acercarse. Tampoco se atrevía a preguntar. Las brujas le daban tanto miedo como Lancre. Las había viejas y jóvenes, algunas eran casi niñas. Recordaba ciertas cosas a las que antes no había prestado atención, como los regalos que muchos pastores llevaban a Mariache de Artari para que no echara mal de ojo al ganado. El cura decía que era una vieja loca y que no había que hacerle caso. La reprendía y aconsejaba a los vecinos que le dieran limosna para que no pasara hambre, aunque insistía en que no había que creer los disparates que contaba. El más notable era que siempre estaba con ella, aunque era invisible para los demás, un diablo pequeño en forma de sapo vestido con un jubón de terciopelo carmesí. Según la vieja, iba sentado en su hombro y la obedecía en todo. Henri había hecho lo que el cura decía, no hacer caso de Mariache. Sin embargo, ahora, según iba viendo, el cura se equivocaba porque Lancre daba miedo, era verdad, pero era desde luego un hombre instruido, un juez francés, por más que los soldados y el personal de servicio para burlarse de él a sus espaldas le llamaran Rosteguy. Además, todos aseguraban que había sido el propio rey Enrique el que le había enviado al Labort. El único deseo de Henri era saber qué era lo que tenía que pensar y lo que tenía que hacer y creer para acomodar su voluntad con la de Lancre, si la voluntad de Lancre era la del rey de Francia, que un buen criado no debe tener más voluntad que la de su amo. Hasta ahí todo parecía estar claro, pero luego resultaba que no lo estaba en absoluto.

Una mañana sin más ni más la cocinera lo había agarrado por el cogote y lo había metido en la despensa. Allí lo había obligado a desnudarse. El pobre Henri, que pugnaba por taparse las vergüenzas, no atinaba a comprender qué le estaba pasando a aquella mujer. Como en la despensa no se veía casi nada, porque solo entraba luz por un minúsculo ventanillo, la cocinera lo había obligado a vestirse y lo había llevado a empujones hacia las cuadras. Parecía que le fuese la vida en ello, por el interés con que buscaba algo que al parecer tenía que estar en la piel de Otaola. Henri lloró y suplicó. Pidió por caridad que le dijera qué era lo que pasaba, por qué le esculcaba el sobaco, las nalgas y pretendía también inspeccionar la entrepierna. Aterrado miraba a la cocinera, que se había mostrado tan amable con él, que le alimentaba con ricos manjares y le protegía de las burlas de los soldados por su modo de hablar francés y su aspecto rústico. ¿Qué le estaba ocurriendo a Ana Martil?

Como pasaba la mayor parte del tiempo escondido u ocupado en tareas que él procuraba hacer sin que nadie lo viera, Henri no se había enterado de que el día anterior había habido un auténtico zafarrancho en el castillo. Lancre había regresado inesperadamente a media mañana con un grupo bastante numeroso de detenidos y a voces había proclamado que sabía que había brujos entre el personal mismo de Saint-Pée:

—¡Ay de ellos, porque tendrían ocasión de lamentar tamaña osadía!

Mirando con fiereza a los que le rodeaban, el juez francés exclamó que nadie, nadie podría escapar porque él conocía las secretas marcas que Lucifer deja en el cuerpo de quienes le sirven. Hubo gritos y carreras y algunos intentos de escapar cuando Lancre ordenó a la servidumbre del castillo que se reuniera en el patio y se desnudara, puesto que Monsieur d'Amou, el dueño de Saint-Pée, no estaba dispuesto a salir fiador de sus vasallos.

Al mayordomo esto lo había ofendido sobremanera. La idea de verse en cueros entre mozos de cuadra y leñadores era humillante. Sus subordinados no volverían a respetarle jamás. La cocinera, con la rapidez de reflejos que la caracterizaba, se acercó humilde a Monsieur de Lancre (y esta vez le llamó Lancre y no Rosteguy, como solía hacer en las cocinas) para decirle que desnudar así a hombres y mujeres juntos, por más que la ocasión fuese de tanta urgencia y peligro, podría parecer a algunos un atrevimiento y que esto quizás fuese aprovechado por los enemigos de la santa causa que Monsieur de Lancre defendía en el Labort y que atañía a la salvación no solo de la región, sino de toda Francia, etcétera. De manera que si él la autorizaba, y solo si él lo consideraba conveniente, y en caso contrario rogaba que la perdonase por su atrevimiento, ella podía, después de que él mismo se hubiera cerciorado de que la marca del demonio no estaba en su cuerpo, ocuparse de hacer la misma comprobación en las mozas que atendían el servicio de las cocinas y las lavanderas, si Monsieur de Lancre tenía la bondad de explicarle cómo era la marca diabólica; que ella, aunque no era persona instruida, sabía leer un poco y pondría el mayor interés en no perder ni una palabra de sus enseñanzas...

La cocinera tenía sus razones y la principal era no reventar trabajando si la inspección de Lancre provocaba la huida de algunas de sus muchachas, especialmente las casaderas. Porque muchos mozos del pueblo sin duda se pondrían nerviosos cuando se enteraran de que Monsieur de Lancre andaba desnudando a las criadas e inspeccionándoles las carnes. El juez francés se creía todopoderoso, pero Ana Martil sabía que no hay sobre la tierra criatura más insumisa y valiente que una mujer decidida a no perder el novio. De manera que había que evitar aquel sobeo.

Sin el menor reparo la cocinera se bajó las enaguas y se quitó el corpiño. Sabía que su virtud, de haberle quedado alguna, estaba a salvo. Como ya sospechaba, Lancre no era hombre al que la vista de las suaves curvas femeninas alegrara las pajarillas. El juez esculcó por arriba y por abajo, incluido el cielo de la boca y el ojete, donde se entretuvo bastante. Una vez satisfecho con la inspección y convencido de que la cocinera no tenía la marca diabólica, la hizo arrodillar y besar un crucifijo y rezar varias oraciones que ella no conocía, pero que sonaban a exorcismos, o eso creía ella, que tampoco sabía muy bien qué era un exorcismo. En cualquier caso, estaban en latín aquellas letanías y esto le pareció muy solemne e importante. Acto seguido, Lancre la hizo levantar y dibujó sobre un papel unas señales minúsculas que apenas eran más grandes que unos puntitos o lunarillos y llamó a esto *sigillum diaboli*. Así había empezado la pesadilla de las marcas diabólicas dentro del castillo de Saint-Pée. Fuera de él hacía ya mucho que constituían una obsesión para Pierre de Lancre y otros jueces franceses.

Después de examinar el escroto de Henri, Ana Martil le explicó a trompicones el asunto de las marcas diabólicas. De camino le llamó lerdo e ignorante y le aseguró que lo majaría a palos si continuaba escondiéndose en el pajar y en la bodega o en cualquier otro sitio:

—A ver si te crees tú que no me he dado cuenta. Aquí se han acabado las contemplaciones. Si quieres comer, vas a tener que trabajar duro.

No hubo forma de convencerla de que él, aunque procuraba que no lo viesen mucho, no se entregaba a la holganza. La cocinera estaba de un humor de perros y no era para menos. Desde que echó sobre sí la tarea de buscar la marca diabólica, había tenido que aguantar llantos y pataleos, desmayos y ataques de nervios. La marca en sí no había conseguido verla nunca y esto la preocupaba muchísimo. Lancre, para hacerle una demostración práctica de cómo era aquella señal, la había llevado a una de las celdas donde una aldeana medio loca por el terror y sus tres hijos esperaba la sentencia de muerte. Los soldados la habían sujetado no sin dificultad porque la mujer se resistía ferozmente. Los chiquillos, el mayor de los cuales no pasaría de diez años, habían seguido el ejemplo de la madre. Nadie entendía nada en medio de aquel griterío y menos que nadie

Ana Martil. Lo que había visto detrás de la oreja izquierda de aquella desdichada eran unos lunares que no se distinguían en nada de los lunares que Lancre llamaba naturales. Los que los niños tenían en distintas partes de sus flacos y maltratados cuerpos tampoco le habían parecido distintos, pero había fingido que percibía la diferencia y había buscado aquellas marcas en las carnes jóvenes de las muchachas con celo y perseverancia. Para cuando atrapó a Henri estaba ya razonablemente asustada y bastante arrepentida de su gallarda iniciativa. Porque no había podido encontrar a nadie que tuviera las señales de Lucifer y temía que el juez pensara que ella estaba encubriendo a los brujos. Por un momento pensó en entregar a Otaola, que, a fin de cuentas, era un recién llegado, y le era mucho menos útil que las mozas que limpiaban y lavaban pero, maldita sea, Henri no tenía ni un solo lunar en el cuerpo. Qué mala suerte.

A la caída de la tarde, Lancre regresó al castillo de Saint-Pée y la cocinera comprendió que no podía posponer más la tarea de ir a rendir cuentas de su pesquisa. Cada vez más aturullada, iba y venía por la cocina con las manos temblorosas y el corazón encogido. El pánico se iba apoderando de ella por momentos y cuando un cestillo con huevos de gallina se le cayó al suelo y todos reventaron, se echó a llorar. Esto le sirvió de desahogo y pudo reunir valor suficiente para subir a los aposentos de Monsieur de

Lancre. Ana Martil no sabía que las circunstancias jugaban a su favor y que iba a encontrarse al juez francés de excelente humor.

Como casi todos los días, Monsieur de Lancre aprovechaba las últimas horas de la jornada para escribir. Así iba dando forma y sustancia a la que iba a ser, en su opinión, la obra más importante sobre brujería que se había escrito jamás desde el advenimiento de Jesucristo, la obra que lo haría inmortal. Aquel día Lancre estaba ocupado en dar cuenta de los motivos por los cuales la región del Labort se había convertido en el país de las brujas, de manera que decidió dejar para más tarde la lectura de una carta, que había llegado a media mañana, del presidente del tribunal de Burdeos, Monsieur d'Espagnet.

Tras profundas reflexiones, Pierre de Lancre había llegado a la conclusión de que la sobreabundancia diabólica en la Baja Navarra era debida a la confluencia de varios factores. Por una parte el carácter de aquellas gentes, que eran más ignorantes y salvajes de lo normal, y por otra, que, debido a este hecho, brujos y brujas de todo el mundo habían venido a avecindarse allí.

Las gentes de Navarra, y de manera notable los de aquella comarca, no eran buenos cristianos y esto ya se había puesto de manifiesto hacía años, pero nadie se había preocupado de remediarlo. Esta desidia no había hecho más que aumentar el problema hasta que él había tomado sobre sí la tarea titánica de ir a combatir a Lucifer en su propio reino. En 1576 ya había habido en la región signos evidentes de que la secta diabólica iba ganando adeptos. Lancre tenía en su mesa varios casos sucedidos en las décadas anteriores y con pulcra caligrafía los iba anotando para incorporarlos a la que sería su obra maestra:

Pardevant le Lietenant de Labourt Boniface de Lasse en la parroise d'Ustarits à la requeste de maistre Jean d'Hirigoien, advocat du Roi, fut faict le procés à Marie de Chorropique, fille de la maison de Ianetabarra et environ à quarante sorcieres le 5 Iuillet l'an 1576.

En aquel momento releía los procesos de Marie de Chorropique y el de Isaac de Queiran, oriundo de Nerac, «de la religión supuestamente reformada, nutrido y alimentado por ella», lo que demostraba, escribía Lancre, que el diablo ataca toda forma de religión, como testimonia que el mayor seminario de brujos haya estado en todo tiempo en Ginebra. Isaac de Queiran, de veinticinco años, era uno de los casos favoritos de Lancre porque probaba no solo que los protestantes eran un vivero de brujería, sino también que el diablo podía transportar los cuerpos de sus servidores de un lugar a otro de manera instantánea, como el propio Queiran había confesado sin retractarse jamás de ello, ni siquiera cuando fue condenado a muerte por el tribunal de Burdeos, junto con otros muchos. Marie de Chorropique había sido colgada y luego quemada, y con ella fueron condenados a muerte unos cuarenta brujos, pues Chorropique acusó a Augerot d'Armore de haberla hecho bruja y denunció a varios vecinos más que a su vez denunciaron a otros. Estas condenas le parecían a Lancre no solo justas, sino ejemplares, ya que compartía el punto de vista del juez Henri Boguet, considerado uno de los más importantes juristas de Francia. Había procesado a docenas de brujos y brujas en Saint-Claude, en la región del Jura. Su obra de 1602, *Discours exécrable des sorciers*, con instrucciones precisas a los jueces para acabar con la brujería, era el libro de cabecera de Lancre. De Boguet había aprendido a buscar las señas que el demonio ponía en la piel de sus servidores. Su *Discours exécrable des sorciers* se había reimpreso doce veces en veinte años y era el texto de referencia, aunque Lancre aspiraba a superarlo. Como su maestro, Lancre considera que se procede correctamente condenando sobre la base de dos testimonios e incluso de uno solo, sin derecho a apelación.

«En cuanto a mí —había escrito Boguet— seré siempre de la opinión de que, al menor indicio, se les haga morir, porque es un crimen que se comete de noche y siempre a escondidas y por ello debe ser tratado de manera extraordinaria sin guardar el orden legal habitual ni los procedimientos ordinarios».

No hay que tener piedad ni siquiera con los niños. En el artículo 63 de sus «Instructions pour un juge en fait de sorcellerie», Boguet explica que los brujos deben ser ejecutados en la cuna misma. Refuta la idea de Bodin que defiende que para los menores de nueve años el látigo es suficiente.

«Yo soy de la opinión contraria —sigue Boguet— y considero que hay que ejecutar el niño brujo en la edad de la pubertad e incluso si es un bebé, en cuanto se identifica en él la malicia. Por ello afirmo que vale más condenar a muerte a niños brujos que dejarlos vivir con gran desprecio de Dios y el interés público».

Nicolás Rémy era del mismo parecer: «Con el pretexto de la juventud, algunos se niegan a condenar a muerte a los niños. Pero se equivocan, y esto lo demuestra de una parte la crueldad y monstruosidad que caracteriza a estos niños y de otra parte el hecho de que no hay esperanza de poderlos corregir».

Lancre tenía, por tanto, mucha jurisprudencia anterior en que basarse. Los procesos de 1576, por ejemplo, eran para él una prueba definitiva de que la región navarra estaba infestada desde hacía mucho y de que, a pesar de la dureza con que la justicia francesa había actuado, no había sido suficiente para contener el mal:

> Tantos demonios y malos espíritus, tantos brujos y brujas como se han reunido en el Labort, que no es más que un pequeño rincón de Francia,

muestran que aquí está el semillero y que en ningún lugar de Europa que se sepa hay nada que se asemeje al número infinito que aquí hemos encontrado. Es algo maravilloso. El asunto requiere descripción y explicación puesto que debemos aconsejar al rey y servirnos del poder soberano que él ha puesto en nuestras manos para poner remedio a esta gangrena más que úlcera. Se podría creer que Dios Todopoderoso ha decidido afligir a este pueblo por medio de los demonios y los brujos, pero hay razones morales y populares fundadas en su propia naturaleza. El país de Labort es un bailiazgo compuesto de 27 parroquias, en algunas hay algo de comercio y, como el país está bien poblado, están obligados a servir al rey con 2.000 hombres. Sin embargo, y como prevención, hay una compañía de 1.000 hombres que está gobernada por el bailío. La comarca se extiende a lo largo de la costa y también hacia la montaña. Antiguamente se los llamaba cántabros. Hablan una lengua muy particular. El hecho de haber grandes montañas, y la mezcla de tres lenguas, español, francés y vasco, la confusión de las tierras de dos obispados... Estas y otras circunstancias le han dado a Satán grandes facilidades. La vecindad del mar hace que esta gente sea rústica y de espíritu inconstante, sin otro horizonte que el mar o la montaña. La región es tan poco fértil que no tienen más remedio que echarse al mar, y esto les ha acostumbrado a un modo de

> vida inconstante y poco laborioso, como el mar mismo, y cuando están en tierra se comportan como cuando están en el mar, de manera precipitada y agresiva. Es gente que por la menor tontería que le pase delante de los ojos, agarran por el cuello a cualquiera.

Pierre de Lancre leyó satisfecho el párrafo. Había explicado bien el primer motivo. Mojó la pluma en el tintero y continuó:

> En segundo lugar, el país es tan pobre, estéril e ingrato, y ellos, cuando no están en el mar, tan vagos y perezosos, que la vagancia los lleva ya antes de llegar a viejos a una especie de mendicidad intolerable, y digo intolerable porque siendo vecinos de los españoles se les ha contagiado maravillosamente su soberbia y arrogancia. Pero incluso de mar están escasos y no tienen más puertos que Ciburu y San Juan de Luz, que, en realidad, es lo mismo. Las dos localidades están unidas por un puente levadizo que ninguna puede alzar o bajar por su voluntad porque sus habitantes son enemigos.

Lancre detuvo la pluma y sonrió. Aquel puente era una ofensa clavada en el orgullo del pomposo y estúpido Tristán de Urtubi, que había creído que podría utilizarlo a él para sus manejos en la región.

Buen chasco se había llevado. Mojó de nuevo la pluma y continuó con lo que estaba escribiendo.

> Si alguna vez se dedican a la agricultura, la abundancia de brujos es tal que echan a perder las cosechas con sus maleficios, arrojando polvos. En tercer lugar, viéndolos tan necesitados, tan poco inclinados al trabajo, malos artesanos, poco hábiles, sus mujeres poco ocupadas en atender a la familia pues tienen poco que atender, Satán se les presentó como un socorro ofreciéndoles grandes maravillas, con gran pompa y magnificencia y prometiendo placeres y cosas nuevas. En cuarto lugar, los hombres no aman ni a su patria ni a su mujer ni a sus hijos...

Lancre se sentía inspirado y satisfecho con su prosa. Decidió darse un pequeño descanso. Entonces recordó la carta del presidente del tribunal de Burdeos, Jean d'Espagnet. No le interesaba ni poco ni mucho lo que tuviera que decirle, pero, a fin de cuentas, era su superior, aunque él no estaba obligado a darle explicaciones. El pobre D'Espagnet se había plegado a las iniciativas de Lancre sin un mal gesto. Supuso que sería una carta de cortesía. El magistrado era muy aficionado a ellas. Así preguntaba sin interferir cómo iban las cosas en la región. Había que contestar. La carta de D'Espagnet era mucho más que un encadenamiento de frases corteses. Por primera vez mostraba unos extremos de admiración por su persona que Lancre se sintió conmovido. Oh, sorpresa. Sus mejillas se tiñeron de rubor ante los elogios de Jean d'Espagnet. ¡Hasta le enviaba un soneto! Un nudo se le hizo en la garganta ante aquellos versos que hablaban de él, de él y de su cruzada contra los servidores de Satán:

Sonnet dudict Sieur d'Espaignet au Sieur de Lancre

Pour te monstrer constant a tretter l'Inconstance,
Lancre, tu nous fais veoir les changements divers,
des bizarres Demons hostes d'Univers,
par ce second tableau que tu peins a la France.

Mais quoy? Ne vois tu pas combien peu de Constance
on te donra, voyant sur le bord des Enfers
les umbres voltiger de ce peuple pervers
duquel tes iugements ont faict iuste vengeance.

Et maintenant tu fais par un contraire fort
que l'immortalité succede a cette mort
ta plume leur donnant une inmortele vie:

Et pour un second mal, tu feras naistre ainsi
mille et mille sorciers des cendres de ceux cy
qui pour revivre auront de mesme mort envie.

Sin duda su obra era merecedora de aquel soneto que Monsieur d'Espagnet le había enviado. Entonces oyó que llamaban a la puerta y estuvo a punto de decir que no deseaba ser molestado. Inmediatamente creyó recordar que habían llamado ya una vez y decidió que quizás convenía saber de qué se trataba. Estaba en un momento dulce entre el soneto de D'Espagnet y la admiración por su propia sintaxis y deseaba prolongar aquel rato de gozo solitario. Por supuesto, era imposible tener un momento de paz.

La cocinera entró con el delantal hecho un nudo entre las manos y con un hilo de voz informó al juez de que, aunque había inspeccionado con ahínco en todos los rincones de los cuerpos de las muchachas y también del nuevo mozo Otaola, no había encontrado nada. El nombre Otaola hizo parpadear a Monsieur de Lancre, pero tenía la cabeza demasiado llena de las rimas de D'Espagnet: *divers / Univers, inconstance / France... une inmortelle vie / envie...* Sí, coronaría con éxito su misión en el Labort y su obra marcaría un antes y un después en toda la cristiandad. Quién sabe cómo le premiaría el rey, que tanto interés había mostrado en aquel asunto.

Con un gesto de la mano despidió a la cocinera y volvió a su mesa. La buena mujer cerró la puerta sin atreverse a hacer el menor ruido. Cosa de encantamiento parecía aquello en verdad. El señor juez le había dicho que muy bien y que no se preocupara y que buenas noches. Tenía la sensación de que Lancre no le había prestado la menor atención y no acababa de decidir si aquello era bueno o malo, pero en cualquier caso ella había cumplido con su tarea. ¿La había mirado siquiera? Era difícil saberlo. Los ojos del juez francés, por bizquera o por lo que fuese, nunca se sabía hacia dónde se dirigían. De pronto recobró el apetito y se acordó del desgraciado de Henri, al que había maltratado de mala manera. Estaba segura de que tampoco había probado bocado en todo el día. El alivio le hizo sentirse magnánima y decidió buscarlo, porque sin duda estaría escondido, y darle algo de comer.

XV

En el que Baltasar sobrevive a la peste, pero mueren varias brujas notables, y finalmente él y Alarcón consiguen llegar a Zugarramurdi disfrazados de trajinantes.

A los pocos días de llegar a Logroño, Baltasar cayó enfermo. Al principio don Alonso creyó que aquellas eran unas fiebres salutíferas, que el cuerpo de su sobrino estaba echando fuera a fuerza de sudores los desengaños, el miedo, el horror, los remordimientos y todo aquel conglomerado de amarguras que había traído de su viaje a los confines del mundo. Como él no hablaba, su cuerpo hablaba por él. Por eso no se preocupó, pero al cabo de tres días la fiebre de Baltasar subió de manera alarmante. A la mañana siguiente, Alarcón volvió de la plaza con la noticia de que había una epidemia de peste que se extendía no solo por La Rioja, sino también por Álava y Burgos.

Unos días después de declararse la peste, don Alonso que, aunque no era médico, le tenía una más que mediana afición al estudio de la naturaleza, se dio cuenta de que se trataba de tabardillo. Logroño era un foco de infección y pronto las campanas no dieron abasto para doblar a muerto. La vida de la ciudad se vio trastornada completamente. De hecho, hubo que recurrir a las fosas comunes porque los sepultureros no podían con todo.

—Las manchas. *Morbus lenticularis* —le dijo a Alarcón—. ¿Te acuerdas del tratado de Alonso López de Corella, *De morbo postulato*?

—Vaya que si me acuerdo. Cogimos en Jaén el dichoso morbo los dos y por poco no lo contamos. Pero si es tabardillo, ya no nos afectará a nosotros. La verdad es que a mí se me ha olvidado casi todo lo que decía Corella, aunque estoy convencido de que vuestra merced lo recuerda.

—No creas. Hace ya años. Sí, un título largo: *De morbo postulato sive lenticulari quem nostrates Tabardillo appellant liber unus*. No es seguro que haberlo tenido una vez inmunice al organismo contra la enfermedad, como sucede con el sarampión, pero es posible que, si nos contagiamos, la enfermedad sea más benigna y dure menos.

Y de hecho así ocurrió en el caso del inquisidor que, aunque enfermó, tuvo fiebre unos pocos días solamente. Alarcón no se contagió en absoluto.

—Es la peste que trajeron los chipriotas a la guerra de Granada, ¿no es así? ¿O fueron unos malteses?

Don Alonso se encogió de hombros.

—Eso dicen, pero es muy difícil saber cómo llegó. Entonces se culpó a los chipriotas. Siempre se culpa a alguien extraño dentro de la comunidad, chipriotas o brujas o judíos. Lo cierto es que el ejército moro se contagió y el cristiano también. Algunos dicen que murieron diez mil hombres, otros que veinte mil, en el ejército de los Reyes Católicos. Pero los ejércitos moros sufrieron más y esto les perjudicó mucho. En cualquier caso fallecieron más de tabardillo que en los campos de batalla, aunque esto ahora no importa. Lo que me preocupa es Baltasar. A los ocho o diez días la enfermedad hará crisis con un paroxismo de fiebre. Hay que procurar que no se debilite mucho o no lo resistirá.

Las actividades en el tribunal tuvieron que suspenderse. Inquisidores, secretarios, fiscales y presos enfermaron. También don Alonso se vio sacudido por la fiebre, aunque su estado no revestía gravedad y no consintió en acostarse. La vieja Graciana de Barrenechea, que ya tenía más de ochenta años y era la decana de las brujas de Zugarramurdi, enfermó gravemente en prisión y con ella varios presos más. Sin embargo, lo que en verdad tenía a don Alonso angustiado era el estado de salud de Baltasar. Ya se había ido una vez y se había resignado a no verle más. Después le había creído muerto y había experimentado un pesar como no imaginó que pudiera existir, y ahora no podía aceptar la idea de que el sobrino, casi un hijo, en realidad, hubiera ido y vuelto del más remoto lugar del orbe, que hubiera sobrevivido a travesías casi infinitas y a Dios sabe qué cosas más, para venir a morir de tabardillo en Logroño nada más llegar. Los designios del Altísimo son inescrutables, pero don Alonso, que rezaba noche y día por la salud de Baltasar, no hallaba conformidad.

La mayor parte del tiempo Baltasar dormitaba. Alarcón y don Alonso se afanaban con paños frescos que cambiaban constantemente de la frente del enfermo. De vez en cuando abría los ojos y sonreía, e incluso bromeaba:

—Me estoy cociendo en mi propia salsa.

La noticia de que la vieja Graciana agonizaba llegó a la casa del inquisidor una tarde en que la fiebre de Baltasar subía y subía y no daba tregua. Cuando Alarcón vio al inquisidor levantarse de la silla, supo de inmediato a dónde iba.

—Aunque su merced no me ha preguntado mi opinión...

—Tú me la vas a dar de todos modos.

—Pues sí. Vuestra merced no está para ir a confesar a nadie.

Mientras preparaba los santos óleos y doblaba con manos cuidadosas la casulla, don Alonso contestó:

—Estoy de acuerdo contigo.

Don Alonso evitaba por sistema las discusiones con Alarcón.

—Entonces ¿por qué va? Que vaya otro. Vuestra merced está enfermo.

Aquel comentario era una tontería. De sobra sabía él que nadie iba a meterse en la celda de la vieja Graciana así como así.

—¿Y quién es ese otro? ¿Vas a ir tú?

No era fácil porfiar con el inquisidor. Su capacidad argumentativa excedía la de la mayoría. El fraile regresó junto a Baltasar sin decir palabra. Intentaría hacerle beber un poco de leche o de caldo de gallina. Baltasar pedía agua constantemente y Alarcón no se la negaba, pero tenía claro que el agua no alimentaba. Con don Alonso no merecía la pena discutir. Si había decidido que tenía que ir a ofrecer la extremaunción a Barrenechea, iría aunque tuviera que llegar arrastrándose hasta la celda.

Don Alonso y Alarcón habían hablado muchas veces del día en que la vieja Graciana confesó ante el tribunal, en presencia del fiscal y el secretario y de su propio abogado, de Valle y Becerra y don Alonso, los tres inquisidores, y del propio Alarcón, que tomaba notas para facilitar el trabajo de los escribientes. Más que confesión había sido un desafío. De pie frente al tribunal, pues rechazó la silla que le ofrecieron, Graciana de Barrenechea, a través de un intérprete que el tribunal le proporcionó, relató cuáles eran los mayores logros de su larga carrera de bruja y por qué merecía ser considerada la reina del aquelarre de Zugarramurdi.

La vieja estaba acostumbrada a despertar temor y sabía cómo provocar aquel efecto en los demás. Hablaba despacio y mientras lo hacía miraba a los ojos de sus interlocutores. El intérprete de vascuence que al principio estaba a su lado se fue alejando de ella poco a poco y acabó casi sentado en la mesa del fiscal, el doctor don Isidoro de San Vicente, que tuvo que pedirle que se pusiera a un lado porque le impedía ver. Don Isidoro no se atrevió a decirle que volviera al lado de su asistida por temor a que saliera corriendo. Don Alonso, como lo vio tan asustado, le preguntó si Barrenechea le estaba amenazando de algún modo y el intérprete negó con la cabeza:

—No, señor, a mí no, pero con lo que lleva dicho es suficiente.

Efectivamente, así era. Los crímenes de la vieja Graciana fueron descritos por ella misma sin que mediara tortura ni presión alguna. Con lujo de detalles fue narrando, lejos de cualquier asomo de temor o arrepentimiento, cómo había dado muerte a criaturas recién nacidas y cómo tras devorar sus cerebros y sus genitales había entregado sus cadáveres a Lucifer, y con su amo y señor se había valido de aquellos cuerpecillos tan blandos y sabrosos para fabricar polvos diabólicos con los que había envenenado a varios vecinos y había provocado la destrucción de huertos y cosechas.

La declaración de Graciana había durado largo rato. Agotados por aquel relato de horrores, don

Alonso y Alarcón habían abandonado el tribunal a la caída de la tarde y, en vez de dirigirse a su casa, se encaminaron a la orilla del Iregua y se sentaron allí sin mediar palabra. Parecía que ambos necesitaban agua clara y limpia, aire fresco y cielo azul. Al cabo de unos minutos el inquisidor habló:

—No creo nada de lo que ha dicho.

Alarcón miró desconcertado a don Alonso.

—Pues explíqueme vuestra merced por qué lo dice porque a mí no se me alcanza lo que puede ganar.

Don Alonso lo interrumpió.

—Oh, sí. Muchas cosas puede ganar y ha ganado. Muchas. Imagina cuántas hogazas de pan, cuántos tarros de miel, cuántas jarrillas de leche, cuántos cabritos o lechones han sido ofrecidos a la vieja Graciana a cambio de que no haga daño a los manzanos o para que cure a la vaca o para que enferme a la de un vecino con el que otro tiene una vieja disputa por las lindes... Suma a esto amores no correspondidos, embarazos no deseados, madres temerosas de que eche mal de ojo a sus criaturas. Sí, la vieja Graciana ha tenido mucho poder en su aldea. Con los años, conforme aumentaba su prestigio y el temor que todos le tenían, ella misma fue creyéndose su papel de bruja. Aprendió a asustar con relatos terroríficos y hace ya mucho que no sabe distinguir entre el personaje que lleva interpretando tantos años y ella misma. ¿Que si ha ganado? Sus hijas han seguido el mismo y lucrativo negocio, por algo será.

El caso de Graciana de Barrenechea dio lugar a muchos debates en el tribunal. Don Alonso había ido a su celda una y otra vez para rogarle que dijera la verdad. Con enojo mal disimulado, Valle y Becerra, que creían a la vieja a pies juntillas, habían tolerado aquellas visitas para que el tribunal no pareciera dividido y no dar que hablar a las gentes. Finalmente la vieja se había ablandado y había pedido reconciliación, pero nunca había admitido que mentía. Todos los intentos de don Alonso habían sido inútiles. Pronto se convenció de que Barrenechea no cambiaría su declaración. El secreto de confesión se llevó al otro mundo la verdad de Graciana y don Alonso, por supuesto, jamás habló. Alarcón recordaba aquellos ojos negros y duros de la anciana, el rostro surcado por arrugas infinitas, el cabello blanco y escaso cayendo sobre los hombros, y sobre todo el porte: los hombros rectos, la barbilla erguida, la mirada desafiante. Cuando pasó por su lado camino de la celda al acabar aquella testificación extraordinaria que había dejado a todos los presentes sin habla, Alarcón se dio cuenta de que era muy pequeña, aunque antes, de pie ante el tribunal, le había aparecido alta e imponente. Entonces había pensado que un súcubo del demonio podía perfectamente provocar aquel efecto óptico. Nunca más había vuelto a verla.

La preocupación de don Alonso por Baltasar contrastaba con el convencimiento de Alarcón de que este superaría la enfermedad, y así sucedió. Cuando la fiebre bajó al cabo de unos diez días, Baltasar recuperó el apetito y Alarcón puso todo su empeño en alimentarlo con lo mejor y más nutritivo que pudo encontrar, y aunque el joven jesuita se quejaba de que lo estaba cebando como a un lechón, se dejaba mimar.

La peste obligó a don Alonso a cambiar sus planes y tuvo que resignarse a posponer el viaje de Baltasar, porque aunque este se restableció bien, todavía pasaron varias semanas antes de que estuviera en condiciones de afrontar la tarea que su tío le había encomendado.

A mediados de agosto de 1609, Valle Alvarado había partido a hacer la visita de distrito, tal y como le exigía la Suprema, el órgano rector del Santo Oficio. Los informes que enviaba parecían confirmar las declaraciones de los brujos que estaban en Logroño. Esto desconcertó en un primer momento a don Alonso porque la enormidad de los crímenes y hechos asombrosos que se habían relatado ante el tribunal le parecía difícil de verificar. Para Valle y Becerra esta coincidencia en las declaraciones de los testigos era la prueba irrefutable de que estaban enfrentándose a hechos realmente sucedidos y no a fantasías o alucinaciones producidas por alguna sustancia tóxica. Solo uno de los informes de Valle hablaba de los sucesos que estaban teniendo lugar al otro lado de la raya. En él se mencionaba al juez

Jean d'Espagnet. A don Alonso le constaba que el juez que se estaba encargando de limpiar de brujas el Labort se llamaba Lancre. No sabía qué relación había entre D'Espagnet y Lancre. Pero sobre todo no sabía dónde colocar al párroco de Vera, un tal Hualde, a quien Valle Alvarado consideraba un experto en materia de brujería y con el que mantenía correspondencia.

Aparte de estos nombres, don Alonso de Salazar no pudo obtener mucha información sobre el problema de la brujería en la zona francesa, particular sobre el que el inquisidor general don Bernardo de Sandoval le había insistido que hiciera discretas averiguaciones.

Al licenciado Salazar algunos hechos le parecían dignos de meditación y estudio, especialmente cómo crecía el mundo de la brujería ante sus ojos y cómo las declaraciones se iban llenando de más y más detalles. En las primeras testificaciones la descripción del aquelarre era muy simple. Brujos y brujas se juntaban con el demonio, bailaban, fornicaban, le rendían culto con reverencias o besándole el ano... y poco más. No había misa negra ni confesión. Pero poco a poco el ritual se iba complicando y adornando con nuevos elementos. De pronto Valle empezó a hablar en sus informes de las marcas del demonio. En Logroño nunca se había mencionado esto. De ello dedujo don Alonso que Valle había aprendido lo de las marcas hablando con alguien durante su visita de inspección. Y estuvo casi seguro de que ese alguien venía de Francia. Esto lo convenció de que la única manera que tenía de lograr informaciones ciertas era enviar a Baltasar a territorio francés.

Los preparativos de este viaje dieron lugar a un sinfín de discusiones. Primero Baltasar manifestó su decisión de partir en cuanto fue capaz de levantarse de la cama y dar dos paseos sin marearse. Don Alonso se opuso rotundamente. Por más que Baltasar insistió en que podían estar perdiendo un tiempo precioso, don Alonso se mantuvo firme.

—El mal ya está hecho. Hace meses que Lancre está trabajando al otro lado de la frontera y Valle lleva muchas semanas agitando al paisanaje con tremendas predicaciones en púlpitos y ermitas.

De vez en cuando, Alarcón tenía una recaída:

—No sé, ¿y si hubiese algo de verdad en todo esto?

Don Alonso, con gran alarde de paciencia, volvía a explicar su punto de vista.

—No sabemos, mi buen Alarcón, qué hay de verdad o de mentira, y ese es el hecho fundamental, que no lo sabemos, y no podemos juzgar sin saber y para ello tenemos que verificar. Y sí, hay una asombrosa unanimidad en lo que declaran los testigos tanto aquí como en la comarca de Zugarramurdi, según los informes que envía Valle. Describen los mismos rituales, coinciden en las personas, explican con pasmosa coincidencia hechos asombrosos...

Pero actos positivos, al margen de las declaraciones de unos y otros, hay pocos. Y al asunto de los polvos diabólicos o los ungüentos me remito. Llevo meses intentando que alguna bruja me proporcione una muestra para analizarla y no hay manera. Se supone que están todo el día fabricando pócimas con diversos propósitos, así que tendría que haber gran abundancia de ellas y no debería ser difícil conseguir una, pero el hecho es que ni la bruja mayor de Zugarramurdi ha podido facilitarnos un frasquito. ¿Cómo hay que interpretar esto?

Con esta clase de razonamientos don Alonso había ido convenciendo a Alarcón de que las declaraciones no eran suficientes. A Baltasar no había que convencerlo de nada porque ya lo estaba. No escapaba a su comprensión que la situación era peligrosa porque cada vez había más niños que se presentaban ante las autoridades acusando a este o aquel vecino de haberlos llevado al aquelarre o de intentar hacerlos brujos. El ambiente debía de estar muy enrarecido en las aldeas. En una carta Valle contaba que las autoridades locales habían tenido que intervenir para evitar que algunos paisanos, padres de niños que se decían acosados por las brujas, se tomaran la justicia por su mano en Rentería y dieran muerte a una anciana con fama de gran bruja cuyo nombre era María de Zozaya. Por la edad y la descripción parecía una copia de Graciana de Barrenechea.

La mayor de todas las discusiones, sin embargo, tuvo lugar cuando Alarcón manifestó su decisión inapelable de acompañar a Baltasar. Tío y sobrino se echaron las manos a la cabeza. Don Alonso procuró disuadir a Alarcón con el argumento de que él se sentía todavía débil y precisaba de su ayuda, pero el de Almería contraatacó afirmando que quien realmente la necesitaba era Baltasar, que había estado a las puertas de la muerte y que era una temeridad dejarlo solo por esos caminos de Dios.

—Ah, no. A las puertas de la muerte nunca estuve, no exageres, y ya me encuentro bien.

—Sí que estuviste.

—No, señor, no. Si lo hubiera estado, me hubierais procurado confesión y nunca lo hicisteis.

Esto era difícil de refutar.

—Está bien. Quizás no a las puertas de la muerte, pero muy grave desde luego. Eso no lo puedes negar.

En torno a ese asunto cada uno discutió, protestó y se enfadó, pero tío y sobrino evitaron cuidadosamente decir lo que pensaban y lo que cada uno sabía que pensaba el otro. Don Alonso no necesitaba que Baltasar le explicara que llevar con él a Alarcón era una carga que limitaría sus movimientos y lo obligaría a estar pendiente de aquel hombre lleno de buenas intenciones, aunque poco ágil como compañero de viaje.

Fue inútil. Como solía ocurrir, Alarcón se salió con la suya. Una tarde, mientras don Alonso y Baltasar preparaban el itinerario, Alarcón comunicó que había estado ya en los corrales de Mingo Tello y que había apalabrado dos mulas mansas y de buen porte. Tello, además, le había asegurado que eran muy camineras y no se espantaban por nada. No vio o fingió no ver la mirada de desaliento que intercambiaron el inquisidor y su sobrino.

Así fue como una mañana temprano, bien entrado ya el otoño, Baltasar Alarcón y su padre, José Alarcón, comerciantes de vinos, riojanos ambos, emprendieron el camino hacia la parroquia de Zugarramurdi con dos mulas pardas y pintureras. A Alarcón se le hacía raro no llevar ropa talar, pero comprendía que los hábitos estaban de más en aquella empresa. Más que la identidad ficticia le preocupaba no saber una palabra de francés, cosa que pensaba necesaria una vez que cruzaran la raya. Conforme marchaban hacia Zugarramurdi, a Baltasar se le ocurrió que quizás era posible dejar a Alarcón en el monasterio de Urdax. Solo era cuestión de pillarlo en el momento propicio. Tenían por delante muchas leguas y estaba convencido de que el Alarcón que salía de Logroño no sería el mismo que llegaría a Zugarramurdi y esto lo tranquilizó un poco.

La mula que montaba Baltasar iba provista de un hermoso serón de pleita en cuyos senos viajaban sendas damajuanas bien envueltas en esparto y llenas de un clarete peleón que había comprado en Barea y que tenía que servir de cobertura a los improvisados comerciantes. Era poco vino para un trajinante, pero Baltasar se había negado rotundamente a que la mula de Alarcón fuese también con carga, convencido como estaba de que al primer traspiés la pericia ecuestre del fraile daría en el suelo con él mismo, la mula y el vino. Mejor evitar el estropicio.

Por el camino habían tropezado con muchos viajeros. Cerca de Santesteban compartieron leguas con un molinero de Elizondo que había bajado a Burgos a comprar trigo. Con maña, Baltasar fue llevando la conversación a su asunto. Cuando dijo que se dirigía a Zugarramurdi y al valle de Baztán a vender clarete riojano, el molinero le auguró un viaje provechoso porque aquel año no había habido por allí buena cosecha por un exceso de humedad que pudrió muchas uvas en la cepa. Baltasar procuró alargar la charla preguntando por tabernas y mesones, incluso por particulares que quisieran comprar, pero en cuanto nombró a las brujas, el molinero se cerró en banda.

—De eso yo no sé nada, que soy un buen cristiano y voy a lo mío.

—Oh, nadie lo duda. Pero como siempre se dicen cosas aquí y allá, pues se me ocurrió que también habría sus habladurías...

—Si las ha habido o las hay, a mí no me han interesado.

De ahí no hubo quien lo sacara. Baltasar hizo un par de intentos más y comprendió que era en vano.

Alarcón no abrió la boca. Bastante trabajo tenía con mantenerse sobre la mula y eso que el animal era dulce como una cordera.

Tres días después de salir de Logroño llegaron a Zugarramurdi y el humor de Alarcón, como Baltasar había predicho, había empeorado notablemente a lo largo del camino. Sin embargo, no quiso ni oír hablar de pedir alojamiento en el monasterio de Urdax, que estaba muy cerca de Zugarramurdi. Sabía que, si sucumbía a aquella tentación de comodidad, su camino y el de Baltasar se separarían sin remedio.

Zugarramurdi tenía la misma apariencia que cualquier aldea de la comarca. Baltasar se sintió un poco estúpido cuando se notó sorprendido ante el aspecto totalmente pacífico y vulgar del sitio. ¿Qué había esperado encontrar allí? Sin duda, reflexionó, el ánimo más templado podía verse afectado por los relatos extraordinarios que se habían oído ante el tribunal. Incluso los grandes humanistas prestaban crédito a la brujería y la magia y hasta habían hecho de ello materia de estudio en apariencia científico. La admiración que sentía por su tío creció notablemente, porque era muy difícil no dejarse influir. Cuando observó que Alarcón miraba por encima del hombro cada dos por tres, se dio cuenta de hasta qué punto la creencia en la brujería estaba arraigada y sintió gran ternura por aquel fraile tan amante de la paz y el sosiego que estaba dispuesto a soportar, por cariño y lealtad, no solo las incomodidades de los cuadrúpedos, a los que sinceramente detestaba, sino también ciertos miedos ancestrales que ni la cercanía de don Alonso había podido desterrar de su cerebro.

Se alojaron en una pequeña posada que regentaba una viuda de buen ver que desde el primer momento dedicó a Baltasar sus mejores sonrisas a pesar de que Alarcón, con total intención y muy mala uva, frustraba todos sus intentos de trabar conversación. Después de varios días de discreta pesquisa no habían conseguido obtener ninguna información ni útil ni inútil sobre lo que había pasado, y se suponía que quizás seguía pasando. De María de Ximildegui nadie sabía nada.

—Se me antoja que debemos irnos hacia Saint-Pée —determinó Alarcón una tarde en que volvían de ofrecer vino en algunos caseríos cercanos a población.

Baltasar no quería darse por vencido todavía.

—Vamos a esperar un poco. En última instancia podemos recurrir a la viuda o preguntar a los niños del pueblo.

Alarcón miró al joven jesuita con aprensión.

—¡A los niños no! Tu tío nos advirtió contra esa tentación. Oyen cosas aquí y allá y se les llena la fantasía de historias que cuentan como si de verdad hubieran ocurrido. Y en cuanto a la viuda...

—Lo sé, Alarcón, lo sé, pero nuestras averiguaciones no avanzan nada.

—Será entonces que no hay nada que averiguar.

Algo, sin embargo, sí habían constatado y es que la frontera era una entelequia. Las gentes iban y venían de un lado a otro sin control de ninguna clase. El contrabando de productos como el vino o el aceite lampante era una actividad tan frecuente como hacer pan. Cansados y bastante frustrados, Baltasar y Alarcón comían en silencio cuando la viuda se acercó a poner sobre la mesa un buen cuenco de requesón con miel. Había encendido la chimenea y se desvivía por atender a sus huéspedes. El tiempo era muy malo y había nevado varias veces. Baltasar hubiera deseado ser con ella más amable, pero las miradas de Alarcón se lo impedían.

—Hoy ha estado aquí una moza preguntando por vuestras mercedes. Le dije que viniera a la caída de la tarde, pero ya es de noche y no ha venido. —La viuda no supo dar razón de quién era—. La he visto alguna vez por aquí, aunque no sabría decir de dónde es.

A Baltasar le extrañó que la viuda no hubiera preguntado más, pero ya había percibido la desconfianza con que se trataban unos a otros en la comarca. Aquella noche decidió que, con el beneplácito de Alarcón o sin él, iba a intentar obtener información de los niños. Ya había tenido varias oportunidades, y no las había aprovechado por culpa del fraile, que estaba decidido a seguir al pie de la letra las instrucciones de don Alonso.

—Hechos positivos, hechos positivos —repetía constantemente.

Al día siguiente, cuando se levantó, Baltasar encontró en el corral de la posada a una moza entrada en carnes y con aire desenvuelto que lo esperaba. No se entretuvo en dar los buenos días.

—¿Es vuestra merced quien busca a María de Ximildegui?

A Baltasar los últimos vapores del sueño se le fueron de inmediato. Estudió a la mujer que lo interrogaba y llegó a la conclusión de que tendría alrededor de veinte años. La misma edad de María.

—¿Eres tú María?

—Yo pregunté primero.

Baltasar sopesó la respuesta que debía dar.

—Busco a María por un asunto particular, así que, si no eres María, no tengo interés en hablar contigo.

La mujer se acercó a Baltasar sin dejar de mirarlo con descaro pero este, aparentando indiferencia, se dio la vuelta y comenzó a caminar hacia la cuadra.

—Como veo que no tienes nada que comunicarme, me voy.

Sin embargo, la joven no estaba dispuesta a dejarlo marchar tan fácilmente.

—No soy María —exclamó.

Baltasar volvió sobre sus pasos.

—¿Qué es entonces lo que quieres?

Con un contoneo provocador, la moza se sentó sobre un poyete de piedra que estaba junto al portón del establo y, como en un descuido, la saya le quedó a la altura de las rodillas. Alarcón entró en ese momento en el corral y observó de hito en hito la escena.

—¿Qué pasa, forastero, no le gustan las mujeres a vuestra merced?

Con una dureza en el tono que a él mismo le sorprendió, Baltasar contestó:

—No me gustan las putas.

Alarcón elevó los ojos al cielo y se santiguó. Acto seguido se dio la vuelta y abandonó el corral. Aquello era demasiado a hora tan tempranera y sin desayunar. Pero inmediatamente le pudo la curiosidad y volvió sobre sus pasos con disimulo.

Aturdida por aquella respuesta que no esperaba, la muchacha se colocó la saya, mas no se arredró.

—Puta será tu madre.

—La tuya.

Y se quedaron mirando el uno al otro como dos mastines a punto de atacar. Baltasar se acordó de pronto de sus peleas callejeras y de lo bien que se había defendido siempre en aquellas lides. Cuántas veces no le había amenazado don Alonso con lavarle la lengua con jabón si volvía a oírle ciertos términos.

El jesuita comprendió que habían llegado a un punto muerto.

—Mira, si no tienes nada mejor que contarme, vete. Tengo que echar el pienso a las mulas y un día muy duro por delante.

La moza soltó una carcajada.

—¿Crees que la gente no se da cuenta de que vais por ahí haciendo preguntas? Aquí no se mueve una hoja sin que lo sepa todo el mundo.

Esto era algo que Baltasar ya sospechaba, pero creía que habían sorteado bien el problema haciéndose pasar por comerciantes de vinos. Quizás aquella frescachona exageraba, pero lo más prudente era marcharse cuanto antes hacia Saint-Pée.

—Anda, vete a enredar a otro sitio.

Y se dio la vuelta de nuevo.

La moza, que vio perdido el negocio, reaccionó rápidamente.

—Si os cuento algo de María, ¿qué me daréis?

Baltasar se giró para mirar a la joven y sonrió con intención.

—Depende de lo que digas.

—¿Cuánto?

—Dos reales.

—¡Eso es una miseria!

—No puedo ofrecer más si no veo la mercancía.

La muchacha suspiró resignada.

—Está bien. María está en Ciburu con su padre Adame. ¿Para qué la buscáis?

Baltasar movió la cabeza con aire escéptico.

—¿Cuántos maravedíes me darás tú si contesto a esa pregunta?

Si las miradas mataran, Baltasar habría muerto en aquel instante.

—Está bien, no me paguéis nada, pero contestad a mi pregunta.

—No. ¿Por qué tendría que hacerlo? Eres tú quien ha venido a buscarme y no al revés.

La moza se impacientaba por momentos.

—María es amiga mía y no tiene cuentas pendientes ni con la justicia francesa ni con la Inquisición. Nadie tiene por qué hacer preguntas sobre ella. Todo el mundo sabe que no tiene las marcas del demonio.

Baltasar recordó lo que su tío le había explicado sobre señales en la piel a las que Valle Alvarado había empezado a referirse de pronto en los informes de visita. Don Alonso estaba seguro de que el asunto de las marcas era algo que Valle Alvarado había aprendido por influencia de los franceses, porque hasta entonces ninguno de los declarantes en Logroño las había mencionado.

—¿Cómo son esas marcas?

—Y yo qué sé. De esas cosas ni entiendo ni quiero entender nada.

Baltasar decidió que era mejor cambiar de tercio.

—¿Y cómo es que es amiga tuya? Ella ha estado fuera del pueblo muchos años. ¿La conociste cuando regresó?

—No, la conocía de antes. Sus padres vivían aquí hace tiempo

—¿Cuándo?

—¡No lo sé! Quizás diez años o por ahí —exclamó la moza con irritación.

—¿A qué se debió su regreso después de tanto tiempo?

Cada vez más furiosa, la muchacha se cruzó de brazos.

—Y yo qué sé. Necesitaba trabajo porque en su casa no andaban sobrados. Pero ya no volverá. Ahora está muy bien. Su padre tiene una barca nueva, me han dicho.

Baltasar miró hacia la puerta que daba al corral. Estaba convencido de que Alarcón se había escondido detrás para escuchar. Lo que más le preocupaba era que la viuda hiciera acto de presencia e interrumpiera aquella conversación ahora que empezaba a dar frutos. Se dirigió hacia el poyete y se sentó.

—¿Cómo te llamas?

—Juana.

—Muy bien, Juana. Veo que vas entrando en razón. Cuéntame qué pasó aquí tras la llegada de María.

Con un gesto de la cabeza Juana se negó a contestar, pero Baltasar supo esperar.

—De eso no quiero hablar. Ni yo ni mi familia hemos tenido nada que ver. Mi padre me despellejaría si me mezclo en este asunto.

—Ya lo has hecho y nadie te ha obligado. Esa barca nueva... Si María vino al pueblo a buscar trabajo porque en su casa estaban pasando apuros, ¿cómo es que su padre... tiene una barca nueva?

—¡Yo no sé nada! —chilló Juana.

Era urgente apaciguar a la moza o la escucharían en la posada.

—Chisss... no grites. Estoy de acuerdo contigo en que tú no sabes nada, pero oirás lo que dice la gente, habrás escuchado comentarios. Tengo unos buenos maravedíes para ti. No lo olvides.

—Se dicen muchas cosas sobre eso. Unos comentan que los protege el obispo de Bayona, que fue quien le dio la absolución del pecado de brujería cuando ella se arrepintió, otros que presta servicio a la justicia francesa... Nadie sabe nada con seguridad. De aquí tuvo que marcharse porque todos le tenían miedo, pero ella es buena y fue muy valiente acusando a la vieja Graciana y a otros muchos.

—¿Conociste tú a Graciana?

Rápidamente Juana sacó una cruz de madera toscamente labrada del corpiño y la besó.

—No debéis pronunciar ese nombre. Es la mayor bruja que ha existido nunca. El demonio y ella...

Juntó las manos en un gesto significativo. Baltasar la miró con atención. No era fea, aunque quizás un poco coloradota. Ya no parecía una meretriz provocadora sino una campesina asustada.

—¿No se sabe en Zugarramurdi que la vieja Graciana ha muerto de tabardillo en Logroño? Sus hechizos no la libraron de enfermar y morir.

Con dedos temblorosos, Juana se pasó la mano por la frente.

—Eso no puede ser. No lo creo. Ella nunca estuvo enferma. El diablo la protegía...

—Bueno, ya no tardará en llegar la noticia al pueblo y verás que no te he mentido. Pero tú no digas nada o tendrás problemas.

Cada vez más confusa, Juana levantó la cabeza y miró agradecida a Baltasar.

—Tenéis mucha razón. No diré una palabra.

—Es mejor así. Solo una cosa más quiero preguntarte.

—¿Me daréis los reales?

—Sí, te los daré. Y ahora cuéntame si había muchas habladurías sobre brujas aquí y en Urdax antes de que llegara María desde Francia.

Juana se quedó pensando. Aquella no era la pregunta que esperaba.

—No sé qué decir. De vez en cuando alguien decía algo, pero la mayoría no lo creía. No había problemas con las brujerías, no como hubo después, pero eso es porque nadie se había atrevido a hablar. Es lo que decía María, que nadie se había atrevido a hablar hasta que ella lo hizo. El párroco de Urdax, por ejemplo, conocía a Graciana y sus hijas y las cosas que decían, pero no les hacía caso. Entonces, no.

Había cada vez más ruido en la posada. Era evidente que la gente se estaba levantando y era cuestión de minutos que alguien entrara en el corral. Baltasar decidió que lo mejor era dar por concluida la conversación. De todas formas ya estaba claro que poco más iba a sacar de la moza. Pagó con generosidad a la muchacha y le aconsejó que abandonara la posada por las cuadras y no por la puerta principal.

—No le hables a nadie de esta conversación que hemos tenido.

Juana asintió con la cabeza vigorosamente y se encaminó hacia el hueco en el muro que con una simple tranca cerraba el acceso a las cuadras.

—Y deja de provocar a los forasteros levantándote las faldas.

XVI

De cómo el obispo de Pamplona, don Antonio Venegas de Figueroa, se interesó por las brujas y decidió investigar qué estaba pasando realmente en los pueblos de su diócesis.

Hasta Pamplona habían llegado los ecos de la epidemia de brujería que asolaba las tierras del Labort, pero don Antonio Venegas de Figueroa, obispo de la diócesis, no prestó especial atención al asunto. Sabía que cada cierto tiempo había un brote aquí o allá y que lo mejor era dejarlos pasar. A finales de la primavera de 1609 se enteró de las acusaciones de brujería en Zugarramurdi y de la intervención del tribunal del Santo Oficio en Logroño. El obispo de Pamplona había sido inquisidor desde 1592 y miembro de la Suprema desde 1600. Don Antonio era un hombre de aspecto delicado y carácter recio. De baja estatura, estaba tan delgado que parecía que un soplo de aire se lo podía llevar. Tenía, además, mala salud, pero esta fragilidad era solo aparente. Todos los que trataban con el obispo Venegas le respetaban y hasta le temían.

En el mes de agosto de 1609 el inquisidor Valle Alvarado había comenzado la visita que le exigía la Suprema al distrito inquisitorial con sede en Logroño y partió convencido de que estaba a punto de descubrir la mayor herejía diabólica de que se tenía noticia. Como gran parte de su viaje de inspección discurría por Navarra, fue a presentar sus respetos al obispo Venegas. La visita del inquisidor alarmó sobremanera al obispo. A diferencia de don Bernardo de Sandoval conocía a Valle Alvarado desde sus tiempos de Madrid, cuando regía la institución don Juan Bautista Acevedo, el inquisidor general que había precedido a don Bernardo. Valle Alvarado era su secretario de cámara, un perro fiel, aunque hombre de escasas entendederas. Con atención y sin discutir, escuchó sus puntos de vista y le pareció que su credulidad era tan necia y firme que arrastraría a otros. No era la persona adecuada para mandar a la región a sofocar el pánico, pacificar agravios y poner orden. Enviar a un hombre como el inquisidor Valle Alvarado a una zona en la que había un brote de brujería era echar más leña al fuego. Para Venegas era evidente que estaba convencido y hasta orgulloso de su misión. Se le veía deseoso de no quedarse atrás con respecto a los jueces franceses que, según había oído Venegas, estaban causando estragos en la Baja Navarra.

Al principio el obispo Venegas se hacía informar por gente de su confianza de las idas y venidas de Valle Alvarado. Con gusto lo hubiera abofeteado en ocasiones. ¿Nadie había enseñado a aquel melón que inquisidor es sinónimo de sigilo y discreción? Era evidente que el inquisidor general no conocía al hombre. Como Venegas había previsto, la visita de Valle, lejos de apaciguar los conflictos en la zona infectada, los fue multiplicando. Como recibía informes contradictorios, el obispo decidió, a pesar de su mala salud, averiguar por sí mismo qué estaba sucediendo en los pueblos de su diócesis afectados por la epidemia de brujería. Fue agotador y varias veces tuvo que regresar a Pamplona porque su salud no le permitía continuar.

Con infinita paciencia y no pocas dificultades, don Antonio de Venegas fue reuniendo información no solo sobre la doctrina, sino también sobre el catequizar de la secta brujeril, según se la iban describiendo las narraciones de unos y otros.

Por muchos años el obispo recordó a Juanelo, ojos azules y mellado, que se había confesado pastor de sapos. Sentado junto a un brasero, porque el frío era intenso, don Antonio había conversado con el pequeño. Los sapos, según le contaba el chiquillo, eran la primera tarea que tenían los niños en el aquelarre. En un reducido palenque, y con unas varillas semejantes a las que se usan con patos y gansos, los niños que estaban siendo educados en el culto diabólico cumplían su primer cometido en el servicio al diablo. Estos sapos no eran cualesquiera sapos, sino unos seres muy especiales que las brujas vestían con lujo y telas de postín. Luego servirían para muchos y variados menesteres en el mundo de la hechicería. Unas veces actuaban como intermediarios con Lucifer o recaderos, otras eran la materia prima para la fabricación de polvos o ungüentos... Esto sucedía después de ser presentado el niño o la niña al Gran Cabrón que presidía todo el ceremonial, momento solemne en el que todos cantaban:

Tupulu tupu
orain ese gende berria dugu.

Don Antonio, que llevaba ya en Pamplona casi cuatro años, entendía algo el vascuence y la traducción le quedó más o menos así:

Ánimo que ahora y todo
gente nueva tenemos.

Algunos chiquillos iban añadiendo detalles que a don Antonio le parecían bastante curiosos. Así, por ejemplo, explicaban que Lucifer pagaba buenos dineros a las portadoras de niños, según el acuerdo que tenía con cada una de ellas. A partir del momento de la presentación, los niños ya no podían negarse a acudir al aquelarre a donde eran llevados por procedimientos mágicos, con independencia de su voluntad. El demonio presidía siempre las juntas de brujos, unas veces en forma de cabrón y otras de hombre, figura que adoptaba a fin de tener ayuntamiento carnal con todas las mujeres presentes en el aquelarre, aunque también podía presentarse en forma de mujer y fornicar con los brujos. En cualquier caso, el intercambio sexual parecía una parte imprescindible del ritual. La descripción del banquete presentaba variantes, pues unos declaraban que allí podían encontrarse los más ricos y variados manjares y otros manifestaban que esto solo era apariencia porque una vez llevados a la boca tenían sabor a barro, aunque a la vista parecían capones y suculentas viandas. El aquelarre, que siempre se celebraba de noche, estaba alumbrado por un grandísimo fuego, semejante a un monte, y el diablo les explicaba que en aquella gran hoguera tenían los brujos su morada *in aeternum*. Este fuego no quemaba. De este modo, el diablo mostraba a sus feligreses que lo que los curas predicaban de las penas del infierno era mentira. Y así los brujos y las brujas entraban y salían de las llamas con gran alegría y regocijo y sin daño alguno.

El aquelarre se despliega ante los ojos del obispo de Pamplona como un mundo jerarquizado y organizado en oficios. Los guardadores de sapos están en el nivel de los aprendices. Solo más tarde pasarán a ocuparse de menesteres más complejos como el de portador o captador de niños para el servicio al demonio. Hay en el aquelarre mayordomos que están cerca del trono que ocupa el Gran Cabrón y se dedican a obedecer directamente sus órdenes o a transmitirlas al resto del servicio. En esto el demonio se comporta como cualquier gran señor de Navarra. Hay también desolladores de sapos y hacedores de salsas o pócimas que se fabrican con distintas partes de la anatomía del bicho y yerbas variadas, cadáveres de niños, serpientes y otros animales, de preferencia repugnantes.

—¿Cucarachas también? —preguntó el obispo Venegas, fingiendo la mayor seriedad.

A don Antonio las cucarachas le parecían los seres más asquerosos de la creación y con franqueza no podía comprender cómo se les había olvidado este ingrediente. Juanelo titubeó un momento y al final contestó:

—No. Cucarachas no.

—Lástima, pero qué le vamos a hacer —se le escapó al obispo.

Don Antonio se dio cuenta de que tenía que decir algo porque el niño lo miraba desconcertado y la confianza estaba desapareciendo en sus ojos.

—Anda, coge la badila y remueve un poco el brasero.

Juanelo obedeció de inmediato. Todavía no podía creerse que estuviera allí, en la sacristía de la aldea, conversando con el obispo como si tal cosa.

—Gracias. Ya se nota el calorcito. Qué frío hace este año, ¿verdad? —preguntó Venegas con la intención de distraer la atención del niño.

El chiquillo asintió vigorosamente con la cabeza.

—Las gallinas de mi madre no ponen huevos.

—Sí, eso es por el frío. Y las vacas, ¿qué tal se están portando?

Con un suspiro Juanelo respondió:

—La Coletosa bien, y de ella vivimos, pero la Cuernirrota...

El obispo se miró las manos.

—Ya verás como la Cuernirrota vuelve a dar leche cuando aflojen estos rigores.

Con asombro, el niño miró las manos del obispo y comprobó que estaban, como las suyas, llenas de sabañones, y esto le extrañó muchísimo.

—Su majestad tiene sabañones.

Don Antonio contuvo la risa. El muchacho era más inocente que una palomica. ¿Quién le habría llenado la cabeza con aquellas historias de brujas y sapos?

—No, no. Su majestad es el rey y solo el rey. ¿Entiendes? A mí puedes llamarme su excelencia, pero padre Antonio también sirve. Bueno, volvamos a nuestro asunto ahora que hemos entrado un poco en calor. Me decías que las cucarachas no valen como ingrediente en el potaje de las brujas. ¿Y qué otros oficios se pueden distinguir en el aquelarre?

Tras meditar unos segundos, Juanelo continuó:

—Pues están también los que se ocupan de ir derramando la ponzoña por los trigos y los huertos que harto daño hacen, pero no tanto como los matadores, que con las pócimas más recias dan muerte a muchos cristianos, y también los ligadores, que con un conjuro pueden obligar a las personas a hacer lo que ellos quieren, y los que causan dolor de muelas y otros muchos.

El obispo Venegas no había olvidado a aquel muchacho, por las cucarachas y por la sencillez con que le había contado todo lo que sabía o creía saber.

Cada día después de hablar con unos y otros el obispo iba anotando lo que le contaban. Nunca tomaba notas mientras hablaba porque sus conversaciones tenían lugar con el más estricto compromiso de confidencialidad y secreto, y el ponerse a escribir hubiera hecho desconfiar a sus informantes.

En las casas parroquiales y sacristías de pueblos y aldeas escuchó a grandes y chicos, viejos y mozas que vinieron a contarle sus andanzas y su aprendizaje en la secta de los brujos. Así reunió la más asombrosa cantidad de información sobre brujería de su tiempo, hecha no como un tratado teórico o magistral, sino a partir de las conversaciones con los protagonistas. Venegas no tomaba declaración. Simplemente se sentaba a conversar y escuchaba. Con el tiempo fue agrupando por temas aquellos relatos y con ellos elaboró uno de los informes más sorprendentes y acertados que se hayan escrito jamás sobre la brujería.

El primer objetivo del obispo era saber cuándo había comenzado a hablarse de brujería en sus pueblos, qué relación tenía esto con las gentes que iban y venían de Francia y habían asistido allí a las ejecuciones de Lancre y oído las descripciones de las sentencias y los sermones sobre brujería que se hacían por docenas desde los púlpitos. Eso le permitió alcanzar algunas certezas sobre lo ocurrido en Zugarramurdi y en otras aldeas: «Y con haber muchas personas ancianas en ellas ninguna sabía qué cosa era ser brujo ni cosa que oliese a esta mala arte ni qué cosa era aquelarre». No antes de que Pierre de Lancre se presentara en el Labort y la gente comenzara a oír fantásticas descripciones de juntas de brujos y poderes sobrenaturales.

Don Antonio había llegado a una severísima y tremenda conclusión: la mayor parte de sus feligreses había aprendido el catecismo de la brujería oyendo sermones o las sentencias en la zona francesa recientemente. Pero esto no ocurría solo al otro lado de los Pirineos. Entre todos los predicadores, destacaba el párroco de Vera. El dictamen del obispo no admitía controversia, aunque él sabía que la habría: «De todo esto nació que todos los niños y niñas, mozos y mozas, casados y casadas, viejos y viejas y toda la gente de familia, aunque en ninguna manera fuesen brujos, sabían de memoria como el avemaría todo el arte de los brujos y todo lo que los dichos predicadores dijeron y predicaron en sus púlpitos».

Tras este aprendizaje, venía el miedo y la desconfianza de unos hacia otros dentro de las mismas familias y entre los vecinos. La presión del ambiente espoleada por la actividad de los predicadores, que insistían para que se denunciase sin miedo a los culpables de crímenes tan execrables, terminaba provocando un estallido de locura colectiva que podía tener consecuencias impredecibles.

Venegas comprendió desde el primer momento que el secreto y el sigilo eran importantes si de verdad quería enterarse de lo que estaba sucediendo en la región. Al principio confiaba en que su visita a los pueblos apaciguaría los ánimos y serviría para detener la epidemia. No fue así. Si el problema persistía, don Antonio estaba convencido de que el inquisidor general, don Bernardo de Sandoval, acertaría a intervenir y no permitiría que siguiera adelante hasta llegar a los extremos que habían sucedido en Francia. A fin de cuentas, don Bernardo y él tenían que entenderse, no en vano habían llevado vidas paralelas. Don Bernardo había sido primero obispo de Pamplona y luego inquisidor, y don Antonio había sido primero inquisidor y luego obispo de Pamplona. Pero los meses fueron pasando y el cardenal y arzobispo de Toledo no tomó disposiciones adicionales encaminadas a atajar el conflicto, aparte de enviar a Logroño a Alonso de Salazar y Frías. Quizás don Bernardo creía que esto era suficiente.

Los viajes de Venegas duraron muchos meses, desde comienzos del otoño de 1609 hasta finales del durísimo invierno de 1610. Gran parte de su tiempo estuvo dedicado a las Cinco Villas y a averiguar las idas y venidas de un hombre en el que no había podido dejar de pensar desde la visita de Valle Alvarado: el cura de Vera. Hacía no demasiado tiempo —el obispo lo recordaba bien— que un tal Lorenzo de Hualde, labortano de origen y protegido del turbulento y siempre conflictivo Tristán de Urtubi, había sido impuesto, no sin escándalo y gran oposición de los vecinos, como párroco del lugar por el mismo don Tristán, un viejo privilegio feudal que conservaba la casa noble y que los vecinos no aceptaban de buen grado, en especial cuando esto suponía que les traían un párroco francés, como era el caso. Las disputas entre los Urtubi, siempre celosos guardianes de sus privilegios feudales, y las gentes de Vera habían sido bastante serias. Don Tristán había conseguido salirse con la suya porque Urtubi, como señor de Alzate, tenía derecho a proceder al nombramiento, pero naturalmente los vecinos y el concejo de Vera entendían que, puesto que Vera estaba en el reino de España, don Tristán estaba obligado a nombrar a personas del reino de España, de la misma manera que en sus señoríos del reino de Francia nombraba a gente del reino de Francia. Jamás había sucedido que Urtubi nombrarse a un español para un cargo en la zona francesa. Esto el rey de Francia no lo hubiera permitido. Sea como fuere, el joven Lorenzo de Hualde, cura y francés, fue nombrado párroco de Vera y ya antes de que Valle Alvarado pasara por la comarca se había convertido en azote de brujas. El obispo Venegas, que había sido inquisidor, sabía cuán importante era que sus pesquisas se llevaran a cabo con la mayor discreción y, sobre todo, que los testimonios que recogía fuesen de primera mano y sin coacción. Le interesaba sobremanera conocer a Hualde por varias razones.

La presencia del obispo Venegas en Vera apenas si despertó expectación. En medio de una nevada intensa el obispo y su secretario Ortiz llegaron a Vera y, en vez de dirigirse a la casa parroquial, se quedaron a pernoctar en un caserío a un cuarto de legua del lugar. Allí vivía un antiguo racionero de la catedral que, ya viejo y lleno de achaques, había regresado a su lugar de origen a vivir con una sobrina. Antón Echevarri estaba tuerto de un ojo de resultas de una pelea cuyos motivos nadie había conseguido averiguar. De eso hacía ya años. Era un hombre taciturno y muy leal a sus superiores. El obispo lo encontró en un repecho del camino esperando con paciencia la llegada de su ilustrísima. Ni el obispo explicó por qué había decidido alojarse en su casa y no en la parroquia ni a Antón se le ocurrió preguntar. En realidad, no lo necesitaba. Hualde no gozaba de muchas simpatías, pero como esto podía dar lugar a comentarios, el racionero se encargó de evitarlos haciendo saber a sus paisanos que la casa parroquial, estando como estaba atestada de gente, no era lugar adecuado para servir de alojamiento a nadie y menos a un obispo.

Lo que había puesto en camino a don Antonio esta vez, en aquel gélido invierno de 1610, era la noticia de una carta que Lorenzo de Hualde había enviado a Valle Alvarado junto con diversas testificaciones de brujos o presuntos brujos. En estos documentos podían leerse hechos de una gravedad tal que el obispo Venegas se levantó de la cama, aunque todavía estaba convaleciente y muy débil. Cada vez se sentía más angustiado y no sabía si la actitud hasta ahora pasiva de don Bernardo de Sandoval, el inquisidor general, era pura negligencia o es que simplemente no era consciente de la gravedad de la situación.

El obispo llegó al caserío casi congelado y soportó con estoicismo la indignidad de que tuvieran que bajarlo de su hacanea entre el secretario y el racionero Echevarri. Caía una nieve mansa que lo envolvía todo en un manto de silencio y blancura. Cuando lo depositaron en el suelo, el secretario tuvo la imprudencia de hacer un comentario.

—Su ilustrísima no tenía que haber viajado en estas condiciones.

Venegas lo fulminó con la mirada.

—Por mi gusto no lo hago, Ortiz.

El tuerto le hizo un gesto con la cabeza para que se callara y Ortiz bajó los ojos. Era mejor no discutir con el obispo. Eso debería ya de saberlo. Echevarri despidió con un gesto de la mano a los vecinos que habían salido de sus casas a curiosear y condujo a Venegas hasta la enorme chimenea de la cocina. Allí había preparado un sillón con varios cojines y vino caliente con clavo y pimienta, que el obispo agradeció apretando el hombro del viejo racionero porque apenas podía hablar.

La carta de Lorenzo de Hualde y los interrogatorios que este había hecho en Vera llegaron a Logroño a finales de enero de 1610 e iban dirigidos al inquisidor Juan del Valle Alvarado, pero todos tuvieron conocimiento porque Valle Alvarado los había utilizado para alarmar al tribunal sobre la gravedad y extensión de la brujería. Por ese motivo don Alonso había sabido de aquellos papeles. Había intentado razonar con sus colegas sobre la intervención de aquel francés en la epidemia de brujería en las Cinco Villas. Don Alonso no sabía de dónde había salido aquel Hualde ni tampoco que había sido impuesto como párroco en Vera por don Tristán de Urtubi. Solo sabía que era francés y que había servido de ayudante al juez francés el verano anterior. Lo sabía porque Valle se lo había dicho. Esto para Valle Alvarado era una garantía de su experiencia y de sus conocimientos en materia de brujas. Para don Alonso era otra cosa.

—Sabe más que vos de la secta.

Don Alonso no perdió la paciencia.

—Estos interrogatorios no pueden ser admitidos conforme a derecho por el Santo Oficio.

—¿Y por qué no? —preguntó Valle Alvarado desafiante.

—Porque el Santo Oficio no admite acusaciones hechas por niños ni testimonios que no se hagan ante testigos y en presencia de sus inquisidores o comisarios. Nadie puede tomar testimonio en nombre del Santo Oficio si no pertenece al Santo Oficio y actúa conforme a sus normas.

—Estáis algo anticuado, mi querido colega. A grandes males grandes remedios. Esta calamidad sin precedentes exige también nuevos procedimientos. Así lo han entendido los franceses y por eso nos llevan mucho adelantado.

—¿Adelantado con respecto a qué? —preguntó despacio don Alonso.

Valle Alvarado lo miró con cara de no dar crédito a lo que oía.

—Con respecto a la persecución de las brujas, naturalmente.

Don Alonso contestó como quien señala algo muy obvio que solo un idiota no vería.

—No adelanta nada la causa de la justicia cuando no se respetan los procedimientos legales. Retrocede.

—Vuestra merced no entiende nada —replicó Valle—. Pero ya me di cuenta desde el principio de que no habíais venido a Logroño a ayudar sino a estorbar. —El segundo inquisidor hizo una pausa intencionada—. Me pregunto por qué.

Y se dio media vuelta y se marchó, dando la conversación por terminada.

Salazar no quiso porfiar con Valle Alvarado. A fin de cuentas, era su superior y él, un recién llegado. No por eso se estuvo quieto. Don Bernardo de Sandoval, inquisidor general, debía conocer el contenido de aquella carta y de las testificaciones obtenidas por Hualde, un hombre que pretendía formar parte del Santo Oficio sin reunir condiciones para ello. También enviaría copia al obispo de Pamplona, que era otro escéptico en materia de brujería y tenía la ventaja de poder moverse a su antojo por los pueblos de la diócesis, cosa que él, atado como estaba al tribunal de Logroño, no podía hacer.

Lo que más soliviantaba al obispo Venegas era que el párroco de Vera se estaba tomando una serie de libertades que en absoluto podía permitirse y actuaba *de facto* como si fuese un inquisidor o, al menos, un comisario del Santo Oficio. Durante casi mes y medio había tenido encerrados en la parroquia a docenas de personas, mayormente niños. Había aterrorizado a unos y otros hasta tal punto que muchos se habían confesado brujos y habían acusado a otros de pertenecer a la secta. Esto, ya lo sabían don Alonso y el obispo Venegas, era el inicio de una espiral de acusaciones mutuas en las que salían a relucir todas las enemistades y rencillas entre vecinos, cuando no cosas peores.

Hualde había enviado a Logroño un buen número de declaraciones que habían sido hechas supuestamente de manera voluntaria ante él, como si él tuviera alguna capacidad legal para tomar testimonio. Las declaraciones venían firmadas por el declarante y dos testigos. Pero la verdad era que el francés había interrogado a sus sospechosos, que eran casi todos niños, a solas la mayor parte de las veces, y que los testigos habían firmado después. Venegas, que había sido un magnífico inquisidor, había conseguido averiguar este punto.

Tras una noche de descanso, el obispo se levantó con ánimo de proseguir con su investigación. La mañana estaba hermosa y blanca. Hacía sol y esto animó bastante a su ilustrísima. Antes de mediodía, Lorenzo de Hualde llegó al caserío. Lo esperaban el tuerto y Ortiz en el repecho empedrado que conducía al gran portón de entrada. Desde la ventana de la cocina en el piso superior don Antonio lo vio llegar. Repasó otra vez la copia de la carta e intentó imaginar qué intenciones tenía el hombre que la había escrito. Era desde luego ambicioso. Por una parte intentaba con toda claridad desprestigiar a los dos hombres que el Santo Oficio tenía en Lesaca diciendo que uno «está pesado y no es el negocio para viejos cansados», y que el otro tenía demasiado trabajo. De manera que naturalmente solo quedaba...

él. Debía sentirse muy seguro de su ascendencia sobre Valle Alvarado o de otro modo no dejaría ver tan a las claras sus aspiraciones.

Primero Hualde explicaba la situación insostenible en que estaba, con treinta o cuarenta niños en casa. Después narraba las oraciones y rituales que hacía antes de irse a dormir, con rezos y agua bendita. La carta, escrita el 12 de enero de 1610, era larga:

> Todo lo de atrás escribí anoche y habiéndose acostado la gente menuda con las prevenciones dichas. Y preguntado hoy, me han respondido que ya los llevaron a las juntas de brujos y todos lo han ratificado. Y desde las once de la noche adelante en mi casa y en la de al lado han andado de tal suerte que parece que quitaban los tejados de las casas, echando unas veces alaridos grandes y otras veces risadas que toda la vecindad se atemorizó, aunque yo no lo sentí. Sospecho que me echaron alguna hierba para que no me despertara.
>
> Y habiendo los niños confesado cómo los llevaron y azotaron porque descubrían lo ocurrido, hubo grandísimo alboroto, y si no fuera por consejo de algunos hubieran muerto a las viejas que los llevan. Y así torno de nuevo a suplicar a Vuestra Señoría y al Santo Tribunal, sin que sucedan vías de hecho, se sirvan remediar sin dilación alguna.
>
> Y entre los acusados y acusadas hay tanta insolencia y atrevimiento que ni perdonan a clérigo ni

lego sin decir mil bellaquerías y afirmando que no hay brujos sino que yo los hago en la casa, y lo que yo digo en el púlpito, que es mentira y fábula, y no se me debe dar crédito y que por amenazas y halagos hago a los niños decir lo que no hay, etcétera. Mil insolencias en público y en secreto dicen de esta suerte. Y yo estoy resuelto de no hablar en secreto cosa hasta que el Santo Tribunal me dé más orden y comisión. De día en día, de hora en hora, se enconan más los ánimos de los vecinos.

Yo de mi parte ofrezco de hacer todo lo que fuere posible y ayudaré con mucho cuidado y diligencia como hasta aquí lo he hecho. Y no parezca a Vuestra Señoría que lo hago por los deseos que tengo de ser comisario, que sin serlo me emplearé de bonísima gana por servir a Dios y a la Santa Inquisición...

El obispo Venegas comprendía muy bien el motivo por el que don Alonso de Salazar estaba más que preocupado. Naturalmente era impensable que Hualde llegara a ser comisario de la Inquisición. ¿Quién le había dado esas esperanzas? No podía ser otro que Valle Alvarado, a quien iba dirigida la carta. Al obispo Venegas le resultaba difícil comprender cómo semejante idiota había llegado a inquisidor. Jamás un extranjero había estado al servicio del Santo Oficio. La Inquisición era una institución de la corona. Pero es que Hualde no era solo extranjero, era francés.

Y además protegido de Tristán de Urtubi y además ayudante, según don Alonso sospechaba y también el obispo, de Pierre de Lancre. ¿Había sido enviado Hualde a Vera con un propósito? Esto era lo que el inquisidor Salazar quería saber y lo que el inquisidor que había dentro de don Antonio de Venegas estaba dispuesto a averiguar.

Lo primero era no espantar al resuelto párroco. Esto don Antonio sabía hacerlo muy bien. Lorenzo de Hualde se agachó para besar el anillo del obispo y este aprovechó para observar de cerca al labortano. Era buen mozo. Alto, espigado y elegante. Iba demasiado bien vestido para ser solo el párroco de Vera. Recordó entonces que Hualde tenía fama de usurero. En su manera de conducirse, en los gestos y el modo de sentarse, Venegas adivinó los ademanes amplios y suaves de quien ha frecuentado ambientes nobles en Francia.

—Espero de corazón que se haya sosegado vuestra casa.

Hualde cerró los ojos como el que debe enfrentarse a un hecho difícil y que preferiría no tener que soportar.

—Agradezco a su ilustrísima el interés que muestra por mi humilde morada, pero ninguna molestia es molestia si sirve a la causa de Nuestro Señor.

Don Antonio sonrió beatíficamente.

—Como obispo no puedo sino agradeceros de manera muy especial vuestro interés y el apoyo que habéis prestado a nuestro inquisidor don Juan del Valle Alvarado.

El obispo calló y espero a que Hualde hablase. El francés estaba nervioso. Se le notaba en el hecho de que no hacía más que recolocarse los pliegues de la sotana.

—Era mi deber. Don Juan del Valle Alvarado es una de las pocas personas que conozco por aquí que es en verdad consciente del gravísimo peligro que entraña esta herejía.

Aunque sabía perfectamente que esto era una crítica velada a su persona, el obispo se abstuvo de hacer comentario alguno y desde luego no preguntó al labortano qué quería decir con «por aquí», aunque lo dicho le dejó claro que era, además de ambicioso, atrevido, y que, nervioso o no, no se amilanaba con facilidad. El obispo continuó, el tono afable y la sonrisa dulce.

—Sin duda vos tenéis una experiencia y unos conocimientos de que carecemos... por aquí. Me han dicho que en el Labort la secta de los brujos se ha extendido como la peste.

Hualde miró al obispo fijamente y asintió con la cabeza.

—Así es. Sin embargo, el Labort no es un caso único. En toda Europa crece esta calamidad.

—Eso tengo entendido —añadió don Antonio con cara de preocupación—. Pero al parecer, o al menos eso se rumorea, la situación en el Labort ha llegado a tales extremos que el rey Enrique IV ha enviado a un juez especial a la región, aunque quizás me han informado mal.

Don Antonio miró al cura de Vera con gesto cansado. Esto no era fingido. Realmente el viaje lo había dejado exhausto. Interpelado en esos términos, Hualde no tenía más remedio que decir algo.

—El juez que se ocupa de la brujería en el Labort es un gran erudito, un hombre que ha estudiado mucho y conoce todas las argucias de que se valen el Demonio y sus servidores. Los buenos cristianos de la región han sido muy afortunados.

Don Antonio decidió que convenía mostrar interés por Lancre y no insistir en lo del rey.

—Pues no debería guardarse sus conocimientos para él solo. Haría bien en escribir un libro y compartir su sabiduría con quienes luchamos por la fe de Cristo.

Hualde reaccionó a este señuelo de manera inmediata.

—Lo está haciendo, su ilustrísima, y en cuanto sus muchas ocupaciones se lo permitan, lo dará a la imprenta.

—Qué gran noticia —exclamó don Antonio—. Os ruego que me indiquéis el título y el nombre del autor para que pueda adquirirlo en cuanto esté disponible.

El labortano vaciló pero ya no tuvo más remedio que contestar.

—Pierre de Lancre. En cuanto al título, posiblemente se llamará *Tableau de l'inconstance.*

—¿En francés?

—Sí.

—Lástima —señaló el obispo—. En latín tendría mucha más difusión.

Con un gesto de la mano Hualde le quitó importancia al asunto.

—Oh, será un gran éxito, y se traducirá.

El obispo consideró que Hualde estaba ya menos tenso y aprovechó para ofrecerle una copa de orujo. El frío intenso lo justificaba.

—Este invierno está resultando muy duro en estos valles.

Hualde aprovechó para señalar que el azote del frío no había respetado ningún lugar que él conociera. Hablaron de la nieve y las heladas. De repente el obispo cambió de conversación, y con tono de familiaridad y confianza preguntó:

—Me han dicho que habéis sido ayudante del juez Lancre este verano. Supongo que por eso conocéis ese tratado sobre brujería que está escribiendo.

La cara de Hualde se congeló. Parecía como si el frío que hacía sentir sus rigores tanto dentro como fuera del caserío hubiera inmovilizado sus gestos, pero reaccionó pronto.

—Apenas. El juez Lancre no necesita ayuda de nadie. No me he ausentado de mi parroquia más que unos días.

El obispo sonrió afable.

—Estoy seguro de que cumplís con vuestras obligaciones con celo y dedicación, don Lorenzo. Pero la virulencia de esta herejía nos tiene a todos muy sorprendidos en la Alta Navarra. Claro que conociendo lo que está pasando al otro lado de la frontera se entienden un poco mejor las cosas, porque esta frontera, y eso lo sabéis también, tiene poca consistencia.

—Es bien cierto lo que decís —suspiró el labortano—. Me refiero a la virulencia. Por eso conviene actuar rápido y sin titubeo.

—Supongo que sabéis que he sido inquisidor...

Hualde asintió.

—Entonces comprenderéis que mi interés en este asunto es doble, como obispo de esta región y como hombre del Santo Oficio.

Lo único que le constaba el párroco era que el obispo había interferido una y otra vez en la labor de Valle Alvarado, aunque siempre evitando la confrontación directa, y que protegidos por él había varios curas predicando en la comarca, no contra la brujería, sino contra la creencia en la brujería.

—El tribunal de Logroño, por ejemplo —continuó don Antonio.

La mención al tribunal sorprendió a Hualde, que ya no sabía hacia dónde iba al obispo.

—Sí, el tribunal de Logroño está muy lejos, y esto es, cualquiera lo ve, una desventaja. Ha sido un gran acierto enviar a un juez especial al Labort, para que persiga sobre el terreno la herejía. ¿No estáis de acuerdo conmigo?

Evidentemente no había más remedio que decir que sí.

—Su ilustrísima tiene toda la razón.

El obispo llamó a Antón y pidió que añadiera un tronco más a la chimenea. El cielo se había cubierto de nubes de repente y podía sentirse cómo crecía el silencio claro y uniforme que precede a las nevadas. Don Antonio se dio cuenta de que tenía que acabar su conversación con Hualde antes de que empezara a nevar y el párroco se viera obligado a permanecer en el caserío. Aprovechando la presencia del racionero, el obispo se puso en pie y se acercó a la chimenea. Con los ojos fijos en las llamas y el tono ensimismado de quien expresa en voz alta una gran preocupación, el obispo susurró:

—Son muchas leguas, muchas leguas. ¿Cuál es vuestra opinión al respecto? Hablad con confianza. ¿Qué me aconsejáis?

Algo desconcertado por aquella petición inesperada, el párroco de Vera contestó con cautela.

—Las situaciones de gran peligro exigen de disposiciones excepcionales.

—Exactamente. Como un juez especial, por ejemplo. Pero esta es una medida que no puede tomar cualquiera. Ni siquiera el tribunal de Burdeos, a quien pertenece la jurisdicción ordinaria de la región del Bearn. Es una suerte que el rey Enrique, a quien Dios guarde muchos años, sea navarro. Eso lo hace todo más fácil.

Lo que había dicho el obispo era un tiro a ciegas, porque si Lancre había sido enviado directamente por el rey de Francia a la región, esto era algo que un peón en aquel juego como Lorenzo de Hualde podía muy bien no saber. Y si lo sabía desde luego no lo diría. Venegas solo quería ver su reacción.

—Dios es, por encima de toda ayuda humana, nuestro mayor sostén.

—Amén —concluyó Venegas.

Antes de dar por acabada la entrevista, don Antonio soltó un último dardo.

—No olvidéis dar recuerdos de mi parte a don Tristán de Urtubi, nuestro gran amigo. Sé que le veis a menudo.

Hualde asintió y se apresuró a marchar. Estaba deseando salir de allí. Don Antonio desde la ventana lo vio alejarse por el camino empedrado cuando comenzaban a caer los primeros copos de nieve.

—Hay dos cosas que están claras y una tercera que casi lo está, Antón.

—Sí, ilustrísima.

—Primera. Hualde trabaja o ha trabajado para Urtubi. Por eso le pagó con la parroquia de Vera.

—Sí, ilustrísima.

—Segunda. Hualde también ha trabajado para Pierre de Lancre.

—Sí, Ilustrísima.

—Es muy posible que Urtubi y Lancre trabajen para alguien o al menos estén protegidos por alguien que está más alto que ellos. Con Urtubi no lo tengo claro, porque ya sabemos todos cómo es don Tristán, pero con Lancre estoy casi seguro. Sus atribuciones exceden las de un juez ordinario.

—Sí, ilustrísima.

Antón Echevarri se detuvo y miró al obispo mientras colocaba sobre la mesa de la cocina el recado de escribir.

—Su ilustrísima me dirá qué hacemos ahora.

—Eso digo yo, Antón: qué hacemos ahora.

XVII

Donde Baltasar y Alarcón viajan de Zugarramurdi a Saint-Pée, no sin grandes fatigas, y terminan por visitar inesperadamente a don Tristán de Urtubi.

El último día en Zugarramurdi, Baltasar y Alarcón lo pasaron por los caseríos en torno al lugar. Antes de dejar la posada, Baltasar había pactado con la viuda un envío de vino desde Logroño a un precio que a Alarcón le pareció escandalosamente barato.

—Pero ¿quién te crees tú que va a pagar la diferencia?

—Dios proveerá —contestó Baltasar con un suspiro.

El fraile estuvo protestando un rato, pero Baltasar no le hizo caso. Tenía otras cosas en la cabeza y la primera era mejorar su apariencia de comerciantes. Llevaban ya bastantes días dando vueltas y del vino se habían ocupado poco. La venta de aquellas arrobas en la posada de la viuda acallaría cualquier sospecha.

El jesuita quería acercarse al molino del suegro de María de Jureteguía otra vez. Había un hecho en el que habían coincidido las declaraciones de varios brujos y brujas en relación con aquel molino. Una noche de gran aquelarre las brujas de Zugarramurdi no solo habían volado por los tejados y adorado al demonio, su señor, sino que después habían destrozado varios huertos y también el molino, cuyas piedras, al parecer, habían acabado encima del techo. Baltasar y Alarcón ya habían pasado por allí y habían comprobado que el molino funcionaba perfectamente y que las piedras de moler estaban en su sitio.

—Pueden haberlo arreglado después —señaló Alarcón.

Esto era verdad, pero si había habido destrozos, si las piedras habían terminado encima del tejado, esto era algo que los vecinos recordarían, porque un molino es un sitio al que va mucha gente. El razonamiento de don Alonso era que hecho tan evidente no podía pasar desapercibido. Baltasar había llevado las conversaciones una y otra vez hacia el molino, pero nadie había dicho que hubiera sufrido destrozos. Con la viuda había comentado como de pasada su admiración por la belleza del paisaje, por las vaquerías que podían verse desde el camino, por los huertos de manzanos y por el molino, que le había parecido muy nuevo. La viuda se mostró muy orgullosa de su pueblo y dijo que el molino funcionaba muy bien, pero que nuevo no era, que ya llevaba allí muchos años. De ello coligió Baltasar que no había habido ni obras ni arreglos de ninguna clase en aquella construcción. A esto había que añadir que no era creíble en modo alguno que las piedras de moler hubieran estado alguna vez en los tejados, entre otros motivos porque estos no hubieran podido soportar el peso.

Las declaraciones de brujos y testigos podían coincidir, pero sus comprobaciones sobre el terreno no avalaban lo que en ellas se decía. Esto ya lo suponía don Alonso, cuyo principal problema en el tribunal era precisamente estas coincidencias asombrosas que habían dado al traste con el escepticismo inicial y con la idea de que las hazañas de las brujas habían ocurrido «como entre sueños».

Cerca del molino Baltasar encontró a un par de críos de unos diez años que cuidaban de una docena de ovejas. Cuando se acercó a ellos y les explicó que vendía vino, le dijeron que ya lo sabían, lo que confirmó a Baltasar en su idea de que todos conocían su presencia y que había que marcharse de Zugarramurdi cuanto antes. Preguntó primero si había alguna taberna o algún caserío rico donde pudieran tener interés en su mercancía. Luego les preguntó si querían probar el clarete, idea que entusiasmó a los dos pastorcillos.

Alarcón lo miró con desaprobación. La conversación con los chiquillos permitió a Baltasar asegurarse de que, efectivamente, no había habido ni destrozos ni obras posteriores en el molino, y en segundo lugar, de que los aldeanos estaban convencidos de que había brujas en todas partes y desconfiaban los unos de los otros hasta extremos histéricos. La madre del más alto, que se llamaba Agustín, había llenado la casa de cruces, de tal manera que era imposible ir de una habitación a otra o abrir una ventana sin tropezar con ellas. La del otro apenas salía a la calle, y día y noche atormentaba al marido con llantos y ruegos para que se marcharan del pueblo y se fueran lejos, por lo menos a Burgos, donde le habían dicho que no había brujas.

Sin embargo, los dos parecían estar encantados de contar a los forasteros qué extraordinarias brujas había en Zugarramurdi y cómo el demonio se paseaba por aquellos campos como si estuviera en su reino particular. Josechu, que era el más bajito, confesó que una vez había visto al demonio. Alarcón estuvo a punto de salir corriendo. Pero Baltasar decidió aprovechar la buena disposición del muchacho para hablar, aunque sabía, porque su tío había insistido en ello muchas veces, que en los casos de brujería los niños eran más peligrosos que la pólvora y que no debía creer nada de lo que le dijeran.

—¿Y dónde estaba el demonio? ¿Cómo era?

Los dos niños se atropellaban en su prisa por contar y se quitaban la palabra el uno al otro.

—¡En su iglesia!

—¿Cuál es su iglesia? —preguntó Baltasar con interés.

Los dos chicos se miraron asombrados. El más alto dijo:

—¡¿Cómo?! ¡Vuestra merced no sabe nada de nada! Y eso que lleva ya aquí bastantes días...

Baltasar lamentó su torpeza. Era la primera vez que oía aquello. ¿Sería verdad que Lucifer tenía una iglesia en Zugarramurdi? Recordó las advertencias de don Alonso, y se dijo que aquello era bastante fácil de comprobar y lo calificó como hecho positivo verificable.

—El demonio es más grande que un roble y tiene una corona de cuernos. Sus ojos son como los de los gatos y ve de día y de noche. Le gusta comer niños, pero antes de llevarlos ante el demonio para que se los coma, las brujas les sacan las mantecas y con eso hacen sus brebajes.

—Y con sapos también —dijo el otro.

Baltasar intentó regresar al asunto de la iglesia y pudo, no sin dificultad, volver a aquel punto que le parecía bastante interesante. De vez en cuando miraba a Alarcón con impaciencia, pero este se negó a participar de la conversación.

—¿Y se puede ir a visitar esa iglesia?

Los chiquillos dijeron que sí, pero que a aquella hora el demonio obviamente allí no estaba. Con gran entusiasmo, condujeron a Baltasar y a Alarcón hasta una gruta impresionante que estaba como a un cuarto de legua del sitio en el que se encontraban. Era un lugar realmente extraordinario. Cada sonido retumbaba en las bóvedas como si las rocas tuvieran pequeñas gargantas con que hacer burla a los humanos. Incluso el silencio era inquietante porque se oía un concierto de gotas que caían del techo, y parecía que alguien golpeaba los charcos con los palillos de un tambor. Una vez dentro los niños se pegaron a los forasteros como las lapas y la voz se les volvió un susurro casi inaudible.

—¿Por qué habláis tan bajito? —preguntó Baltasar.

—Por si está dormido —respondió Agustín.

—¿Quién? —inquirió el jesuita.

—Él —contestó Agustín con los ojos brillantes de miedo.

Como Alarcón tampoco parecía muy dichoso, Baltasar le dio un par de collejas al mozo en plan de chanza y decidió abandonar la gruta. A prudente distancia de aquel lugar hechizado propuso parar para comer algo. Se sentaron en una era y el jesuita repartió con moderación pan, vino y rodajas de chorizo. El día era soleado, aunque bastante frío y a Alarcón le dolían todos los huesos. La humedad de aquella comarca y la llovizna constante lo traían a mal traer.

Los niños habían recobrado el buen humor una vez que se alejaron de la gruta, y comieron con alegría. Cuando el sol comenzó a declinar, se despidieron y los críos emprendieron el camino hacia el caserío y ellos hacia la posada. A Baltasar le parecía evidente que lo primero que iban a hacer los niños en cuanto llegaran al caserío era contar su encuentro con los forasteros. Así que tenía marcharse del pueblo cuanto antes y a ser posible solo, pero no se atrevía a decirle otra vez a Alarcón que se quedara en el monasterio de Urdax o en alguna posada cercana a la raya o simplemente que regresara a Logroño. Atravesar la frontera con Alarcón era más peligroso que hacerlo sin él. Miró de reojo al fraile, que caminaba cabizbajo con el cabestro sujeto con la mano izquierda y la derecha arrebujada dentro del capote de lana para protegerla del frío glacial. «El cariño a veces dificulta tomar decisiones necesarias», se dijo.

La situación en la Baja Navarra era como mínimo complicada. La región vivía enzarzada en querellas religiosas desde hacía mucho tiempo. De hecho, había tenido una reina hugonote y un rey hugonote, Enrique de Navarra, hasta que en 1593 el mismo Enrique había renunciado a su religión y se había hecho católico. Durante décadas, el territorio había vivido muchas tensiones entre hugonotes y católicos, especialmente desde que la casa de Borbón había tomado partido por los primeros. El propio Enrique había sido uno de los caudillos más destacados del bando hugonote hasta que cambió de religión para poder ser rey de Francia. Decían que había justificado esta mudanza con una frase muy sencilla: «París bien vale una misa». Esta circunstancia, sin embargo, no había disminuido los enfrentamientos, a veces muy cruentos. La terrible Noche de San Bartolomé, aquella matanza casi inverosímil de hugonotes, había llevado a la muerte a más de tres mil personas. Para apaciguar de alguna manera el conflicto religioso, el rey Enrique había promulgado el Edicto de Nantes en 1598, que permitía la existencia de los hugonotes en ciertas zonas y bajo estrictas condiciones. Esto no garantizaba la seguridad en la región en la que Baltasar se disponía a entrar y en la que al conflicto religioso había que añadir la persecución de la brujería. Realmente Baltasar no sabía en qué coyuntura estaba el Labort tras aquellos acontecimientos, pero no se le escapaba que su situación sería muy precaria una vez que cruzara la raya. Allí nadie podría protegerle. No podría recurrir a su tío y su tío no podría recurrir a don Bernardo. El contrabando de vino era algo habitual y esto le daba una coartada aceptable. Sin embargo, desconocía casi por completo lo que estaba pasando en territorio francés con aquel asunto de la brujería. ¿Quién era realmente Pierre de Lancre y por qué había sido enviado al Labort precisamente ahora, cuando todo el mundo sabía que Enrique se preparaba para atacar España en el punto más débil, la frontera de los Países Bajos?

Si algo salía mal, si alguien sospechaba de ellos, si había que huir para que no los detuviesen, la presencia de Alarcón podía complicarlo todo. Don Alonso le había explicado que hallaría soldados por todas partes. Por un lado, estaban los remanentes de las guerras de religión y, por otro, la decisión de Enrique IV de doblar el número de soldados por cuenta del rey para hacer valer su decisión de no aceptar el derecho de Felipe II a la Alta Navarra como heredero legítimo de Fernando el Católico. En el Tratado de Vervins que ambos monarcas habían firmado, Enrique había consentido en devolver al monarca español Charolais y varias plazas fuertes, y sobre todo había declinado cualquier pretensión de soberanía sobre Flandes y Artois, al menos sobre el papel, aunque no había renunciado a unificar Navarra e integrarla en Francia. Felipe II, que estaba ya viejo, había devuelto parte de Picardía, Calais y otros enclaves como muestra de buena voluntad, pero Enrique no se fiaba de él y había tomado la decisión de doblar la soldadesca en previsión de posibles tentaciones del lado español. Esto es lo que oficialmente decía el rey de Francia. A los mentados había que sumar los hombres que Lancre había traído con él. La calma tensa del Tratado de Vervins estaba más tensa que nunca, porque muerto Felipe II, Enrique parecía dispuesto a saltarse a la torera lo firmado en el Tratado. Baltasar se imaginó a sí mismo intentando escapar por los tejados, como había sucedido en Kyushu, en compañía de Alarcón, y se le cayó el alma a los pies. Aquella noche en la posada le insinuó que quizás prefiriera regresar a Logroño, pero Alarcón no estaba para medias palabras. Le dolía la cintura y las almorranas, de las que jamás hablaba a nadie, lo tenían martirizado a pesar del frío.

—Pues sí, la verdad es que como preferir, lo prefiero francamente, pero voy a ir contigo al otro lado de la frontera.

—Pero, Alarcón, mira cómo estás. Apenas puedes moverte.

El fraile no le dejó seguir.

—Ya sé que crees que soy un estorbo.

Con un vigoroso movimiento de cabeza, Baltasar negó semejante idea.

—No, no... Eso son imaginaciones tuyas y ganas de hacerte el mártir.

—No pongas en peligro la salvación de tu alma inmortal mintiendo como un bellaco. Baldado y todo como estoy ya me he ocupado del saco de las provisiones. He incluido un bacalao excelente, aunque solo lo comeremos si hay agua cerca. En esta zona el bacalao es una maravilla. Con ajo, pan duro y bacalao se hacen unas migas que resucitan a un muerto. Naranjas y cebolletas para acompañar y buen clarete. Ya tendremos ocasión.

Con Alarcón no había manera. Era mejor aceptar las ventajas de su compañía. Ya se había acostumbrado a tenerlo cerca, verlo cada día y discutir con él cada dos por tres. A veces tenía la tentación de abrir su alma y contarle todo cuanto le había sucedido en

Japón. Agradecía de corazón que don Alonso y él hubieran aceptado sin preguntar su anómalo comportamiento de jesuita apartado voluntariamente de los sacramentos. Su situación era de una gravedad extraordinaria y a Baltasar no se le escapaba que ambos, como sacerdotes, estaban muy alarmados desde que se dieron cuenta de que Baltasar acudía a misa cada día, si podía, pero no se acercaba a recibir la comunión. Alarcón no se había atrevido a decir nada y solo don Alonso antes de partir le había dicho que tenía que buscar paz para su espíritu, dentro de su orden o fuera de ella.

—*Eris sacerdos in aeternum*—le dijo don Alonso con dulzura, y Baltasar se arrodilló y le besó el anillo.

A veces el joven jesuita pensaba que Alarcón había querido acompañarlo para estar cerca de él y ayudarle a romper aquella costra de hielo, amasada de dudas lacerantes y amargos recuerdos, que se le había ido formando desde que desembarcó en la isla de Okaido y tuvo que ver, vivir y hacer lo que jamás imaginara.

Al día siguiente decidieron cruzar la frontera por la ruta habitual del contrabando que iba de Zugarramurdi a Sara pasando por otras grutas, más impresionantes si cabe que la que habían visitado en Zugarramurdi. Alarcón, que iba y venía al asunto de las brujas constantemente, incorporó otro argumento a los muchos que ya llevaban desgranados:

—¿Y no puede ser que esta abundancia de cuevas haya dado lugar a que las gentes de estos campos piensen que el demonio está más cerca? Es común la creencia de que las cavernas son como puertas del infierno.

Baltasar consideró esta posibilidad.

—Es posible que esto también haya influido, pero no te olvides que ahora mismo la creencia en las brujas es general y se da donde hay cuevas y donde no las hay. Yo estoy con mi tío y con don Bernardo. El problema tiene muchas causas y estas son muy profundas y difíciles de determinar porque si no, no se habría manifestado aquí y en Francia, en Ginebra y en Inglaterra, en Sajonia y en Escocia...

—Sí, pero nosotros no estamos yendo ni a Escocia ni a Sajonia, sino al Labort, al castillo de Saint-Pée y, por lo tanto, lo que nos interesa es lo que ocurre aquí...

—Así es, pero esto, según entiendo, aunque mi tío Alonso no ha sido muy explícito, se debe a la preocupación del inquisidor general por las cláusulas que se establecieron en el Tratado de Vervins entre Felipe II y Enrique IV, que aceptó muchas condiciones, aunque se negó a admitir que la Alta Navarra fuese parte de la monarquía española. Enrique no reconoce el derecho de los reyes de España a ser reyes de Navarra. Y la historia nos dice que los problemas que allí surgen terminan salpicando al otro lado de la frontera, como de hecho ha sucedido. La persecución de brujas está provocando una acumulación extraordinaria de soldados en el Labort que antes no estaban y esto puede que no tenga nada que ver con unas intenciones encubiertas del rey de Francia, pero no lo sabemos.

Sin demasiada convicción, Alarcón añadió:

—A ver cómo vamos a saber nosotros cuáles son los verdaderos propósitos del rey de Francia...

En Sara buscaron un alojamiento, siempre ofreciendo clarete riojano a buen precio. Alarcón descansó un par de días y Baltasar se dedicó a vagabundear por las aldeas con la vista puesta en el castillo de Saint-Pée. No era fácil hablar con los vecinos. Durante el día había una cierta apariencia de normalidad y las gentes iban y venían a sus asuntos, pero al anochecer las familias se amontonaban a la entrada de las iglesias, especialmente mujeres con niños. Muchos habían declarado que las brujas venían por la noche y los llevaban al aquelarre sin que sus familias lo pudieran evitar, porque el demonio dejaba en su lugar un simulacro con la misma cara y forma que el niño raptado, de tal forma que no se notaba la suplantación. En otras ocasiones, las brujas provocaban un sueño tan profundo e invencible en los adultos que estos se dormían sin remedio, momento que las brujas aprovechaban para arrastrar a los chiquillos al culto diabólico. Así las cosas, el pánico se había extendido por la región y las iglesias parecían el único lugar en el que se podía estar a salvo. Los curas de la comarca, según supo Baltasar, seguían al pie de la letra las instrucciones de Lancre por la cuenta que les traía porque ya había enviado a dos sacerdotes a la hoguera.

Era difícil moverse por los pueblos sin tropezar con los soldados. Eran muchos para una zona tan pequeña, así que se los veía por todas partes. Esto dificultaba de manera notable los movimientos de Baltasar y Alarcón. Asombrosamente vendieron muchas arrobas de vino, lo que alegró bastante al fraile, que estaba muy preocupado con la venta a precio ruinoso que habían hecho a la viuda de Zugarramurdi. Con gran pulcritud iba anotando los distintos pedidos y compensaba lo poco provechoso de sus indagaciones sobre brujería imaginando la alegría que iban a tener los bodegueros de Barea. Para animar a Baltasar le decía que, si como espías no tenían mucho porvenir, como trajinantes de vinos puede que sí lo tuvieran. Pero Baltasar no estaba para bromas. De lo único de que podía informar a su tío con seguridad era de que en la región reinaba el terror sin que fuera posible distinguir qué inspiraba más miedo, las brujas o Pierre de Lancre. Hizo un primer intento de acercarse a Saint-Pée sin que Alarcón lo supiera. El frío tenía muy acobardado al fraile y Baltasar lo convenció de que era mejor que se quedara en la posada. Las heladas y la nieve hacían peligrosos los caminos y las mulas podían resbalar con mucha facilidad.

Con la excusa del vino, el jesuita consiguió llegar al pueblo de Saint-Pée con las mulas, pero de allí no pudo pasar aunque el castillo estaba a poca distancia. La tensión que se respiraba en el lugar era tan visible que no se atrevió a preguntar a nadie. Había nevado un poco aquella noche y el frío no había permitido que la nieve se derritiera. Desde una taberna en la que había entrado a pedir unas sopas de cebolla o algo que le ayudase a entrar en calor, vio pasar a Pierre de Lancre a caballo. Iba rodeado de soldados que lo escoltaban y seguido de un carro con barrotes de hierro y arrastrado por dos bueyes que servía de prisión a varias personas. Supo que era Lancre porque de repente la gente que estaba en la taberna empezó a callarse y se fueron amontonando frente a las ventanas. Nadie dijo nada, pero el hombre que estaba junto a Baltasar murmuró:

—*Encore*.

En realidad, Baltasar estaba seguro de que no iba a averiguar allí nada, porque a la menor insinuación la gente agachaba la cabeza y se marchaba, pero era testarudo y aquello significaba un desafío. Haciéndose el distraído había intentado ir desde el pueblo hasta el castillo una vez más. Fue inútil. Lo hicieron volver atrás y decidió que no era conveniente intentarlo una tercera. No obstante, pudo observar la construcción, los altos muros, la torre y, sobre todo, que la capacidad del castillo estaba desbordada, lo que podía deducirse de los muchos cobertizos y enramadas para distintos usos que rodeaban la construcción.

Alarcón insistía una y otra vez en que había que volver a Logroño antes de que hubiera una gran nevada que los detuviera en el Labort durante semanas o incluso meses. En esas discusiones estaban cuando llegó un propio con una carta de don Alonso en la que explicaba que debían ir a ver a don Tristán de Urtubi. Era la letra de don Alonso, pero venía sin firma. Baltasar la reconoció en seguida. El propio era uno de los mozos de Mingo Tello que, al recibir la propina que Baltasar le dio, agradeció con una inclinación de cabeza y añadió al despedirse:

—Que dice el tío de vuestra merced que a él no hace falta que le mencionéis.

A Alarcón le pareció claro que don Alonso no quería que su nombre saliera a relucir.

—O el del Santo Oficio —añadió Baltasar.

«Quizás ya sepáis —escribía don Alonso— cuán importante ha sido y es en esa comarca la casa noble de Urtubi. Hay fundadas razones para creer que el juez y el actual señor de Urtubi fueron los instigadores de la caza de brujas en el Labort. Conviene asegurar este aserto con un poco de disimulo. Lo más importante es saber si el juez ha sido enviado a la región por el rey Enrique IV personalmente o por quién. Sus poderes son excepcionales y actúa tan suelto de manos que alguien muy arriba debe protegerlo. De camino es menester informarse sobre un tal Lorenzo de Hualde, párroco de Vera. Parece que es fuente de inspiración para nuestro V. A. Su relación con don Tristán de Urtubi está probada, pero es preciso confirmar su vínculo con el juez. No se ha de forzar la conversación ni insistir demasiado en nada. El señor de Urtubi está en este momento muy indispuesto con el juez y tendrá ganas de hablar. Desde Pamplona A. V. me lo ha hecho saber así».

Baltasar y Alarcón dedujeron sin esfuerzo que V. A. era Valle Alvarado y A. V., el obispo Antonio de Venegas. Preguntaron al posadero por el castillo de Urtubi y torció el gesto. No tenía buena fama don Tristán de Urtubi, pero a Baltasar le pareció, por los comentarios de la gente, que esto venía de su mal carácter y de su tendencia a perseguir gamos y mozas.

¿Qué estrategia le convenía seguir con don Tristán? Decidió que no podía preparar ninguna por anticipado. Sin embargo, estaba seguro de que don Alonso sabía lo que estaba haciendo. Solo mucho después, de regreso a Logroño, supo Baltasar por boca de don Alonso de la intervención del obispo Venegas en el asunto de las brujas y de sus sospechas de que había sido Tristán de Urtubi el principal instigador de la caza de brujas en el Labort y el mayor apoyo de Pierre de Lancre, al menos en sus comienzos.

En la posada dejaron los apaños de trajinante y el vino. Al mediodía llegaron al castillo en las mulas, aparejadas solo con las jalmas, el ataharre y las cinchas. Como no sabían si su visita había sido anunciada previamente o no por el obispo de Pamplona, dijeron sus nombres y que venían de parte de su ilustrísima al criado que los recibió. Urtubi los atendió con hospitalidad principesca. A lo largo de la conversación Baltasar pudo darse cuenta de que don Tristán pensaba que ellos pertenecían al servicio de don Antonio. No lo sacó de su error.

Hablaron durante largo rato. El noble insistió en enseñar su bello castillo, su bodega, el parque y los lujos que había en aquella propiedad a fin de que pudieran informar al obispo de «cuán noble y rica era la casa de Urtubi», comentario que fue seguido de los más encendidos elogios por parte de Baltasar y asentimientos vigorosos de cabeza en el caso de Alarcón, que no entendía mucho porque hablaban en francés. Ambos pensaban que el noble navarro no hablaba español hasta que empezó a contar cómo había conocido a Lancre, aquel gusano miserable, y de pronto exclamó:

—¡Hideputa y puto mil veces!

A partir de entonces habló en español a ráfagas y contó a sus visitantes el destacado papel que él había tenido en el comienzo de la persecución de las brujas en la comarca. Con total cinismo confesó que no creía en la brujería, y que nadie con dos dedos de frente, aparte de gañanes y viejas aldeanas, lo hacía, pero que esta creencia podía ser muy útil para muchas cosas. A él le habían fastidiado bien con la brujería cuando los de San Juan de Luz acusaron a su gente de ser brujos en la disputa por los puentes. Así que él había hecho lo mismo. De ninguna manera estaba dispuesto a ceder el uso de aquellos puentes a los municipios, a cuatro burguesillos, a cuatro comerciantes de tres al cuarto, puros pecheros venidos a más... que ni a hidalguía alcanzaban. Don Tristán se sofocaba y mezclaba el español y el francés. Para contener aquella verborrea que por momentos se hacía difícil de entender, Baltasar se atrevió a interrumpir:

—Entonces es cuando su señoría conoció a Pierre de Lancre...

—*Évidemment*... Claro, es juez del tribunal de Burdeos, al que pertenece esta comarca.

—Y por eso lo mandaron aquí —insistió Baltasar.

—No... Bueno, sí. D'Amou, el señor de Saint-Pée, otro canalla, y yo pensamos que lo mejor para dar un escarmiento a los revoltosos de estos pueblos era hacer que intervinieran las autoridades de Burdeos con la excusa de la brujería.

—Y ahí es cuando aparece Lancre —insistió Baltasar.

—*Mais oui, tout le monde le sait*. Es un obseso del culto a Lucifer. También Monsieur d'Espagnet, pero este se inclina más por la nigromancia y la alquimia y, además, es un hombre poco resolutivo.

El relato de don Tristán se volvía confuso. En realidad, no era capaz de saber en qué momento había perdido la iniciativa y había sido apartado a un lado del camino. No recordaba ya si había sido idea suya o de Amou o de Lancre el ir a París e interesar al rey en las cosas extraordinarias que pasaban en su patria chica. Algo, no obstante, sí tenía claro don Tristán: mientras iba hacia París, era él quien dirigía la operación; en cambio, a la vuelta de París ya le habían dejado fuera. D'Amou había conseguido que Saint-Pée se transformara en el centro de operaciones y no el castillo de Urtubi, y Lancre se comportaba con la insolencia de un ministro plenipotenciario. Don Tristán confirmó que él había nombrado a Lorenzo de Hualde párroco de Vera y que este había sido luego ayudante del juez francés, porque al parecer había interés en que también se persiguiera a las brujas en la zona española.

—*Mon Dieu,* yo soy un idiota —Urtubi se sofocaba.

Lancre le había ido ignorando más y más, hasta el punto de que ya no le tenía en cuenta para nada. Al parecer tenía un mandamiento de puño y letra del rey. Don Tristán no había visto el documento. Fuera como fuera, Lancre estaba bien respaldado y se sentía seguro. Incluso su superior en el tribunal de Burdeos, Monsieur d'Espagnet, le bailaba el agua y se había plegado a los designios de un juez ordinario. Todos se inclinaban ante él y esto solo podía significar una cosa: que venía protegido desde muy arriba. Por lo tanto, la explicación estaba en París.

—¿El rey? —preguntó Baltasar.

—No seré yo quien pronuncie el nombre de su majestad. Decidle al obispo Venegas que no sé más. Sin embargo, me parece evidente que la clave de la misión de Lancre en el Labort está en París.

El señor de Urtubi les entregó al despedirse una carta de presentación para Madame d'Hauterive que ya tenía escrita. Aquella noche, mientras Alarcón roncaba con más brío que las trompetas de Jericó, Baltasar daba vueltas en la cama. La conversación con Urtubi lo había trastornado completamente. El fraile y él habían discutido durante varias horas, hasta alcanzar ese punto en que se sabe que no se va a llegar a ninguna conclusión. No tenía ningún motivo para creer a Urtubi ni tampoco para no creerlo. A Alarcón aquel noble de tan rancio abolengo no le daba buena espina:

—Se cree un pequeño sultán aquí, en sus dominios.

Y Baltasar no tuvo más remedio que estar de acuerdo. Sin embargo, este no era el asunto fundamental y ambos lo sabían. Lo que había que determinar era si Urtubi decía la verdad cuando afirmaba que la persecución de brujas en el Labort era un asunto que venía de París y no de Burdeos, que era la sede judicial, aunque no se atreviera a mentar al rey de Francia. Urtubi había levantado la liebre, había introducido a Lancre en los ambientes cortesanos y luego había sido apartado de la cacería. Era evidente que Lancre actuaba como si tuviera poderes omnímodos, como si no hubiera nadie por encima de él y afirmaba que de puño y letra de Enrique IV había recibido la orden de llevar a cabo aquella misión. Pero ¿por qué? La intervención directa del rey situaba el problema del Labort, que tanto estaba afectando a la Navarra española, en una dimensión diferente y Alarcón consideraba que esto excedía su capacidad.

—Tenemos que volver a Logroño, Baltasar. Aquí hay ya muchos indicios inquietantes. Lo que está pasando en el Labort tiene o puede tener relación con los círculos más altos de la política francesa. Nos estamos metiendo en aguas profundas, y tú y yo no somos nadie.

Esto era una gran verdad, y precisamente porque lo era, Baltasar no se convencía de que lo mejor que podían hacer era regresar a Logroño. Y, además, el hecho de no ser nadie podía ser una ventaja. Todo dependía del punto de vista. Se levantó de la cama porque Alarcón había pasado de las trompetas de Jericó a las del juicio final. El ruido era tan intenso que podía oírse en toda la posada. Varias veces lo había empujado en la cama para obligarlo a cambiar de postura, pero había sido inútil. A los pocos minutos volvía de nuevo a tronar.

Mientras bajaba la escalera envuelto en el capote, Baltasar seguía dándole vueltas al asunto. Tenía razón Alarcón cuando afirmaba que, si Urtubi no había podido asegurar la intervención directa del rey, posiblemente tampoco ellos podrían. Desde luego era raro que D'Espagnet, que era el presidente de la audiencia de Burdeos, no estuviera dirigiendo los procesos de Saint-Pée y que un hombre como Lancre, que, a fin de cuentas, no era más que un juez ordinario, se hubiera hecho cargo de todo. Y, además, estaba Urtubi, que era escurridizo, ambiguo. No negaba que él había sido un promotor decidido de la idea de que había que limpiar de brujas la comarca y había reconocido con total desfachatez que tenía sus propios intereses para hacerlo. Y ahora ¿cuáles eran los intereses que movían a Tristán de Urtubi? ¿Por qué había querido informar al obispo de Pamplona? Baltasar tuvo la sensación de que Urtubi pretendía empujarlos hacia la capital de Francia y Alarcón era de la misma opinión.

—Este quiere que vayamos a París y por eso nos ha dado el nombre de esa dama, Madame d'Hauterive que, según él, nos podrá contar algo de lo que queremos saber.

De esto colegía Alarcón que no debían ir a París bajo ningún concepto.

Huyendo de los ronquidos de Alarcón, Baltasar se instaló frente a la chimenea de la posada y procuró avivar el fuego. Casi a oscuras añadió algunos sarmientos secos que prendieron bien en los rescoldos que quedaban bajo las cenizas. Mientras soplaba y procuraba animar las llamas, escogió con la vista un par de ceporros que quedaban dentro del capacho. Regresar a Logroño no significaba renunciar a la información que Madame d'Hauterive podía proporcionarles, caso de que el noble no les estuviera engañando. Lo prudente era no ir en aquel momento porque Urtubi podía muy fácilmente seguir sus pasos. Quizás Madame d'Hauterive no era más que un señuelo. Empezaba ya a dar cabezadas cuando decidió que regresar a Logroño era lo más sensato. Viajar a París con aquel tiempo y con Alarcón era poco razonable. Había que darle un descanso al fraile de aquella vida tan dura y asendereada. Ya se pondrían en camino de nuevo cuando aflojaran los rigores del invierno, que estaba resultando durísimo. Alarcón tenía sabañones en las orejas y en los dedos de los pies. La verdad es que el fraile parecía un eccehomo y las nevadas no daban tregua. El vino se les había congelado ya dos veces en los capachos y las posadas estaban atestadas de comerciantes que habían quedado atrapados en los caminos. Los carros de los trajinantes se amontonaban en los corrales de las ventas. Todo eran lamentos por las mercancías que se iban a estropear. Sentados junto al fuego, los hombres enumeraban sus desdichas y con admirable estoicismo comparaban la ruina de aquel año con la de otros anteriores. Era una temeridad marchar a París con aquel tiempo. Todas aquellas razones hicieron a Baltasar tomar la decisión de regresar a Logroño, lo que fue recibido por Alarcón con la alegría que puede imaginarse.

XVIII

En el que el inquisidor general don Bernardo de Sandoval asiste a un aburrido consejo para tratar de los maravillosos libros de plomo del Sacromonte, mientras medita sobre cuántos hechos mágicos y sobrenaturales suceden en los reinos.

La discusión se prolongó durante horas y don Bernardo de Sandoval tuvo que esforzarse una y otra vez para no perder el hilo. ¿Además de la luz de los ojos se le estaba yendo la del entendimiento? Se obligó a atender a los que hablaban a su alrededor y se dijo que no, que no estaba perdiendo el hilo: es que no había hilo. El debate sobre los plomos, cada vez que la comisión se reunía, era un ir y venir y repetir los mismos argumentos. El obispo de Granada, don Pedro de Castro y Quiñones, no quería oír hablar de falsificación y se disponía a fundar una abadía a la que llamaría del Sacromonte en el lugar del hallazgo, la cual imitaría nada más y nada menos que a El Escorial. Los plomos eran el quinto evangelio, y las reliquias de san Cecilio, discípulo del apóstol Santiago, verdaderas. El lugar se había convertido ya en un centro de peregrinación y no había gremio en Granada que no hubiera enviado allí su cruz.

El inquisidor general estaba bastante harto del asunto de los plomos. Le interesaban mucho más el endecasílabo heroico y la poesía, esa disciplina cuasi militar, que decía el gran Herrera. Con agrado se entretuvo en repasar sus planes para la creación de un parnaso literario en Toledo. Madrid desbordaba literatura a unos extremos que a don Bernardo le parecían difíciles de superar en la historia del mundo, pero Toledo no era Madrid. Su diócesis durante tanto tiempo necesitaba un poco de vida para el espíritu y también él la necesitaba. Valoraba su amistad con fray Luis de León, Lope de Vega, Cervantes, Góngora y Quevedo (estos últimos por separado) muy por encima de otras relaciones de más rancio abolengo. Pero allí estaba él, oyendo perorar al insoportable obispo de Granada, perdiendo una mañana preciosa... otra vez.

Cada cierto tiempo, una comisión de expertos se reunía para discutir la autenticidad de unos libros de plomo que habían aparecido en el monte Valparaíso, cerca de Granada. Algo más de doscientas planchas agrupadas en unos veinte libros y escritas en una caligrafía extraña que algunos habían dado en llamar salomónica sin que don Bernardo hubiera terminado nunca de saber el motivo, aunque lo intuía. Desde el principio había pensado que eran una falsificación y Arias Montano había compartido su criterio. Era desde luego la más maravillosa y nunca vista falsificación de que don Bernardo hubiera tenido noticia. El hecho es que los plomos se habían hecho famosos y algunos los consideraban una verdad revelada. La inteligencia de quienes los habían fabricado admiraba al inquisidor general. Con gran astucia los plomos afirmaban que la Virgen María había sido concebida sin pecado original, una creencia que había encontrado en España gran predicamento, especialmente desde el milagro de Empel, cuando una imagen de la Virgen había aparecido enterrada en el barro y había salvado de un desastre seguro al Tercio Viejo de Zamora en los Países Bajos. Esto, como es natural, había dado a los plomos muchos partidarios, aunque los eruditos no se dejaron engañar de manera tan sencilla. La historia del cofre fuertemente sellado en cuyo interior se encuentra una profecía en una escritura secreta se había repetido ya muchas veces. En el caso granadino, habían sido san Cecilio y san Tesifón quienes habrían traído los plomos a España cuando vinieron a evangelizar la península en compañía del apóstol Santiago. Había por lo tanto dos santos árabes a los que España debía la cristianización tanto como a Santiago.

Santiago Apóstol y, además, la Inmaculada Concepción. Un genio era aquel falsificador, pensaba el inquisidor general. Si los plomos eran considerados ciertos, el dogma tenía que ser admitido por la Iglesia. Pero claro, el árabe de hacía dieciséis siglos no podía ser igual al árabe que se hablaba entonces en Granada. Ciertamente una escritura extraña contribuye a generar una deseable confusión. Luego estaban los textos en latín.

A don Bernardo le fascinaba el asunto del cofre y su reiteración. Ese cofre aparecía una y otra vez con la última revelación, que era la llegada y el triunfo del islam. Un sabio árabe había escrito que al tomar los cruzados San Juan de Acre habían encontrado en el interior de una torre un cofre de mármol rojo sobre un altar de oro. Cuando lograron abrirlo hallaron en él una tela escrita en latín. Obviamente, pensaba don Bernardo, tenía que estar en latín, porque si no, los caballeros cristianos no hubieran podido entender su contenido, ya que era poco probable que supieran hebreo, que es la lengua que hubiera empleado Salomón si hubiera escrito profecías. O sea que había estado muy previsor Salomón o el sabio árabe que narra esta historia. La tela naturalmente anunciaba la llegada del profeta y el triunfo del islam, la última revelación a todo el género humano. También Rodrigo, el último rey visigodo, había encontrado un cofre en una torre de Toledo sobre una mesa de oro, que era de Salomón.

«¿Y cómo sabría Rodrigo que la mesa era de Salomón?», se preguntaba para sí don Bernardo mientras intentaba evitar un bostezo. Verdaderamente don Pedro era más plúmbeo que los plúmbeos.

Aquel pergamino profetizaba el triunfo de los árabes sobre la España visigoda y la derrota de Rodrigo, como podía leerse en *La verdadera historia del rey Rodrigo en la cual se trata de la causa principal de la pérdida de España*, que Miguel de Luna decía haber traducido del árabe. Curiosas coincidencias. En aquel instante, sin saber por qué, a don Bernardo le entró por la oreja el apasionado discurso del obispo de Granada:

—Si Dios Nuestro Señor ha dispuesto que Granada sea ahora el lugar de peregrinación elegido para alumbrar la cristiandad, ¿a qué oponerse con tanto empeño y tantas y tan torcidas razones? Reparen en que de nada han de servir desconfianzas ni malquerencias, que Dios cuando quiere mostrar, muestra, y la mala voluntad de los hombres, ni siquiera los de su Iglesia...

«Ahora es cuando habla de la peregrinación a Santiago y de cómo se halló la tumba del apóstol», pensó don Bernardo.

—... puede impedir a Dios enseñar el camino. Y así, Nuestro Señor señaló el lugar donde estaba enterrado el apóstol Santiago, luz y guía de la cristiandad, y hubo quienes dudaron...

—No falla —suspiró don Bernardo para sus adentros.

Todos los presentes sabían perfectamente cómo, al demoler la Torre Vieja o Torre Turpiana con el propósito de construir la tercera nave de la catedral, había aparecido un cofre de plomo, pero el obispo don Pedro de Castro y Quiñones lo iba a contar otra vez. En el cofre había varias reliquias y un pergamino, el cual estaba escrito en árabe la mayor parte, pero no solo. Había en él dos largas series de números mezclados con letras latinas y algunas griegas, unas en rojo y otras en negro. El contenido parecía ser una profecía de san Juan Evangelista sobre el fin del mundo. La parte escrita en latín era perfectamente legible y en ella se afirmaba que san Cecilio, arzobispo de Granada, poco antes de morir, había dispuesto que aquellas reliquias fuesen ocultadas para evitar que los árabes las profanaran. El inquisidor general recordó con nostalgia a Benito Arias Montano, que había examinado el pergamino. El sevillano lo ve claro y escribe que «es viejo pero no antiguo» y que «la letra es muy moderna y escrita con cuidado de que pareciese antigua», y, además, «todo ha sido escrito con pluma y no con caña». Montano sabe cómo era el estilo de letra que se usaba en los tiempos en que el pergamino fue supuestamente escrito, y no concuerda. También sabe que la pluma se usa para escribir desde hace poco tiempo. Da muchas y muy atinadas razones e invita a la prudencia, sobre todo en lo tocante a pergaminos antiguos hallados en cofres misteriosos que aparecen como por milagro. En su dictamen, Montano recuerda con cierta sorna el caso de la sentencia de Pilatos contra

Cristo, hallada en Nápoles en un pergamino y en un cofre. El asunto había corrido por España, Francia, Italia y Flandes como la pólvora y se habían vendido miles y miles de copias, de lo que no habían hecho pequeño negocio los impresores.

A este hallazgo en la Torre Turpiana siguió otro. Al poco tiempo aparecieron en unas cuevas cerca de Granada unas planchas de plomo que decían ser ellas mismas el *Fundamento de la Iglesia*, obra del árabe san Tesifón, discípulo de Santiago enterrado también en aquellas cuevas después de haber padecido martirio. Don Bernardo miró con melancolía por la ventana. Fuera estaban las huertas de Atocha por las que tanto le gustaba pasear. Una de ellas era suya. Allí tenía un *locus amoenus* al que procuraba escaparse en cuanto podía, pero hoy no podía. La sala de juntas en el primer piso del monasterio de Santo Domingo le pareció estrecha, el aire escaso. No lo era. La estancia tenía techos altos y bellos artesonados, y era muy espaciosa. Alrededor de la mesa se sentaban varios hombres que ya habían discutido lo mismo muchas veces. Sabedor de la tendencia de sus súbditos a embarcarse en discusiones eternas y estériles, Felipe II había ordenado a Arias Montano, a Diego de Urrea, catedrático de lengua arábiga de la Universidad de Alcalá de Henares, y a Luis Mármol Carvajal, historiador y soldado que había vivido muchos años en África, siete de ellos como esclavo, que marcharan a Granada y emitieran un dictamen sólido y definitivo sobre los plomos. Lo había ordenado incluso en real cédula enviada a los interesados el 9 de agosto de 1596.

Don Bernardo no pudo evitar sonreír y se rascó con disimulo la nariz para que nadie lo notara. Al poderosísimo Felipe II quizás le temieran los que estaban lejos, desde luego no los que estaban cerca, y le desobedecían sin mayor angustia. Arias Montano pretextó achaques de salud y no acudió y, como consecuencia, la real cédula no resolvió nada y aquí estaba él, catorce años después, en otra reunión de expertos que trataba de poner coto, infructuosamente, al entusiasmo popular por los plomos. ¿El entusiasmo popular? No, eso no era verdad, porque el entusiasmo no era solo popular. *Ne incerta pro certis habeamus iisque temere assentiamur*, había escrito el sabio Arias Montano a don Pedro de Castro y Quiñones parafraseando a Cicerón. El obispo de Granada era un hombre culto, aunque quería creer en los libros plúmbeos y también en una misión divina que convertiría Granada en una nueva Jerusalén.

—*Ne incerta pro certis* —murmuró para sí el inquisidor general.

Qué bien lo había resumido Montano. Cómo le echaba de menos. No había querido el sabio dejarse arrastrar a la primera línea de la polémica por el obispo de Granada, que era todo él pasión y entusiasmo, pero tampoco había dado un paso atrás.

—*Ne incerta pro certis* —repitió don Bernardo.

Otra jornada perdida en fantasías. El día anterior lo había tenido que dedicar al proceso de Zugarramurdi. De norte a sur, el deseo de que lo maravilloso se hiciera presente cautivaba a las más claras inteligencias, así que nada había que reprocharle a las gentes humildes que se dejaban arrastrar por el mismo instinto, aunque con menos herramientas conceptuales para adornar el embrujo de lo maravilloso. Recordaba cómo Arias Montano se había referido a los horóscopos y a los paracelsistas. Con qué habilidad de halagos y excusas había evitado el sevillano que el obispo lo arrastrara a Granada. Don Pedro lo había importunado una y otra vez. Había incluso conseguido que Felipe II se lo ordenara, pero don Benito, con humildad y grandes protestas de estar siempre al servicio del obispo, no se había movido de su casa. A fin de cuentas, él ya había dicho, y por escrito, lo que tenía que decir y no estaba dispuesto a cambiar de parecer, por más que el obispo lo presionara. Y dejarse encerrar en Granada hubiera sido una gran torpeza y Arias Montano no era precisamente torpe. El extraño alfabeto en que estaban escritos los plomos le recordaba «las recetas» de los alquimistas, pero con «menor arte», unos signos que se parecían a los que se usaban para hacer pronósticos por medio de la astrología.

Ni Montano ni don Bernardo ignoraban que el hermetismo y la alquimia tenían en Felipe II a un gran aficionado. Los libros que se acumulaban en la biblioteca de El Escorial eran una prueba visible, si bien no la única. Allí estaban desde Lulio al *Monas Hieroglyphica* del gran nigromante inglés John Dee, a quien el monarca había conocido en su tiempo de rey consorte de Inglaterra e intentado traer a España. Esta pasión real se había hecho piedra en el magno edificio de Juan de Herrera, que quiso plasmar en él la estructura arquitectónica del templo de Salomón. De ahí también el empeño del obispo de Granada en que su abadía reprodujera la matriz escurialense. El mismo origen tenía la estrella de seis puntas que aparecía por doquier en todo lo relacionado con los plúmbeos.

Bien, Benito Arias Montano había muerto, pero Bernardo de Sandoval no. En modo alguno iba a permitir que aquella falsificación colosal pasara por verdadera. Llamó a Pedro de Valencia, discípulo de Montano. El cronista real había escrito un *Discurso sobre el pergamino y las láminas de Granada* a instancias de don Bernardo, del que este se sentía orgulloso y en el que se apoyaba constantemente. El obispo de Granada no había ahorrado insultos a Pedro de Valencia, pero el inquisidor general le había defendido con todo el peso de su autoridad. Pronto sería mediodía. Don Bernardo sabía que el discurso del obispo de Granada se prolongaría durante horas. Don Pedro pretendía vencer por agotamiento. Ayer las brujas de Zugarramurdi y hoy los plomos de Granada. El hombre no puede escapar de sus obligaciones, por absurdas que sean, reflexionaba don Bernardo. El pensamiento del inquisidor viajó del sur granadino al norte navarro. A la carta, o mejor dicho, a las cartas que había recibido de Logroño. Especialmente, dos. Una era la que un tal Lorenzo de Hualde había escrito a Valle Alvarado y otra que había escrito Valle Alvarado, estaba seguro, aunque hablaba en nombre del Tribunal.

La visita de Juan del Valle Alvarado al distrito inquisitorial cuya capital estaba en Logroño había generado un trasiego de papeles que tenían cada vez más preocupado a don Bernardo. Francisco Pardo de la Fuente, secretario inquisitorial, acompañaba a Valle y custodiaba el baúl con los documentos. Es él quien levanta acta protocolaria de los testimonios, y había docenas y docenas. A esto hay que sumar las cartas que el propio Valle escribe, unas a la Suprema en Madrid y otras al tribunal de Logroño, de las cuales a su vez tiene noticia don Bernardo por las comunicaciones y traslados de documentos que desde Logroño le envían. El trajín de relaciones, testificaciones, memoriales y cartas es fenomenal y don Bernardo apenas tiene tiempo para ocuparse del problema del norte. Al principio había pensado que la presencia de don Alonso en Logroño y la visita de Valle al distrito ayudarían a apaciguar los ánimos, pero ahora ya no lo tiene tan claro. Quizás se avecinaba una batalla tan dura o más que la de los plomos y era preciso moverse con inteligencia y sigilo para allanar el camino a don Alonso, que estaba cada vez más solo y más aislado.

Antes de dirigirse hacia Zugarramurdi y Urdax, Valle Alvarado, acompañado por el secretario Pardo de la Fuente y el padre Juan de Monterola, comisario inquisitorial de Arano que sirve de intérprete, habían ido a Pamplona a hacer una visita de cortesía al obispo Venegas, que ocupaba la sede que en otro tiempo había sido suya. Era hombre que conocía muy bien Navarra, tanto como él mismo, así que estaba siempre con un ojo puesto en los Ultrapuertos, en el otro lado de la frontera. El obispo Venegas había mirado aquel asunto de la brujería como había hecho el propio don Bernardo al principio: con cierto despego, pero desde la visita de Valle estaba seriamente preocupado y cada vez más convencido de que si no se actuaba con prontitud, habría una masacre en la Alta Navarra tan grave como la que estaba ocurriendo en la Baja Navarra, la zona francesa. A don Bernardo le tranquilizaba saber que podría contar con Venegas si la situación se complicaba. Y la situación se estaba complicando.

Según los informes que le llegaban a Madrid, Valle ha mandado detener en Zugarramurdi y Urdax a dos sacerdotes: fray Pedro de Arburu, del monasterio de Urdax, y al padre Juan de la Borda y Arburu. Esto era muy grave. A finales de septiembre, todavía en plena epidemia de tabardillo, el insensato de Valle había enviado trece detenidos a Logroño, incluidos los dos sacerdotes, acusados por varios testigos de haber participado en los aquelarres de Zugarramurdi. A pesar de la detención, los informes de Valle no niegan que hay otros testigos que aseguran haber visto a los dos sacerdotes en otro lugar el mismo día y a la misma hora en que estaban supuestamente participando en el aquelarre. Como Alonso de Salazar ya le había advertido a don Bernardo, empieza a ser admitida como cierta la teoría del «cuerpo fantástico». El acusado está realmente en el aquelarre y lo que otros testigos ven en un lugar diferente es un cuerpo fantástico fabricado por el demonio para que no se note su ausencia y cunda la alarma. Así, por ejemplo, pueden las mujeres que son brujas abandonar la cama por la noche sin alarmar al marido. Por un lado, estaba aquel párroco de Vera tomando declaración a niños y adultos como si formara parte del Santo Oficio, y por otro, Valle Alvarado, que parecía convencido de que había que saltarse todos los procedimientos legales: «Nos acorta mucho en la ejecución el ser forzoso caminar por los justificados pasos del Santo Oficio...».

«Ya nadie está a salvo», le ha escrito don Alonso al inquisidor general. Admitir la teoría del cuerpo fantástico es para Salazar una aberración jurídica de consecuencias inimaginables. Cualquiera puede ser acusado de brujería, de participar en rituales satánicos, de apostasía, de herejía, de envenenar con brebajes a un vecino, de chupar la sangre de los niños, de matar las vacas de la aldea... que aunque tenga diez testigos que puedan asegurar que estaba a cien leguas de allí, sus acusadores siempre podrán afirmar que el demonio fabricó un cuerpo fantástico para cubrirle las espaldas y engañar a las autoridades. Si la Inquisición da por buena esta forma de prueba judicial, cualquier cosa será posible en el futuro. Don Bernardo intuye que puede desatarse una batalla legal tremenda en torno al valor de las testificaciones.

El inquisidor general sabe que tiene en Logroño a su mejor hombre, pero don Alonso no podrá hacer milagros él solo contra el parecer no solo del vulgo, sino también de hombres muy doctos. Y los informes que Valle había ido enviando mientras recorría el territorio desde Logroño a Pamplona, desde Pamplona a Urdax y Zugarramurdi y desde allí a Lesaca y luego a San Sebastián y a Tolosa, y luego de regreso a Logroño, no invitaban a la tranquilidad. Cuatro meses en los que el correo le había traído semana a semana la confirmación de que sus peores temores se iban haciendo realidad. La epidemia de brujería se extendía como la peste.

Los informes de Valle eran demoledores. En Zugarramurdi cinco testigos verifican el asunto del molino, incluidos algunos que no son brujos, es decir, que no son acusados por nadie de brujería ni se declaran brujos ellos mismos. Los familiares de las víctimas confirman los envenenamientos y asesinatos, los daños y enfermedades causadas mediante pócimas y los niños a quienes se ha chupado la sangre son llevados ante el inquisidor para que testifiquen. Los padres piden justicia ante el Santo Oficio. Ahora bien, no hay unanimidad alguna en cuanto al modo en que se han cometido los delitos.

Y los niños. Cada vez hay más niños que testifican, que se acusan, que acusan a otros... y padres aterrados. En Lesaca se presentan a declarar siete niños. En Rentería son quince. Algunos tienen cinco años, otros siete y ocho, y los mayores trece. El informe de Rentería preocupa especialmente a don Bernardo porque de nuevo aparece en él una moza francesa de veinte años y esto ya pasó en Zugarramurdi. Las informaciones que le llegan de Francia son escasas y contradictorias. Don Bernardo tiene claro que de alguna manera lo que está pasando en Navarra tiene relación con lo que ocurre en el Labort. En esto coincide con el obispo Venegas, pero a ambos les falta información y la que Valle les ha hecho llegar demuestra que, ocupado como está buscando brujas debajo de las piedras, no ha tenido inteligencia suficiente para enterarse bien de lo que está pasando al otro lado de la raya. Aquí la única esperanza que tiene don Bernardo es que los viajes del sobrino de don Alonso den buenos frutos. La situación del joven jesuita lo tiene en un mar de confusiones. Por una parte se siente muy agradecido de que don Alonso haya tomado, por su cuenta y riesgo, las medidas necesarias para lograr la información que tanto necesitan. Es preciso saber qué es lo que rodea al problema que ha estallado en Zugarramurdi y la decisión de don Alonso puede resolver estas dudas sin necesidad de que él tenga que informar al duque de Lerma, su sobrino, porque la Inquisición no puede intervenir obviamente en otro reino. Y si el gran inquisidor quisiera hacer alguna discreta pesquisa al otro lado de la frontera, esta es decisión que no podía tomar por su cuenta sin consultar a la Suprema y al propio ministro de Felipe III. El más pequeño roce podría poner en peligro la ya de por sí muy precaria Paz de Vervins. Pero ha oído algunas cosas sobre el sobrino que no acaban de convencerlo. ¿Realmente es alguien en quien se pueda confiar? Porque en verdad, piensa el inquisidor, es una misión confidencial y muy delicada. El menor traspiés podría provocar un conflicto internacional.

La situación en los pueblos era difícil de evaluar, pero incluso el mismo Valle percibía una calma tensa que podría estallar en cualquier momento. Por los documentos que le envían, don Bernardo conoce el caso sucedido en Rentería a María de Zozaya antes de la llegada de Valle. Las autoridades civiles habían tenido que intervenir y la habían encerrado para evitar que los vecinos la mataran. Al parecer la habían acusado varios niños y los padres estaban dispuestos a cualquier cosa. La mujer, con más de ochenta años, era de Pasajes y ya había sido detenida en San Sebastián y puesta en libertad por loca.

Cuando Valle llegó a Rentería, las autoridades civiles estuvieron encantadas de soltarle el problema a la Inquisición.

El hecho era que después de cuatro meses de visita, de decenas de interrogatorios, acusaciones y testigos, don Juan del Valle Alvarado no había sido capaz de conseguir ni sapos vestidos ni ungüentos, como le había exigido la Suprema que hiciera. Miles de palabras y «cuerpos fantásticos» eran las bases de las acusaciones.

Por las ventanas entraba un sol maravilloso. El cielo estaba tan azul que las pocas nubes que lo atravesaban parecían perfectamente recortadas. Don Bernardo de Sandoval se sentía viejo. Crecía en su interior el deseo de descansar, de tener tiempo para leer, ahora que todavía podía hacerlo, aunque ya solo de día. El inquisidor general sabía que pronto ya no podría leer en absoluto. Tendría a su fiel Oviedo, que lo haría por él, pero no era lo mismo. Leer era una manera de estar solo y en compañía al mismo tiempo. Con amorosa dedicación había reunido una buena biblioteca a la que consagrar sus ocios en la vejez. Ahora ya sabía que no podría leer aquellos libros. Miró al obispo de Granada, que seguía perorando con gran aparato de frases grandilocuentes y gestos ampulosos. ¿Cuántas horas de su vida y de la vida de otros se habían gastado en supercherías por culpa de aquel insensato? Las horas de Arias Montano, las horas de Pedro de Valencia, las horas suyas y las de muchos otros. ¿De dónde vendría aquel empeño infantil de creer en lo increíble?

Don Bernardo de Sandoval se enderezó en el asiento y miró a Oviedo, que en una mesa subalterna tomaba notas sin descanso. Si algo de interés se le había pasado, ya se daría cuenta revisando su resumen. Su mirada se cruzó con la de su secretario y se dio cuenta de que estaba tan cansado como él. No tenía intención de permitir que la reunión durara todo el día, aunque daba por seguro que ese era el propósito de don Pedro, cuya estrategia siempre era vencer por agotamiento del oponente, pero a él no lo derrotaba un obispo de Granada por muy tozudo que fuera. Ya habían tenido varios combates y podía la facundia de don Pedro desplegarse como un alud, que él era el inquisidor general y no daría por buena aquella falsificación de los plúmbeos jamás. Y como don Pedro de Castro y Quiñones tampoco daría su brazo a torcer, el asunto acabaría en Roma.

Buscando alguna distracción que le evitara escuchar al obispo de Granada, don Bernardo sacó de su cartapacio el *Discurso* de Pedro de Valencia, el cronista real, sobre los plúmbeos. Lo puso sobre la mesa para que el obispo de Granada lo viera, aunque estaba seguro de que era inútil intentar detener aquella catarata con sutilezas. Casi se lo sabía de memoria. Por puro gusto fue releyendo el texto de un ingenio poco dispuesto a dejarse llevar por fantasías: escrituras salomónicas, pergaminos antiguos, piedras filosofales o ungüentos mágicos... Se dio cuenta de que quizás también en el caso de las brujas de Zugarramurdi sería bueno buscar ayuda y consejo de algunas cabezas despejadas. Alonso de Salazar iba a necesitar mucho apoyo y convenía que su autoridad se viera reforzada por hombres doctos y con prestigio indiscutible en los reinos. Él mismo incluso podía verse comprometido y ser acusado de negligente o blando con las brujas. Bien, era preciso concentrarse en los puntos esenciales. Cogió la pluma y la mojó en el tintero. El obispo de Granada observó el gesto. Llevaba ya mucho rato pendiente de la mirada perdida del inquisidor general. Don Bernardo no le prestaba atención. Cuando lo vio coger la pluma, interpretó que algo de lo dicho había despertado su interés, y de la emoción se le embrolló la frase. Don Pedro detuvo un segundo el torrente discursivo. ¿Dónde estaba? Ah, sí, la vida de san Tesifón.

—Tesifón y Cecilio, Cecilio y Tesifón, uno ciego y el otro mudo hasta que recobraron sus sentidos por intercesión del apóstol Santiago, cuyo cuerpo degollado trajeron a España junto con el bordón y el hacha y está enterrado donde todos sabemos. ¿Cómo lo sabríamos si su tumba no hubiera sido encontrada? ¿Y si la incredulidad hubiera hecho dudar a los cristianos de aquel tiempo cuando fue hallado aquel lugar milagroso al que España entera debe su salvación? El propio Santiago cristianizó a Tesifón y Cecilio y los mandó a evangelizar a la lejana Hispania y más concretamente a la Bética y allí, en Acci, que hoy llamamos Guadix, estuvieron a punto de perecer cuando los habitantes del lugar se dieron cuenta de que no festejaban a Júpiter, Juno y Mercurio como los demás. Ah, pero Dios Todopoderoso no lo permitió. ¿Y dudaremos hoy de los favores divinos que Nuestro Señor concedió a estos santos varones? ¿Negaremos las pruebas materiales de su existencia? —tronó don Pedro.

La voz poderosa del obispo no impresionó al inquisidor general que, aunque tenía la vista fija en el rostro colérico y encendido del orador, en realidad, ni le oía ni le veía. Don Bernardo gruñó por lo bajo y se acarició la barba. El general de los dominicos, que estaba a su derecha, lo miró de reojo, pero el gran inquisidor siguió a lo suyo. Era preciso que se concentrara y fijara con total claridad los puntos esenciales de los que debía ocuparse en el caso de Zugarramurdi, porque aquel sí era verdaderamente su asunto. Si había yerro en los plomos, lo sería de la Iglesia. Antes o después los plúmbeos de Granada acabarían en Roma. Sin embargo, el caso de Zugarramurdi era de su exclusiva competencia. El error no podría achacarlo a otro. Si don Alonso fracasaba, no sería por culpa suya sino de él, que era su superior. Entonces mojó la pluma en el tintero y escribió algunas líneas en un cuadernillo de papel en octavo que llevaba con él siempre para anotar lo que precisara.

1. Es fuerza pedir por escrito el parecer de varios hombres sabios del reino. Escribiré cartas al obispo Venegas y a Pedro de Valencia.

2. No debe haber bullicios ni trastornos de orden público. Se ha de enviar advertencia a las autoridades municipales para que nadie se tome la justicia por su mano.

3. Seguimos sin tener noticias fidedignas de la brujería en Francia. Enrique IV y el Tratado de Vervins. El sobrino de don Alonso.

Anotados estos tres puntos esenciales, don Bernardo cerró el tintero despacio y se prometió no descuidar el caso de Zugarramurdi.

XIX

De cómo Baltasar y Alarcón marchan a París, donde, además de matar chinches, conocen a Madame d'Hauterive, que los asombra con sus conocimientos.

La primavera de 1610 sorprendió a Alarcón y Baltasar camino de París con el beneplácito de don Alonso, que seguía queriendo saber más de Lancre y su especial relación con el rey de Francia. Y no era solo eso. Las investigaciones del obispo Venegas en las Cinco Villas habían llevado hasta Lorenzo de Hualde, el párroco de Vera, que claramente conectaba a don Tristán de Urtubi y a Pierre de Lancre, o sea, otra vez gente venida del otro lado de la raya. Y Hualde había ejercido una gran influencia sobre Valle Alvarado durante su visita. Una y otra vez aparece el mismo patrón: alguien viene de Francia, cosa que es muy frecuente en la región, se asienta en este o aquel lugar y comienza a acusar a los vecinos de brujería. A partir de ahí, se desencadenaba la histeria. Si esto era un resultado espontáneo de la persecución de brujas en el Labort o no, era lo que don Alonso quería averiguar. En cualquier caso resultaba evidente que en la Baja Navarra, como Baltasar y Alarcón habían podido comprobar, había soldados por todas partes, más de los que había habido en muchas décadas. Y quizás Urtubi tenía razón cuando afirmaba que no hacían falta tantos para encarcelar y condenar a unos cuantos hechiceros. Don Tristán pensaba que cada uno usaba la brujería según le convenía, como él mismo, y aplicaba su ejemplo a Lancre, al señor de Saint-Pée o a los bailíos y burgueses de sus municipios. Y, quizá también, al rey Enrique IV.

El viaje a París exigía, desde luego, más delicada preparación que el que habían hecho a los pueblos afectados por la epidemia de brujería en Navarra. Con el repertorio de postas de Ottavio Cotogno se pusieron en camino. Don Alonso lo mandó comprar en Burgos. Era un libro imprescindible para viajar por Europa que acababa de ponerse a la venta. No le dolió lo que pagó por él porque sabía que podría revenderlo sin dificultad cuando no lo necesitara. En realidad, el volumen que se había hecho enviar desde Burgos ya era una reventa. Don Alonso entregó a Baltasar varias cartas de presentación y le advirtió con insistencia sobre su muy delicada posición. En esta ocasión Baltasar viajó con su propio nombre como estudiante y jesuita que piensa ampliar estudios en el Collège de Montaigu. Allí se alojarían con el propósito de permanecer largo tiempo. El propio Baltasar pidió al principal de la orden una carta que le franqueara las puertas de Montaigu porque sabía que no se la iban a negar. La Compañía estaba deseando colocar aquella pieza suelta que no terminaba de encajar en ningún lugar.

Esta vez don Alonso no procuró que Alarcón se quedara en Logroño. Esto sorprendió un tanto al sobrino, que notaba entre ellos cierta inteligencia que no lograba descifrar. Cuando intentó convencer a su tío de que aquel viaje tan largo excedía la capacidad de resistencia del fraile, don Alonso se limitó a responder que Alarcón, a pesar de sus achaques y de su aversión a los caminos, era siempre una gran ayuda y podría serle útil de muchos modos.

—Pero ¿cómo? No sabe una palabra de francés.

El inquisidor se encogió de hombros y contestó lacónicamente.

—Para hablar contigo no lo necesita.

Agobiado como estaba con los preparativos, Baltasar decidió no porfiar. Quizás si hubiera estado menos atento a los muchos interrogantes que aquel viaje planteaba, se hubiera dado cuenta de que tanto don Alonso como el fraile mantenían una actitud constante de atención a su persona que estaba muy lejos de la resignación. Una cosa era darle tiempo al tiempo y otra aceptar que Baltasar pudiera permanecer en aquella atonía de espíritu indefinidamente. Alarcón había convencido a don Alonso de que Baltasar estaba a punto de caer del árbol de su aislamiento en cualquier momento, como fruta madura, y que cuando ese instante llegara él debía estar a su lado, porque sería muy duro pinchar aquel grano purulento e infectado que llevaba dentro.

El camino por la posta hasta París fue terrible. Esto ya podía intuirse con solo mirar el libro sobre itinerarios y postas de Ottavio Cotogno que anotaba únicamente 87 establecimientos entre Madrid y París, muy lejos de los 182 que detallaba para el viaje entre Madrid y Bruselas. Las postas estaban muy alejadas unas de otras y en ocasiones la conexión necesitó varios días de espera. El paso del Ródano, que venía muy crecido con los deshielos de la primavera, los tuvo detenidos casi una semana para deleite de Alarcón que, sin que Baltasar supiera cómo, halló alojamiento en una casa de labranza a un cuarto de legua del camino real, con mejor cama y comida que el *auberge de la poste*. La facilidad de Alarcón para entenderse con el prójimo, aunque no hablara el idioma, tenía a Baltasar maravillado.

El enorme Collège de Montaigu fue una decepción colosal.

—Esto no es un colegio, es un vivero de pulgas —sentenció Alarcón en cuanto se hizo cargo de las condiciones en que estaba el cuarto en que los alojaron.

La ventaja del Collège de Montaigu era su situación en el corazón de París. Se entraba por la Rue de

Sept-Voices, paralela a la Rue Saint-Jacques, que era una de las principales calles de la ciudad desde los tiempos de san Luis. Este fue el argumento que utilizó Baltasar para decir que allí estaban y allí se quedarían a pesar de las pulgas. Pero Alarcón le recordó las cosas que Erasmo había escrito del Montaigu y que, si la cama era mala y pulgosa, la comida sería peor.

—Y te recuerdo que Erasmo dice que morían a puñados los escolares en esta casa.

—Que sí, Alarcón, que ya lo sé, pero eso fue hace mucho tiempo, más de cincuenta años, y las cosas cambian.

—Pues no han cambiado, hijo, no han cambiado. Se ve que los franceses son duros de mollera o que no les importa vivir en una pocilga. ¡Qué no habría escrito Quevedo si hubiera conocido este sitio! Y ahora que lo pienso... La descripción de la pensión del dómine Cabra quizá está inspirada en lo que cuenta Erasmo del Montaigu. Y eso que Erasmo, como estudiante de pago, era un privilegiado.

—Bueno, a Erasmo nunca le gustó hacer penitencia, pero lo que dices me parece un disparate —lo contradijo Baltasar—. El de Róterdam no era santo de la devoción de Quevedo.

Con los ojos elevados al techo, donde estaba viendo con toda nitidez varias arañas y unas cuantas pulgas, el fraile rechazó aquella idea.

—¿Qué tiene eso que ver? Un hombre inteligente no lee solo aquello que le complace. Te digo que

Quevedo leyó la descripción de Erasmo. ¿Cuántos libros sobre brujería hemos leído tú y yo en los últimos meses y no somos brujos ni nigromantes?

Y empezó a enumerar:

—Las narraciones de Luciano y Apuleyo; el *Flagelum daemonum* de Hieronymus Mergus; *Tractatus de confessionibus maleficorum et sagarum* de Peter Binsfeld; *Disquisitionum Magicarum* de Martín del Río; *De daemonibus* de Miguel Psellos y el de Giordano Bruno. ¿Y cómo se llamaba este libro que era tan interesante?

—*De vinculis in genere* —contestó Baltasar mientras mataba unas cuantas chinches a zapatazos.

—Es mejor incluso que el otro —continuó Alarcón con tono valorativo.

Decidido a participar de la cacería, el fraile se quitó también un zapato.

—Pues a mí no me parece nada del otro mundo —añadió Baltasar— y nunca mejor dicho. Sencillamente va un paso más allá en la idea de que todo está conectado con todo a través de vínculos invisibles, macrocosmos y microcosmos, que es en definitiva lo que da credibilidad a la astrología y a los horóscopos, actividad muy lucrativa. Todos los herméticos han creído esto desde los tiempos más remotos. Bruno simplemente desarrolla la idea del vínculo y la traslada de la especie al género, lo cual amplía bastante las posibilidades de los vínculos, aunque lo básico ya está en Agripa y en sus discípulos, como mi tío nos explicó. Pero todos vienen del mismo sitio: la traducción de Marsilio Ficino de los textos de Hermes Trimegisto.

—Ah, el gran Agripa. Qué descripciones, pero no llega al virtuosismo de su alumno Johannes Wier y su *De Praestigiis Daemonum et Incantationibus*. El maestro no acaba de concluir si fueron la mitad o un tercio de los ángeles los que cayeron con Lucifer y, por tanto, no sabe si hay una mitad de ángeles buenos y otra de ángeles malos, o la razón es un tercio por dos tercios. Con lo que no me quedó nunca claro por qué describe nueve jerarquías de buenos y nueve jerarquías de malos.

Los cadáveres de chinches y pulgas se iban multiplicando en el suelo y las paredes. Baltasar aprovechó la ocasión para probar la solidez de los conocimientos de Alarcón.

—A ver, ¿cuántos demonios hay según el holandés Wier?

—Siete millones cuatrocientos cinco mil novecientos veinticinco. ¿Qué te creías, que se me había olvidado el inventario y censo de la monarquía satánica? Y te puedo recitar los nombres de los setenta y dos príncipes diabólicos.

—No, no, no.

—Pues tú te lo pierdes.

Baltasar paró de dar zapatazos a diestro y siniestro.

—Este cuartucho es una pocilga.

Con las manos en la cintura, Alarcón lo miró fijamente.

—Vaya, menos mal. Te digo que hay que buscar otro acomodo.

Durante un rato discutieron con el acaloramiento habitual y Alarcón, como solía, se salió con la suya. Fue una decisión que les salvó la vida, pero entonces aún no lo sabían.

Los días que siguieron estuvieron ocupados en hallar un alojamiento decente y en encontrar a aquella Madame d'Hauterive de quien les había hablado Urtubi. Después de visitar varias posadas llegaron a la conclusión de que no ganaban mucho con el cambio. Eran caras, ruidosas y estaban atestadas de gente. Cansados ya de dar vueltas decidieron consultar con el mesonero en cuyo establecimiento llevaban comiendo varios días de manera bastante satisfactoria. Con la mejor voluntad, el buen hombre les explicó que no era fácil encontrar un sitio limpio y a buen precio y les aconsejó buscar alguna casa particular que ofreciera habitaciones. Él mismo se ofreció a preguntar entre sus parroquianos y al día siguiente los envió a una enorme herrería cercana a los muelles del Sena. No era un sitio tranquilo precisamente y a Alarcón no le gustó nada en un primer momento. Pero la herrería tenía en la parte de atrás un gran almacén donde se amontonaban las grandes pipas que se usaban para el transporte en los barcos. En la parte superior había una suerte de zaquizamí que estaba dividido en varias dependencias que la familia había acondicionado y alquilaba, no a la marinería que iba y venía por el río, sino a los capitanes, contramaestres y armadores que podían pagarlas. Eran unas alcobas con buena ventilación y poca humedad a pesar de la cercanía del río porque estaban a bastante altura del suelo. Las camas tenían colchones de lana y estaban limpias. Y sin pulgas. Dos mozos de cuerda transportaron el gran baúl de estudiante que Baltasar había traído y allí quedaron alojados con gran satisfacción de Alarcón y cierto malestar en el caso de Baltasar, a quien no se le iba de la cabeza que el colegio Montaigu les ofrecía grandes ventajas en cuanto a la justificación de su presencia en París.

Pronto localizaron la residencia de Madame d'Hauterive, un caserón decrépito que llenó de aprensiones a Alarcón, que no podía persuadirse de que dama con tan buen acceso a la corte viviera en semejante sitio. Esto hizo aumentar su desconfianza hacia Tristán de Urtubi. Cuando Madame d'Hauterive los recibió, a Alarcón ya no le quedó ninguna duda de que Urtubi los había engañado por motivos que él no podía comprender. Quizás los quería utilizar o quizás pretendía conducirlos a una trampa cuya finalidad tampoco se le hacía evidente. La señora ofrecía un aspecto inverosímil.

Baltasar, en cambio, comprendió al primer golpe de vista que Madame d'Hauterive no era lo que parecía y no se dejó engañar ni por su aire estrafalario ni por su atuendo recargado y de mal gusto. Durante varios días los estuvo entreteniendo con excusas hasta que por fin una mañana Baltasar consiguió interesarla.

El día en que les franqueó la entrada del caserón había tenido a bien adornar su cabeza con una arquitectura tal de postizos y perlas y cadenillas que dejaban al más pintado sin resuello. Los abalorios eran falsos y las joyas que lucía amontonadas en la pechera también. Pero no solo eran falsos. Eran ostentosamente falsos, lo cual llevó a Baltasar a la conclusión de que Madame d'Hauterive se procuraba con todo cuidado una apariencia extravagante y ridícula, y esto no es síntoma de idiotez si se hace con un propósito.

La oronda Madame d'Hauterive sintió desde el primer momento una viva simpatía por Baltasar, aunque la carta que traía de Urtubi, en quien no confiaba, la hizo recelar. Pero aquella mañana estaba especialmente aburrida, de manera que invitó a pasar al jesuita. A Alarcón lo tomó por un criado y ordenó a uno de sus servidores que lo llevara a la cocina y le diera algo de beber, lo cual indignó al fraile, que comprendió la confusión más por los gestos y el tono que por las palabras.

Baltasar, con los cinco sentidos puestos en la dama francesa, que se le presentaba como un gran enigma, explicó que Alarcón no era un criado sino su tío. La señora, que estaba pendiente de la carta de Urtubi, ignoró la presencia de su acompañante. Con la misiva de don Tristán en la mano, Madame d'Hauterive invitó a Baltasar a sentarse y se olvidó otra vez de Alarcón, que se quedó junto a la puerta sin saber qué hacer, y al cabo de un rato terminó por lamentar no haberse ido a la cocina con el criado.

El salón de recibir de Madame d'Hauterive era un laberinto de muebles viejos y amontonados sin ton ni son. Baltasar pensó que se trataba de la puesta en escena que requería el arreglo personal de la dama. Esto se lo confirmó el hecho de que, al ir a sentarse en uno de los sillones, el que le quedaba más cerca, la señora lo detuvo con un gesto y con una mirada pícara le aconsejó que no lo hiciera.

—Creo que ese sillón carece del menor sentido de la hospitalidad. No os gustaría. Acompañadme y nos sentaremos junto a la ventana.

La carta de presentación de Urtubi era muy vaga y por eso Madame d'Hauterive había hecho algunas discretas indagaciones antes de recibir a los forasteros. Por eso y porque de Urtubi no se fiaba. «Un joven jesuita que estudia la brujería y la secta demoníaca y especialmente los textos legales relacionados con ella. Admirador de Pierre de Lancre, a quien vos bien conocéis». Eso era todo. Lo demás tenía que conseguirlo Baltasar con inteligencia y mano izquierda.

Madame d'Hauterive no quería sentir mucha curiosidad, pero la sentía.

—Y decidme ¿por qué habéis venido hasta París? Don Tristán conoce también a Pierre de Lancre. No le veo mucho sentido a que os haya enviado a mí y no a él directamente.

Baltasar hizo un gesto de resignación.

—Quizás vos no sabéis que las relaciones entre don Tristán de Urtubi y el juez Lancre no han sido muy buenas en los últimos tiempos.

Madame d'Hauterive sonrió con cordialidad a su interlocutor.

—En efecto, no lo sabía, pero tampoco me extraña. Son dos pavos reales igualmente pomposos y engañadores. Antes o después tenían que chocar. No he seguido con mucha atención lo que ha estado pasando en el Labort y creo que en España también. He estado ocupada con otros menesteres. Pero decidme, mi joven amigo, permitidme esta confianza, aunque sé que debería llamaros padre, aunque sois tan joven... Decidme, ¿de verdad tenéis el propósito de convertiros en discípulo de Pierre de Lancre?

Madame d'Hauterive miró de manera inquisitiva a Baltasar.

—Me resulta extraño. Todavía no he conocido a ningún jesuita que se haya interesado por la brujería. La Compañía suele tener intereses... más terrenales.

El tono de Baltasar sonó muy convincente al responder.

—La brujería tiene aspectos muy terrenales. No quiero convertirme en discípulo de Lancre, os lo aseguro. Me interesan los juicios de Lancre y la doctrina legal en que se apoya. Sus atribuciones extraordinarias en el Labort van mucho más allá de lo que un simple juez puede hacer...

Unos dedos gordezuelos y cargados de sortijas como guijarros interrumpieron a Baltasar.

—No, no. Lancre, aunque no quiere reconocer deudas, sigue una tradición legal que tiene aquí en Francia muchos ejemplos...

Baltasar abrió mucho los ojos, pero Madame d'Hauterive no le dio ocasión para interrumpir.

—¿Conocéis a Pierre Grégoire?

El nombre no le decía nada a Baltasar.

—¿Es un juez como Lancre?

—No, un jurista y un erudito de la Universidad de Toulouse. Murió hace unos años. Sus obras sobre brujería se estudian muchísimo. Si os interesa el hermetismo y la nigromancia, debéis leer su *Syntaxes artis mirabilis*, pero si os interesan las leyes, como habéis dicho, entonces debéis dirigir vuestra atención a su *Praeludia optimi iurisconsulti, probique magistratus* en el que hallaréis un compendio de leyes civiles y eclesiásticas sobre brujería. Es un texto de referencia aquí en Francia.

Baltasar no salía de su asombro. ¿Cómo sabía tantas cosas aquella mujer? Se había olvidado por completo de Alarcón, que no entendía el contenido de la conversación, aunque no perdía puntada de los gestos y el tono. Y desde luego del modo en que aquel fantoche miraba al joven jesuita.

—Me había dado la impresión de que la brujería no os interesaba... —susurró Baltasar fascinado.

Madame d'Hauterive no hizo caso de la interrupción.

—En los textos de Grégoire encontraréis, además, información sobre los grandes procesos que tuvieron lugar en el Languedoc desde 1577. Allí fueron condenados en torno a cuatrocientos brujos... y brujas. Siempre hay más mujeres que hombres.

Ante el estupor más que evidente de Baltasar, Madame d'Hauterive se retrepó en su sillón y observó a su joven y sorprendido interlocutor. Las mejillas blancas y sonrosadas como las de un niño, pero la boca y la mandíbula tenaces. La barba cerrada. Bien afeitado venía. Los ojos color de almendra muy hermosos, grandes y soñadores, pero no era fácil ver a través de ellos. Qué tontería, pensó Madame d'Hauterive. Ya averiguaría ella lo que hiciera falta si menester fuera. En cualquier caso aquel mozo español era lo mejor que había venido a su casa en mucho tiempo.

—¿Conocisteis personalmente a Grégoire? —preguntó Baltasar.

—Sí, pero él no era importante. En realidad, solo su relación con los Guisa, sus protectores, me interesó. Supongo que conocéis a esta familia y su posición...

Baltasar asintió con la cabeza.

—Sí, pero quizás no sabéis que los protectores de Grégoire, además de acérrimos defensores de la causa católica, apoyaron al cardenal Carlos de Borbón, tío de Enrique IV, como candidato al trono de Francia, aunque este los derrotó en Arques e Ivry...

—Pensaba que todos los Borbones eran hugonotes —añadió con total sinceridad Baltasar.

La señora de la casa rio de buena gana.

—Ni lo uno ni lo otro. Depende. Como el propio Enrique IV.

Aprovechando la alusión, el joven jesuita intentó llevar la conversación hacia el rey de Francia y a su posible intervención en el caso de las brujas del Labort, pero Madame d'Hauterive no parecía interesada en tratar de nada que estuviera relacionado con el rey.

—Para comprender a Lancre debéis conocer sus antecedentes, no solo a Pierre Grégoire, que os puede ser útil por el resumen de jurisprudencia que ofrece, aunque él no fue directamente juez sino profesor de Derecho. Pero hay otros que sí lo fueron y dejaron escritos sobre sus actividades en la persecución de las brujas. ¿Los conocéis?

Con cierto embarazo, Baltasar reconoció que solo había oído hablar de Henri Boguet, en cuya obra tenía gran interés don Alonso, aunque no había podido reunir muchos detalles.

—Sí, Henri Boguet es importante para vuestra investigación y también Nicolas Rémy. Ahora no recuerdo exactamente cuántos años estuvo Rémy en el ducado de Lorena, doce o catorce años al menos, y allí mandó quemar a más de ochocientas personas. Supongo que tenéis buena memoria, así que recordaréis que debéis leer su *Daemonolatreiae libri tres* que se publicó en Lyon en 1595.

Baltasar no salía de su asombro con aquella mujer. Entre el estupor y la fascinación ya se disponía a preguntar si ella tenía estos libros o sabía dónde podía él consultarlos, cuando Madame d'Hauterive se levantó y se acercó a la ventana. Allí, casi perdida entre una profusión de objetos amontonados, había una campanita de plata. No se la podía ver a primera vista. Baltasar distinguió, entre candelabros y jarrones de muy escaso valor, piezas de cerámica italiana procedente de Montelupo y Faenza e incluso una bella colección de escudillas de vino de Quintana Redonda. Había también un pequeño jarrón de cerámica poblana que debía de valer una fortuna en París. La señora hizo sonar la campanita. Alarmado, Baltasar creyó que Madame d'Hauterive daba por terminada la entrevista, cosa que le extrañó porque tenía la impresión de que la dama francesa se sentía a gusto conversando con él. Ya se disponía a rogarle que le permitiese abusar de su bondad unos minutos más, cuando hizo acto de presencia un criado con cara de ratón al que Madame d'Hauterive ordenó traer una botella de un vino que llamó *blanquette* de Limoux. A todo esto Alarcón seguía como un pasmarote junto a la puerta. El criado pasó y volvió a pasar a su lado como si no existiera. El fraile se debatía entre hacer notar su presencia o permanecer en silencio, porque tenía la impresión de que la conversación era provechosa, aunque las miradas que la señora le dirigía a Baltasar no le agradaban en absoluto. La llegada de la botella del *blanquette* de Limoux lo alarmó sobremanera.

Mientras el criado descorchaba la botella, Madame d'Hauterive explicó a su invitado que aquel vino espumoso se hacía en el Languedoc, cerca de Carcasona. La visión del vino recordó a Baltasar que hacía un rato que se había olvidado por completo de Alarcón, pero decidió no decir nada porque su conversación con aquella señora gorda y con dientes de caballo, pero mirada extraordinariamente inteligente, se estaba desarrollando en los mejores términos y no quería romper la buena armonía.

La dama francesa le explicó a Baltasar los encantos y misterios del *blanquette*. Hacía rato que había resuelto entretener el día con aquel visitante inesperado. A fin de cuentas, no tenía nada mejor que hacer. Hacía tiempo que había decidido que los hombres eran un estorbo, empezando por su propio marido, que había aportado al matrimonio el aristocrático D'Hauterive y una situación económica desastrosa. Útil aunque arruinado. Útil para darle un apellido porque Madame d'Hauterive no tenía ninguno. Era inclusera. Le había costado mucho dinero aquel noble al que solo le quedaba un apellido que vender. Pero esto no era obstáculo para que disfrutara de la compañía masculina. Conforme el *blanquette* fue animando la conversación, Baltasar se dio cuenta de que Madame d'Hauterive procuraba averiguar algunas cosas de él y la fue informando a pequeñas dosis, sin salir nunca de la verdad ni de su interés erudito por la legislación francesa en materia de brujería. Cuando notó que el vino se le iba subiendo a la cabeza, optó por una retirada discreta, no sin antes preguntar a su oronda anfitriona en qué biblioteca podría encontrar aquellos textos. En un alarde de amabilidad, Madame d'Hauterive escribió un pequeño billete dirigido al padre Rohan, que era el bibliotecario de la abadía de Sainte-Geneviève, una de las mejores de Francia y no muy lejos del Collège de Montaigu.

Muy útil fue saber que la obsesión de Lancre por las señales del demonio en los cuerpos de los brujos procedía de Henri Boguet, que se había destacado como juez perseguidor de brujas en la zona del Jura y había publicado en 1602 una obra al respecto llamada *Discours exécrable des sociers*. Asombrado por los conocimientos de Madame d'Hauterive y un poco achispado, Baltasar abandonó el caserón entre reverencias y grandes muestras de gratitud. Tenía la clara impresión de que Madame d'Hauterive sabía mucho de casi todo, y estaba seguro de que conocía la relación de Lancre con Enrique IV, aunque no había querido preguntarle directamente. A cada mención del rey, la dama francesa desviaba la conversación.

Iba tan absorto en sus pensamientos, en los textos legales franceses sobre brujería, que no tenían equivalente en España; en el asunto de las marcas diabólicas, que tantos quebraderos de cabeza había dado en el Labort; en la situación de su tío en Logroño y el extraño brote de brujería en Zugarramurdi; en la biblioteca de la abadía de Sainte-Geneviève, que Madame d'Hauterive le había descrito como una de las mejores de Francia; en la propia Madame d'Hauterive, tan fascinante y extraña, que se había ocupado generosamente de franquearle las puertas... que se olvidó de que Alarcón trotaba detrás de él, harto de que se ignorara su presencia y con dolor de espalda a fuerza de estar de pie.

Baltasar intentó por todos los medios disculparse y calmar el mal humor del fraile, pero a Alarcón se lo llevaban los demonios.

—No te enfades, que te digo que ha merecido la pena.

Alarcón bufó y protestó.

—Ya lo creo. ¿Estaba bueno el vino?

—No es vino. Bueno, realmente no sé lo que es, pero está muy bueno. Tiene espuma.

Alarcón echó a andar porque estaban estorbando a la gente que pasaba.

—Sí, siempre es muy grato recibir atenciones de una mujer.

—¡Madame d'Hauterive no es una mujer!

—¿Ah, no? ¿Y qué es? ¿Un perdiguero de Alsacia?

Baltasar insistió.

—Madame d'Hauterive no es una mujer. Es una inteligencia.

Dos días después recibieron un billete de la señora francesa, que invitaba a Baltasar a una breve colación tras la misa de once en San Eustaquio. Alarcón se escandalizó cuando Baltasar le comunicó que pensaba acudir solo al templo. Por supuesto, no lo hizo.

Madame d'Hauterive, que por sistema no creía nada de lo que oía y casi nada de lo que veía, sentía ya verdadera curiosidad por aquel buen mozo tan inteligente y con bellos ojos color de almendra. Sus espías en la embajada de España le habían dicho que no tenían ninguna noticia particular sobre el jesuita. No había motivos para pensar que estuviera en París por causas distintas de las que él había dicho, a saber, estudiar la legislación francesa sobre brujería. Solo pudo sacar en claro que, efectivamente, Baltasar era quien decía ser y que se hallaba en un periodo de descanso tras haber regresado de Japón, donde había sobrevivido a una masacre. Todas las informaciones que había podido reunir la inclinaban a creer en lo que Baltasar le decía, pero había preguntado demasiado por Enrique IV y las brujas del Labort.

Y luego estaba la carta de Tristán de Urtubi, y todo lo que tenía que ver con el noble navarro la hacía desconfiar, no porque le considerara un intrigante astuto y digno de ser temido, sino porque era tan soberbio que no veía en qué jardines se metía, lo cual solía ser perjudicial para sí y para otros. Era arrogante y atropellado. Un hombre, en definitiva, de cuya discreción e inteligencia no se podía esperar nada. Recordó aquella velada en el Hôtel de Rambouillet muchos meses atrás. Don Tristán había contratado sus servicios. Ella había cumplido. Los había llevado al Hôtel de Rambouillet y se había desentendido después, convencida de que era mejor mantenerse al margen de las persecuciones de brujas, porque estas solían servir para encubrir fines diversos y en este caso no sabía qué se ocultaba detrás. Salvo que alguien le pagara muy bien, no tenía intención de hacer averiguaciones sobre asuntos del Labort, la conflictiva patria chica del rey de Francia. Y nadie le había pagado. De manera que cobró de Urtubi y adiós, pero eso no quitaba para que hubiesen llegado a sus oídos bien entrenados algunas noticias.

Como el instinto le decía que hacía bien manteniéndose apartada y no le gustaba aburrirse, encontró en Baltasar una forma de entretenimiento que le pareció inofensivo hasta el 14 de mayo. En las semanas que precedieron a esta fecha imborrable en la historia de Francia, Baltasar y Madame d'Hauterive se vieron bastantes veces.

Para sorpresa de Baltasar, la señora llegó a la iglesia de San Eustaquio vestida con normalidad. Todavía le quedaba a la dama francesa un rescoldo de coquetería y, aunque se sabía fea y poco atractiva además de vieja, no quiso empeorar los pocos dones que la naturaleza le había dado. Este cambio en la decoración desconcertó un tanto a Baltasar, aunque no a Alarcón.

En ocasiones daban paseos en el coche de Madame d'Hauterive, siempre por zonas poco concurridas. Las conversaciones se prolongaban durante horas y versaban sobre los temas más diversos. Baltasar jamás había conocido a una mujer más culta y más inteligente. Era una experta en nigromancia y hermetismo, en geometría y autores de la historia augusta, en filosofía tomista y música. Ella misma le confesó con humor que en su juventud había creído que era posible la transmutación de la materia en oro y la predicción del futuro por medio de los astros o la numerología. Después la vida le había demostrado que estas ciencias eran pura superchería y que para saber lo que pasa o va a pasar, hay que observar alrededor con la dosis necesaria de discreción y desconfianza en las apariencias. Su conocimiento de los clásicos era asombroso. Sentía, como Baltasar, predilección por los bellos hexámetros de Virgilio. Toda la política europea pasó por aquellas conversaciones, desde la corte inglesa a Praga, desde Lisboa a Roma.

Un día Baltasar se atrevió a preguntarle directamente por la relación entre Lancre y Enrique IV. Madame d'Hauterive se mostró sinceramente sorprendida. ¿Existía realmente aquella carta de que le había hablado Urtubi a Baltasar? ¿Había, de su puño y letra, escrito el rey de Francia al juez Lancre encomendándole la caza de brujas en el Labort? Si era así, qué indiscreto había sido. ¿Chocheaba Enrique IV? El asunto era para planteárselo y había una serie de razones acumuladas que hacían temer lo peor. Para empezar, había perdido todo el sentido del decoro en las cuestiones de faldas. Perseguía a las muchachas con tanta insistencia que la gente comenzaba a llamarle *Le Vert Galant*. La decisión de coronar a María de Medici en Notre Dame tampoco tenía mucho sentido. Jamás una reina de Francia había sido coronada. Si quería compensarla por los muchos sinsabores matrimoniales que le había causado, hubiera debido hacerlo en el ámbito doméstico. Y si quería atraerla a su partido, después de años de guerra abierta en que era difícil distinguir los conflictos conyugales de los políticos, era un despropósito hacerla coronar en la catedral diez años después de ser reina. Luego estaba aquella decisión de armar un ejército para iniciar una guerra con España en la frontera de los Países Bajos, y para colmo había firmado un acuerdo en abril, si sus informaciones eran ciertas, y Madame d'Hauterive no tenía motivos para dudar, con el duque de Saboya para atacar Milán y abrir otro frente de guerra con España. Y todo esto ocurría cuando Francia aún no se había recuperado de las pérdidas materiales y humanas que las guerras de religión habían traído. Eran un cúmulo de realidades muy inquietantes. Por supuesto, no dijo nada de esto a Baltasar. En París se respiraba una tensión extraña y Madame d'Hauterive no sabía por dónde encontrarle el hilo al ovillo, cosa que no era frecuente en ella.

A menudo comentaban las lecturas de Baltasar en la biblioteca de Sainte-Geneviève. Allí Alarcón se dedicaba a los textos en latín y el jesuita a las obras en francés. De unas y otras se deducía lo mismo: las testificaciones en materia de brujería se daban por buenas sin comprobaciones ulteriores. En un principio eran necesarios dos testigos; después, solo uno. Como don Alonso y el propio Baltasar, Madame d'Hauterive pensaba que las persecuciones de brujas en Europa se debían a una multiplicidad de factores y que en la mayoría de las ocasiones servían para ocultar otros problemas que a través de ellas se manifestaban.

Un día de primavera luminoso y azul en que daba gusto pasear por París, Baltasar consultaba con Madame d'Hauterive algunas notas que había tomado de la biblioteca. El título completo de la obra de Nicolas Rémy ya lo había impresionado: *La démonolâtrie en trois livres de Nicolas Rémy. D'après le procès capitaux de neuf cents personnes environ qui, depuis quinze ans, en Lorraine, ont expiré de leur vie le crime de sorcellerie*. Quería asegurarse de que realmente Rémy había condenado a muerte a novecientas personas. La dama francesa hizo un gesto afirmativo y triste con la cabeza. Baltasar se llevó la mano a la frente un poco aturdido, aunque no quería dejarse apabullar por las cifras. Había anotado algunas cuestiones más que quería comentar con ella. Para Baltasar era importante el origen de la creencia en la brujería y a menudo discutía con Madame d'Hauterive al respecto. Le costaba entender la justificación de esa creencia que excedía los límites del cristianismo y que ya estaba firmemente asentada entre los paganos. Lo asombroso era que a pesar de la negación de hecho que suponía la legislación eclesiástica conocida como *Canon Episcopi*, que databa del siglo x, la brujería había terminado derrotando el escepticismo. Los pasos no habían ido para delante sino para atrás.

De repente, Madame d'Hauterive lo interrumpió para hacer una pregunta que dejó a Baltasar completamente desconcertado.

—Un momento. ¿Las brujas de Zugarramurdi vuelan en escobas?

—¿En escobas? ¿Por qué en escobas? Qué incómodo —se sorprendió Baltasar.

—Contestad a mi pregunta. Tiene interés.

El sobrino de don Alonso no necesitó reflexionar mucho para contestar.

—Jamás hemos oído nada que se refiera a las escobas. ¿Por qué en escobas —insistió— y no en una silla, que es más estable?

Madame d'Hauterive se echó a reír y sus dientes de caballo brillaron en todo su esplendor. Consciente de ello, se tapó la boca con la mano discretamente hasta que pudo contener la risa. Después se levantó del sillón que ocupaba junto a la ventana.

—Esperad un momento.

Y abandonó la habitación.

Al poco rato regresó con algunos grabados que dejaron a Baltasar estupefacto. En uno de ellos se veía a una bruja vieja y desnuda cabalgando por los aires sobre los lomos de un macho cabrío, de espaldas. Entre las piernas la bruja llevaba lo que parecía una escoba. El grabado era de Durero. Más abigarradas y pobladas de múltiples figuras eran dos obras salidas del genio de Brueghel el Viejo: *Santiago en la cueva del brujo* y *Santiago y la caída del brujo*, que habían sido impresos en Amberes *apud Hieronymus Cock*. En ambos podía verse claramente a brujas volando con escoba. Madame d'Hauterive no supo dar explicación al origen de esta imagen, pero sí tenía claro que se habían hecho muy populares en los países del norte de Europa a través de los grabados, y que si las brujas de Zugarramurdi no volaban con escoba era porque estas imágenes no habían llegado todavía a aquella región. De donde Baltasar concluyó que hasta en las costumbres y usos, como en los rituales y modos de representarlos, había un claro aprendizaje en el que intervenían textos, relatos orales e imágenes, una trasmisión de información fantasiosa en cadena que iba engordando conforme los eslabones se multiplicaban. Esto era lo que don Alonso pensaba y se esforzaba en explicar, que la brujería era una narración aprendida que crecía y crecía conforme más se hablaba de ella.

Ahora debían tener en cuenta también el factor de las imágenes.

—Fijaos, las intervenciones diabólicas sirven de causa para todo —dijo Madame d'Hauterive.

Y le tradujo a Baltasar un panfleto titulado «Newe Zeytung Ghant, in Flandern», o sea, «Nuevo Diario de Gante en Flandes», de 1586, en el que se explicaba que una terrible tormenta que había asolado la ciudad y producido grandes daños había sido provocada por espíritus diabólicos que volaban sobre los tejados y entraban por las chimeneas al conjuro de los brujos. Durante un buen rato Baltasar se dedicó a observar y estudiar aquellas hojas volanderas y grabados que circulaban por cientos en distintas ciudades norteñas, fomentando el miedo y alimentando las persecuciones. Entonces empezó a comprender los motivos por los que don Alonso estaba tan preocupado y también el inquisidor general.

XX

En el que Baltasar y Madame d'Hauterive visitan al judío Elías Mendes en busca de tomillo y orégano, y terminan leyendo lo que el Libro de Henoc dice sobre los nephilim *y su relación con la brujería antes de la coronación de María de Medici.*

A finales de abril el tiempo parecía haberse vuelto loco. A una jornada cálida y soleada seguía otra fría y lluviosa. Como era de esperar, Alarcón se resfrió. Durante días arrastró sus ojos llorosos y su nariz roja desde el alojamiento a la biblioteca de Saint-Geneviève y viceversa. Lo peor era la tos. Baltasar buscó por los mercados tomillo y orégano para infusiones y sahumerios, y cansado de no encontrar nada más que yerbas resecas y sin aroma decidió preguntar a Madame d'Hauterive. Por supuesto, el fraile se negó a llamar a un médico por lo que él consideraba un «simple romadizo». Aquella batalla estaba perdida de antemano y Baltasar no porfió. Jamás había consentido que un médico se le acercara. Ni a don

Alonso ni a Baltasar tampoco. Y forzoso era reconocer que no les había ido mal. Alarcón, como buen franciscano, adoraba el estudio de las propiedades medicinales de las plantas y se sabía el Dioscórides de memoria. Madame d'Hauterive tardó un rato en comprender que tomillo era *thym* o *thymus* y que orégano debía ser *origan* o bien *marjolaine*, o dicho en latín, *Origanum vulgare* u *Origanum majorana*. Pidió a Baltasar que le preguntase a Alarcón a cuál de los dos se refería, y le envió un billete en perfecto español que decía lo siguiente:

> Sírvase vuestra merced en indicarme si desea *Origanum vulgare* u *Origanum majorana*. Para achaques respiratorios me permito recomendarle el primero, pero quedo a sus órdenes y espero, antes de adquirir la planta, las indicaciones que vuestra merced tenga a bien enviarme por medio de Baltasar.

Y firmaba con sus iniciales, D. H.

Alarcón no tuvo más remedio que reconocer que Madame d'Hauterive era una mujer con asombrosos conocimientos y de una inteligencia fuera de lo común, lo cual reconfortó a Baltasar, que se sintió un poco más comprendido, pero de ninguna manera agradó al fraile Alarcón, que temía a las seducciones del intelecto más que a las de la carne. Si Lucifer se había rebelado contra Dios arrastrado por la soberbia de su hermosura, la Compañía de Jesús acabaría en el infierno arrastrada por la soberbia de la inteligencia. Lo que le ocurriese a la Compañía francamente no le importaba, pero Baltasar le importaba y mucho.

Así fue como Madame d'Hauterive propuso ir a comprar las yerbas a Neuilly, en las cercanías de París, donde ella conocía uno de los mejores herbolarios del reino. Esto daría oportunidad a Baltasar y a Alarcón de conocer el hermoso bosque de Boulogne, que venía de ser engrandecido con la siembra de más de diez mil moreras por orden de Enrique IV con el propósito de dar inicio a la industria sedera en Francia. Casi toda la seda que se comercializaba en Europa venía de Manila a través de México y Sevilla, o bien era traída por los portugueses por el océano Índico. También venecianos y genoveses compraban seda a los turcos y la vendían en Europa, de lo que obtenían pingües beneficios. En cualquier caso, Francia importaba y no producía. Las moreras eran solo una pequeña parte de un bosque que, según Madame d'Hauterive explicó, era ya viejo en tiempos de Carlomagno. Esto despertó la curiosidad de los forasteros, pero mucho más el *chateau* que se levantaba en las cercanías. El lugar se había convertido en un sitio de esparcimiento parisino tras el levantamiento por orden de Francisco I de la que pasaba en aquel momento por ser una de las construcciones más imponentes de la corte, el *chateau* de Madrid. Al parecer Francisco I se había inspirado en lo que había visto en España durante su cautiverio tras la batalla de Pavía en 1525 y había ordenado hacer un castillo al estilo español. Baltasar y Alarcón, que no sabían nada de esto, apenas podían creerlo y sintieron vivo interés por ver el lugar, que estaba a las afueras de Neuilly.

El viaje se preparó con prontitud y diligencia, con algún gruñido de Alarcón, como le sucedía siempre que tenía que variar sus rutinas. Pero el día previsto amaneció catastrófico. Frío, viento y agua en amistosa fraternidad se aliaron para convencer a Alarcón de que no debía salir a la calle. No le fue fácil tomar esa decisión, porque la idea de dejar solos a Madame d'Hauterive y a Baltasar lo ponía de muy mal humor. Pero la tos lo tenía baldado y esperaba la aparición de la fiebre con horror, así que se tragó sus aprensiones y aceptó quedarse en casa del tonelero, bien abrigado. Baltasar marchó solo hacia la abadía de Sainte-Geneviève donde haría tiempo hasta que Madame d'Hauterive apareciese con el carruaje.

A media mañana el cielo comenzó a despejarse y para cuando la dama francesa llegó a la biblioteca había dejado de llover. El viento se había calmado y la temperatura era fresca pero agradable. Como siempre, Madame d'Hauterive preguntó cómo iban las investigaciones en la biblioteca. Baltasar contestó que el día había sido poco provechoso. Alarcón y él trabajaban como un equipo. La ausencia del fraile entorpecía su labor y, además, no quería avanzar por su cuenta y perder el buen ritmo del trabajo conjunto.

—He dedicado la mañana a repasar el *Canon Episcopi* y el *Malleus maleficarum*—señaló Baltasar y se encogió de hombros, al tiempo que levantaba la cortinilla del carruaje para mirar fuera.

—Pero esos textos ya los conocéis muy bien —se sorprendió Madame d'Hauterive.

Baltasar no respondió inmediatamente y se rascó la palma de la mano con ademán pensativo.

—En realidad, he repasado no solo sus diferencias de contenido, sino también su estilo y su relación con la fecha en que fueron escritos. Quiero decir que entre el *Canon*, que es de 906 aproximadamente, y la publicación del *Malleus maleficarum* en 1487 hay un cambio, un cambio enorme. ¿Cuál es la causa? ¿Cuál es el origen de todo esto?

—Volvéis a este punto una y otra vez. ¿Ahora preguntáis por el origen de la brujería o de este cambio?

—Las dos cosas.

Madame d'Hauterive se echó a reír.

—Siempre preguntáis demasiado.

Con un gesto de resignación, Baltasar decidió dejar el rumbo de la conversación en manos de la dama francesa.

—Elegid vos.

Madame d'Hauterive sopesó mentalmente la cuestión.

—De las causas de este cambio, ya hemos hablado muchas veces. El prestigio del hermetismo, la moda que siguió a la llegada de los textos griegos en las décadas que precedieron y siguieron a la caída de Constantinopla en 1453, el interés de los humanistas por la magia, la creación de la academia platónica por Cosme de Medici, la traducción de Marsilio Ficino del *Corpus Hermeticum*, la pasión por la alquimia, la nigromancia, el ocultismo...

—No puedo evitar que me interese este cambio porque, a fin de cuentas, es en última instancia el motivo de que Alarcón y yo hayamos venido a París. Por otra parte, el origen de la brujería es un problema mucho más complejo. Es anterior al cristianismo. Ya textos paganos como los de Apuleyo nos informan...

—No solo los paganos —lo interrumpió Madame d'Hauterive.

Baltasar miró sorprendido a la dama francesa.

—En la Biblia no se habla mucho de brujería y mucho menos sobre su origen.

Hubo unos segundos de silencio en que Madame d'Hauterive dudó si debía excitar o no la curiosidad del joven jesuita. Era una resistencia inútil. Sabía que sucumbiría a la tentación.

—No es exactamente un texto bíblico pero...

—¿Pero? O lo es o no lo es.

Con un gesto de contrariedad, Madame d'Hauterive cruzó las manos sobre el regazo.

—Ese simplismo es indigno de vos. Hay textos que pertenecen a la mejor tradición bíblica aunque no hayan sido incorporados ni a la Vulgata ni al canon de la Septuaginta.

El tono de impaciencia de Madame d'Hauterive alarmó a Baltasar. Se sintió como un colegial al que el maestro pilla sin saberse la lección. Muy a su pesar, se sonrojó, y como siempre que esto le ocurría, reaccionó atropelladamente.

—No sé si os referís a los apócrifos. O quizás tenéis en mente alguna tradición talmúdica. Si es así, confieso mi ignorancia.

Con su habitual perspicacia, Madame d'Hauterive comprendió que debía variar el estúpido aire de maestra exigente que le había aflorado de improviso o terminaría estropeando aquella adorable excursión que había aparecido como por milagro. La ausencia del fraile era un golpe de suerte absolutamente inesperado. Cuando actuaba de manera incomprensible para sí misma, tenía por costumbre averiguar el motivo, y se dijo sin modestia que para una persona inteligente y culta como ella era difícil estar fingiendo siempre ante los demás. Llevaba tanto tiempo interpretando un personaje que ya no recordaba cómo era mostrarse ante otro ser humano con naturalidad. Baltasar había aparecido de la nada y había sentido un repentino impulso de sinceridad que de vez en cuando le parecía peligroso, y eso la irritaba. Esto era algo que tenía que resolver consigo misma. Baltasar no tenía la culpa.

Sonrió con gentileza y miró por la ventanilla.

—Oh, no hay ignorancia ninguna. Lo que quería deciros es que hay una tradición bíblica poco conocida que da una explicación a la brujería. ¿Conocéis el Libro de Henoc?

—Henoc es el abuelo de Lamec y el bisabuelo de Noé —respondió Baltasar—. El padre de Matusalén.

—Sí, pero no me refiero solo a este personaje bíblico, sino a una obra a él atribuida por la tradición, un texto entre lo apocalíptico y lo profético. No es un libro fácil de encontrar.

Después de reflexionar unos segundos, Baltasar movió lentamente la cabeza para decir que no. Miró a Madame d'Hauterive con admiración.

—Entonces está entre los apócrifos —sugirió Baltasar, sin ánimo de revancha.

A estas alturas ya habían dejado atrás las puertas de París y rodaban por un camino muy concurrido. Desde el coche Baltasar pudo comprobar que no perdían de vista el Sena.

—Γρηγόροι. *Gregoroi*. ¿Os dice algo esta palabra?

De nuevo, el joven jesuita contestó con rapidez. Aquella conversación cada vez le parecía más extraña.

—Es griego naturalmente. El verbo γρηγορέω significa «vigilar». De ahí vienen los *grégoires* franceses, los gregorios italianos y españoles, los *gregory* ingleses y...

Aunque comenzaba a lamentar haber iniciado aquella conversación, que sin duda le había inspirado la personalidad del herbolario al que iban a visitar, Madame d'Hauterive sabía que ya no podía dejarla a medias, así que decidió ir directamente al núcleo del asunto.

—Génesis, capítulo 6, versículos 1 y 2.

Inmediatamente Baltasar recitó:

—«Cuando el hombre comenzó a multiplicarse sobre la faz de la tierra y le nacieron hijas, los hijos de Dios vieron que las hijas de los hombres eran hermosas y tomaron por esposas a aquellas que más les agradaron».

—¿Y nunca os han llamado la atención estos versículos? ¿Quiénes son esos «hijos de Dios», esos «hijos de Elohim» que se casan con las hijas de los hombres?

A Baltasar aquello no le resultaba extraño en absoluto.

—Son los descendientes de Set, que mezclan su sangre con los descendientes de Caín. De ahí la maldad que corrompe la estirpe humana y la necesidad del diluvio.

A pesar de que el día había mejorado muchísimo, Madame d'Hauterive desplegó la manta sobre sus rodillas y las de Baltasar. De un canasto muy bonito, todo cubierto de telas y encajes, sacó una botella panzuda con un licor de color castaño rojizo. Se sirvió una copa y le ofreció a Baltasar.

—Armagnac.

Baltasar no quiso acompañarla. Sabía que el vino se le subía pronto a la cabeza y aquel *armagnac* parecía más denso que el vino. Madame d'Hauterive jamás sufría los efectos del alcohol, bebiera lo que bebiera. Pero había notado que Baltasar era bastante sensible a los caldos de Dionisos. Ahora estaba demasiado interesado en aquella conversación y no quería perder puntada. A veces se preguntaba por qué todas las reacciones de Baltasar le parecían predecibles.

Baltasar no reparó siquiera en lo peculiar que resultaba que un hombre joven rechazara una bebida que le ofrecía una mujer sin sentirse avergonzado ni en la necesidad de justificarse si ella se disponía a beber. No se hizo preguntas sobre aquella sorprendente familiaridad. Había aprendido mucho con Madame d'Hauterive. Hasta ahora nunca había lamentado prestarle toda su atención. El *armagnac* claramente le estorbaba.

—Efectivamente, esa es la explicación oficial de la Iglesia, que es la de san Agustín. Esos «hijos de Dios» son seres humanos. Pero si se analiza el texto con un poco más de cuidado, descubrimos que no tiene mucho sentido que todos los hijos de Set sean varones y todos los hijos de Caín sean hembras. La explicación teológica ortodoxa dice que este es el origen de la maldad que corrompió a la familia humana y que esto obligó a Dios a enviar el diluvio, como bien habéis indicado. Pero esta explicación es moralmente insostenible porque si los descendientes de Set eran todos varones, no tuvieron más remedio que procrear con las hijas de Caín; de lo contrario la especie humana se habría extinguido. De donde se sigue que Dios castigó con el diluvio por algo que los seres humanos no tuvieron más remedio que hacer en aras de su supervivencia.

—Y vos ponéis en duda esta interpretación agustiniana.

Madame d'Hauterive se encogió de hombros.

—No se sostiene. Agustín de Hipona, siendo quien era, podía haber ideado una exégesis más brillante para estos versículos, aunque Agustín tiene un propósito muy claro y este es cerrar la puerta herméticamente a cualquier posibilidad de que en un texto bíblico se diga que los ángeles y los humanos hayan podido tener ayuntamiento carnal y descendencia.

Aturdido, Baltasar solo acertó a preguntar:

—Pero ¿cómo descendencia? ¿De dónde salen los ángeles? —Y antes de que Madame d'Hauterive hablase, él mismo se contestó—: No, no hace falta que me lo digáis. Ya lo sé. Así es como vos interpretáis el sentido de «los hijos de Elohim». Pues permitidme que os diga que vuestra interpretación es como mínimo tan aventurada como la de san Agustín.

—De ninguna manera. Esa expresión remite a los ángeles en muchos versículos del Antiguo Testamento. Por ejemplo, libro de Job, capítulo 1, versículo 6. O bien, capítulo 2, versículo 1.

Baltasar reflexionó cada vez más intrigado.

—De acuerdo. Esos «hijos de Elohim» pueden ser los ángeles y de hecho esta expresión remite a ellos en otros pasajes bíblicos. De donde resulta que puede interpretarse que en el libro del Génesis se dice que los ángeles y las mujeres humanas tuvieron ayuntamiento carnal y descendencia. Y esto ¿qué relación tiene con la brujería?

—Todo depende de cómo se interprete el término hebreo *nephilim*.

A Baltasar las disputas de eruditos en torno al vocabulario bíblico le habían aburrido siempre soberanamente, pero esta repentina aparición de los ángeles en el campo de la brujería lo tenía bastante asombrado.

A media hora de París, Madame d'Hauterive hizo detener el carruaje y señaló a Baltasar una construcción entre los árboles.

—El *chateau* de Madrid.

Era realmente un castillo espectacular. Baltasar lamentó con sinceridad que Alarcón, tan amante de la arquitectura, no hubiera podido ir. Pero a estas alturas el *chateau* le importaba poco. Estaba atrapado por el tema de los ángeles y la brujería. Jamás se había tropezado con nada remotamente parecido a pesar de todos los tratados que llevaba leídos.

—Sí, el castillo es muy hermoso. Pero el término *nephilim*... Confieso mi ignorancia. Nunca fui buen hebraísta, aunque yo diría que la traducción es «gigante».

—Normalmente esa es la traducción que se le da, pero no creáis que es tan sencillo, ni siquiera ateniéndonos a los textos canónicos.

—¿Por qué?

—Voy a intentar explicároslo de la forma más rápida. La primera aparición de la palabra hebrea *nephilim* está en el libro del Génesis, capítulo 6. Justo antes de la historia del arca de Noé. Ya hemos aludido a ello. Exactamente en Génesis, capítulo 6, versículo 4, dice: «Existían en aquel entonces los *nephilim* en la tierra, y también después cuando los hijos de Dios se unieron con las hijas de los hombres y les engendraron hijos. Estos son los hombres poderosos de muy antiguo». La segunda mención a los *nephilim* está en Números, capítulo 13, versículos 32 y 33. Cuando los espías de Israel llegan a la tierra de Canaán, ¿qué encuentran?: «Y allí hemos visto a los *nephilim*, hijos de Anak, ante los cuales nos pareció que éramos como saltamontes y ellos así nos veían». Estas dos menciones están en el Pentateuco, pero hay otra en el libro de Ezequiel 32:37: «Allí descansan con los *nephilim* de antaño que descendieron al Seol con sus armas de guerra. Las espadas descansan bajo sus cabezas y llevan el escudo sobre el cuerpo, aunque sembraron el terror en la tierra de los vivos».

Baltasar seguía sin ver la relación entre aquellos *nephilim* y la brujería.

—Todavía no —continuó Madame d'Hauterive—. Por ahora lo que debe quedaros claro es que la propia Biblia nos dice que en algún momento los ángeles procrearon con los humanos y tuvieron descendencia, y que es posible que estos *nephilim*, que aparecen en varios versículos, sean esas criaturas, los descendientes de tan extraña mezcla.

—¿Los gigantes? —inquirió Baltasar.

Procurando dar precisión a sus palabras, Madame d'Hauterive continuó.

—Sí, los gigantes. Traducción adecuada pero no exacta. La Septuaginta no quiso mantener el término hebreo tal cual y los sabios griegos, cuando tradujeron el texto original a su lengua, buscaron un vocablo que de alguna manera evocara unos seres que estuvieran en una posición intermedia entre lo divino y lo humano, y en la mitología griega esos seres son los gigantes, entre otros. Para defender esa traducción se apoyaron en el texto que describe el regreso de los espías enviados por Moisés y Aarón de esa tierra maravillosa que mana leche y miel. De allí vuelven con un racimo de uvas que traen colgando de un palo llevado por dos hombres y dicen que se sentían como «saltamontes» frente a los seres extraordinarios que en aquella región vieron, aunque realmente el texto nunca dice que fuesen gigantes, dice que eran... *nephilim*.

—Está bien. La Biblia dice que hubo unos seres que son el resultado de haber procreado los ángeles y las mujeres humanas. Sin embargo, estas menciones son apenas un rastro difícil de seguir...

Con un dedo levantado, la dama francesa lo interrumpió.

—Exacto. El rastro es difícil de seguir porque el rechazo hacia la historia de estas criaturas intermedias es radical en la tradición cristiana y también en la rabínica. Por un motivo sencillo: el cristianismo y el judaísmo comparten una parte importante de su visión teológica y, desde luego, la absoluta separación de lo divino y lo humano, tan ajena al paganismo. Dios no está en el mundo; su ser no es inmanente sino trascendente. No puede haber identificación entre Dios y la creación, ni situaciones intermedias, solo Jesucristo. Así que para encontrar el rastro de los *nephilim* hay que irse a textos que difícilmente pueden considerarse apócrifos dada su antigüedad, pero que no han sido incluidos entre los canónicos: el Libro de Henoc es uno de ellos. Fijaos que no fue apartado del canon hasta el Concilio de Laodicea en 364.

Con una sonrisa pícara, Baltasar se atrevió a preguntar.

—Y vos, por supuesto, tenéis un ejemplar...

—Vos siempre tan temerario. Por supuesto que no tengo un ejemplar. Nadie tiene un ejemplar del Libro de Henoc así como así. De hecho, tras el Concilio de Laodicea fue tan perseguido que se creyó que no había sobrevivido, hasta que Georgios Syncellus, a quien en Occidente llamamos Jorge el Monje, recuperó el texto. Desde entonces solo algunos sabios locos y rabinos temerarios atesoran los escasos ejemplares que se conservan del Libro de Henoc.

En aquel momento Baltasar comenzó a sospechar que en Neuilly no solo iban a encontrar tomillo y romero.

—¿Pero hay uno aquí... cerca?

Dar satisfacción a la curiosidad de Baltasar era uno de los mayores placeres que había conocido en su vida y Madame d'Hauterive, que ejercía una radical sinceridad consigo misma, no quería ocultarse aquella nueva y extraña pasión. Asintió con la cabeza haciendo esfuerzos por no reír.

—¿El herbolario?

—No es solo un herbolario. Ha sido un gran rabino y es uno de los hombres más sabios que yo haya conocido. Además, podréis hablar con él en español.

Un ruiseñor comenzó a cantar en la rama de uno de los bellos olmos que rodeaban el estanque en el que se habían detenido a estirar las piernas y contemplar el castillo. Verdaderamente el *chateau* de Madrid era un lugar hermoso, pero Baltasar estaba impaciente por irse y Madame d'Hauterive, que había previsto la reacción del joven jesuita, le señaló hacia la calesa.

Apenas tardaron unos minutos en llegar al hogar de Elías Mendes, una casita a las afueras del pueblo. Neuilly no era más que una aldea pequeña de pizarra gris, con las viviendas tan apretadas que parecían crecer unas sobre otras. La casa del judío llamaba la atención por dos pequeños invernaderos de cristal, uno a cada lado de la vivienda.

Elías Mendes saludó a los recién llegados con un rotundo:

—Buenas tardes.

Y las eses saltarinas se quedaron danzando en los oídos de Baltasar. El herbolario no respondía a la idea que él tenía de un judío. Era robusto e iba afeitado. El cabello castaño, donde ya se veían hebras plateadas, le caía ondulado sobre los hombros. Madame d'Hauterive y Mendes se saludaron con grandes muestras de afecto. Antes de que la dama francesa procediera a presentarlo, el judío alargó la mano.

—Bienvenido a mi casa, señor Baltasar de Velasco.

Mientras estrechaba la mano que se le ofrecía, Baltasar decidió que no merecía la pena preguntar cómo era que sabía de su existencia. A estas alturas, nada que tuviera relación con Madame d'Hauterive podía sorprenderlo.

En la pequeña estancia en que se encontraban, con puerta a la calle, no se veían más que tarros de cerámica y cristal de tamaño y aspecto muy diverso. Unos estaban todavía en los armarios que rodeaban el despacho al público y otros cuidadosamente ordenados y protegidos con paja en varias cajas de madera que se amontonaban aquí y allá. Había también un poderoso olor a especias.

—Os he preparado unas yerbas para infusión y otras para vapores.

Madame d'Hauterive dio las gracias y se tocó delicadamente la nariz.

—Amigo Mendes, ¿puedo pediros un favor muy especial?

—Estimada señora, vos podéis pedir de mí cuanto deseéis.

La dama francesa era toda sonrisas.

—El Libro de Henoc.

Mendes la miró sorprendido. Mientras cerraba la puerta y echaba la aldaba, preguntó:

—Oh. ¿Así que habéis venido a despediros del Libro de Henoc?

Madame d'Hauterive lo miró con tristeza.

—Más bien de vos. Sabéis que lamento de corazón que hayáis decidido abandonar Francia.

El judío se encogió de hombros.

—El destino de mi raza es el camino. Como sabéis, después del *cherem,* no puedo tener trato con mi gente aquí. Quizás mi vida mejore en Oriente. Hay muchas comunidades de hijos de Sepharad en el Imperio otomano.

Mendes dio una palmada sobre el pequeño mostrador de madera.

—Pero no hablemos más de mí. Pasad dentro. Os traeré el libro en seguida. Puede que no tengamos ocasión de hablar de él nunca más.

Madame d'Hauterive se dirigió con decisión hacia una pequeña cortina que había detrás del mostrador y que guardaba una puerta minúscula. Baltasar tuvo que agacharse para atravesarla. Al otro lado se abría una estancia amplia a medio camino entre cocina y laboratorio.

Mendes desapareció por una escalera estrechísima y regresó un minuto después con un libro pequeño y de apariencia insignificante que colocó sobre la gran mesa de madera lavada que dominaba aquella sala de difícil clasificación.

—¿Debo explicar a nuestro joven estudioso las particularidades del Libro de Henoc?

—No es necesario. Lo esencial ya se lo he contado yo —respondió Madame d'Hauterive.

Como no sabía qué actitud tomar en aquella situación, Baltasar quiso salir de dudas.

—¿Puedo yo hacer preguntas?

El judío soltó una carcajada y miró a Madame d'Hauterive.

—Aquí uno que hace preguntas. Es un mal hábito. Aprended de mí.

Baltasar decidió no responder y dejar que la dama francesa lo hiciera por él, pero Mendes se adelantó.

—No me hagáis caso. Tengo algunos resentimientos profundos que a veces salen a la superficie. Esto no tienen nada que ver con vos. No solo podéis sino que debéis preguntar.

A un gesto del judío todos se sentaron alrededor de la mesa. Baltasar alargó la mano hacia el libro, pero no se atrevió a tocarlo.

—¿Está en hebreo?

Con un gesto de la cabeza, Mendes mostró que la cuestión le parecía pertinente.

—No, está en griego y vos queréis saberlo porque si está en hebreo no podréis leer directamente su contenido y haceros vuestra propia opinión. Es así como hay que proceder siempre en toda clase de estudios. Me gusta este joven.

La dama francesa miró a Baltasar con un orgullo que no escapó a los ojos sagaces de Elías Mendes. Baltasar se sintió incómodo, así que siguió preguntando.

—¿Por dónde empezamos?

El judío se levantó y se dirigió a una pequeña alacena que había junto a la ventana. De allí trajo un tintero con una pluma y un pliego de papel.

—Si he comprendido bien el asunto, vuestro tío es un inquisidor.

Baltasar se sintió más incómodo todavía frente al judío. Tragó saliva.

—Así es.

El herbolario pasó por alto aquella repentina tensión.

—Mi buena amiga Madame d'Hauterive me ha hablado de un caso de brujería extremadamente virulento que se ha desatado en la Navarra española, asunto que parece estar muy relacionado con otros sucedidos en la Navarra francesa. Esto no tiene nada de particular. Las epidemias de brujería suelen estar conectadas unas con otras.

—¿A vos también os interesa la brujería?

Con las manos alzadas, Mendes proclamó su inocencia.

—¡No! A mí no. He pisado muchos charcos, pero no ese. Lo que me interesa es lo que Madame d'Hauterive me ha dicho de vuestro tío. Si no he entendido mal, pretende demostrar que las acusaciones son falsas y que todo es una mezcla de supersticiones, ensoñación y fantasía unidas a histeria colectiva. ¿Digo bien?

—Sí, decís bien. Ese es el propósito de mi tío Alonso.

El judío volvió a levantar las manos.

—¡Qué valor hay que tener!

—Estoy seguro de que mi tío logrará su propósito porque la razón está de su parte.

El judío se puso en pie de repente y se dirigió a la ventana. Parecía muy turbado. Se quitó la kipá y se la volvió a poner. Baltasar observó que Madame d'Hauterive lo miraba con cariño y lástima al mismo tiempo.

—La razón está de su parte —repitió Mendes como hablando para sí mismo. Y volvió a sentarse a la mesa ya más sereno—. Eso no es suficiente. Ojalá lo fuera. En fin, solo puedo deciros que siento la más viva simpatía por un hombre que decide enfrentarse en solitario a una creencia que hoy es convicción irrefutable de norte a sur. ¿Cómo se llama vuestro tío?

—Alonso de Salazar y Frías.

—No lo olvidaré. Únicamente añadiré que dentro de un año estaré en Esmirna. Allí podéis buscarme si me necesitáis. No, no me interrumpáis. Nunca se sabe. Ya me doy cuenta de que estáis convencido de que vuestro tío saldrá victorioso, pero dejad que este viejo rabino lo ponga en duda.

Un poco desconcertado, Baltasar agradeció a Mendes su generosidad.

Viendo que la conversación no acababa de centrarse en el asunto que los había llevado hasta allí, Madame d'Hauterive decidió intervenir.

—Se nos está yendo la tarde.

Baltasar miró por la ventana y vio que el color del cielo estaba cambiando y se acordó de Alarcón, que no solo se preocuparía, sino que también se enfadaría en proporción directa al número de horas que él pasara fuera con Madame d'Hauterive.

—Como ya supongo que sabéis —comenzó Mendes—, Henoc es el padre de Matusalén, que es el abuelo de Noé. Es un libro de visiones apocalípticas. Describe los viajes de Henoc al cielo y lo que vio en el reino de Yavé. La apocalíptica hebrea es riquísima en descripciones simbólicas y proféticas. Ustedes han heredado muchas, quiero decir, los españoles. Una de las más hermosas es la que describe su Teresa de Jesús con su elaborada metáfora de las moradas del alma como las estancias de un castillo.

Con cierto pesar Madame d'Hauterive se aguantó las ganas de preguntar. ¿Quién era esta Teresa?

No quedaba ya mucha tarde y convenía aprovechar el tiempo. Sabía que Alarcón le haría pasar un mal rato a Baltasar. De todos modos, por el camino le preguntaría por aquella obra y aquella señora que no conocía. No había muchas mujeres que escribieran libros. A Madame d'Hauterive este particular le interesaba.

—El texto de Henoc a pesar de su antigüedad probada, de su valor simbólico y profético, de su gran belleza, fue excluido del canon bíblico, que nosotros llamamos Tabaj, y también de la Biblia griega que ustedes denominan la Septuaginta. Ello es debido a que ofrece una explicación distinta del origen del mal a partir de la caída de los ángeles vigilantes, los *gregoroi*, y su ayuntamiento con las hembras humanas. De esta unión nacieron los *nephilim*, los cuales son, en definitiva, la causa última del diluvio.

Baltasar se extrañó.

—¿El diluvio? ¿Quiere decir vuestra merced que el diluvio fue enviado para exterminar a estos seres intermedios?

Sin comprometer su opinión particular, el judío siguió con su explicación.

—Eso es lo que nos dice el Libro de Henoc, y si os fijáis bien, el Génesis no lo contradice, pero vamos con nuestro librito. Creo que la parte que a vos os interesa comienza en el libro primero, llamado el Libro de los Vigilantes.

—Un momento, por favor —se atrevió a interrumpir Baltasar—. ¿Por qué *gregoroi?* ¿Por qué «vigilantes»?

—Veo que Madame d'Hauterive no os lo explicó todo. Porque estos ángeles fueron enviados por Dios al mundo para cuidar de la creación, especialmente los humanos, pues temía que sus frágiles criaturas no pudieran sobrevivir. La traición de los *nephilim* sucede por tanto después de Adán y Eva, no antes como es el caso de Lucifer, que ya se había rebelado contra Yavé antes de la creación. Por eso Henoc y otros textos llaman a estos ángeles los vigilantes.

—De acuerdo. Gracias. —Con un gesto de la cabeza, el jesuita animó a Mendes a continuar.

—En el capítulo sexto de este libro primero leemos: «En aquellos días, cuando se multiplicaron los hijos de los hombres, sucedió que les nacieron hijas bellas y hermosas. Las vieron los ángeles, los hijos de los cielos, las desearon y se dijeron: "Ea, escojamos de entre los humanos y engendremos hijos".

»Semyaza, su jefe, les dijo: "Temo que no queráis que tal acción llegue a ejecutarse y sea yo solo quien pague por tamaño pecado".

»Le respondieron todos: "Juremos y comprometámonos bajo anatema entre nosotros a no cambiar esta decisión y a ejecutarla ciertamente".

»Entonces, juraron todos de consuno y se comprometieron a ello bajo anatema. Eran doscientos los que bajaron a Ardis, que está en la cima del monte Hermon, al que llamaron así porque en él juraron y se comprometieron bajo anatema. Estos eran los nombres de sus jefes: Semyaza, que era su jefe supremo; Urakira, Rameel, Kokabiel, Tamiel, Ramiel, Daniel, Ezequiel, Baraquiel, Samsiel, Turiel, Yomiel y Azaziel».

Con cara de no querer molestar, Baltasar carraspeó para interrumpir la lectura de Elías Mendes y el judío se detuvo. Con cierta impaciencia, se dirigió a la dama francesa.

—Me ha quedado bastante claro que los textos bíblicos tanto canónicos como apócrifos hablan de la existencia de estos *nephilim*, pero hasta ahora nada les vincula al nacimiento de la brujería.

—Un poco de paciencia —respondió el herbolario.

Madame d'Hauterive suspiró con resignación.

—No tiene paciencia. Es muy joven.

Mendes sonrió.

—Ya la tendrá. Hay que dar tiempo al tiempo. Podéis copiar el fragmento que viene a continuación. Para eso traje papel y pluma.

Baltasar cogió la pluma y miró con atención las líneas que le señalaba Elías Mendes.

—«Y tomaron mujeres, cada uno escogió la suya y comenzaron a convivir y a unirse a ellas, enseñándoles ensalmos y conjuros y adiestrándolas en recoger raíces y plantas. Y entonces nacieron...».

—«... enormes gigantes de tres mil codos» —interrumpió Baltasar, que iba leyendo con los ojos a más velocidad de lo que recitaba el rabino. Este miró a Madame d'Hauterive con expresión divertida. La dama se encogió de hombros.

—Ya dije que no tiene paciencia.

Baltasar se excusó como pudo.

—Es que cada vez hay menos luz y pronto tendremos que regresar.

El rabino renunció a la traducción y puso el libro delante de Baltasar, que leyó con avidez.

—Estos *nephilim* esclavizan a los humanos y consumen todo cuanto produce la tierra... Sus padres, que son los ángeles, les enseñan toda clase de artes: la metalurgia, la guerra.... Aquí Henoc insiste en las artes de la hechicería: «Amezarak adiestró a los encantadores y a los que arrancan raíces; Armaros, cómo anular los encantamientos; Baraquiel, a los astrólogos». Hasta que los humanos pidieron ayuda a Dios «y llegó su voz al cielo».

Baltasar detuvo su lectura conmocionado.

—¡Santo Dios! Llegaron incluso a comerse a los seres humanos: «Después de esto comenzaron los *nephilim* a comerse las carnes de los hombres y estos empezaron a disminuir en número sobre la tierra».

Elías Mendes, que se había sentado al lado de Baltasar, pasó la página.

—Ahora comienza el capítulo 9, en el que Henoc nos cuenta cómo Yavé destruyó a los *nephilim*.

En aquel momento Baltasar decidió copiar algunos de los versículos. Estaba seguro de que su tío no conocía aquella historia y, curioso como era, pensaba que le gustaría saberla. Esto naturalmente no iba a mudar su opinión de que la brujería era un engaño colectivo, pero de la misma manera que se había preocupado por conocer muchos textos sobre brujería, aun cuando no creía en la verdad de su contenido, esta explicación del Libro de Henoc también le podía interesar. En el mismo instante también pensó que no le diría nada a Alarcón. Le daría horror y era capaz de no tomarse las yerbas de Elías Mendes. Baltasar escribía con prisa.

—«Entonces miraron Miguel, Uriel, Rafael y Gabriel desde el cielo, y vieron la mucha sangre que se derramaba sobre la tierra y toda la iniquidad que sobre ella se cometía». Así pues, son los cuatro arcángeles los que piden en nombre de los seres humanos el castigo divino.

El judío asintió.

—Sí, así es. Yavé avisó a Lamec, padre de Noé, por medio de su ángel Arsyalalyur: «Revélale el final que va a llegar, pues va a perecer toda la tierra y el agua del diluvio ha de venir sobre ella». Luego vienen las instrucciones que Yavé dio a sus cuatro arcángeles y aquí vuelve a insistir en los saberes ocultos que los ángeles transmitieron a sus descendientes, los *nephilim*. Así le dice a Rafael: «Encadena a Azazel de manos y pies y arrójalo a las tinieblas». Y luego le encarga: «Vivifica la tierra que corrompieron los ángeles, anuncia su restauración, pues yo la vivificaré para que no perezcan todos los hijos de los hombres a causa de todos los secretos que los vigilantes mostraron y enseñaron a sus hijos».

—Los *nephilim*—concluyó Baltasar.

Elías Mendes golpeó la página con el índice.

—Efectivamente. Una de las palabras más misteriosas de la tradición bíblica. Daos cuenta que los setenta sabios griegos que tradujeron los textos hebreos a la lengua de Homero y fijaron el canon que ustedes los cristianos llaman la Septuaginta o versión de los Setenta, aunque excluyeron el Libro de Henoc de las obras inspiradas por Yavé, siguiendo la tradición rabínica, conocían, y conocían bien, el Libro de Henoc y por eso traducen *nephilim* por «gigantes». Es en el Libro de Henoc donde se dice que tenían tres mil pies de altura. Esa información no está ni en el canon judío ni en el cristiano.

Los ojos de Baltasar despedían chispas. Madame d'Hauterive se dijo que no había espectáculo más seductor que el de la curiosidad humana cuando busca alimento y lo encuentra. Pero el sol se iba poniendo.

—Amigo Mendes, prosigamos con la destrucción de estas criaturas. No podemos llegar a París después del cierre de las puertas.

Baltasar dio un brinco y miró a Madame d'Hauterive. No podía pasar una noche fuera de París. A Alarcón le daría algo. La dama francesa agarró el libro.

—Resumamos un poco. Cuando los vigilantes saben de la destrucción que se cierne sobre ellos, sus descendientes acuden al justo Henoc, a Henoc el escriba. Y aquí aparece de repente la escritura, y con la escritura, el Derecho. Henoc se transforma en una suerte de abogado defensor. Esto interesará a vuestro tío sin duda. Las criaturas piden a Henoc que escriba «un memorial de súplica» para rogar a Dios por su perdón. Henoc lo hace: «Entonces escribí un memorial de súplica y ruego por sus almas, las acciones de cada uno y su petición para obtener perdón y descanso». Henoc sube hasta el monte Hermon recitando sin parar su memorial y allí Dios le envía un sueño durante el que le indica lo que debe hacer después de otorgarle visiones proféticas. Al despertar va hacia los *nephilim*, que se habían reunido en Ubelseyael, entre el Líbano y Senecer, y les dice que él ha llevado hasta Dios su escrito, pero que una visión profética le ha hecho saber que sobre ellos se cierne la destrucción. En definitiva, no hay perdón, como no lo hubo para Lucifer.

Con gesto concentrado, Baltasar iba copiando un poco a salto de mata los versículos que le parecían más interesantes. Para ahorrar tiempo, porque el sol se había ido ya, Madame d'Hauterive recordó a Mendes el propósito de aquella visita: las yerbas para el resfriado de Alarcón. El judío volvió con dos taleguillas vastamente cosidas, pero muy olorosas.

Madame d'Hauterive las acercó a la nariz con gusto mientras miraba a Baltasar escribir con afán.

—Esto es otra cosa. Lo que encontramos en París estaba tan seco que parecía esparto molido.

—El arte de conservar las yerbas frescas es el principal de un herbolario. En el aroma está la virtud que las hace curativas.

Soplando sobre el pliego para secar la tinta, Baltasar se levantó apresuradamente para pagar al judío. Después se despidió entre grandes muestras de agradecimiento y se retiró con discreción al carruaje para que Elías Mendes y Madame d'Hauterive pudieran decirse adiós sin la presencia de un extraño.

De regreso a París, Madame d'Hauterive habló poco, cosa extraña en ella. Cuando Baltasar preguntó qué era el *cherem* de que había hablado Elías Mendes, ella se limitó a responder que era el equivalente a la excomunión cristiana en la religión judía. Ni siquiera las explicaciones que Baltasar le dio sobre la obra de Teresa de Jesús consiguieron animarla. Finalmente tuvo que reconocer que tampoco aquella mujer, que parecía por encima del bien y del mal, era inmune a la tristeza.

Las últimas leguas las hicieron con los caballos al trote por el temor a que cerraran las puertas. Baltasar hizo acopio de paciencia para aguantar los gruñidos de Alarcón. Siempre podía decir que Neuilly estaba más lejos de lo que parecía. Cuando se despidió de Madame d'Hauterive y le dio las gracias, esta le contestó con una sonrisa distraída y Baltasar se sintió un poco herido de verse de repente expulsado de su atención.

En los días que siguieron Alarcón mejoró notablemente y pudieron proseguir sus investigaciones en la abadía de Saint-Geneviève. El padre Rohan les había hablado de un manuscrito de la segunda mitad del siglo XV que debían conocer. Antes tenía que pedir permiso al abad porque el texto era viejo y frágil. Contenía la que el propio bibliotecario pensaba que era la primera descripción de brujas volando en escoba. Era obra de un tal Johannes de Bergamo y llevaba por título *Quaestio de strigis*, pero el códice era interesante además por otros motivos. En el mismo volumen podían leerse varios procesos por brujería que eran los precedentes de Pierre Grégoire, Jean Bodin, Nicolas Rémy, Henri Boguet... y, por lo tanto, de Pierre de Lancre que, a tenor de lo que llevaban investigado en Francia, ya no parecía excepcional en su contexto.

El libro incluía un texto interesante en la polémica sobre las brujas, polémica que nunca se había apagado del todo desde que habían comenzado las persecuciones allá por 1450. Desde entonces siempre había habido gente, eclesiásticos y seglares, y luego tanto católicos como protestantes, que habían negado toda credibilidad a la brujería. Pero después esta creencia se había extendido, sobre todo conforme grandes nombres del humanismo se habían interesado por el hermetismo, la magia y la alquimia. Las voces de los escépticos habían sido acalladas cuando no directamente atacadas. En ocasiones se los había silenciado en medio de amenazas.

El códice que el padre Rohan les trajo contenía no solo la *Quaestio de strigis*, sino también información sobre los procesos por brujería que eran conocidos con el nombre de «La vanderie d'Arras» y que habían sucedido entre 1459 y 1461. También estaban los de Lyon de la misma época. En el códice aparecían como «La vanderie de Lyon», aunque estaban escritos en latín para alegría de Alarcón. Pero lo que en verdad se salía de lo corriente era la descripción del caso del benedictino y maestro en teología Guillaume Adeline, que en 1453 había sido acusado de participar en el *sabbat* y de prestar culto al diablo después de haber predicado con pasión que la secta diabólica *n'estoit qu'illusion, fantaisien et songerie*. Guillaume Adeline había defendido el *Canon Episcopi*, que era la vieja doctrina de la Iglesia que negaba la realidad de la brujería. Asombrosamente, durante el juicio Adeline había cambiado su declaración y se había reconocido culpable de pertenecer a la herejía satánica. Con gran lujo de detalles había descrito sus actividades y rituales. Y no solo eso, había explicado que cuando negaba que hubiera alguna verdad en la brujería, lo hacía inspirado por el demonio y con el objetivo de confundir a los creyentes para que el culto diabólico pudiera extender su dominio con más facilidad. Con este precedente, los escépticos estaban en una situación muy peligrosa y en Francia nadie había vuelto a cuestionar la brujería y el culto al demonio. Baltasar sintió una cierta inquietud por don Alonso. ¿Qué pasaría si la doctrina francesa se imponía? Aunque no lo creía probable, era posible que Valle y Becerra salieran vencedores.

En medio de estas cavilaciones ni Baltasar ni Alarcón prestaron mucha atención a los preparativos para la coronación de la reina María de Medici hasta que llegó el 13 de mayo. Había tal revuelo en las calles de París que fue imposible ignorar el gran acontecimiento. Las vías que conducían a la abadía de Saint-Denis, lugar designado para la coronación, estaban atestadas de gente desde las primeras horas de la mañana. La ciudad llevaba ya varios días recibiendo visitantes que aspiraban a ver algo, al menos el desfile, de un acto tan extraordinario. Casi al amanecer, Baltasar y Alarcón acudieron a la biblioteca como estaba previsto, pero el nerviosismo de las grandes ocasiones se notaba en todas partes y el padre Rohan, que había tenido la deferencia de permitirles acudir también aquel día, aunque solo un rato y muy temprano, apenas podía disimular su impaciencia. Estaba deseoso de subirse a un balcón desde el que esperaba ver pasar las carrozas engalanadas de la comitiva real. Cuando Baltasar le preguntó por qué se coronaba a la reina después de tantos años de serlo, el padre Rohan entre risitas susurró:

—Es que nuestro rey no ha sido precisamente un buen marido.

La explicación le pareció absurda, y no preguntó más. Molestos con la sensación de que lo mejor que podían hacer era irse cuanto antes, Baltasar y Alarcón devolvieron los libros con los que estaban trabajando y se marcharon. París era una fiesta. Había vendedores de buñuelos en las esquinas, carromatos con varios pisos fabricados para la ocasión que vendían a millón un puesto en tan inestables estructuras. Docenas de aguadores pregonaban a voz en grito su mercancía. Alarcón se dijo que en un par de horas habría tortas por un poco de agua fresca. Aquellos bullicios no le interesaban en absoluto y propuso a Baltasar regresar a la casa del tonelero. Tenía restos de un cocido y pensaba aviar una ropa vieja añadiendo algo de panceta y cebolla frita. La falta de aceite de oliva lo ponía de mal humor, pero no había nada que hacer. Alarcón había empezado pidiendo a la mujer del tonelero permiso para usar su cocina cuando ella no estuviera, para que quedara claro que no iba a molestar en absoluto, y había terminado cocinando para todos. La buena señora estaba encantada de quitarse de la tizne de vez en cuando. A través de Baltasar le preguntaba a Alarcón entre sonrisas qué quería que trajese de la plaza. En ocasiones, el joven jesuita lo miraba mientras Alarcón aprendía a hacerse con el secreto de la *cremaillère de cheminée* que sujetaba el perol. ¿Cómo se las arreglaba Alarcón para encontrar siempre una manera de acomodarse en cualquier circunstancia y hacerse una madriguera y por qué él, en cambio, no cabía en el mundo?

Con la determinación que solía poner en todas sus decisiones, el fraile dijo que él se iba a la tonelería, que Baltasar hiciera lo que quisiera, pero que no lo iba a acompañar a recibir pisotones de ninguna manera. El jesuita lo dejó marchar con una sonrisa y se encaminó hacia el caserón de Madame d'Hauterive. Se tragó el orgullo porque la verdad era que la señora no le había invitado a pesar de que él había mostrado con discreción su interés. Esperaba encontrar los balcones del decrépito caserón llenos de gentes de postín y se sorprendió de verlos vacíos. Por un momento dudó en llamar. Allí parecía que no había nadie. Aun así cogió la aldaba y golpeó con fuerza. La puerta tardó en abrirse. Cuando ya estaba a punto de abandonar, asomó el criado con cara de ratón y lo condujo a la segunda planta, hasta una sala que Baltasar, que solo había estado en la planta primera, no conocía. La estancia lo sorprendió por su orden y limpieza, una muestra de sencillez y buen gusto que contrastaba de manera muy notable con lo que había visto abajo. Las habitaciones privadas de Madame d'Hauterive no tenían por qué seguir las pautas del decorado cochambroso y ridículo que la señora había dispuesto para servir de escenario a su propio personaje. Madame d'Hauterive lo recibió, como siempre, con amabilidad no fingida. Y sin hacer preguntas lo llevó hasta un balcón, pero no lo abrió.

—No puedo ofrecer nada mejor porque oficialmente no estoy en París. Así que tendréis que mirar a través de las cortinas.

La comitiva que llevaba a Enrique IV y María de Medici no pasaba por la calle en que vivía Madame d'Hauterive, pero sí por la esquina. La vista no era muy buena, aunque era mejor eso que nada. Una vez que situó a su visitante junto al balcón, la dama francesa volvió a sus papeles y no hizo más comentario. Allí permaneció el joven jesuita largo rato viendo cómo se amontonaba la gente y cómo la guardia del rey obligaba a retirar carromatos e inestables estructuras de madera que la gente había colocado en la calle para guardarse un sitio o para subirse a ellas. Cuando ya estaba cansado de mirar el trajín de la gente, de oír las voces de la guardia que intentaban evitar los amontonamientos y las protestas del público, comenzó a oírse un clamor lejano, con repique de tambores, que fue subiendo en intensidad hasta hacerse ensordecedor. Madame d'Hauterive no levantó la cabeza de sus papeles.

El lujo de las carrozas y de la vestimenta de los cortesanos dejó asombrado a Baltasar, que jamás había visto un despliegue semejante de sedas, brocados y encajes. A la reina apenas si pudo verla unos segundos y le pareció una señora gorda envuelta en terciopelo y armiño.

—Los reyes —dijo Baltasar con timidez.

Madame d'Hauterive dejó de escribir un momento y lo miró sonriente.

—Sí.

Baltasar no pudo contenerse más. Le resultaba asombrosa aquella falta de interés.

—¿No sentís curiosidad?

Madame d'Hauterive asintió con la cabeza.

—Mucha, pero no por lo que pasa ahí fuera.

Baltasar se dijo que tenía que morderse la lengua. Bastante impertinente había sido ya presentándose de improviso y sin invitación. Pero no pudo.

—Hay mucha gente a la que esta coronación le parece extraña. ¿Por qué Enrique corona a la reina ahora?

Madame d'Hauterive lo miró un segundo y siguió a lo suyo. Sabía que Baltasar quería provocar una conversación. Le hacía mucha gracia aquella curiosidad casi infantil del jesuita. Se dijo que era su rasgo de carácter más acusado y peligroso. La curiosidad mató al gato. De hecho, como ella había averiguado, aquella curiosidad le había llevado a viajar al otro lado del mundo. Si no aprendía a dominarla, volvería a poner en peligro su vida casi sin darse cuenta. ¿Qué demonios enseñaba la Compañía a sus muchachos? Madame d'Hauterive aventó aquellos pensamientos con un ademán de la mano. Miró con gesto grave a Baltasar.

—No debéis jamás hacer preguntas sobre las intenciones de los reyes a nadie. Y esto vale también para cualquier persona que tenga mucho poder. Tenéis que aprender a usar métodos indirectos para averiguar lo que deseéis saber.

Baltasar se removió junto a la ventana un poco molesto.

—Os he preguntado porque confío en vos.

Repentinamente, Madame d'Hauterive dio una palmada sobre la mesa y Baltasar se sobresaltó.

—¡Hacéis mal!

Asombrado ante aquel gesto inesperado, Baltasar notó que se sonrojaba y con precipitación recogió el sombrero y abandonó el viejo caserón de los D'Hauterive sin despedirse.

XXI

Donde el inquisidor general don Bernardo de Sandoval y el humanista Pedro de Valencia discuten en la huerta de Atocha sobre la creencia en la brujería.

La letra de Luis de Oviedo era clara y firme como las columnas de un templo clásico. El secretario de don Bernardo era consciente de ello y dentro de su modestia natural estaba un poco orgulloso. Mientras despachaba correspondencia urgente, veía por la ventana a don Bernardo ir de acá para allá entre los naranjos. De vez en cuando arrancaba una mala yerba o miraba los renacuajos que se acumulaban en los remansos de las acequias. Su señor estaba muy inquieto y Oviedo se lo conocía en que cada dos por tres se quedaba parado observando el infinito.

La noche anterior se habían acostado muy tarde porque habían estado leyendo diversos memoriales que habían llegado de Logroño. Al acabar, el gran inquisidor le había dado las buenas noches y se había ido a sus oraciones sin hacer ningún comentario sobre lo leído y sobre la gravedad de los acontecimientos. Era forzoso que la Suprema tomara una decisión y esa decisión no era fácil de tomar. Oviedo sabía lo que su señor tenía en la cabeza y por eso precisamente veía el peligro. Todos los que apoyaban el escepticismo corrían un riesgo, desde don Alonso de Salazar, en Logroño, hasta el obispo Venegas, en Pamplona, pero su señor más que nadie porque era mucho ser tío del duque de Lerma, el todopoderoso valido de Felipe III. Así que si se producía una reacción en contra, las esquirlas podían clavarse muy arriba. De hecho, esa opinión en contra existía y era la de todos, la opinión del vulgo y de los sabios. Oviedo, mientras despachaba con hábitos de automatismo una carta para la diócesis de Toledo sobre el día del Corpus, se preguntaba si no acabarían todos acusados de brujería y procesados ellos mismos. Desechó estos pensamientos con aprensión y miró a don Bernardo, que daba la enésima vuelta a unos limoneros altos como nogales que se erguían orgullosos en medio de la huerta. Aquella mañana, al ser de día, don Bernardo se había levantado y mandado a uno de los criados a Madrid a casa de don Pedro de Valencia para pedirle que acudiera a la mayor brevedad posible.

El cronista real, ¿vendría o no vendría? Oviedo sabía que le daba largas al gran inquisidor con el asunto de Zugarramurdi y que de ninguna manera quería verse enredado en aquel zarzal. Sí, vendría, aunque a su pesar. Don Bernardo era un hombre muy poderoso, mucho más que un cronista real que hasta hacía poco enseñaba latines en una escuela de Zafra. Don Pedro de Valencia aborrecía las polémicas, pero no se echaba atrás, como había demostrado en el asunto de los plomos del Sacromonte. Había defendido a su maestro Arias Montano con la lealtad inquebrantable de un hijo. Sin embargo, Pedro de Valencia era mucho más un hombre de estudio que de corte. A pesar de su inmensa erudición, de que dominaba las lenguas clásicas y el hebreo, no había publicado nunca nada y se había conformado con un puesto secundario en un pueblo de Extremadura. De hecho, solo había mandado a la imprenta un libro: *Academica sive de iudicio erga verum ex ipsis primis fontibus*. Don Bernardo tenía, por supuesto, la edición de Amberes de 1594. Era una obra extraordinaria y con ella en la mano don Bernardo pensaba demostrarle a don Pedro de Valencia que no podía mantenerse al margen en el asunto de las brujas y, evidentemente, don Pedro intentaría demostrar lo contrario. Oviedo esperaba poder asistir a aquella discusión. Eran dos de los hombres más sabios y eruditos de su tiempo y merecía la pena escucharlos. El secretario, que ya había presenciado otros debates entre ambos sobre brujería, sabía cuál iba a ser el argumento de fuerza de don Bernardo. Probablemente también don Pedro lo sabía. En cualquier caso, Oviedo admiraba al extremeño y esperaba con ilusión su llegada, sobre todo porque don Pedro de Valencia no era hombre fácil de ver.

Madrid, como villa y corte, era un nido de mentideros, covachuelistas y cabildeos. Don Pedro se mantenía alejado de los charcos de la ambición y la envidia por todos los medios a su alcance. Quienes lo conocían sabían que no le gustaba vivir en Madrid y que se hubiera quedado en su Zafra natal si hubiera podido, pero don Pedro tenía muchos hijos y quería no solo alimentarlos y vestirlos con decoro, sino también darles estudio y dote a las muchachas para que no tuvieran que casarse con cualquier ganapán, y para esto el salario de Zafra no alcanzaba. Así que en 1607 había aceptado el puesto de cronista real y después también de Indias.

En el silencio de las primeras horas del día, don Bernardo de Sandoval oyó ruido cerca de la tapia de piedra que cercaba la huerta. De solo ver el movimiento de cabeza de su señor, Oviedo supo que alguien llegaba y bajó como una exhalación. Don Bernardo se había ido a pasear por la huerta a medio vestir, con las zapatillas de fieltro que usaba en casa y sin su ropa arzobispal. Seguramente no esperaba a don Pedro tan pronto. Oviedo se preguntó si esto era bueno o malo; si indicaba la buena disposición de don Pedro a colaborar con el inquisidor general o su interés por librarse cuanto antes de aquella molestia.

Don Bernardo se apresuró a entrar para acabar de vestirse y con gestos indicó a Oviedo que recibiese a don Pedro. Mientras estaba en la huerta, el inquisidor general prescindía del protocolo y el aparataje de criados. Sabía que don Pedro apreciaba aquella rusticidad. De buena mañana había pedido a su secretario que preparara un cesto con naranjas dulces, limones y algunas almozadas de menta y yerbabuena para el cronista. Don Bernardo era más hombre de corte que de aldea, aunque no era insensible al espíritu sencillo de su invitado.

El secretario recibió al extremeño con afabilidad y cortesía y lo condujo a una sala grande que servía de comedor y para atender a las visitas. Una gran chimenea presidía la habitación, pero ya no estaba encendida. Relucían las paredes que acababan de recibir el encalado de primavera. El contraste con los suelos rojos daba una elegancia intemporal a la estancia y realzaba los pocos muebles que estaban a la vista: una mesa robusta de patas torneadas, unas cuantas sillas de enea y dos sillones también de enea junto a la gran chimenea. Sin embargo, lo que más le gustó a don Pedro fueron las dos grandes ventanas que llegaban hasta dos palmos del suelo, con un cómodo poyete donde sentarse. Entraba por ellas mucha luz. El cronista, que contaba ya cincuenta y cuatro años, también tenía sus problemas con la vista e iba siempre provisto de unas lentes que le daban aire de mochuelo, cosa que a él no le importaba en lo más mínimo. Se había quedado calvo muy joven y tenía el rostro enjuto de un padre del desierto. Maravillado se quedó cuando su prima Inés le dio el sí.

Don Bernardo, que quería llevar a don Pedro a su terreno, no quiso hacerlo esperar. Se calzó y, sin perder un minuto, se vistió adecuadamente para recibir visitas, como correspondía a un arzobispo y gran inquisidor. Entró en la sala con los brazos abiertos, pero don Pedro se apresuró a inclinar la cabeza y besarle la mano. Oviedo se quedó con el cesto de naranjas y limones junto a la puerta, a la espera de recibir órdenes. Tras un prudente intercambio de saludos y cortesías, don Bernardo fue derecho al asunto.

—Os estaréis preguntando por qué os he mandado llamar con tanta urgencia.

El de Zafra se encogió de hombros.

—Sí.

—Os ruego que no os escondáis detrás del laconismo. ¿Sospecháis por qué os he mandado llamar o no?

—Sospecho.

El gran inquisidor asintió complacido.

—Tres sílabas. Vamos avanzando. ¿Y qué sospecháis?

—Zugarramurdi.

El gran inquisidor volvió a asentir complacido. Estaba decidido a mantener el juego elusivo de Pedro de Valencia hasta el final, pero también a acorralarlo de tal manera que no tuviera más remedio que aceptar su propuesta.

—Alabado sea Dios. Cinco sílabas. Y decidme, don Pedro, de esas cinco sílabas ¿qué sabéis?

—Nada más que lo que vos me habéis dicho, eminencia.

Las cejas de don Bernardo se elevaron contra su voluntad.

—De eso hace cuatro meses. No es posible que no hayáis oído nada, que no os hayan llegado noticias. Todo el mundo habla de las brujas de Navarra.

Los ojos de don Pedro miraban a su interlocutor con total indiferencia.

—Llegarme me han llegado, pero no he prestado atención.

Don Bernardo se puso en pie y comenzó a pasear por la sala. La luz entraba a raudales por las ventanas.

—¿El asunto no os interesa en absoluto?

El cronista real no parpadeó al responder.

—No, eminencia.

Traicionando su impaciencia, el arzobispo se dio una palmada en el muslo.

—Pues tendrá qué interesaros porque tenemos graves problemas.

—¿Tenemos?

Don Bernardo se sentó de nuevo y alisó los pliegues del manteo. Estaba decidido a que el cronista real no le achicharrara la sangre. Sonrió con aire de inocencia.

—Sí, mi querido amigo. Tenemos en estos reinos. Sois el cronista de estos reinos. Presumo que os afecta lo que suceda en estos reinos.

Por primera vez, el de Zafra se removió en el asiento.

—Por supuesto, eminencia, por supuesto.

—Era una pregunta retórica. Nadie duda de vuestro interés por la prosperidad y recta gobernanza de esta monarquía. Admirado quedé al leer los cuestionarios que habéis enviado a distintas capitales de América para mejor cumplir con vuestra función de cronista de Indias. Sé bien que investigáis sobre el comercio y la moneda. Todo muy pertinente y atinado.

Los ojillos de don Pedro, atrincherados detrás de los espejuelos, apenas parpadeaban.

—Gracias, eminencia.

Don Bernardo hizo un gesto vago con la mano.

—No son cumplidos. Es la verdad. Así que no me deis las gracias. Dadme en cambio una explicación. Hace meses os rogué que escribieseis una refutación de la brujería.

Pedro de Valencia se recolocó las lentes con parsimonia.

—Disculpadme, eminencia. Vos no me rogasteis. Me sugeristeis. Literalmente vuestras palabras fueron «estaría bien que compusieseis».

Con total honradez, el gran inquisidor preguntó:

—¿Eso dije?

Si no hubiera estado tan ansioso por escapar de aquella demanda, la pregunta del arzobispo le hubiera hecho gracia.

—Pues sí, eminencia. Y con vos también yo consideré que estaría bien, pero indignamente ocupo el cargo no solo de cronista real, sino también de Indias, y esto me obliga a saber lo que ocurre en Europa y también en tres virreinatos americanos, uno de los cuales acaba de extenderse hasta casi las costas de China. Vos no podéis imaginar cuánto trabajo da tener noticias ciertas de Filipinas...

Don Bernardo lo interrumpió. Si lo dejaba continuar, el cronista acabaría ganándolo por la vía de la compasión.

—¿Cómo no voy a saberlo? Presido el tribunal del Santo Oficio y me paso la vida dirigiendo investigaciones, intentando llegar hasta el corazón de la verdad o la mentira. No hay más remedio.

—Así es, eminencia. La Inquisición no tiene más remedio que intervenir en estos problemas tan enredosos, pero yo, disculpad, eminencia, mi franqueza, no soy inquisidor. Por lealtad a mi venerado maestro, don Benito Arias Montano, que Dios tenga en su gloria, me vi obligado a intervenir en el enojoso asunto de los plomos del Sacromonte...

Don Bernardo alzó los ojos al techo. La sola mención de los plomos le provocaba urticaria.

—Enojoso en extremo.

Pedro de Valencia miró complacido al inquisidor y pensó que quizás, si no se torcía la conversación, podría librarse del caso de las brujas.

—Así es, eminencia. Todavía colea.

—Colea y amenaza con eternizarse, y decís bien al señalar que no sois inquisidor, pero sois hombre interesado en la verdad como categoría filosófica.

Luis de Oviedo, que se había ido retirando discretamente de la sala con el cesto de naranjas, se sentó en una silla baja que había junto a las cantareras del zaguán. Don Bernardo estaba llegando al punto crucial de su argumentación. También Pedro de Valencia se dio cuenta de por dónde iba don Bernardo.

—Si os referís a mi *Academica sive de iudicio erga verum ex ipsis primis fontibus*...

—Precisamente.

El cronista real continuó como si no hubiese oído al inquisidor.

—... es una obra de tema ciceroniano y no puede considerarse que trate de brujería. Ni siquiera de nigromancia o hermetismo.

—Sois muy modesto. Las *Cuestiones académicas* de Cicerón os sirven de guía e inspiración, pero vos hacéis una auténtica historia del escepticismo filosófico; de los criterios de verdad que permiten al entendimiento emitir un juicio o no hacerlo.

Con cierta resignación el de Zafra se dijo que don Bernardo no lo había hecho venir aquella mañana temprano desde su casa en la calle Leganitos para dejarlo marchar sin haberle arrancado un compromiso. Aun así se resistió.

—Son temas filosóficos de mucha envergadura, eminencia, no lo niego, y por eso, difícilmente mi *Academica* puede aplicarse en un juicio de brujería cualquiera.

—¡Este no es un juicio de brujería cualquiera! —exclamó don Bernardo.

Con un hilo de voz, el cronista real, que se había asustado, preguntó:

—Pero, eminencia, ha habido otros casos de brujería en estos reinos y fuera de ellos se cuentan por miles.

Intentando mantener una actitud digna y sosegada, don Bernardo contestó al cronista con la mayor prudencia que pudo.

—Es bastante cierto lo que decís, pero en este caso confluyen una serie de factores que son singulares. Inquietantes.

El que se inquietó fue el cronista, que malinterpretó las palabras de don Bernardo.

—No acierto a entender. Nadie duda de la existencia del demonio, pero... ¿acaso vos teméis que de verdad se haya manifestado en Zugarramurdi?

Don Bernardo tardó en responder. Esto dio tiempo al cronista para que se acrecentaran sus temores. ¿Aquella mente férreamente escéptica, que había demostrado tantas veces que no se dejaba embaucar por ilusiones, estaba flaqueando? ¿Tan grave era lo que estaba sucediendo en Navarra? No tenía elementos de juicio propios porque no había prestado atención alguna al caso. Su ignorancia era casi absoluta y lo lamentó. Por fin el gran inquisidor habló:

—Vamos a dejar al demonio fuera de este asunto por el momento. ¿Estáis de acuerdo conmigo?

El cronista real suspiró aliviado. Don Bernardo seguía siendo don Bernardo. Gran inquisidor, gran humanista, gran amigo de su llorado maestro Benito Arias Montano. Y también suyo. Asintió con un vigoroso gesto de la cabeza y los espejuelos se le descabalgaron de la nariz. Don Pedro se los recolocó rápidamente, con tan poco tino que estuvieron a punto de caerse de nuevo. Los enderezó sin prestar atención. El arzobispo no pudo evitar una sonrisa. Aquel gesto, apresurado y sin elegancia en un hombre que era todo él mesura y decorosa corrección, le indicó que don Pedro de Valencia estaba no solo nervioso, sino que además estaba pasando un mal rato. Que él le estaba haciendo pasar un mal rato. Se dijo que esa era una estrategia muy torpe para buscar aliados.

Don Bernardo se levantó y se dirigió a la chimenea. Allí cogió una campanilla de vidrio verde adornada con cordoncillos azules y se la mostró al cronista antes de hacerla sonar.

—¿Habéis visto qué cosa más bonita?

Don Pedro no mostró desconcierto, sino más bien alivio por aquel cambio en el hilo de la conversación.

—¿De Andalucía?

—No, de Cadalso. Últimamente también están haciendo estas piezas de estilo andaluz. Encargué una campanilla y dos lámparas con cubierta. Mi buen Oviedo considera que son unos objetos demasiado finos para esta casa. ¿Qué pensáis vos? No, no me respondáis ahora. Vamos a hacer un receso para almorzar. He dispuesto que nos preparen una mesa debajo del limonero grande.

Valencia agradeció esta deferencia, pero declaró que no tenía hambre. El arzobispo lo miró con picardía.

—Eso es porque no habéis visto ni olido la cabeza de ternera deshuesada que mandé que trajeran de Madrid.

El gran inquisidor cogió por el brazo a don Pedro.

—Vamos, don Pedro. Todo se irá arreglando con la ayuda de Dios, que no nos dejará desamparados. Y para que no se nos acuse de andar como dice el refrán «A Dios rogando y con el mazo dando» cumplamos también con nuestra parte en la tarea.

Don Pedro de Valencia no encontró nada que decir.

—Estoy a vuestras órdenes.

Estaban ya a punto de salir por la puerta. El sol brillaba con millones de luminosos cascabeles y el cielo derrochaba su azul más intenso, con algunas nubecillas tan redonditas y de aspecto tan blando que parecían bolas de algodón. El gran inquisidor se detuvo antes de atravesar la puerta.

—Lo sé y os lo agradezco, pero os libero de toda obligación. Quiero que me ayudéis, don Pedro, porque sepáis, porque comprendáis la urgencia del caso. Porque hemos estado juntos en algunas batallas contra la sinrazón con nuestro llorado y admirado Arias Montano. Os acabo de decir que concurren circunstancias singulares e inquietantes en el caso de las brujas de Zugarramurdi. Algunas os las puedo decir y otras no. Cuento siempre con la discreción de vuestra merced.

El de Zafra siguió al gran inquisidor sin decir palabra. No acababa de comprender lo que don Bernardo se proponía. Había tenido un primer momento de inquietud cuando pensó que el arzobispo había desertado del estrecho sendero del escepticismo filosófico para irse a engrosar las filas de los creyentes en nigromancias, hechicerías y otros saberes supersticiosos. Aquello era evidentemente imposible y don Pedro se dijo que solo su propio estado de inquietud y el deseo casi desesperado que tenía de mantenerse al margen justificaba que hubiera estado tan errado de juicio. Ahora sentía que quizás hubiera tenido que prestar más atención a lo que sucedía en el norte. Buscó alguna tranquilidad diciéndose a sí mismo que, pudiera ser, don Bernardo lo estaba enredando con insinuaciones sobre la gravedad de la situación, aunque no logró convencerse. Don Bernardo de Sandoval era un hombre con muchas responsabilidades y estaba acostumbrado a ellas. Mientras se sentaba bajo el limonero, el cronista no podía dejar de pensar que un caso de brujería, por muy grave que fuese, no podía pasar de ahí. Entonces, ¿qué era lo que preocupaba tanto al arzobispo?

Cuando la guardesa de la finca, una señora ya entrada en años, con muchas canas y pocos dientes, terminó de poner la mesa, Oviedo anunció que no tardaría en aparecer la cabeza, pero Antonia Pozas lo corrigió inmediatamente.

—Todavía no. No llega a tanto nuestra rusticidad que ignoremos lo que se debe a una buena mesa. Primero, los entremeses.

Oviedo no rechistó. Antonia Pozas, viuda y madre de siete hijos, gobernaba aquella huerta y aquella tropa con la determinación de un maestre de campo. Cuando murió el marido, don Bernardo, desoyendo los consejos de unos y otros, decidió no tomar capataz y dejar a Antonia el mando de su huerta de Atocha. Nunca se había arrepentido. La casa estaba siempre como una patena y la huerta, además de productiva, se veía preciosa. Antonia había sembrado rosales trepadores para adornar y fortalecer los muretes de piedra. Las viñas escalaban por los troncos de los árboles ofreciendo el bellísimo espectáculo de dos frutos colgando uno junto a otro. Las mulas que tiraban de la noria tenían el pelo brillante y un aspecto tan saludable que parecían animales de recreo.

—¿Sabéis vos qué se trae entre manos Antonia?

Oviedo, que custodiaba el cesto con las naranjas y los limones junto a la puerta y no sabía qué hacer con él, no supo qué contestar. Esperaba las indicaciones de su señor para acercarse a la mesa porque suponía que el tercer cubierto que había en ella era para él.

—Francamente, eminencia, no puedo decirlo, pero ahora que caigo, he oído toda clase de ruidos, incluso martillazos, en la cocina, que parecía que estaban clavando clavos.

Esta explicación se vio interrumpida por la aparición triunfal de Antonia con una botella rechoncha de vidrio azulado.

—¿Te tomas el vino de pie, secretario?

Oviedo se apresuró a sentarse. Dio las gracias más veces de las necesarias porque la boca se le fue por un lado y los ojos por otro. Su mirada no se apartaba de la botella. La guardesa la levantó antes de servir como el que muestra un trofeo.

—Malvasía bermeja de La Palma. Esas islas Canarias guardan tesoros —señaló don Bernardo con una sonrisa. El arzobispo levantó la copa y propuso un brindis inesperado—: Por las islas del Atlántico.

Inmediatamente apareció la más pequeña de Antonia Pozas, una chiquilla avispada de largas trenzas que puso sobre la mesa un plato llano con chorizos negros y blancos, otro con pernil adobado y un cuenco con pepinillos en vinagre y aceitunas.

Las brujas fueron relegadas al olvido, lo cual se avenía muy bien con el propósito del arzobispo, que había decidido asaltar la fortaleza de don Pedro desde otro ángulo.

—¿Conocéis la malvasía canaria?

El cronista, que era hombre austero y de costumbres morigeradas, saboreaba aquella delicia con prudencia.

—De oídas, pero nunca la probé. Es caldo de señores. Dicen que un príncipe inglés fue ahogado en un tonel de malvasía.

—El duque de Clarence, uno de los últimos Plantagenet. ¿Os acordáis del cardenal Reginald Pole?

—Por supuesto. El único inglés que ha estado a punto de ser papa.

El arzobispo se acercó la copa a los labios y bebió apreciativamente.

—Ojalá lo hubiera sido. Sin embargo, nuestro emperador Carlos no pudo vencer la resistencia de las dinastías italianas. Hubiera cambiado la historia de Europa.

—Y este duque de Clarence, ¿era su padre?

El arzobispo salió de su momento de ensoñación.

—No, no. Era su abuelo. Pero esto no supuso una gran diferencia. Todos los Plantagenet fueron exterminados cuando los Tudor se hicieron con el trono de Inglaterra.

El gran inquisidor se detuvo y miró los delicados destellos que la luz arrancaba al vino.

—El poder es una sustancia de tan complicada fórmula... Debo confesaros, don Pedro, que me proponía derribar vuestras defensas a base de lógica para luego endulzaros la derrota con un buen almuerzo. Pero creo que estaba en un error. Os habéis sentido acorralado cuando...

Desde detrás de aquel vino tan bello a la vista y al paladar, el cronista real se vio obligado a regresar al odioso asunto de la brujería.

—De ninguna manera, eminencia. No puedo permitir que exageréis hasta ese punto.

El arzobispo cogió una de las rodajas de chorizo negro y la masticó con delectación.

—Esta Antonia tiene una mano para los chorizos negros...

Oviedo se sintió autorizado a puntualizar.

—Y para los blancos, eminencia.

—También, también —reconoció el gran inquisidor—. Pero no me distraigáis, Oviedo, que pierdo el hilo otra vez y no quiero. Me gustaría dejar este asunto zanjado antes de que nos comamos esa cabeza que nos han traído de Madrid.

Se escuchó entonces un vigoroso carraspeo. El arzobispo giró la cabeza, ya resignado a que lo interrumpieran de nuevo.

—Dime, Antonia, ¿qué se te ofrece?

—Pues, disimúleme, su eminencia, que le moleste, se trata de la cabeza...

Con un gesto suave el arzobispo colocó en la mesa la copa de malvasía.

—¿Qué le pasa a la cabeza?

La buena mujer parecía muy apurada.

—Pues que no la han traído de Madrid.

El arzobispo miró a la guardesa con reproche y pensó que en verdad hay días que nada sale a derechas.

—¿Y ahora me lo dices, cuando ya estamos sentados a la mesa?

El apuro de la mujer era grande y don Pedro, que no era hombre especialmente risueño, encontró cómica la situación. Decidió intervenir convencido de que era su presencia la que había provocado aquel enredo con la cabeza de ternera, porque sin duda don Bernardo la había encargado con el propósito de agasajarlo.

—No hay un pero que ponerle a estas delicias que estamos disfrutando y que son más que suficientes para tres bocas poco proclives a la gula. Así que hagamos honores a lo presente y no lamentemos lo ausente.

Don Pedro parecía del mejor humor y don Bernardo se dijo que había que aprovechar el momento para dar por concluido el grave asunto que los había allí reunido.

—Agradezco vuestra comprensión. El hombre propone y Dios dispone. Comamos, pues, y agradezcamos a su bondad estos alimentos, pero antes quiero exponeros las circunstancias de bastante gravedad que concurren en el caso de Zugarramurdi y que me han llevado a mandaros llamar esta mañana. La situación presenta dos vertientes...

Volvió a oírse otro carraspeo, esta vez más suave que el anterior. Oviedo se volvió y fulminó con la mirada a la guardesa. Don Bernardo suspiró y miró desconcertado al cronista, que apenas podía contener la risa.

—Dime, Antonia, ¿qué se te ofrece ahora?

Colorada como un tomate, la mujer se explicó.

—Pues que como no han mandado la cabeza... se nos ocurrió... se me ocurrió preparar una yo misma, así que mandé a mi Juanita al ser de día al carnicero.

El gran inquisidor juntó las manos.

—Pero mujer, la cabeza deshuesada es un manjar de muy delicada elaboración.

El arzobispo se estaba imaginando a su invitado escupiendo fragmentos de hueso o medio ahogado intentando tragarlos por educación.

Agobiada entre la valentía y la vergüenza, pues era consciente de cuán molesto estaba su señor, Antonia Pozas optó por lo primero.

—Suplico a su eminencia el beneficio de la duda.

A don Pedro le hizo gracia la gallarda expresión en boca de la guardesa y decidió intervenir de nuevo.

—Por mi parte tienes todos los beneficios. ¿No cree su eminencia que tanto esfuerzo merece nuestra comprensión?

Don Bernardo asintió con la cabeza. A aquellas alturas había perdido por completo el hilo de su discurso.

—Está bien, Antonia, trae esa cabeza y que sea lo que Dios quiera. A ver si con cabeza o sin ella puedo yo decir a don Pedro lo que pretendía.

El cronista real se lo estaba pasando en grande y se sintió un poco culpable por ello.

—Me estabais diciendo que la situación presenta dos vertientes.

El gran inquisidor se enderezó en el asiento y se esforzó por recordar el resumen que había decidido presentar al de Zafra.

—Gracias. Así es. La primera vertiente tiene que ver con la Navarra francesa.

Esta afirmación realmente sorprendió al cronista.

—¿La Navarra francesa?

—En efecto. Antes de que comenzaran a aparecer las denuncias en Zugarramurdi, sabemos que ha habido una gran persecución de brujas al otro lado de la raya. De alguna manera los casos de Zugarramurdi están relacionados con lo que ha pasado allí. Nuestro conocimiento sobre este punto es escaso. Sabemos algunas cosas y sospechamos otras. No puedo deciros más. Don Alonso de Salazar, al que envié a Logroño como inquisidor hace casi un año, está procurándose información más precisa. Puede haber aquí alguna complicación internacional. Pero más no puedo deciros.

Este era un giro inesperado que don Pedro no sospechaba. Miró a Oviedo por si este tuviera algo que añadir y observó que la mirada del secretario estaba clavada en la puerta de la casa. Giró brevemente la cabeza sin dejar de prestar atención al arzobispo y no pudo evitar una exclamación.

—¡Oh!

Don Bernardo, que jugueteaba con la copa sobre el mantel, preguntó resignado.

—¿Qué pasa ahora?

—La cabeza —murmuró don Pedro.

Don Bernardo de Sandoval miró al cronista real con total indiferencia.

—No me lo digáis. A la cabeza le han salido patas y se ha dado a la fuga por el camino de Ocaña.

Resultó imposible contener la risa. Aunque intentaba mantener la compostura, don Pedro no pudo evitar echar más leña al fuego.

—Todavía no, pero pudiera ser si no le prestamos la atención que merece.

Los tres hombres se volvieron hacia Antonia, que permanecía indecisa en el umbral de la puerta. Con gran parsimonia se acercó y depositó sobre la mesa una bandeja en la que se erguía orgullosamente en un lecho de verduras asadas una cabeza de ternera de regular tamaño. Don Bernardo no pudo dejar de admirar la magnífica presentación. No tenía nada que envidiar, al menos exteriormente, a las mejores de Madrid. Los ojos del animal habían sido recolocados en sus cuencas con primor. La boca, cosida con mucho arte, dejaba ver dos dedos de lengua, al estilo de los cocineros de los grandes mesones.

Antonia se inclinó antes de retirarse.

—Si los señores encuentran alguna dureza, el más mínimo rastro de hueso, ruego que me lo digan para retirar enseguida la bandeja.

El gran inquisidor despidió a Antonia con un gesto e indicó a Oviedo, que se destacaba en el gusto por el arte cisoria, que procediera. La cabeza fue deshaciéndose en deliciosas lonchas sin que el cuchillo tropezase con dureza alguna.

—Por ahora, eminencia, está suave como la manteca —se asombró Oviedo.

Pero el arzobispo estaba decidido a acabar aquella conversación costara lo que costara.

—Don Pedro...

—Sí, eminencia. Hay una segunda vertiente.

De pronto se oyó un estrépito junto a la puerta. Cuando se volvieron a mirar, encontraron a la guardesa en el suelo rodeada de naranjas. Oviedo se apresuró a levantarse para ayudarla. Temerosa de que el cesto hubiera sido olvidado allí por alguno de sus hijos, Antonia no dijo nada. Se limitó a dar gracias a Dios por haber tropezado con el cesto a la vuelta y no a la ida. Pero don Bernardo sabía lo que había pasado.

—Oviedo, ¿es ese el cesto que os ordené preparar?

La guardesa miró con ojos asesinos al secretario, que agachó la cabeza y no buscó una excusa. Como el silencio de Oviedo cuando se sentía cohibido podía ser tenaz, don Bernardo decidió resolver el asunto de las naranjas él mismo.

—Este cesto lo ha preparado mi secretario para vos, con naranjas y limones de los más tardíos que tenemos aquí. También lleva alguna yerba aromática.

Don Pedro agradeció efusivamente el detalle del cesto y no dijo nada de la caída de Antonia. En verdad el inquisidor general estaba decidido a agasajarlo.

—¿Me creeréis, don Pedro, si os digo que no sé lo que estaba diciendo?

El cronista contestó en seguida.

—La segunda vertiente.

El gran inquisidor se limpió primeramente los dedos con la servilleta.

—Vamos a ello antes de que lo que queda de esta cabeza comience a hablar o haya algún contratiempo con el requesón.

Don Pedro depositó su servilleta sobre la mesa y se dispuso a escuchar al inquisidor para alivio de Oviedo, que había perdido el apetito.

—La segunda vertiente es la que a vos os interesa, pero no olvidéis que puede estar relacionada con la primera. El caso de las brujas de Zugarramurdi muestra una virulencia desconocida en estos reinos, en cantidad y calidad. Nunca antes nos habíamos enfrentado a tantas denuncias, a tantas acusaciones, a tantos testigos...

El cronista se inclinó hacia delante intrigado.

—¿Hablamos de docenas?

—Hablamos de cientos y cada semana llegan de Logroño informes más alarmantes. Pronto se dictarán las sentencias y espero que el auto de fe sirva para cerrar definitivamente este caso de brujería. Espero, pero no lo creo. Si el problema se agravara, si la Inquisición se viera obligada a adoptar medidas nunca vistas y yo requiriese de vuestro apoyo, ¿estaríais de mi lado? ¿Os atreveríais a escribir con argumentos de razón contra la creencia en la brujería?

El cronista real movió la cabeza contrariado.

—No necesitabais tanta prosopopeya para pedir mi apoyo. Bastaba con explicar la gravedad de la situación. A vuestro lado estoy, eminencia, y al lado de don Alonso porque es el de la razón. Cuando vos me pidáis que escriba, lo haré.

XXII

Donde Baltasar y Alarcón tienen una larga conversación mientras se ocultan en una bodega tras huir de París en medio de un gran peligro.

Tras la coronación de la reina, las calles de París habían recobrado su aspecto habitual. Baltasar y Alarcón volvieron a la biblioteca. El joven jesuita no le contó a su compañero de fatigas lo sucedido en casa de Madame d'Hauterive. Toda la mañana estuvo distraído y sin encontrar la manera de arreglar su desafortunado comportamiento con la dama francesa. Regresaron a su alojamiento en la herrería antes del mediodía porque el padre Rohan tenía que ausentarse. Acababan de comer y estaban sentados contemplando perezosamente el río y el tráfico de barcos y gabarras, cuando vieron acercarse a toda velocidad un carruaje que pronto identificaron como el de Madame d'Hauterive. Se pusieron en pie de un salto, con cierta inquietud porque la visita era inesperada y por la velocidad que el coche traía. Antes de que pudieran llegar hasta el carruaje, bajó la dama francesa de un salto, sorprendentemente ágil para su volumen y sus años. Venía sin resuello.

—Han matado al rey. Tenéis que abandonar París ahora mismo si queréis conservar la vida.

Siguieron unas horas de locura.

Dando tumbos en el coche, Madame d'Hauterive les fue explicando la situación de una manera atropellada y confusa. Alarcón, que quizás no era capaz de comprender la gravedad del momento o por efecto de los nervios —esto Baltasar no podía determinarlo—, insistía una y otra vez en que había que regresar a recoger el baúl. Por primera vez en su vida, Baltasar se vio obligado a mandarlo callar. Se sintió ruin y miserable, como quien le falta al respeto a su padre, pero la situación no estaba para perder un minuto. Madame d'Hauterive, que comprendía bastante bien el español, intentó tranquilizar al fraile y le convenció de que ella haría lo posible por recuperar el baúl. A Baltasar se lo llevaban los demonios. ¿Qué hacían allí perdiendo el tiempo a cuenta del baúl?

En la zona más miserable de París, Madame d'Hauterive les hizo bajar del coche y entrar en una sastrería que parecía el paraíso de los harapos. Allí la señora saludó al sastre, que inclinó la cabeza respetuosamente sin hacer preguntas. Salieron a la parte de atrás, un callejón oscuro y apestoso pero solitario, en el que aguardaban dos carros de los que solían usarse para transportar fruta y verdura al mercado de Les Halles. Madame d'Hauterive les dijo que era más seguro que abandonaran la ciudad por separado. El criado con cara de ratón los llevaría a un sitio extramuros. Alarcón se negó a separarse de Baltasar. No había manera de convencerlo de que era mucho más prudente que no fuesen juntos. El jesuita ya no sabía qué hacer. Con la mano izquierda que la caracterizaba, Madame d'Hauterive hizo callar a Baltasar antes de que perdiera los estribos por completo y dispuso el traslado de los dos españoles juntos, pero uno debía ir dentro de una canasta con puerros. Obviamente le tocó a Baltasar. Allí los dejó Madame d'Hauterive y ya no volvieron a verla más.

En aquel carro lento y apestoso llegaron ya casi de noche hasta un lagar cuya ubicación el jesuita no pudo determinar ni Alarcón tampoco. Debían estar en los alrededores de París. Cuando salió de entre los puerros, Baltasar se encontró que el criado con cara de ratón ya no estaba y en su lugar había un mozo casi adolescente que no supo darle ninguna explicación. Simplemente le habían pagado para que los llevara hasta allí y les dijera que debían aguardar en el sótano.

A pesar de la oscuridad, Baltasar veía bastante bien el interior de la enorme bodega en que Madame d'Hauterive los había ocultado. Llevaba varias horas en aquel sitio y sus ojos se habían acostumbrado a las tinieblas. Podía delinear los perfiles de las barricas y los pasillos que separaban las filas de toneles que, montados unos sobre otros, llegaban hasta el techo. Apenas si se oían otros ruidos que los crujidos de la madera y el borboteo suave de la fermentación. De vez en cuando algún ratoncillo valiente cruzaba de un lado para otro. Ni siquiera Alarcón roncaba. A Baltasar le asombraba la capacidad que el fraile tenía para dormir en cualquier circunstancia y eso que jamás en su vida le había visto tan asustado.

Las últimas horas habían sido una pesadilla y ahora, en medio del silencio, Baltasar se esforzaba en poner orden en lo que había ocurrido. Tenía la sensación de que se encontraba en medio de uno de aquellos sueños alucinantes que provocaban los ungüentos de las brujas. La sensación de irrealidad ya la había tenido en Japón y sabía, o al menos esa era la explicación que él le daba, que era un recurso del entendimiento para aliviar la conciencia del peligro. Cuando acontecimientos temibles se suceden con demasiada rapidez como para ser entendidos, el cerebro humano los aleja para evitar la parálisis de los instintos y el bloqueo de la capacidad para reaccionar.

Con las manos tocó el suelo de piedra sobre el que estaba sentado, ya suave a fuerza de pisadas. Podía oír la respiración de Alarcón, que dormía sobre unos capachos de esparto, muy susurrante y contenida. ¿Cómo podía saber la garganta de Alarcón, estando él dormido, que no era conveniente roncar en aquel momento? Baltasar se preguntó de pronto por qué, en medio del enorme peligro en que se encontraban, se había puesto a pensar en Alarcón y sus ronquidos. Quizás los vapores de la bodega le estaban afectando y eso no podía permitirlo, porque necesitaba pensar y pensar bien, ordenadamente, sin apasionamiento, sin miedo y sin estúpidas confianzas. Su vida y la de Alarcón podían depender de ello.

Se dijo que necesitaba aire fresco y se dirigió hacia el muro donde estaban los pocos ventanucos que tenía la bodega. Eran pequeños y se alzaban a mucha altura, pero se sentó debajo y allí se sintió mejor. Notaba la frescura del aire limpio que entraba desde el exterior. ¿Qué era el exterior? En primer lugar, no sabía dónde estaba. Madame d'Hauterive los había llevado hasta allí. Ignoraba si todavía estaban en los arrabales de París o en algún sitio más lejano. La conversación dentro del coche había sido atropellada y confusa, con Alarcón interrumpiendo para que tradujera lo que Madame d'Hauterive decía y preguntando a su vez sin cesar.

En un primer momento le costó comprender que el rey había sido asesinado. No es fácil matar a un rey, pero a dos... Esto ya le pareció un poco inverosímil, porque también al rey anterior, Enrique III, lo habían matado. No le extrañó en absoluto que el pánico se hubiera apoderado de la ciudad, pero que la embajada de España hubiera sido atacada, esto le pareció un despropósito. Y que en medio de todo aquello, ellos dos, precisamente ellos dos, pudieran ser acusados del regicidio se le antojó una locura por completo. Madame d'Hauterive se había esforzado por explicar los motivos por los que tenían que ocultarse, pero apenas si había tenido tiempo de conocer detalles sobre cómo había sido la muerte del rey y cómo estaban las cosas, cuando comprendió el enorme peligro que ambos corrían y fue a buscarlos. Ahora, pensando en frío mientras notaba el aire fresco de la madrugada entrando por las ventanillas, Baltasar se preguntaba si había hecho bien en confiar en Madame d'Hauterive, porque la verdad era que se encontraban por completo a su merced, sin dinero, sin documentos y sin la menor idea de dónde estaban. Había hecho caso de la dama francesa por instinto, sin mayores averiguaciones. Pero Baltasar tenía razones para poner en duda su propio criterio. Se había dejado seducir por la inteligencia de la señora. No obstante, hasta Madame d'Hauterive habían llegado por intermediación de Tristán de Urtubi, un hombre del que ni Venegas ni don Alonso se fiaban. Presa de la mayor agitación, comenzó a pasear entre los toneles rigurosamente alineados. La cabeza le iba a estallar y apenas podía controlar el pánico que crecía en su interior. Si hacía falta un culpable para la muerte de Enrique IV, ¿qué le impedía a Madame d'Hauterive entregar dos cabezas de turco españolas? En su mano estaba ofrecerlas y a buen precio. Quizás ahora estaba negociando los detalles del pago.

Baltasar se pasó las manos temblorosas por el pelo. Desde donde estaba apenas podía oír a Alarcón. No soportaba la idea de tener la muerte de más hombres sobre su conciencia. ¿Qué les esperaba a él y a Alarcón si los apresaban? Porque el asunto no era solo morir, sino también, y sobre todo, cómo morir. Eso él lo sabía muy bien. Y de pronto volvieron otra vez las imágenes de los rostros sin ojos, los brazos sin manos, los ríos de sangre... Ni con todas las potencias de su voluntad podía detener ya el enjambre de atrocidades que le cañoneaba el cerebro. Esta vez no intentaría escapar, y era fácil. Solo tenía que subir por las barricas hasta los tragaluces y salir fuera, a la noche. Con alivio se dijo que ni siquiera era una tentación que tenía que vencer. Simplemente no iba a abandonar a Alarcón en aquel trance como había abandonado a sus compañeros en Japón. No podía ni quería. Ellos habían aceptado el martirio; él no. De algún modo sintió que su situación era justa, que aquella era la muerte que él merecía y que Dios se la ofrecía en un acto de misericordia que él no se había ganado. Apoyó la frente contra el muro frío y comenzó a llorar. Un nudo inmenso se deshizo en su interior.

—Baltasar.

Apenas se sorprendió de escuchar la voz del fraile en la oscuridad.

—Dime, Alarcón.

—Vamos a rezar.

—Sí, pero antes preciso contarte muchas cosas.

Alarcón se preparó para abrir su alma al Espíritu Santo y convertirse en intermediario entre el atribulado pecador y su Creador. Baltasar lo miró fijamente y negó con cabeza. Aunque apenas se veía en la bodega, el fraile percibió el brillo temerario de aquella mirada.

—No...

—Pero Baltasar...

—No quiero confesión porque no quiero absolución.

—Eso es soberbia, Baltasar, y de la peor, de la que llevó al ángel Lucifer a desafiar a Dios. No puedes olvidar que Dios es clemencia, hijo mío, y tú no puedes ponerte por encima de su divino perdón ni siquiera en lo que a ti mismo se refiere.

—Quizás tengas razón, pero no puedo actuar de otra manera. No soportaría ser perdonado —murmuró el joven jesuita.

Alarcón reflexionó durante unos segundos. No podía dejar escapar aquel instante. Quién sabe cuánto tiempo tardaría Baltasar en volver a encontrar el camino de salida de aquel bosque de tinieblas.

—Está bien. Dios te mostrará el momento cuando tu alma esté preparada, pero mientras tanto puedes usarme a mí como confidente. Me llevaré a la tumba tus secretos si tú no dispones lo contrario.

Baltasar sonrió en la oscuridad.

—Lo sé.

Alarcón escuchó en silencio, sin interrumpir ni una sola vez. Cuando acabó Baltasar, el fraile tenía los ojos llenos de lágrimas, pero procuró que el joven jesuita no notara su tribulación. La voz de Baltasar se había ido haciendo más firme y serena conforme avanzaba en su relato y no quería inquietarlo. El fraile se dio cuenta de que sobraba cualquier comentario. No pudo ignorar que, además, en caso de haberlo confesado, posiblemente no hubiera podido dar su absolución sin consultar al obispo y quizás Baltasar había querido evitarle aquel mal rato. Entonces repitió:

—Vamos a rezar.

Así permanecieron de rodillas durante un tiempo que Baltasar no pudo precisar y que tanto podían ser horas como minutos. Había perdido la noción del tiempo y esto era grave. Conforme fueron recobrando la serenidad, las urgencias del momento volvieron a hacerse presentes.

—Alarcón.

—Dime, Baltasar.

—Tenemos que hablar de la muerte del rey.

El suspiro de Alarcón se oyó con claridad en el silencioso espacio de la bodega. Se puso en pie y entre gruñidos, con las manos en los riñones, se fue a sentar en los capachos.

—Mira, hijo, me parece que perdemos el tiempo...

—Exactamente. Quizás estamos perdiendo un tiempo precioso...

La voz de Alarcón lo interrumpió con un punto de alarma.

—¿Precioso para qué? ¿Qué ideas se te están ocurriendo?

Baltasar bajó la voz.

—Que quizás hemos sido demasiado confiados y nos hemos dejado encerrar aquí...

Alarcón lo interrumpió otra vez.

—¿Hemos? Bonita manera de explicar las cosas...

Pero Baltasar no tenía ganas de discutir.

—Está bien. Soy yo quien ha confiado en Madame d'Hauterive. Sin embargo, la decisión de venir a París fue tuya y la tomaste contra mi criterio... —Baltasar se pasó las manos por el pelo con impaciencia. No podía permitir que Alarcón le hiciera perder el norte—. Pero eso no importa, Alarcón. Ahora eso no importa. El hecho es que estamos aquí, encerrados en una bodega no sabemos dónde, sin posibilidad de saber qué está pasando fuera.

—Y tú temes que Madame d'Hauterive, que no es una mujer sino una inteligencia, según tú, nos haya puesto en conserva para usar nuestra carne española en el caso de que pueda sacar algún provecho suministrando esta mercancía en la coyuntura, delicada por demás, del asesinato del rey Enrique... Y que esa cédula real firmada por el propio rey enviando a Lancre al Labort de que nos habló en el carruaje no sea más que un señuelo para que nos quedemos aquí esperando.

Baltasar movió con vigor la cabeza.

—Admirable resumen.

—Gracias, aunque creo que te equivocas. Porque en mi humilde opinión de fraile terciario, Madame d'Hauterive puede que sea una inteligencia, eso no lo discuto, pero desde luego es una mujer y tú, hijo mío, eres joven y bastante buen mozo...

Con toda la paciencia que pudo reunir, Baltasar contestó:

—Te ruego que no vuelvas otra vez con eso. Con toda franqueza, no es el momento.

—Precisamente sí es el momento, porque de que confiemos en ella o no depende que sigamos aquí esperando o que intentemos huir de alguna manera, que es lo que a ti te tiene en el estado de desasosiego en el que estás. Eso y otras cosas que tenías en el buche desde hace tiempo. —El silencio de Baltasar respondió por él—. Vamos a ver —continuó Alarcón—. No perdamos la perspectiva. ¿Qué es lo que con certeza sabemos?

—Que han asesinado al rey de Francia esta mañana.

—Eso es indudable y lo sabemos porque hemos visto la agitación en las calles, los gritos de la gente... Es decir, que lo sabemos porque lo hemos visto con nuestros propios ojos y no porque Madame d'Hauterive, esa inteligencia, que no mujer, nos lo haya dicho...

Baltasar gruñó sin disimulo.

—Mira, Alarcón, eres capaz de agotar la paciencia del santo Job...

—Está bien. Me callo. Sigue tú.

Tras poner un poco de orden en sus pensamientos, Baltasar continuó.

—En realidad, eso es lo único que sabemos sin que medie Madame d'Hauterive. ¿Cómo podemos estar seguros de que se acusa a los españoles de ese crimen o de que la embajada de España está siendo atacada?

—Pues esa es la cuestión —respondió Alarcón con tono de resignación—. Pero no es toda la cuestión.

Baltasar dudó unos segundos.

—Ah, ¿no? —preguntó.

—No. La cuestión es por qué nos lo hemos creído. Y la respuesta es que nos lo hemos creído porque es verosímil, porque tiene sentido. Ya se intentó culpar a los españoles de la muerte del rey anterior, Enrique III. Y no digamos a los jesuitas. El libro del padre Juan de Mariana en el que defiende que es conforme a las leyes de Dios matar al tirano, aunque sea rey, fue públicamente quemado después de ser prohibido en el Parlamento francés. Te lo recuerdo aunque tú ya lo sabes. Por lo tanto...

—Por lo tanto —interrumpió Baltasar— qué deliciosa oportunidad sería encontrar a un jesuita, que se dedica a hacer investigaciones sobre brujería para más inri, y culparle de la muerte del rey.

Alarcón chasqueó la lengua.

—Pero la verdad es que nadie nos retiene aquí por la fuerza, podemos escapar por las claraboyas y Madame d'Hauterive ya ha tenido tiempo sobrado de entregarnos. Ergo, hacemos mal desconfiando de ella...

—Pero no, no, no hacemos mal —continuó Baltasar—. Estamos haciendo lo que tenemos que hacer, esto es, pensar en todas las posibilidades. Todo puede resultar verosímil y coherente... y ser solo apariencia. Puede ocurrir que Madame d'Hauterive nos haya traído hasta aquí y nos tenga escondidos en esta bodega mientras ella negocia un buen precio por nuestras cabezas. El asunto es apetecible. ¿Quién crees tú que pagaría más por nosotros, el ministro Sully, a quien la muerte del rey deja casi fuera de las altas esferas de la política francesa porque es hugonote, o el embajador Íñigo de Cárdenas en su afán por quitarnos de en medio y que el nombre de España no aparezca? Eso, en el caso de que esté vivo a estas horas.

A Alarcón se le escapó un silbido.

—Si han atacado la embajada, nada podrá evitar la guerra con Francia.

Baltasar se puso en pie y comenzó a pasear arriba y abajo.

—No sé, no sé... En realidad, la guerra con Francia era inevitable hasta que esta mañana mataron al rey. Es todo tan extraño. Ese tratado de Enrique y el duque de Saboya del que nadie nos había dicho nada hasta hace un rato, hasta que Madame d'Hauterive nos lo contó en el coche. ¿Cómo don Bernardo le permitió a mi tío que nos mandase a Francia? ¿Te parece posible que el Santo Oficio no supiera de ese tratado entre Enrique IV y el de Saboya para atacar España?

—De ninguna manera —contestó Alarcón—. Estoy seguro de que lo saben perfectamente. Lo que no sabían es que el rey de Francia iba a morir asesinado. También es posible que, si ese acuerdo se selló en abril, como nos ha contado Madame, nosotros ya hubiésemos emprendido el viaje. Si no entendí mal, ella dijo estar segura de que se había firmado en Bruzolo, cerca de Turín, pero la fecha no podía precisarla porque ella no lo había sabido hasta finales de abril y no sabía si esto se había hecho a mediados del mes o el veintitantos.

La conversación se prolongó en lo que a Alarcón le parecieron horas, aunque no lo fueron, siempre evitando decir lo que de verdad inquietaba a ambos: que, si Baltasar quería huir, podía hacerlo porque era muy capaz de trepar por las barricas hasta las claraboyas que se levantaban varios metros del suelo, pero Alarcón no. El fraile, fiel a su temperamento, que le llevaba a aceptar las cosas como venían, pronto empezó a dar cabezadas y Baltasar se quedó solo hablando en voz alta y paseando. No podía dejar de pensar en la guerra de España con Francia en Flandes, en aquel tratado para abrir otro frente en Italia, en la muerte del rey... y en cómo todo aquello pendía ahora sobre sus cabezas.

La primera vez que había oído hablar del Tratado de Bruzolo había sido en el carruaje de Madame d'Hauterive mientras huían a toda velocidad. La dama francesa se lo había contado para convencer a Baltasar de que la situación con España era muy grave y de que tenían que permanecer ocultos y salir de Francia inmediatamente, porque ahora mismo los partidarios de la guerra estaban buscando una cabeza de turco española como fuese. El tratado, si en verdad existía, y no era un invento de Madame d'Hauterive, suponía no solo que Enrique iba a ir a la guerra con España en los Países Bajos, cosa que ya se sabía, sino que estaba pactando con distintos aliados para formar una coalición contra España. Y eso complicaba mucho la situación. El rey francés había buscado la paz cuando estaba muy debilitado como consecuencia de las luchas intestinas por el poder y por las guerras de religión, pero en cuanto había rehecho un poco la situación interna se había lanzado a la política tradicional de hostigamiento.

—Alarcón.

—Déjalo ya. Madame d'Hauterive volverá o nos sacará de aquí de alguna manera. Descansa un rato. Yo voy a dormir.

—No es momento para desentenderse de los problemas. ¿Por qué estás tan seguro de que ella no nos traicionará?

El fraile no contestó. Definitivamente se había dormido. Por un momento sopesó la posibilidad de zarandearlo, pero la descartó. No serviría de nada. Al cabo de un par de minutos se volvería a quedar dormido. Alarcón había decidido, contra todo pronóstico, que Madame d'Hauterive era de fiar. Les había dicho que los ayudaría a salir de Francia y no había por qué dudar de su palabra. No obstante, Baltasar recordaba muy bien que dos días antes, durante la coronación de María de Medici, Madame d'Hauterive le había dicho que no debía confiar en nadie. Y luego estaba aquella actitud extraña de la dama francesa, que había permanecido ajena por completo a los festejos de la coronación. ¿Por qué había cerrado su viejo caserón a cal y canto y había hecho creer a todos que estaba fuera de París? Y el hecho en sí de la coronación, una ceremonia sin precedentes en la historia de Francia y que no tenía sentido desde ningún punto de vista. Primero, porque ninguna reina de Francia había sido coronada, y luego, porque jamás se había visto que una reina fuese coronada a los diez años de serlo. Y al día siguiente matan al rey.

Baltasar iba y venía por la bodega intentando comprender, pero no le encontraba ninguna lógica a los acontecimientos. ¿Qué relación tenía la coronación de María de Medici con el Tratado de Bruzolo? Según Madame d'Hauterive, la excusa para coronar a la reina había sido que pudiese quedar como regente cuando Enrique marchase a la guerra. Esto no tenía mucho sentido. Ya antes el rey se había ido a otras guerras y no había sido necesario coronar a la reina para que asumiera determinadas funciones. Además, era notorio que el rey no confiaba en ella. Su relación pública y privada había sido siempre rematadamente mala. Entonces, ¿por qué había decidido coronarla en una ceremonia que era por completo ajena a la tradición francesa? Y al día siguiente, Enrique IV es asesinado.

Si aquel crimen había sido preparado por la reina, no hubiera sido cometido de inmediato después de la coronación. Era demasiado evidente. O quizás era justamente al revés. Pero el hecho era que la muerte de Enrique beneficiaba a las claras a una reina que nunca había ocultado sus propias ambiciones. Y desde luego beneficiaba a España, que evitaba una guerra inminente con Francia. Pero esto también era demasiado evidente. Que un rey de Francia fuese asesinado y que se culpara a España se estaba convirtiendo en una tradición. Por otra parte, si la Embajada de España era asaltada, la declaración de guerra era también inevitable. Y por último: ¿la muerte de Enrique favorecía al bando católico o al protestante?

Baltasar comprendía cada vez mejor que Madame d'Hauterive, como ella misma le había confesado, hubiera decidido mantenerse apartada de los mentideros parisinos. Si esto era porque pasaban demasiadas cosas extrañas en la política francesa, como ella le había dicho, o porque sabía lo que se estaba preparando, Baltasar no podía decirlo.

Mientras paseaba arriba y abajo con el oído atento a cualquier ruido que pudiera llegar del exterior, Baltasar fue recordando y ordenando distintos fragmentos de sus largas conversaciones con Madame d'Hauterive. Enrique tenía enemigos católicos y enemigos protestantes. Los primeros le consideraban un mal católico y los segundos un traidor. Su conducta privada era escandalosa y la gente comenzaba a llamarlo *Le Vert Galant*, que podría traducirse como «viejo verde», por su creciente inclinación a perseguir a las muchachas. Lo sucedido con la joven Charlotte de Montmorency era un buen ejemplo, pero no el único. Esta historia la conocía todo París. Enrique IV había casado a su amante de quince años con Enrique de Borbón, hijo póstumo del hugonote Enrique I de Borbón, segundo príncipe de Condé, y rival a muerte de Enrique IV cuando todavía no era más que Enrique III de Navarra y líder del partido hugonote. Precisamente la rivalidad de juventud de ambos venía del empeño de los dos por hacerse con el caudillaje del bando hugonote. Cuando Enrique se hizo católico para ser rey de Francia, se convirtieron en enemigos irreconciliables. Enrique había muerto en prisión envenenado. Le nació un hijo póstumo y este niño fue el elegido para marido de Charlotte años después. Pero este niño, le gustara o no al rey, también había sido heredero del trono de Francia hasta que él tuvo un hijo con María de Medici. El papa exigió que este posible heredero fuese educado como católico y Enrique aceptó como había aceptado cambiar de religión. El joven marido tenía veintidós años y no parecía fácil de dominar. Madame d'Hauterive no comprendía muy bien qué había pretendido el rey obligando al joven duque a casarse con su amante de quince años, si humillarlo públicamente u obligarlo a una prueba de sometimiento que le bajara los humos. El pueblo de París, siempre romántico, defendía que el duque se había enamorado de Charlotte y que no estaba dispuesto a compartirla ni siquiera con el rey. El hecho era que, tras la boda, el duque había huido de Francia llevándose a su joven esposa y se decía que conspiraba contra el rey. Y tenía motivos familiares más que sobrados, empezando por su padre envenenado, siguiendo con su madre, que fue acusada de haberlo asesinado, y acabando con su esposa. A Baltasar en su momento le había parecido que todo aquello tenía mucho de cotilleo de alcoba y no le había prestado mucha atención. Ahora lo lamentaba.

Otra vez volvió a pensar en el Tratado de Bruzolo, acerca del cual Madame d'Hauterive no le había dicho ni una palabra hasta que dentro del carruaje tuvo que explicarles los motivos por los cuales tenían que abandonar París. Y considerando en frío la situación, ¿no era posible que Enrique estuviera dando muestras de desequilibrio senil? ¿Estaba el rey de Francia en condiciones de abrir dos frentes de guerra contra España, uno en Milán y otro en los Países Bajos?

—¿¡Y Navarra!?

Baltasar se detuvo en seco. Se sentía como una mosca en medio de una tela de araña. ¿A qué habían venido a París Alarcón y él en realidad? A averiguar, si ello era posible, si Pierre de Lancre había sido enviado al Labort por el rey de Francia y si aquella persecución era fruto de la actividad ordinaria de la justicia francesa, como otras lo habían sido o no. Mientras intentaba conectar unos hechos con otros y se preguntaba si Navarra estaba destinada a ser el tercer problema, además de Milán y los Países Bajos, oyó un ruido, un roce apenas perceptible. En un primer momento lo achacó a sus sentidos sobreexcitados o a algún ratón. Entonces escuchó que alguien susurraba su nombre a través de una claraboya.

—¿Don Baltasar de Velasco?

Quien hablaba era claramente español y esto lo animó a responder.

—Sí, soy yo. ¿Y vos?

El hombre contestó en el mismo tono susurrante.

—Criado de don Íñigo de Cárdenas, el embajador. Sancho Navas, para servirle.

XXIII

En el que el inquisidor don Alonso de Salazar y Frías vive días de gran agitación y zozobra mientras se concluye el juicio contra las brujas y se vota la causa el 8 de junio de 1610.

La tensión entre don Alonso y los demás miembros del tribunal fue creciendo a lo largo de la primavera. No se había llegado a una situación de abierta hostilidad, pero Salazar sabía que la confrontación era inevitable y temía que la Suprema no se atreviera, llegado el caso, a desautorizar la opinión mayoritaria. Contaba, y lo sabía, con el apoyo del inquisidor general, don Bernardo de Sandoval, pero el inquisidor general estaba en Madrid y él en medio de una locura colectiva que era difícil de imaginar desde lejos. La Suprema se mostraba prudente e insistía en que los hechos debían ser probados. Para ello había enviado a Logroño una serie de cuestionarios aunque esto no parecía hacer mella en los miembros del tribunal. El núcleo de la discusión judicial giraba en torno a la gran cuestión legal de qué pruebas son necesarias para considerar un hecho cierto, especialmente cuando estos hechos son constitutivos de delitos que llevan aparejadas condenas a muerte.

El fiscal don Isidoro de San Vicente, que no veía muy claro el apoyo de la Suprema al modo en que se estaban instruyendo las causas, había enviado a Madrid un dictamen previo a las sentencias en el que aconsejaba al órgano rector del Santo Oficio que se procediera contra la herejía diabólica con la mayor severidad, y aconsejaba que todos los encausados fuesen condenados a la hoguera. El fiscal se apoyaba en la cantidad de testigos que en cada caso confirmaban que era verdad que aquellas personas habían participado en el culto diabólico, habían cometido grandes tropelías y crímenes horrendos contra sus vecinos y también habían arrastrado a otros, muchos de ellos niños, al servicio de Satanás. Para dar fuerza a sus argumentos, el fiscal San Vicente ponía como ejemplo lo sucedido en Francia, donde muchas personas habían sido condenadas por brujería sin contemplaciones. Para don Isidoro de San Vicente iría en detrimento de la reputación internacional de España que se mostrara blandura en la causa de Zugarramurdi. A esto había que añadir que en el caso de que las sentencias no fueran lo bastante severas se mudaría a vivir a España toda la brujería francesa, lo cual podría dar lugar a un problema de proporciones inimaginables, motivo por el cual convenía curarse en salud. Otra vez Francia, pensó don Alonso. Este dictamen previo inquietó mucho a Salazar, que cada día preparaba meticulosamente sus intervenciones y detallaba con infinita paciencia las discrepancias de los testigos.

En medio de estas tensiones llegó a Logroño a finales de mayo la noticia del asesinato de Enrique IV y a don Alonso se le cayó el alma a los pies, pues comprendió de inmediato en qué peligros podían encontrarse Baltasar y Alarcón. Cualquier español que estuviese en París en situación poco clara podía ser usado como cabeza de turco. Se culpó con amargura de haberlos enviado a aquella ratonera. Se acostaba pensando en Baltasar y apenas pegaba ojo, y se preguntaba si aquella angustia casi física era lo que sentían los padres por los hijos. Y el pobre Alarcón, que odiaba viajar, aunque todo lo soportaba por cariño a aquel muchacho, ya hombre, al que había criado con la ternura de una madre. A pesar de estos nublados, don Alonso trabajó muy duro para que su alegato ante el tribunal fuese impecable. Sabía que nadie iba a apoyarle y que todos, los cinco consultores cuyo parecer se había pedido, el representante del obispo y los demás inquisidores, votarían de manera unánime a favor de las sentencias de muerte.

La mañana era espléndida, aunque algo ventosa, con nubes que caracoleaban por el cielo. El Iregua bajaba ya con aguas claras y quedaban lejos los remolinos turbios del invierno. Consciente de la tormenta que se avecinaba y que él mismo iba a provocar, don Alonso decidió hacer honor a los buenos consejos de Alarcón y, por una vez, comer como era debido. Esto para el inquisidor consistía en algo caliente. Decidió asar un chorizo. Lo habitual era que se los comiera crudos. Encendió el rincón y pinchó el chorizo en un sarmiento. Al primer contacto con el fuego la tripa de cerdo se encogió y el chorizo se escapó del sarmiento a las brasas. Lo rescató con las tenazas, pero estaba definitivamente achicharrado. Rascó lo quemado como pudo y le quedaron en el plato unos residuos rojizos con los bordes negros de aspecto muy poco apetecible. La mayor parte del chorizo era puro carbón. Como estaba determinado a comer, entre otras razones porque no recordaba si el día anterior lo había hecho o no, decidió pasarse a las almendras. Había visto muchas veces a Alarcón prepararlas en el perol de hierro y estaba seguro de que no debía de ser difícil. Pero esperando a que las almendras empezaran a tostarse, se levantó un par de veces a mirar los papeles que tenía sobre la mesa y las almendras también se quemaron.

La sensación de soledad era abrumadora y no quería ponerse a pensar en Baltasar y Alarcón. Había escrito cartas al inquisidor general, cartas inútiles, eso lo sabía de antemano, pero tenía que hacerlo. Si hubiera habido noticias, ya se hubiera ocupado don Bernardo de hacérselas llegar. Con buen criterio su superior había señalado en su respuesta que la falta de noticias era una buena noticia. Si hubieran sido apresados o meramente relacionados con la muerte de Enrique IV, ya se sabría, porque el asesinato de un rey no era algo que sucediese todos los días y las noticias relacionadas con un crimen tan sensacional volaban de un lado a otro de Europa con extraordinaria celeridad. Y más a España, que tenía siempre relaciones difíciles con Francia y que había sido acusada de estar detrás del asesinato del rey. Los disturbios en París no eran ignorados por nadie y a punto estuvieron de traer males mayores. Ni siquiera cuando llegó la noticia de que el asesino del rey, un loco o fanático llamado François Ravaillac, había sido detenido, desaparecieron sus preocupaciones porque siguió sin tener noticias de Alarcón y Baltasar. ¿Quién podía asegurarle que no habían muerto en los disturbios de París? Quizás estaban detenidos bajo otras acusaciones.

Don Alonso no podía sosegar aquella inquietud ni tampoco permitir que creciera porque necesitaba tener la cabeza despejada como nunca en su vida. Para evitar la tentación de estar repasando sus notas hasta el último minuto o de angustiarse por los ausentes hasta perder la concentración, decidió irse a afeitar a la barbería y allí mismo encargar algún plato en la taberna de Valverde, que estaba en frente. Así mataba dos pájaros de un tiro: comía y se afeitaba.

A aquellas horas no habría mucha gente en la barbería. Además, Agustín el barbero era, a diferencia de otros muchos de su oficio, un tipo tranquilo y nada preguntón.

Aunque lo devoraban las preocupaciones y sentía crecer la hostilidad en torno a él, el inquisidor Salazar había trabajado de día y de noche para exponer las razones argumentadas de su voto contrario. Había repasado una y otra vez las declaraciones y anotado cuidadosamente todas las contradicciones que iba encontrando. Eran cientos de folios. Algunas pensaba exponerlas en su discurso frente al tribunal para justificar su voto y otras las guardaba, aunque ya no eran pertinentes porque los acusados habían muerto, para no perder un solo detalle y porque estaba seguro de que más adelante podrían ser útiles. A pesar de que la tensión con sus colegas era evidente, estos confiaban en que Salazar respetaría la opinión de la mayoría y no esperaban que actuase como lo hizo. No era frecuente que los inquisidores que formaban parte de un tribunal mostrasen criterios tan dispares.

La tensión en la sala el 8 de junio de 1610 era tan espesa que se podía cortar como una hogaza de pan. Era obligación del miembro más antiguo del tribunal, a la sazón Alonso de Becerra Holguín, velar por que todos pudieran dar libremente su opinión y que nadie votase bajo coacción y, en honor a la verdad, hay que decir que en ningún momento hizo nada para evitar que Alonso de Salazar expusiera su parecer. Quizás porque pensó que don Alonso no sería capaz de llegar tan lejos y que se limitaría a señalar algunos puntos discrepantes, pero ajustaría su voto a la mayoría de sus compañeros.

El alegato de Salazar se basó en dos puntos esenciales. En primer lugar negó que la presencia en el aquelarre significase de manera automática la apostasía y, por consiguiente, fuese constitutiva del delito de herejía. Argumentó con autoridades distintas y con hechos aceptados por aquel mismo tribunal en el caso de niños y personas jóvenes. Por lo tanto, la condena por este delito no podía basarse en las meras testificaciones de personas que dicen haber visto a los acusados en el *sabbat*. El otro punto crucial era el valor en sí de esas testificaciones.

Don Alonso se detuvo un instante en su exposición y miró a los ocho hombres que le observaban con una mezcla de incredulidad y rechazo. A su derecha estaban sentados los cinco consultores que serían los primeros en dar su voto y a los que el Santo Oficio había pedido que asistieran en calidad de expertos; a su izquierda, el representante del obispo, los inquisidores Valle y Becerra y la silla vacía que había ocupado él mismo hasta que se levantó para colocarse en el atril que estaba en medio de la sala. Se sentía inmensamente solo. Por un momento se preguntó si serviría para algo lo que estaba haciendo, pero rechazó al instante este pensamiento.

—Este mismo tribunal, apoyándose en el juicio de distintas autoridades, ha admitido que el demonio puede simular personas y figuras supuestas: «Todavía ninguno de los testigos de esta culpa sabe distinguir en su deposición entre estos modos. Y así como son engañados en punto tan palpable, será muy verosímil que también lo estén en los culpados que nombran». ¿Cómo entonces podemos averiguar con certeza quién estaba en su cama y quién en el aquelarre?

El argumento de don Alonso era un proyectil que ponía en tela de juicio no solo las declaraciones de los testigos, sino los propios argumentos de que se había valido el tribunal para dar por válidas y, por lo tanto, considerar probatorias las testificaciones. Porque si el demonio podía fabricar cuerpos fantásticos que imitaban a personas reales y engañar con ellos a familiares y vecinos, ¿cómo saber entonces distinguir los actos achacables a la persona real y los que se podían atribuir al cuerpo fantástico? Era evidente que el tribunal incurría en flagrante contradicción. Valle Alvarado y Becerra cuchichearon algo por lo bajo. No ocultaban que estaban muy molestos. La arquitectura cuidadosamente levantada por Valle a base de cientos de testigos y de la coincidencia de las declaraciones se venía abajo ante este razonamiento tan sencillo como inapelable.

Don Alonso prosiguió con voz clara y firme. El ambiente de hostilidad que se respiraba en la sala no parecía hacer mella en él.

—Escandaloso es el caso de Juan de Bastida, a quien varios testigos acusan de haber visto «en el aquelarre en los mismos días y tiempos que ha estado en la cárcel aquí en Logroño, como todos sabemos. Y esto es válido para otros casos aquí juzgados como los de María de Zozaya, Miguel de Goiburu y muchos otros». La coincidencia en las testificaciones no puede usarse como probatoria, y de ello hay muchas evidencias. Todos los testigos afirman que Martín de Amayur apaleó a María Presona, pero se equivocan, puesto que ella misma niega insistentemente que tal hecho se produjera. Ni siquiera las autoinculpaciones pueden ser consideradas válidas si no se hallan otros medios de verificación. Tenemos el caso de María de Zozaya, que se declaró bruja ante este tribunal y explicó los crímenes y los hechos prodigiosos que había obrado. Declaró que tenía su propio sapo vestido, guardado en un puchero con tapa de madera, pero no fue hallado en su vivienda cuando fue registrada por los comisarios del Santo Oficio. Declaró también que tenía otros cinco sapos guardados detrás de un arca para ser entregados a sus aprendices el día que estos alcanzaran la maestría. No fueron hallados tampoco por los comisarios del Santo Oficio. Declaró, y con esto son tres declaraciones falsas o indemostrables, tener un puchero con ungüento que debía llevar al aquelarre sin falta, pues obraba prodigios. No fue hallado por los comisarios del Santo Oficio. Cuatro. Declaró que tenía otra vasija con ungüentos venenosos. No fue hallada por los comisarios del Santo Oficio. Cinco. Declaró que tenía un puchero lleno de polvos venenosos. No fue hallado por los comisarios del Santo Oficio. Seis. Declaró que tenía un frasquito con lo que ella llama «el agua amarilla». No fue hallado por los comisarios del Santo Oficio. Declaró, en fin, que tenía pieles de sapos empaquetadas en un pliego de papel grueso. Tampoco fueron halladas en el registro. ¿Qué interpretación podemos dar al hecho evidente y probado de que en la casa de la bruja no hay nada de lo que ella dice que hay? Según ella, porque el demonio se lo había llevado todo.

Don Alonso reordenó pausadamente sus papeles y miró de nuevo a los hombres de leyes allí presentes.

—¿Cómo es posible en el caso de los dos sacerdotes acusados, fray Pedro de Arburu y Juan de la Borda, que nunca hubieran sido vistos en el aquelarre por las cinco mujeres que testificaron espontáneamente ante el señor inquisidor don Juan del Valle Alvarado en Zugarramurdi durante su visita, mientras que otros testigos aseguran que ambos, el cura y el fraile, eran miembros destacados del culto diabólico y que Lucifer los tenía siempre muy cerca de él y en lugar destacado?

Al oírse nombrar de manera tan directa, Valle Alvarado enrojeció, y por un momento don Alonso pensó que iba a estallar. Temeroso de que hubiese una trifulca en un acto tan solemne como la votación de un juicio, Becerra procuró sosegarlo entre susurros y hacerle ver que la actitud de don Alonso de Salazar no significaba nada, porque a la vista estaba que era el único. Esto tranquilizó un tanto a Valle a pesar de que se había sentido personalmente atacado. Con paciencia y sin perder la serenidad, don Alonso continuó exponiendo las muchas «incertidumbres» que se cernían sobre los que se consideraban hechos probados. Así, por ejemplo, destacó cuán llamativo resultaba que el aquelarre descrito por los primeros testigos, de manera destacada Graciana de Barrenechea y sus hijas María y Estefanía, consideradas todas ellas como las brujas de mayor poder en Zugarramurdi, fuese bastante distinto del aquelarre que describían los brujos que vinieron después a pesar de que todos acudían al mismo aquelarre. Los primeros no cuentan que se celebrasen misas negras ni que el demonio pronunciase sermones ni que hubiese la costumbre de confesarse con el demonio, tal pareciera que habían estado en aquelarres distintos.

No había certeza en los elementos de juicio en que se había basado el tribunal para condenar a los acusados y, por tanto, su voto era contrario. Juan del Valle Alvarado perdió los estribos. A pesar de que la presencia de Alonso de Salazar desde que había llegado a Logroño era una molestia sorda pero constante, ni Valle Alvarado ni Becerra, el primer inquisidor, ni el fiscal don Isidoro de San Vicente, que compartía los puntos de vista de ambos, imaginaron que don Alonso iba a tener el valor de votar abiertamente contra todo el tribunal del Santo Oficio en el acto solemne de dictar sentencias. A Valle y Becerra, que no conocían al nuevo inquisidor cuando llegó a La Rioja, don Alonso les pareció al principio un mentecato o quizás un protegido de don Bernardo o las dos cosas a un tiempo. Que lo enviasen a Logroño nada más comenzar el caso de Zugarramurdi era, sin duda, un error del inquisidor general, que llevaba poco tiempo en el cargo y, por eso mismo, no comprendía la gravedad de la situación y la necesidad de cubrir la vacante del tribunal con un hombre decidido y sin miedo a enfrentarse a aquella terrible herejía. En cambio, había mandado a un inquisidor sin experiencia pero soberbio, que lejos de compensar su bisoñez con humildad y respetando el criterio de sus compañeros más antiguos en el cargo, no hacía más que poner pegas, preguntando mil veces las mismas cosas. Era cierto que no se había insubordinado a las claras hasta el día de la votación, si bien mantenía una actitud que a Alvarado le había parecido no solo extraña sino alarmante. Para él era incomprensible que Salazar se empeñara en verificar hechos que habían sido denunciados por varios testigos coincidentes. En el colmo del sinsentido, Salazar se había permitido dudar de las confesiones que muchos brujos habían hecho sobre sí mismos, libremente y sin coacción. Para Valle Alvarado esto era un disparate, porque no acertaba a entender qué interés podía tener nadie en su sano juicio en declararse brujo, hereje, asesino y comedor de niños. Es posible encontrarse con un loco de vez en cuando, pero no por docenas. Estaba claro que había gente que contra toda evidencia negaba la realidad. No era el único don Alonso de Salazar. A Valle Alvarado lo sacaba de quicio acordarse del obispo de Pamplona, don Antonio de Venegas, que le había ido detrás durante su visita de distrito, como si él fuese el hereje al que había que perseguir y, no contento con ello, había enviado después a unos cuantos sacerdotes jóvenes que sabían vascuence a predicar, no contra la brujería, sino contra la creencia en la brujería. Gran parte del trabajo que él había hecho para descubrir el culto al demonio y condenar a los culpables lo había echado por tierra aquel obispo metomentodo. La cosa habría sido más soportable si en Logroño, en su propia casa como quien dice, no hubiera tenido que aguantar también a aquel don Alonso que el inquisidor general les había metido en el tribunal nada más salir a la luz el culto diabólico de Zugarramurdi, que parecía que lo había hecho aposta. Y sin embargo, a pesar de la actitud poco colaboradora de don Alonso durante meses, Juan del Valle Alvarado se sorprendió, y mucho, cuando Salazar votó contra las condenas. Aquello le pareció un acto de insubordinación intolerable. Es cierto que el voto era libre en el tribunal inquisitorial y no estaba sometido a disciplina, pero que un inquisidor sin experiencia y recién llegado se atreviese a poner en duda de aquella manera el trabajo de inquisidores mucho más antiguos y experimentados que él en un caso de tanta importancia y gravedad, le parecía una ofensa descarada.

Al oír el voto de don Alonso, Valle Alvarado se puso en pie entre juramentos y voces. Becerra y el fiscal intentaron contenerlo inútilmente. Mientras don Alonso abandonaba la sala sin acelerar el paso ni mirar atrás, le gritó que a partir de aquel momento no tendría una sola hora de paz, que no se atreviera nunca más a contradecirle en nada. Más tarde, don Alonso describiría con amargura aquel momento: «Con toda la cólera que pedía tal desgarro y contra el decoro debido a lo que estábamos todos tres votando entonces».

Los días que siguieron fueron los más silenciosos que don Alonso de Salazar recordaba desde su llegada a Logroño. En la sede del tribunal nadie hablaba más de lo que exigía la más elemental cortesía. Sus compañeros le evitaban y solo se dirigían a él si era estrictamente necesario. No se comentaba lo que había sucedido en la votación. A fin de cuentas, la discreción era la divisa del Santo Oficio. Fuera del tribunal no se conocía lo que había ocurrido, pero como dentro la discrepancia de pareceres era manifiesta, don Alonso ya no tuvo reparos en redactar y enviar sus cartas desde la sede misma. Pasó varios días escribiendo sin cesar porque, aunque el auto de fe le parecía inevitable, todavía era posible lograr un edicto de gracia que atenuara sus consecuencias. Con la ayuda del obispo Venegas, estaba seguro de que conseguirían una reacción algo más atinada y veloz de la Suprema. En estos afanes se agotaba porque era su obligación y también para no pensar en los ausentes, aunque este era un malestar que iba creciendo conforme el desasosiego se iba amasando con el sentimiento de culpa. Nada se le había perdido a Baltasar en París y mucho menos a Alarcón. Don Alonso no podía responsabilizar más que a sí mismo de aquel viaje desatinado. Si la Inquisición necesitaba o quería saber ciertos pormenores de la persecución de brujas en Francia, debía haber empleado a su personal, que era escaso aunque muy cualificado. Lo cierto era que en un primer momento la idea le pareció muy buena. Era darle un cometido a Baltasar, sacarlo de aquella atonía de espíritu, ofrecerle leguas y camino. Sabía que su sobrino saldría a aquella empresa como un galgo tras una liebre. Era un asunto delicado, pero tenía confianza en que, con Alarcón compensando el natural impulsivo del joven jesuita, podían averiguar cosas interesantes que quizás también fuesen útiles. Y si no lo eran, el mero hecho de saber ya es bastante. Además, era necesario conocer la jurisprudencia francesa sobre brujería. En España estos textos no eran fáciles de encontrar. Parecía un viaje hecho a medida para darle tiempo a Baltasar y mantenerlo ocupado mientras sanaban las heridas invisibles que traía del otro lado del mundo. A pesar de estas buenas intenciones, don Alonso no se perdonaba el no haber tenido en cuenta otros factores, como que todo viaje entraña riesgos y más si tiene que ver con brujos y demonios. Pero ¿quién se hubiera podido imaginar que el rey de Francia iba a ser asesinado? Parecía realmente que un maleficio perseguía a Baltasar allí por donde iba, primero en Japón y luego en París.

Con una sonrisa amarga, don Alonso se acordó de la vieja Graciana. Seguro que ella tenía algún amuleto contra el mal de ojo. Él mismo estaba ya en condiciones de poder fabricar algunos de gran valor comercial. En estos pensamientos estaba, entre deprimido y esperanzado, cuando tocaron a la puerta y al abrir no pudo evitar una expresión totalmente inadecuada en boca de un inquisidor:

—¡Por todos los demonios!

Eran Baltasar y Alarcón, sucios y demacrados pero sanos y sonrientes. Hubo abrazos y vigoroso palmear en las espaldas. Como era evidente que estaban agotados, don Alonso no quiso asaetearlos con preguntas.

Baltasar, sin más ceremonia, fue en busca del lebrillo y el jabón. Durante media hora se empleó a fondo en quitarse la mugre que había ido acumulando en varias semanas de malas posadas y peores caminos. No quiso esperar a que el agua se calentara y dejó a Alarcón el privilegio de la olla de agua caliente. Después se echó en la cama y se quedó dormido como un tronco. Cuando don Alonso entró en el cuarto a entornar los postigos para que la luz no molestara al durmiente, Alarcón lo siguió. Desde la ventana el inquisidor interrogó al fraile con la mirada.

—El mozo está bien. Descuide vuestra merced. Ahora voy a la plaza, que esta casa parece un cortijo robado.

—¿No vas a echarte a descansar un rato? —preguntó Salazar.

—Yo descanso así, con mis viandas y mis pucheros. Bien lo sabe vuestra merced.

A don Alonso le extrañó el poco interés que Alarcón mostraba en contar nada, siendo como era tan dado a ello.

—Entonces, ¿no me vas a decir lo que os ha pasado?

—Hemos vuelto.

—De eso ya me doy cuenta. Mira, soy inquisidor—respondió don Alonso con cierta brusquedad.

—No se ofusque vuestra merced y no me tire de la lengua, que luego Baltasar dirá que lo embrollé todo.

—Ya veo que habéis tenido vuestros más y vuestros menos —añadió el inquisidor con sorna.

El fraile se encogió de hombros.

—Como siempre.

Viendo que Alarcón no soltaba prenda, don Alonso decidió acompañarlo al mercado para ver si se ablandaba.

—Vuestra merced que, como me acaba de recordar muy oportunamente, es inquisidor, debería saber que ya le conocen en Logroño y no hace bien a su dignidad venir al mercado a mezclarse con las comadres.

—Es una penitencia —respondió don Alonso—. Por haberte dejado la cocina más pelada que cuero de rana.

—Se agradece la penitencia. Por no haber no hay ni aceite ni un cacho de tocino rancio. No es que yo me queje.

—Desde luego que no...

Camino del mercado Alarcón comenzó a contar lo mal que se comía en el Collège de Montaigu y a quejarse de los muchos parásitos que allí habían cogido y cómo tuvieron que buscar otro alojamiento y espulgarse con agua caliente y vinagre. Le describió con gran lujo de detalles la biblioteca de la abadía de Sainte-Geneviève y las atenciones del padre Rohan.

—¿Y cómo conocisteis al bibliotecario? —preguntó don Alonso.

Alarcón titubeó.

—Pues... a través de Madame d'Hauterive.

—¿La que os recomendó Urtubi?

—Sí.

Aunque sabía que don Alonso esperaba algo más, el fraile siguió caminando en silencio.

—Bueno, sigue —lo animó Salazar.

—He pensado comprar un par de conejos, media gallina, dos higadillos... Vuestra merced vaya a por dos onzas de almendras.

Con una sonrisa, don Alonso miró a Alarcón.

—¿Vamos a tirar la casa por la ventana, mi buen amigo?

—A ver si no... No festejamos como merecía que nuestro Baltasar volviera vivo del Cipango, que fue un milagro. Pues este de ahora es otro. Dos quintales de cera le debo a la Virgen del Mar, que es mi patrona.

Conforme se acercaba a la plaza en compañía de Alarcón, don Alonso iba sintiéndose cada vez mejor. De pronto la vida parecía volver a los quicios de la normalidad.

—Andaluz exagerado... Voy a por las almendras, pero cuando vuelva hablamos de Madame d'Hauterive.

Mientras se acercaba a la recova a regatear el precio de la media gallina y los higadillos, que pretendía que el recovero incluyese en el de la gallina, Alarcón negó vigorosamente con la cabeza.

—El asunto de Madame d'Hauterive se lo contará a vuestra merced su sobrino.

—¿Y tú por qué no?

—Porque siempre hablaban en francés y yo no sé francés.

Aquello era evidentemente una tontería de esas que Alarcón decía cuando no sabía qué decir. Don

Alonso no quiso porfiar con el fraile el primer día de su regreso. Ya se enteraría. Decidió que era mejor ir explicando él mismo lo que había sucedido en el tribunal con el caso de Zugarramurdi durante su ausencia.

—Bueno pues, como tú no me cuentas nada, te cuento yo.

—Muero de curiosidad —confesó el fraile—, pero no me atrevía a preguntar a vuestra merced.

Alarcón, que soñaba con llegar a Logroño como un náufrago a una playa de arena cálida, se dio cuenta, según contaba don Alonso, de que sus fatigas no habían concluido ni mucho menos.

—Tantos trabajos como hemos pasado... para nada. Valle ha ganado.

A don Alonso el desánimo de Alarcón le llegó al alma, pero no dio oportunidad al sentimiento de derrota.

—¿Por qué para nada? Estoy seguro de que al menos los libros que habéis consultado en París me servirán de mucho.

—Vuestra merced no comprende... El baúl con los papeles lo perdimos cuando tuvimos que huir el día que mataron al rey.

—Así que tuvisteis que huir de París. Ya me temía yo...

Mientras metía en la talega una magnífica hogaza de pan blanco todavía tibio, Alarcón hizo un gesto de impaciencia.

—No me tire de la lengua vuestra merced, que todo se sabrá en su momento.

—¿Tampoco de Baltasar podemos hablar?

El fraile se santiguó.

—De eso menos que de nada. Todo cuanto puedo decir es que su alma está sanando.

El inquisidor pensó que estaba bordeando el secreto de confesión y calló. Alarcón le dejó creer porque no tenía en aquel momento ganas de dar más explicaciones.

De regreso a casa, el fraile se empleó a fondo con la gallina y obtuvo un caldo delicioso al que añadió col, guisantes y calabaza. La carne de la gallina, ya cocida, la reservó para unas deliciosas albóndigas que tenía el propósito de amasar con dos huevos, miga de pan mojada en vino y ajos fritos.

Los olores que salían de la cocina despertaron a Baltasar, que se unió a su tío y al fraile con el entusiasmo de quien no ha comido como es debido en mucho tiempo. Con una risilla, Alarcón le señaló el cedacillo.

—Anda, gánate el alimento y cuela el caldo.

—Que me place —exclamó Baltasar—. ¿Qué estás preparando?

—¿Tú qué crees? Pero es para la cena.

Baltasar miró a su alrededor y todo le pareció maravilloso. El tono de Alarcón indicaba alguna delicia extraordinaria.

—Veamos. El caldo de la gallina colado, almendras mondadas y tostadas, y mi tío Alonso de Salazar con cara de mártir de la paciencia, que eso es un ingrediente regio.

Con el índice, don Alonso negó tal aserto. La carcajada de Alarcón fue sonora.

—Si no eres capaz de adivinar lo que te estoy preparando para esta noche con los conejos asados, te los comerás sin ello. —Con el tono del maestro que le repite la lección a un mal alumno, Alarcón recitó—: caldo de gallina colado, almendras tostadas, dos higadillos de pollo asados...

En un arrebato de entusiasmo Baltasar abrazó al fraile: era su salsa favorita. Alarcón lo apartó de un empujón.

—Se añaden varios puñados de azúcar y se maja todo en el almirez hasta que quede bien molido antes de agregar el caldo...

Baltasar decidió acabar él la receta.

—Pondrás a hervir todo a fuego lento y luego lo colarás con el cedacillo. Finalmente añadirás canela molina y el zumo de un limón. Se puede servir tibia o fría.

Como nadie parecía tener interés en contarle nada, don Alonso tosió un poco para hacerse notar. Baltasar y Alarcón se miraron y el primero salió de la cocina y volvió con un papel escrito en francés que entregó a don Alonso.

—¿Qué es?

—El decreto real con el que Enrique IV envió a Pierre de Lancre al Labort con poderes especiales y directamente bajo sus órdenes.

LETTRES PATENTES COMMETTANT MM. D'ESPAGNET ET DE LANCRE POUR SE RENDRE AU PAYS DE LABOURD ET Y JUGER SOUVERAINEMENT DE TOUS LES DÉLITS DE SORCELLERIE*.

Henry, par la grâce de Dieu, roy de France et de Navarre, à nostre amé et léal conseiller en nostre conseil d'estat et président en nostre cour de parlement de Bourdeaux, Me. Jean Despaignet ou Me. Pierre de Lancre, aussy nostre conseiller en nostre d. cour de parlement, salut:

Nos chers et bien amés les manants et habitants de nostre pays de Labour nous ont faict dire et remonstrer que, despuis quatre ans en sa, il s'est trouvé dans le dict pays ung sy grand nombre de sorciers et sorcières qu'il en est quasy infecté en tous endroicts, dont ils reçoivent une telle affliction qu'ils seront contraincts d'abandonner leurs maisons et le pays s'il ne leur est pourveu promptement de moyens pour les préserver de tels et sy fréquents maléfices et deterrer ceulx qui les exercent à leur doeil et avec telle licence que les exposans n'ozeroient laisser sortir leurs enfants de leurs maisons qu'ils ne soient incontinent surpris de ce mal, car ces sortes de gens sont sy impies

* Arch. Départ. de la Gironde, Reg. du Parlement B 52, folio. 122.

qu'ils n'exercent pas seullement leurs sortilléges et leur art sur le bestail et fruictz de la terre qu'ils dégastent, mais qui plus est sur les personnes mesmes.

Nous à ces causes considérans l'importance de l'affaire et désirans que tels crimes et forfaits ne demeurent impunis, ains qu'il en soit faict punition exemplaire et la plus prompte qu'il se pourra affin de conserver le reste du pays de ceste contagion et détourner de telle impieté par la terreur des supplices convenables ceux lesquels par trop de facilité ou perversité sy pourroient laisser emporter.

Vous mandons et commectons par ces présentes que vous ayez à vous transporter au dict pays de Labour et circonvoisins, sy besoing est, pour informer contre les délinquans et accusés de ce crime et proceder extraordinairement à l'entière instruction et jugement de leurs procès jusques à jugements définitifs de condempnation à mort et exécution d'icelle inclusivement, non obstant opposition ou appellations quelconques, et appelans toutesfois avecq vous au jugement desfinitif des d. procès le nombre et quantité de juges requis et porté par noz ordennances ou jugeant iceux procès au présidial d'Acqs ou siège de Bayonne, oú les jugements par vous ainsy donnés et exécution d'iceulx, avons dès àprésent comme dès lors, validés et authorisés, vallidons et authorisons et voulons estre de tel effaict, forcé et vertu, comme sy faicts estoient par l'une de nos cours souveraines; et ce faict vous donnons plein pouvoir commissions et mandement espécial, mesmes de pouvoir déléguer et commettre tels de nos juges ou autres personnages quallifiés et capables, qui par vous sera advisé, pour vous assister et proceder conjoinctement avec vous ou separement à l´instruction des d. procès requérir et faire la fonction de nostre procureur général en quallité de substitud et ce nonobstant quelconques édictz, ordonnances et lettres à ce contraires et toutes autres commissions quy pourroient avoir este cy devant expédiées sur ce subject, ausquelles nous avons desrogé et desrogeons et par exprés icelles dictes commissions révocquons par ces présentes, desquelles, affin de faciliter l'execution, mandons et commectons à tous nos huissiers et sergens sur ce requis de bailler toutes assignationset faire tous exploicts et actes de justice à ce nécessaires; enjoignons à tous nos justiciers, baillifs, seneschaux, leurs lieutenans, prevosts, maires et consuls et autres nos officiers et subjects de vous prester main forte et obeyr sur peyne de rebellion, en procedan au faict de la presente commission à laquelle à fin que puissiez vacquer, vous avons dispansé et dispansons du service actuel qui nous par vous deu a raison de vostre dicte charge de président en nostre cour de parlement de Bourdeaux, car tel est notre plaisir.

Donné à Paris le dix septiesme jour de Janvier l'an de grâce mil six cens Neuf et de nostre règne le vingtièsme.

Ainsi signé:

Henri

El documento fue leído y traducido en la cocina, y más tarde enviado a Madrid.

Céduda Real ordenando a los señores D'Espagnet y De Lancre marchar a la región de Labort y allí juzgar por disposición real todos los delitos de brujería.

Enrique, por la gracia de Dios, rey de Francia y de Navarra, a nuestro amado y leal magistrado de nuestro consejo de estado y presidente de la corte de justicia de Burdeos, señor Jean D'Espagnet o señor Pierre de Lancre, también nuestro magistrado en nuestra dicha corte de justicia, salud:

Nuestros queridos y bien amados vasallos y habitantes de nuestra región del Labort nos han hecho saber reiteradamente que desde hace cuatro años hay en dicha región un número tan grande de brujos y brujas que están casi infectados todos los lugares, de lo cual reciben tanta aflicción que se verán obligados a abandonar sus casas y su región si no se les ofrecen prontamente medios para protegerlos de tantos y tan frecuentes maleficios, y descubrir a aquellos que les ejercen en su daño y con tal licencia que los vecinos no se atreven a dejar salir a sus hijos de sus casas ya que inmediatamente se ven sorprendidos por este mal, pues este tipo de gentes son tan impías que no solo ejercen sus sortilegios y sus artes sobre las bestias y frutos de la tierra que destruyen, sino sobre todo sobre las personas mismas.

Nos, por estas causas, y considerando la importancia del asunto, deseamos que tales crímenes y hechos no queden impunes, sino que se haga de ellos castigo ejemplar y lo más pronto posible que se pueda, a fin de preservar el resto de la región de este contagio y sacar de tal impiedad por el terror de los suplicios convenientes a aquellos que con demasiada facilidad o perversidad se puedan dejar arrastrar.

Os mandamos y ordenamos por la presente que os dirijáis a la dicha región del Labort y cercanías, si ello fuera necesario, para informar contra los delincuentes y acusados de este crimen y proceder de manera extraordinaria a la instrucción completa y juicio de sus procesos hasta la sentencia definitiva de condena a muerte, ejecución de esta incluida, sin obstáculo por oposición o apelación de ningún tipo.

Que llaméis, si preciso fuera, con vosotros para el juicio definitivo de dicho proceso el número y cantidad de jueces requeridos y aportados por nuestras disposiciones o bien que sea juzgado el proceso en el tribunal de Acqs o en la sede de Bayona, donde los juicios por vosotros fallados y la ejecución de estos tendremos desde entonces y hasta el presente como válidos y autorizados.

Y validamos y autorizamos y queremos que sea tal hecho, en fuerza y virtud, como si fuesen hechos por una de nuestras cortes de justicia soberanas, y para ello os daremos plenos poderes, comisión y mandamiento especial, así como poder para delegar y comisionar otros jueces nuestros o personas calificadas y capaces que serán aconsejadas por vosotros para asistiros y proceder conjuntamente con vosotros o separadamente a la instrucción de dichos procesos, para requerir y hacer la función de nuestro procurador general en calidad de sustituto y sin obstáculo de ningún edicto, ordenanza y decreto en sentido contrario y todas otras comisiones que pudiese haber anteriores a este decreto aquí presente expedido sobre este asunto, que nosotros lo hemos derogado y derogamos y expresamente revocamos dichas comisiones por la presente.

A fin de facilitar la ejecución, mandamos y disponemos a todos nuestros oficiales de justicia y sargentos por este requerimiento de allanar todas las asignaciones y hacer todos los hechos y actas de justicia necesarias para ello.

Mandamos a todos nuestros oficiales de justicia, bailíos, senescales y sus lugartenientes, prebostes, alcaldes y cónsules y otros oficiales y sujetos que os presten asistencia y os obedezcan bajo pena de rebelión y que procedan de acuerdo con la presente orden. A fin de que pueda llevarse a efecto con tiempo, nos os hemos dispensado y dispensamos del servicio actual que nos hacéis en razón del mentado cargo de presidente de nuestra corte de justicia de Burdeos, pues tal es nuestro deseo.

Dado en París a diecisiete días de enero del año de Gracia de 1609 y vigésimo de nuestro reinado.

Firmado:

Enrique

XXIV

Donde se trata de los proyectos de Enrique IV desde Flandes a Milán, pero no se puede llegar a ninguna conclusión sobre Navarra y las brujas de Zugarramurdi.

Conforme iba leyendo, don Alonso de Salazar se fue aproximando a la ventana. Sin decir nada, Alarcón le acercó una silla y don Alonso se sentó automáticamente con la atención concentrada en el papel. Lo leyó varias veces antes de decidirse a decir nada. Ahora entendía por qué Alarcón se obstinaba en callar.

—Pero... D'Espagnet nunca estuvo en el Labort —señaló extrañado don Alonso.

—Así es. Por algún motivo D'Espagnet se mantuvo apartado y se limitó a apoyar a Lancre desde lejos. Hay varias hipótesis para explicar el apartamiento de D'Espagnet. Os cuento lo que Madame d'Hauterive me dijo. Su excusa, la que él daba a todo el mundo, eran sus obligaciones como presidente del tribunal de Burdeos, una de las cortes de justicia más importantes de Francia, que había contraído a partir de su nombramiento como consejero de la Chambre de l'Édit de Nantes, que como sabéis regula la vida de los hugonotes en Francia desde que ocurrió la masacre de la Noche de San Bartolomé. El Edicto lo administra esta Chambre, que está compuesta por dieciséis personas. Pero hay otras opiniones más... curiosas. D'Espagnet había ya vendido o estaba buscando comprador a su puesto de presidente de la Audiencia. Como sabéis, estos cargos en Francia se compran y se venden. Por cien mil francos. Necesitaba dinero por dos cuestiones importantes: la afición a la alquimia, que le hacía gastar mucho dinero en ingredientes caros para sus experimentos en busca de oro, y una boda un tanto inesperada con Marie de Gourney, que había sido la amante de Michel de Montaigne. Una mujer muy culta pero de gustos caros. No perdáis de vista esta coincidencia: Pierre de Lancre está casado con una sobrina nieta de Montaigne y Jean d'Espagnet con su amante.

—Caramba con Madame d'Hauterive... Sí que está bien informada.

—No sabe vuestra merced hasta qué punto —añadió Alarcón.

El inquisidor volvió rápidamente al asunto que más le interesaba.

—¿Cómo habéis conseguido estas *lettres patentes*?

Con toda intención, el fraile se dio la vuelta y se puso a picar ajos para la masa de las albóndigas.

—Madame d'Hauterive —contestó Baltasar al instante.

Con mucha calma don Alonso miró al papel y a su sobrino alternativamente.

—Vamos por partes. Esta señora, si mal no recuerdo, os fue recomendada por el turbulento don Tristán de Urtubi, que no es persona digna de confianza, según nos contó el obispo Venegas.

Como era esperable, Alarcón no pudo estar mucho tiempo callado.

—Ella es una mujer notable, muy notable. No debéis juzgarla por su relación con Urtubi. No trabaja para don Tristán ni para nadie, en realidad, sino para sí misma.

Baltasar se sintió en la obligación de precisar.

—Trabaja para quien le paga.

Este dato resultó un tanto inquietante para don Alonso.

—Pero vosotros no le habéis pagado porque no tenéis dinero. ¿Don Íñigo de Cárdenas quizás?

Las manos de Baltasar se abrieron en un gesto de perplejidad.

—Creo que don Íñigo no sabe que este documento existe. Si le pagó algo a Madame d'Hauterive, no fue por ese papel, sino por nosotros, me parece. La verdad es que no lo sé.

Ahora los ojos del inquisidor miraban alternativamente a Baltasar y a Alarcón.

—A ver si he comprendido bien. Madame d'Hauterive vive del comercio de información confidencial, que es hoy, como siempre, un negocio muy delicado y peligroso. Y por eso se paga bien. Pero a vosotros os ha conseguido esta copia de la encomienda real por la que Enrique IV envía personalmente a Pierre de Lancre al Labort a perseguir a las brujas... gratis.

Las cejas de don Alonso se elevaron en señal de muda interrogación. Baltasar, que no encontraba manera de explicarse, cogió otra silla y se sentó también junto a la ventana, mientras intentaba ordenar sus pensamientos.

—Por razones que no son fáciles de exponer, podríamos decir que nos fiamos de Madame d'Hauterive.

El inquisidor estaba cada vez más sorprendido.

—¿Nos fiamos?

Con las manos llenas de masa de albóndigas, Alarcón dejó el lebrillo y se acercó a la ventana.

—Pues sí, nos fiamos. Baltasar, hijo, ¿a dónde ha ido a parar el caudal de tu elocuencia jesuita? Está aturullado porque la dama francesa, que es fea como un pecado, mostró hacia nuestro mozo, desde el primer momento, una gran simpatía.

Muy a pesar suyo, Baltasar enrojeció hasta la raíz de los cabellos y su tío, que lo notó, evitó mirarlo. El fraile siguió con su explicación, dispuesto a despachar el asunto a la mayor brevedad y, a ser posible, antes de la comida.

—Esta señora nos ayudó desde que llegamos. Nos franqueó la entrada de la biblioteca de la abadía y nos orientó con los textos legales y con otros que ni siquiera conocíamos. No sabe vuestra merced cuánto hemos aprendido. Ha sido muy generosa con nosotros. Muy generosa, sobre todo con Baltasar.

Baltasar se pasó la mano por la frente.

—Ya sabía yo que esto iba a pasar.

—¿Que iba a pasar qué? —rezongó el fraile.

Don Alonso se puso en pie decidido a conjurar la tormenta.

—Un momento. Estamos hablando de asuntos muy serios y os ruego a los dos que atendáis a la gravedad de la situación y os olvidéis de querellas familiares. Baltasar, habla tú primero. ¿Ella conocía estos textos? —preguntó don Alonso, que no daba crédito a lo que oía.

Con el propósito de poner las cosas en su sitio y bastante enfurruñado con el fraile, Baltasar intervino.

—Sí, los conoce. Déjame hablar, Alarcón, por favor.

Don Alonso se sentó de nuevo.

—Considere vuestra merced que nos han pasado muchas cosas y no es fácil contarlo en pocas palabras. Madame D'Hauterive es una experta no solo en textos sobre brujería y nigromancia, sino también en literatura legal. No es exagerado afirmar que domina las artes liberales y otras muchas que no lo son. Puedo asegurar a vuestra merced que no he conocido a nadie, ni hombre ni mujer, que tenga tan enciclopédica cultura. La magia le interesó porque, según ella misma me dijo, en otro tiempo, cuando era más joven, también creyó en la trasmutación de los metales y en la posibilidad de adquirir infinito poder y sabiduría por este medio. Pronto se convenció de que era un sueño y, como era pobre y muy lista, se dedicó a otro negocio.

—Entiendo —interrumpió don Alonso—, pero esto no me explica el motivo por el que confiáis en que este texto que os ha proporcionado Madame d'Hauterive, que evidentemente es una copia, responde a un original que existe de verdad.

—¿Puedo hablar yo? —murmuró Alarcón que seguía en su tarea con las albóndigas.

La mirada que le lanzó Baltasar no acobardó al fraile.

—Sí —respondió don Alonso haciendo acopio de paciencia.

—Pues mire, nos fiamos porque Madame d'Hauterive conocía ese documento desde bastante antes de la muerte del rey. Esto casi podemos asegurarlo. Lo podía haber usado contra nosotros aquel día y no lo hizo. Este papel vincula a Enrique IV con la cacería de brujas del Labort y nosotros estábamos en París por la cacería de brujas del Labort. Así que no era difícil echarnos los perros, pero no lo hizo. Es cierto que tampoco nos informó de su existencia más que cuando fue absolutamente necesario. Quiero decir que nunca se le ocurrió hablarnos de él y pienso que nunca lo hubiera hecho si el rey no hubiera muerto del modo en que murió y nosotros no nos hubiéramos convertido de repente en dos cabezas de turco muy apetecibles.

—No comprendo —dijo don Alonso.

—Pues es muy fácil —rezongó el fraile.

Baltasar levantó el dedo índice para pedir silencio.

—Cuando Madame d'Hauterive vino a buscarnos, Alarcón y yo estábamos holgando en la orilla del río y no sabíamos nada de lo que había pasado. Acababan de apuñalar al rey, pero la noticia todavía no se había extendido por toda la ciudad. Ella sabía que nosotros no íbamos a entender los motivos por los que teníamos que escondernos y huir. La guerra en la frontera de los Países Bajos aún no había empezado, así que la presencia de españoles en la ciudad no era todavía problemática. Para convencernos de que era absolutamente necesario abandonar París...

—Para convencerte, porque Alarcón no habla francés —comentó don Alonso como quien no quiere la cosa.

Baltasar miró a su tío fijamente y no se sonrojó.

—Sí, para convencerme. La vida que ella quería salvar era la mía. ¿Podemos dejar ya este asunto?

—No —respondió don Alonso con severidad—, tanto si te molesta como si no, preciso saber todo lo que sea menester sobre Madame d'Hauterive porque de eso depende que crea o no crea en la autenticidad de este documento. Y si eso incluye tus relaciones con Madame d'Hauterive, sean las que sean, pues siento decirte que no seré discreto.

La cocina quedó en silencio por un instante y solo se oía el sonido que hacían las manos de Alarcón en el lebrillo. Baltasar suspiró con resignación.

—Como iba diciendo, con este papel Madame d'Hauterive nos convenció de que nuestras pesquisas en París habían tocado puntos muy sensibles y directamente relacionados con la persona del rey. Y que teniendo en cuenta lo que había sucedido aquella mañana y que, además, éramos españoles...

Con el ceño fruncido, el inquisidor intervino.

—Sí, es razonable, pero el problema es que no hay modo de cerciorarse de la autenticidad de estas *lettres*.

Baltasar cogió aire.

—Atienda vuestra merced. Ella no tenía ninguna necesidad de darnos un documento falsificado. Con explicarnos que habían matado al rey y que se acusaba a los españoles del atentado era suficiente, en mi opinión. No era preciso traernos ese papel, pero ella pensó que sí. Y lo pensó porque quería asegurarse de que nos marchábamos y porque ese documento ya no valía nada. Y posiblemente Madame d'Hauterive nos facilitó una copia también por eso, porque, una vez muerto el rey, esas *lettres patentes* ya no tienen ningún valor en el mercado de la información. De hecho, Lancre ya no está en Navarra. Y también para convencernos del peligro en el que estábamos. Una cosa y la otra no son incompatibles. A veces pienso que hemos estado todo este tiempo en París tan tranquilos porque Madame d'Hauterive nos ha protegido. Al principio seguramente porque no sabía cómo interpretar nuestra presencia en la ciudad y quería tenernos cerca. Es muy posible que ella convenciera al padre Rohan y al abad de que no hablaran a nadie de nosotros, aunque es obvio que esa discreción de ambos quedó anulada el día que mataron al rey y nos convertimos en sospechosos o en apetecibles cabezas de turco, según se mire. A fin de cuentas, ¿qué hacen dos españoles salidos de la nada haciendo investigaciones en París sobre brujería, y encima sobre Navarra, un lugar muy sensible para el rey Enrique?

Con el corazón estremecido por los recuerdos, Alarcón dio su parecer.

—También nos ha ayudado que hemos sido muy discretos. Y fue especialmente afortunada la idea de abandonar el Collège de Montaigu. Benditas pulgas. Si hubiéramos permanecido en él, decenas de personas se habrían fijado en nosotros: colegiales, profesores y las propias autoridades del Collège. No hubiera sido tan fácil salir de allí como salimos de la tonelería a orillas del Sena. Mi parecer es, como dice Baltasar, que al principio la dama francesa sentía curiosidad y quería saber qué hacíamos nosotros allí, porque, a fin de cuentas, saber es su negocio y quizás pensó que más adelante podía sacar algo de provecho. Luego, después, bueno... vino la simpatía. Nunca gozó de mi aprecio, pero se portó muy bien y le estoy muy agradecido.

Inesperadamente calló y le hizo un gesto a Baltasar para indicarle que espabilara, y este asintió con la cabeza.

—Hay otro documento y este segundo es todavía más importante.

—¡Voto a...! En mi vida he visto viaje más provechoso. ¿Dónde está? —preguntó don Alonso.

—Ese no lo tenemos —respondió Baltasar con una sonrisa. Había sorprendido a su tío y esto no era fácil.

—Pero Madame d'Hauterive nos habló de él. Fue su segundo argumento para explicarnos que debíamos escapar de París. Y sumado al primero resultó muy convincente. A vuestra merced corresponde averiguar si es verdad que Enrique IV y el duque de Saboya han firmado un acuerdo secreto para atacar Milán. Tratado de Bruzolo lo llamó Madame. Alarcón y yo pensamos que la dama francesa nos dijo la verdad.

Muy despacio don Alonso se puso en pie y comenzó a caminar de un lado a otro de la cocina.

—¿Qué es Bruzolo?

—Un castillo cerca de Turín.

Don Alonso se rascó la frente.

—Qué situación tan complicada y tan confusa.

Era el momento para que Alarcón, que estaba emborrizando las albóndigas en harina antes de freírlas, interviniese.

—Ya dije yo en su momento que nos estábamos metiendo en aguas profundas y que nosotros no somos nadie. Doctores tiene la Iglesia y mucho más el Santo Oficio... Hemos salvado el gaznate por una serie de coincidencias felices, pero cuando uno piensa...

Baltasar lo interrumpió sin miramientos.

—Deja de quejarte ya. Nadie te pidió que vinieras a París.

—No emplees en mi presencia esos términos para dirigirte a Alarcón. —El tono de don Alonso era muy severo.

Baltasar agachó la cabeza avergonzado.

—Perdóname, fraile.

Mientras redondeaba las bolitas con primor, Alarcón sonrió.

—Estás nervioso, hijo. Has soportado con admirable entereza muchas inquietudes y peligros estas últimas semanas y yo no te he ayudado en nada. Sé que he sido más bien una carga. Todavía no te he dado las gracias por sacarme de París, por devolverme a mi casa y mi cocina, por no dejarme atrás. Todo hubiera sido mucho más fácil para ti y nadie lo hubiera sabido.

El fraile se detuvo emocionado, pero don Alonso, que era poco proclive a la demostración sentimental y no perdía de vista el norte de la conversación, volvió rápidamente al asunto principal.

—Vamos a ver si ordenamos un poco este galimatías.

Tampoco Baltasar había perdido el hilo.

—Si vuestra merced me lo permite, le diré que no hay tal galimatías. He pensado mucho en ello durante las semanas que ha durado este viaje. Ni las *lettres patentes* del rey Enrique ordenando la caza de brujas en el Labort ni el Tratado de Bruzolo valen nada una vez que el rey ha muerto.

Tras reflexionar unos momentos, don Alonso se dirigió a su sobrino.

—Eso es cierto. María de Medici no continuará con la política de hostigamiento porque no puede. Su posición es muy débil, pero esto no quita para que necesitemos saber cuál era la situación previa a la muerte del bearnés o, dicho en otros términos, cuáles eran las verdaderas intenciones del rey Enrique IV cuando dispuso la magna persecución de brujas en el Labort.

Algo más calmado, Baltasar expuso su punto de vista. Cada dos por tres miraba a Alarcón con enorme ternura y mucha vergüenza.

—Eso es imposible de saber a estas alturas. De hecho, ya no lo sabremos nunca. Enrique era ambicioso y un gran jugador. Posiblemente apostó algunas cartas en el tapete de Navarra. Por si acaso. Estoy por asegurar que él creía que, una vez iniciada la persecución en la Navarra francesa, el conflicto se extendería a la Navarra española, como de hecho ha sucedido. Esto le daba una buena excusa para tener a muchos soldados sobre el terreno.

Tras un momento de silencio, don Alonso continuó hablando con el tono de quien piensa en voz alta.

—Supongamos que Enrique no hubiera sido asesinado. ¿Me sigues, sobrino?

—Perfectamente.

—¿Cuál sería la situación ahora mismo si el rey estuviera vivo? Habría un frente de guerra abierto con Francia en la frontera de los Países Bajos. Que se disponía a atacar ahí, es algo que todo el mundo sabía. Nunca lo ocultó. Es más: yo diría que hasta hizo ostentación de ello. Habría, además, otro frente de guerra a punto de abrirse en Milán, si ese Tratado de Bruzolo del que te habló Madame d'Hauterive es verdad. Aquí Enrique fue discreto. Y en tercer lugar habría un conflicto religioso y social que viene rebotado de la Baja Navarra, esto es, de la Navarra francesa, hacia la Alta Navarra, esto es, la Navarra española, región de la que Enrique se consideró rey toda su vida y a la que no renunció jamás.

En el fondo de la cocina se oyó un silbido de Alarcón.

—¿Se da cuenta vuestra merced de en qué avispero nos fuimos a meter como dos pardillos?

—Me doy cuenta con toda claridad, Alarcón. Y de que la culpa es mía, también. Pero ahora no vamos a ventilar ese asunto. El hecho es que el rey de Francia ha muerto y eso lo cambia todo. Muerte más oportuna cuesta imaginarla —añadió el inquisidor.

A Baltasar le costaba cada vez más ignorar los lamentos de su estómago conforme el olor de las albóndigas fritas iba llenando la cocina, pero don Alonso, que veía cómo los ojos se le iban hacia la sartén de Alarcón, todavía tenía algunas cosas que preguntar.

—Me habéis dicho que la encomienda de Enrique sobre las brujas de Navarra y el Tratado de Bruzolo fueron los argumentos que Madame d'Hauterive empleó para convenceros —miró a Baltasar— o convencerte de que teníais que abandonar inmediatamente la ciudad.

—Así es —contestó Baltasar impertérrito—. Debo decir que aquella noche dudé de sus buenas intenciones. Sin embargo, Alarcón me convenció de que Madame d'Hauterive había tenido ya muchas oportunidades de negociar con nuestras cabezas y no lo había hecho. Esto era un buen argumento. Aparte de... la simpatía.

—¿Llegaste a hablar con ella de todas estas conexiones en el coche? ¿Te dijo su opinión? —preguntó con interés don Alonso, que al parecer también se inclinaba a dar un voto de confianza a la dama francesa.

—No pudimos realmente hablar con sosiego. La huida de París en el carruaje de Madame d'Hauterive, hasta que saltamos al carro de las verduras, fue una auténtica locura. No había manera de hablar con un mínimo de coherencia...

—La culpa fue absolutamente mía, porque no me callaba y no paraba de preguntar —reconoció Alarcón.

Don Alonso hizo un gesto definitivo con las manos.

—El capítulo de culpas lo vamos a resolver otro día. ¿De acuerdo, amigo mío?

—Como siempre... casi siempre, vuestra merced tiene razón —señaló Alarcón con cierto alivio.

El inquisidor estaba decidido a insistir en aquel punto.

—Pero ella debe de haberte dicho algo, o dado a entender. ¿No volviste a verla después ni a saber nada de ella?

—No. Cuando nos dejó, nos dijo que alguien vendría y nos ayudaría a pasar la frontera, alguien en quien podríamos confiar y que no sería ella. Que no la mencionásemos nunca ni intentáramos establecer comunicación en el futuro. Le di mi palabra... y se marchó.

Don Alonso no era hombre que se rindiera fácilmente.

—De todos modos, cuéntame todo lo que puedas recordar de tu conversación con ella, aunque sea confuso.

A Baltasar le costaba fijar los recuerdos de aquel rato en el coche de Madame, entre tumbos y noticias que apenas tenía tiempo de asimilar. A esto había que unir un Alarcón aterrado, más posiblemente por lo que pudiera ocurrirle a él que por sí mismo. Intentó concentrarse y ordenar sus impresiones.

—Primero nos habló del asesinato del rey. Bueno, en aquel momento todavía no se había reconocido el fallecimiento del monarca. Al parecer venía en su coche de visitar al ministro Sully, que estaba enfermo, y en una calle estrecha un coche le cerró el paso. Un hombre salió de la nada y apuñaló el rey. Las noticias de palacio eran que el rey había sido atacado, pero Madame d'Hauterive estaba segura de que había muerto. Después nos dijo que los tumultos ya habían empezado en las calles que rodeaban la Embajada de España porque se sospechaba que aquel atentado había sido obra de los españoles. Al parecer la reina María de Medici se había mostrado partidaria de enviar a la guardia real a proteger la embajada. Recuerdo que Madame d'Hauterive dijo: «Qué curioso, la reina no parece muy desconcertada». No sé cómo sabía ella estas cosas. Después dijo que los tumultos nunca eran espontáneos y que no comprendía a qué intenciones obedecían en aquel momento. ¿La reina quería aparecer como la protectora de la embajada, quizás buscando una alianza en el futuro? ¿Se iba a apoyar María de Medici en España para afianzarse como reina de Francia?

—Atinadas reflexiones —comentó don Alonso.

—Sí, es que Madame d'Hauterive...—Baltasar no sabía cómo continuar—. Nunca la escuché hablar de ningún asunto de manera torpe o desinformada o a base de lugares comunes. Y en este caso, pienso que le molestaba mucho no saber qué estaba ocurriendo realmente. Esto me lo confesó con sinceridad. Que pasaban cosas raras, cosas que ella no entendía, como la coronación de la reina, que había rumores de todas clases en el submundo de la información confidencial y que ella tenía una sensación de peligro desde hacía semanas que no había podido concretar... En un momento dado, comentó que Enrique había intentado morder en demasiados sitios a la vez.

—Sí, es todo muy confuso y quizás, como tú dices, no lleguemos nunca a saber la verdad. También de la muerte de Enrique III se culpó a los españoles, pero era falso. Ahora también lo es. Puede que se transforme en una tradición. ¿Sabes que han detenido a un medio loco, un fanático religioso llamado Ravaillac, y lo han ajusticiado el 27 de mayo? Fíjate qué rapidez.

Baltasar había oído algo por el camino, pero no había querido preguntar.

—Así no tendrá tiempo de pensar mucho y acusar a otros o contar lo que sabe. Como vuestra merced ha dicho: qué muertes más oportunas. La del rey y la del asesino.

Don Alonso asintió con la cabeza.

—Sí, demasiadas muertes oportunas y demasiados sospechosos para un solo asesinato. Pero en lo que se refiere a nuestro asunto concreto, ¿qué cambia con la desaparición del rey? Porque nos afecta y mucho.

Baltasar respondió rápidamente.

—Cambia que nadie volverá a atizar ese fuego desde el otro lado de los Pirineos. No obstante, el incendio, fuese provocado o casual, lo tenemos en nuestra Navarra y expandiéndose. Ahora el problema es todo nuestro.

—Exacto. Lo bueno de la muerte de Enrique es que no tenemos que preocuparnos más por lo que ocurra en la Navarra francesa. Sofocar el incendio depende ya solo de nosotros.

Alarcón se acercó con un plato.

—Para que prueben ustedes las albondiguillas, que yo llevo tanto tiempo sin cocinar como es debido que temo haber perdido el pulso.

Mientras don Alonso y Baltasar se quemaban los dedos, pero no soltaban el manjar, Alarcón aprovechó para dar su opinión.

—Con lo que sucede a este lado de la frontera ya tenemos bastante. Ande, cuéntele vuestra merced todo lo que ha pasado mientras estábamos fuera, y especialmente el memorable 8 de junio.

Aquel día y los siguientes pasaron en conversaciones animadas. Había mucho que contar. Alarcón y Baltasar se explayaron con los detalles de su viaje de París a Mons y de allí a Amberes en compañía de Sancho Navas, que se negó a saber quiénes eran ellos y el motivo por el que tenía que sacarlos de

Francia. El criado de don Íñigo consideraba que cada uno tenía que saber lo que le correspondía y ni un ápice más. Lo suyo era la ciencia de los caminos que nadie conocía y ciertamente era un experto. A partir de Mons, ya en territorio de la monarquía católica, el viaje fue mucho más relajado. Navas los despidió en el barco rumbo a San Sebastián, tal y como le habían ordenado, y nunca preguntó ni contó nada. Don Alonso a su vez fue relatando las complicaciones crecientes del caso de Zugarramurdi, su enfrentamiento con los otros miembros del tribunal y, por último, su fracaso, pues todos sus esfuerzos para evitar el auto de fe y las condenas a muerte habían sido inútiles.

XXV

En el que se describe el famoso auto de fe sucedido el 7 y 8 de noviembre de 1610 en Logroño, el cual, lejos de acabar con la brujería, la alimenta hasta convertirla en una epidemia incontenible.

El verano y el otoño pasaron en un intenso tráfico de documentos en el intento inútil de evitar el auto de fe. La Suprema estaba como paralizada por la idea de que una vez se llevara a cabo este se terminaría el problema. Don Alonso y el obispo Venegas sabían que no era así. Es más: eran conscientes de que aquella ceremonia pública provocaría el efecto contrario.

Los días que precedieron al auto fueron fríos y ventosos. La situación de don Alonso con sus colegas no mejoró. Para ellos la celebración del auto de fe era un gran logro. Llegaron a tener incluso un momento de abierto entusiasmo cuando se recibió una carta procedente de Lerma, que apenas distaba veinticinco leguas de Logroño, preguntando por la fecha del auto. Su majestad Felipe III se encontraba en aquel momento en la villa de su valido y esto fue interpretado por Valle y Becerra como un síntoma manifiesto del interés real por el auto de fe. Se hicieron incluso ilusiones de que el rey podría asistir, lo que llevó a don Alonso al mayor de los desánimos. Baltasar y Alarcón lo veían ir y venir de la ventana a la mesa de trabajo, de la mesa a la ventana y de allí a pasear por la orilla del Iregua a pesar del tiempo frío y desapacible que estaba haciendo. Baltasar jamás había visto a su tío tan silencioso y desanimado. Alarcón solo recordaba una ocasión anterior en que el inquisidor hubiera perdido el sentido del humor y fue cuando se recibieron las noticias de la masacre ordenada por Tokugawa Ieyasu y se dio por muertos a los jesuitas enviados a Japón.

Don Alonso había intentado que el edicto de gracia fuese confirmado antes de que se produjera el auto de fe, pero Valle y Becerra habían conseguido convencer a la Suprema de que un edicto de gracia haría inútil aquella ceremonia, que ya no serviría ni para escarmiento ni para reconciliación ni para mostrar el poder, la justicia y la clemencia con que actuaba la Inquisición. El edicto de gracia antes del auto de fe operaría como una suerte de amnistía que llegaría antes de que se hicieran públicas las condenas, de lo que resultaría que todo el trabajo llevado a cabo por el tribunal inquisitorial de Logroño no habría servido para nada. Precisamente esa era la intención de don Alonso, evitar el espectáculo público y, sobre todo, que los delitos por los que se condenaba a los brujos fuesen leídos ante miles de personas porque estaba convencido de que de allí saldrían unos cuantos cientos de brujos más. Las descripciones del aquelarre, las ceremonias, el fantástico poder que los brujos adquirían en cuanto se convertían en siervos de Satanás... hallarían eco en muchos oídos sensibles, que no tenían una idea muy clara de aquel negocio, pero sí un acervo común de supersticiones que serviría como mantillo en el que arraigarían las semillas que el auto de fe iba a esparcir no solo por Logroño y Navarra, sino también por Burgos y por otras provincias, pues vendría gente de muchos y distantes lugares.

La atracción por la brujería era irresistible. Aunque la tradición del auto de fe exigía gran ceremonial y esto siempre atraía público, se estaba despertando un interés sin precedentes y esto era debido no a los reos, que con acusaciones diversas y habituales como judaizantes, bigamia, luteranismo, mahometismo, uso indebido del confesionario, proposiciones blasfemas o heréticas, suplantación del personal del Santo Oficio... iban a salir en el auto en número de veinticuatro. Don Alonso sabía bien que no eran estos veinticuatro reos los que atraerían a Logroño a miles de personas.

El obispo Venegas manifestó su desaprobación y su disgusto no acudiendo al auto de fe a pesar de las reiteradas invitaciones de Valle y Becerra. Para ellos la presencia de aquel obispo contumaz hubiera sido un gran triunfo, pero don Alonso sabía que el obispo de Pamplona no vendría, y esto le trajo cierta alegría en medio de tantos sinsabores.

La ciudad de Logroño recibió durante el auto de fe tantos visitantes que parecía la feria de Medina del Campo. Asombrados, Alarcón y Baltasar pudieron comprobar cómo los peores pronósticos de don Alonso se confirmaban. En la plaza del Ayuntamiento se construyeron gradas de madera desde las que pudieron contemplar el auto unos mil espectadores sentados. Había quien decía que se habían desplazado hasta Logroño treinta mil personas procedentes de Francia, Navarra, Aragón, Vizcaya y Castilla. Había cientos de extranjeros que se quejaban de no encontrar alojamiento.

En el centro de la plaza se levantó un estrado al que subían los condenados para oír el pormenorizado relato de sus acusaciones y la sentencia. Quien no sabía cómo era un aquelarre o cuáles eran los pormenores del culto diabólico tuvo ocasión de aprenderlo. Once brujos fueron condenados a muerte, de los cuales seis fueron ejecutados en persona y el resto en efigie porque ya habían fallecido. Una mañana, Alarcón, que venía temprano del mercado para evitar la aglomeración de gente, se detuvo en el taller de Cosme de Arellano para ver cómo se fabricaban aquellos muñecos de tamaño natural. Los carteles de los sambenitos también fueron elaborados por artesanos locales. Ni Alarcón ni Baltasar sabían cómo actuar para aliviar a don Alonso de la amargura de aquellos días. Se sentaban a comer en silencio y todo intento de conversación parecía una farsa que se veía anegada a los pocos minutos por los ruidos que subían de la calle y que hacían imposible ignorar lo que estaba pasando.

Hasta el último día luchó don Alonso para que los seis condenados a muerte admitiesen sus culpas y se sometieran a la ceremonia de reconciliación que les hubiera al menos evitado la hoguera. Se sentía especialmente derrotado con los casos de María de Arburu, madre del fraile Pedro de Arburu, y de María Baztán de la Borda, madre del cura Juan de la Borda. Muerta Graciana de Barrenechea, María de Arburu había sido acusada por muchas personas de ser la reina del aquelarre, y con ella su hijo, fray Pedro de Arburu. También habían sido acusados su sobrino y también clérigo Juan de la Borda y Arburu, y su cuñada y madre de Juan, María Baztán de la Borda. Don Alonso estaba convencido de que ambas rechazaban tenazmente las acusaciones porque estaban convencidas de que admitirlas perjudicaría a sus hijos. Había intentado probar sin éxito ante el tribunal las contradicciones en que habían incurrido los testigos que las acusaban de brujería. Por último, los hijos recibieron condenas leves y ellas iban a ser quemadas, acusadas por unos y por otros de hechos horrendos. ¿Qué envidias, qué rencillas vecinales estaban detrás de esas acusaciones? Don Alonso no pudo averiguarlo.

El auto de fe se celebró el domingo 7 de noviembre, pero, en realidad dio comienzo en la tarde del sábado, con una gran procesión de la Cruz Verde, una cruz adornada con ramas verdes que era el símbolo del Santo Oficio. En ella desfilaban la cofradía de San Pedro Mártir y todas las órdenes religiosas presentes en la ciudad: mercedarios, franciscanos, dominicos, jesuitas... Cerraban la comitiva los inquisidores y los oficiales del Santo Tribunal. Allí estaba don Alonso, que acudió disciplinadamente a sus obligaciones.

Aquella mañana el inquisidor se afeitó en la barbería y Baltasar lo acompañó en un vano intento de distraerlo. El barbero hizo dos bromas sobre lo extraordinario del acontecimiento y las ganancias de los mesones, pero ante la falta de respuesta optó por callarse. Por la tarde don Alonso se vistió pulcramente él solo y rechazó la ayuda de su sobrino y de Alarcón. Baltasar, que iba y venía por la casa sin atinar a hacer nada concreto porque no sabía cómo ayudar y tampoco quería estorbar, no paraba de mirarlo con disimulo. Se dio cuenta de que Alarcón tenía razón: don Alonso estaba mucho más delgado de lo que solía. Nunca le había parecido más digno en su silencio. Hubiera deseado explicarle cuánto le admiraba en aquel momento de absoluta derrota.

Alarcón, que se había refugiado en la cocina, salió cuando escuchó a don Alonso bajar las escaleras y se asomó a la ventana. Con un nudo en la garganta, el fraile exclamó al verle alejarse calle abajo:

—¡Lo que está sufriendo este hombre!

Baltasar, como su tío, era poco propenso al sentimentalismo y procuraba mantener su juicio acerca de los hechos en las justas proporciones.

—Los que están sufriendo ahora, Alarcón, son otros. Y que no se te olvide esto: mi tío solo ha perdido la primera batalla, pero va a ganar esta guerra.

Alarcón suspiró y se alejó de la ventana. Eran tal para cual tío y sobrino. En su opinión, la derrota había sido completa. Valle y Becerra habían ganado, como era evidente. Ellos habían pasado meses aperreados por los caminos. La lluvia los había mojado y la nieve les había congelado los dedos. De Zugarramurdi a Saint-Pée y luego a París. Habían tenido que huir para evitar que los apresaran y los acusaran de matar al rey de Francia. Llevaban cientos de páginas leídas sobre brujería, demonología, nigromancia y textos legales sobre estos delitos. ¿Y para qué?

El domingo fue el gran día. Apenas se podía caminar por las calles de Logroño. Antes del amanecer, don Alonso marchó al edificio del tribunal para unirse a la comitiva que trasladaría a los presos hasta la plaza. Los procesados recorrieron el camino escoltados por cuatro oficiales a caballo. Detrás, también a caballo, iba el fiscal.

A lomos de una mula viajaban los baúles en que se transportaban las actas de los juicios que alcanzaban los veinte mil folios de instrucción. El Santo Oficio se sentía muy orgulloso de la pulcritud y la fidelidad con que se instruían sus procesos, anotados día por día y hora por hora con una minuciosidad casi sobrehumana. Una vez en la plaza, los inquisidores y autoridades tomaron asiento en el palco construido para la ceremonia. Las gradas de madera, la plaza misma y los balcones estaban llenos a rebosar. Desde el lugar en que estaba sentado, don Alonso miraba el ir y venir de los baúles y observaba los rostros de los condenados, especialmente las madres de los dos sacerdotes. Desde un balcón, Baltasar y el fraile miraban el desarrollo del complejo ceremonial, que comenzó con un largo sermón que pronunció el prior de los dominicos, don Pedro de Venero. Después se procedió a la lectura de las sentencias. Los reos eran conducidos uno por uno al estrado y allí escuchaban el resumen de su causa y el dictamen del tribunal. Era tal el pormenor con que se informaba a los asistentes del desarrollo del juicio, de los testimonios y de los motivos que justificaban la condena, que los secretarios del Santo Oficio tenían que turnarse. Solo la lectura del proceso de María de Zozaya llevó más de dos horas.

La plaza entera escuchaba fascinada el relato de horrores casi inconcebibles: «Y el dicho Miguel de Goiburu entre muchas personas, hombres, mujeres y criaturas, que confiesa haber muerto en la dicha forma, declara que chupó por el seso y por la natura hasta que le mató un sobrino suyo hijo de su hermana y la dicha María de Yriart, que por las dichas partes chupó y ahogó, apretándolos con las manos y con la boca por la garganta, nueve criaturas. Y con los dichos polvos y ponzoñas, mató tres hombres y una mujer, declarando los nombres de todos ellos y los males que padecieron hasta morir en pocos días y otro gran número de niños, hombres y mujeres a quien causó diferentes males y enfermedades refiriendo la causa de su venganza. Y Estefanía de Yriart, su hermana, y Graciana de Barrenechea, su madre, refieren cosas muy notables...

»Estefanía de Telechea confiesa haber muerto a una nieta suya echándole unos pocos de los dichos polvos en las migas que le dieron a comer solo porque, habiéndola tomado en brazos, se le ensució en un delantal nuevo que tenía puesto... Y refiere otras muchas muertes y males que de día hizo con los dichos polvos y ponzoñas, llegando como en burla a tocar con ellos a las personas que pretendía hacer los dichos males...

»Y María Presona y María Ioanto, hermanas, refieren que el demonio en el aquelarre les dijo que ya hacía mucho tiempo que no hacían males, como acusándolas de descuido, por lo cual ambas se concertaron de matar un hijo de la una y una hija de la otra, que ambos eran de edad de ocho a nueve años, y para ello les echaron unos pocos de los dichos polvos en unas escudillas de caldo que les dieron de comer, con lo que al cabo de ocho días murieron... y que esto lo hicieron para dar contento al demonio...

»Siempre que mueren algunas personas o criaturas, algunos brujos se juntan con el demonio y sus criados y llevando consigo azadas van a las sepulturas y desentierran a los tales muertos, y quitándoles las mortajas los abren y les sacan las tripas y los descuartizan, y luego los cubren de tierra, poniéndola el demonio de la manera que estaba, que no se echa de ver que han andado en ella. Y luego toman a cuestas al difunto los parientes más cercanos, llevando los padres a sus hijos y los hijos a sus padres o hermanos y las mujeres a los maridos, y se van con mucho regocijo al aquelarre y despedazan los cadáveres en tres partes y una cuecen, otra asan y otra dejan cruda, comiendo el demonio y sus criados la parte que les cabe. Y los sapos vestidos les dan también su parte. Y afirman que, aunque más podridas y hediondas estén las carnes, saben mejor que carnero, capones y gallinas... Y la dicha Graciana de Barrenechea declara que, por ser ella la más preeminente de todos los brujos y reina del aquelarre, le pertenecía toda la carne, pan y vino que sobraba de los dichos banquetes, y los recogía y llevaba a su casa y en ella lo guardaba en un arca muy grande para que no lo viesen su marido y una de sus hijas y el yerno, que no eran brujos, y cuando ellos no estaban en casa sacaban la dicha carne y la asaban y cocían ella y dos hijas suyas que sí eran brujas y los dichos Miguel y Joanes de Goyburu. Y aunque la carne estaba muy hedionda, con todo eso les sabía muy bien y la comían con mucho gusto...».

Los oficiales leían y leían y en la plaza no se oía el vuelo de una mosca. Baltasar miraba a su tío, sentado en la tribuna con los otros inquisidores. Parecía esculpido en piedra. En ningún momento habló con Valle y Becerra. Durante horas Baltasar lo observó. Se negó a marcharse a pesar de que Alarcón insistía en que debían irse, porque en nada ayudaban a don Alonso soportando aquel espectáculo hora tras hora. Discutieron como solían y esta vez Baltasar no dio su brazo a torcer. Alarcón se refugió en sus tareas cotidianas. Limpió la casa que ya estaba limpia, sacó brillo a los peroles de cobre y aprovechó para salar un tocino muy bueno que le habían mandado de Barea como presente de gratitud por el vino que habían vendido al otro lado de la frontera. Baltasar no le reprochó a Alarcón su deseo de huir de la plaza. Sabía que en el fondo de su alma el fraile quería ser como todo el mundo y que la obstinación de don Alonso le parecía excesiva y, sobre todo, inútil. Baltasar era consciente también de que en aquella plaza había mucho que aprender, y como su tío no podía mezclarse con la gente, oír sus comentarios y charlar con ellos, pues tendría que hacerlo él. Para estos menesteres, Alarcón era como de molde, pero el caso de las brujas lo tenía sobrepasado. Estaba convencido de que, como mínimo, don Alonso perdería el oficio de inquisidor si es que no caían sobre él males mayores.

Durante los dos días que duró el auto, Baltasar estuvo presente en todo momento, unas veces desde el balcón y otras a pie de calle, entre empujones y comentarios. Lo primero que observó es que todo el mundo se refería a aquella ceremonia como «el auto de las brujas» a pesar de que solo treinta y uno de los cincuenta y cinco procesados estaban allí por brujería. Pero el resto no interesaba a la gente.

El domingo por la tarde se ejecutaron las sentencias. Un sacerdote acompañó a los condenados en todo momento por si alguno mostraba señal de arrepentimiento, pero no fue así.

Durante los días en que desde la tarima los secretarios inquisitoriales leyeron las causas, miles de personas recibieron un curso acelerado de brujería que pudo relacionar con alguna hechicera o hechicero en su pueblo o en su barrio, alguien que echaba mal de ojo o lo curaba, que arreglaba virgos, que fabricaba filtros de amor... De pronto la gente hablaba del aquelarre, palabra que todos desconocían antes de llegar a Logroño, de los sapos vestidos, de atravesar puertas por el ojo de la cerradura o de volar por encima de los tejados, pero sin escoba. Porque las brujas de Navarra no vuelan con escoba. Apoyado en el quicio del balcón desde el que observaba el aparatoso ceremonial, Baltasar no pudo evitar una sonrisa. Se acordó de Madame d'Hauterive y su racionalismo implacable. Don Alonso y ella hubieran hecho buenas migas si se hubieran conocido. La dama francesa estaba convencida de que no había manera de acabar con la superstición y, por tanto, tampoco se podía evitar que esta creencia supersticiosa en la brujería se transformara en leyes, y las leyes, en condenas. Consideraba imposible luchar contra una fe que desde lo más alto a lo más bajo de la pirámide social tenía asiento en casi todas las conciencias y, sobre todo, estaba convencida de que la brujería servía a muchos para asustar a los vecinos y ganarse el sustento; a otros para desatar persecuciones o epidemias de pánico colectivo, que lo mismo podían consolidar la autoridad en un territorio que la ponían en peligro; a los de más allá para reprimir la disidencia religiosa bajo la acusación de brujería... Un asunto turbio y sucio.

No todos los procesos eran leídos ante los asistentes al auto de fe completos. Ciertos aspectos, especialmente escabrosos, eran omitidos o se hacía referencia a ellos sin entrar en detalles. Así, por ejemplo, en el caso de María de Zozaya no se leyeron en la plaza los pormenores de su vida sexual con el demonio, que ella había descrito con gran minuciosidad para asombro de todos los presentes en su declaración. Baltasar recordaba aquel día. Alarcón venía escandalizado. El fraile se oponía sin titubeo a que estas cosas se escribieran tal y como las expresaba el testigo, e insistía en que bastaba con anotar «Afirma tener ayuntamiento carnal con Lucifer» sin tener que extenderse sobre tamaños y posturas. Naturalmente don Alonso, fiel al espíritu inquisitorial, defendía que había que recoger las deposiciones de los testigos y acusados de la manera más fiel posible. La discusión entre don Alonso y Alarcón había despertado la curiosidad de Baltasar, que no paró hasta que su tío, entre sonrojado e irónico, le dio a leer aquellas intimidades:

> Que Satanás tenía relaciones carnales con ella, por las partes ordinarias y por las traseras. Y que por las delanteras tenía el mismo contento que si fuera hombre, aunque con algún dolor por ser el miembro grande y duro. Y cuando por las traseras tenía más dolor que contento, y para tener los dichos actos la echaba en el suelo. Que muchas veces el demonio iba a su casa de noche y se acostaba con ella, a su lado, como si fuera hombre corporal, y tenía con ella los accesos carnales por las vías que quería. Y las carnes y todos los miembros estando en la cama parecían como de hombre en el tacto y en todo lo demás. Y él la abrazaba y besaba y ella a él. Y se aunaban y trataban tan familiarmente como si fueran marido y mujer. Y las carnes las tenía más frescas que de hombre y no se calentaban aunque estaban abrazados juntos ni por eso recibían más

calor. Y ordinariamente estaba con ella dos o tres horas, y se iba un poco antes del amanecer...

El lunes había menos gente. No hubo ya ejecuciones aunque fueron quemados en efigie siete brujos. Se procedió a la ceremonia de reconciliación de los once brujos restantes, que era larga y tediosa. Aquel día se leyeron las sentencias de los encausados que no eran brujos y que ni de lejos despertaban el interés del público en la misma medida que el caso de Zugarramurdi. Cada día don Alonso se levantó con oscuro, se vistió con el decoro que la ocasión exigía y acudió a ocupar su lugar entre los inquisidores. Nadie sabía lo que había pasado en la votación de las sentencias, aparte de los que habían estado en el acto mismo de la votación. Las autoridades presentes en la plaza quizás habían oído algún rumor, pero el público en general desconocía por completo las disensiones que se habían producido en el tribunal.

La gran Cruz Verde volvió al edificio donde el tribunal tenía su sede en solemne procesión cuando ya había anochecido. La gente fue abandonando la plaza y Baltasar dejó el balcón y regresó a casa a esperar a su tío. Y ahora, ¿qué iba a pasar? Comunicó sus preocupaciones al fraile, pero Alarcón estaba de las brujas hasta la coronilla y le prohibió terminantemente angustiar más a don Alonso con sus incertidumbres sobre el futuro.

—Deja descansar a tu tío. ¿Es que nadie te ha enseñado el don de la oportunidad?

Baltasar comprendió que Alarcón tenía razón. Decidió no discutir más con el fraile y se puso a su servicio en la cocina. Para aliviar un poco las amarguras de aquellos días, Alarcón había dispuesto dos platos muy apetitosos, uno de pobre y otro de rico. Baltasar fue cortando en trozos pequeños el tocino para hacer duelos y quebrantos, un plato sencillo pero delicioso. En cuanto don Alonso llegara los echaría en la sartén, y cuando ya hubieran soltado la grasa, añadiría los huevos batidos con una pizca de sal. El plato de rico consistía en estofado de cordero con miel y pasas. Esto eran palabras mayores, y ahí Baltasar no intervenía más que como humilde pinche, ni Alarcón le hubiera permitido más. Tan solo lo dejó majar en el mortero el aliño de ajo, perejil y hebras de azafrán, y añadirle agua, laurel y pimienta. El toque final iba en dos tiempos. A media cocción, una cucharadita de miel y otra de azúcar, un palo de canela y clavo. Y, casi al final, limón, ajonjolí y unas almendras fritas y machacadas en el mortero. Eso último también lo hizo Baltasar. Se acercó a la olla, que hacía chupchup, y el aroma lo elevó por encima de las miserias del presente. Aunque su tío era de una frugalidad espartana, sería muy difícil que no se sintiera reconfortado con aquellos manjares. Con disimulo miró a Alarcón, que estaba poniendo en un platillo unas aceitunas empeltres que él mismo aliñaba con hinojo, naranjas amargas, ajos y vinagre. Con esfuerzo, el jesuita venció la tentación de pescar una tajada de cordero de la olla y comérsela.

La cena discurrió con una apariencia de normalidad que hubiera engañado a cualquiera. Don Alonso se sentó y comió poco, como solía. Elogió los duelos y quebrantos y puso por las nubes el cordero. También tuvo palabras amables para las aceitunas aunque no las tocó. Mientras Alarcón servía la compota de manzana con dulce de membrillo, la conversación languidecía porque a nadie se le ocurría ya nada que decir. Don Alonso estaba realmente agotado por la tensión que había soportado aquellos días y que nadie conocía mejor que él. No había sido fácil estar sentado hora tras hora con hombres que casi le habían retirado la palabra. Pero lo hecho ya estaba hecho y no tenía remedio. Lo grave ahora, lo verdaderamente importante era lo que pasaría en los meses siguientes, porque tal y como estaban las cosas nada indicaba que la Inquisición no fuese a adoptar la doctrina que defendían Valle y Becerra y todos los demás miembros del tribunal de Logroño, excepto él. Miró a Baltasar y Alarcón con ojos cansados.

—Antes de levantarme de la mesa, hay algo que debo deciros: me temo que lo peor está por llegar.

Baltasar, que era impaciente, saltó como una liebre:

—Declare vuestra merced, señor tío, qué es lo que teme y qué podemos hacer.

Pero Alarcón no le dejó seguir.

—No, Baltasar, esta noche no. Hemos cenado en paz gracias a la misericordia del Señor y ahora debemos dormir. Don Alonso tiene que descansar y nosotros también. Mañana será otro día.

XXVI

De cómo algunos hombres buenos, pero sobre todo racionales, acaban con la caza de brujas, aunque no sin esfuerzo.

Durante el resto del otoño de 1610, los casos de brujería van aumentando y las denuncias ante las autoridades civiles y ante el Santo Oficio crecen sin cesar, como don Alonso había temido y también el obispo Venegas. El auto de fe tiene un efecto multiplicador no solo por las miles de personas que acudieron a Logroño, sino porque se imprimen narraciones breves y hojas volanderas de los hechos, como el pliego de Juan de Mongastón.

La epidemia se expande por una región amplísima que excede ya con mucho a Zugarramurdi y Urdax. Desde las Cinco Villas (Vera, Echalar, Lesaca, Yanci, Aranaz), las denuncias por brujería se extienden a Sumbilla, Gastelu, Legasa, Oronoz, Narvarte, Oyeregui, Arráyoz, Ciga, Garzáin; localidades todas que están en el norte de Navarra. Pero se registran también en otras partes de Navarra como Arriba de Araiz, Lazaeta y Tafalla. Sin sorpresa, don Alonso de Salazar constata que empiezan a aparecer casos en Guipúzcoa y hay denuncias en Fuenterrabía, Rentería y Andoain, e incluso en el mismo San Sebastián, señal de que lo que hasta entonces había sido un fenómeno eminentemente rural comienza también a manifestarse en las ciudades.

Hay casos nuevos en zonas nunca hasta ahora afectadas como Eguino, Alegría, Labastida y Miranda de Ebro. Comienzan a llegar rumores de posibles aquelarres en Oyarzun (Guipúzcoa) y en muchos pueblos cercanos a Logroño, como Ribafrecha, Ajamil y Bañares.

La situación amenaza con escapar a todo control. Diversas órdenes religiosas envían predicadores a la región con el objetivo de atajar la expansión de la herejía diabólica sin que esto surta efecto alguno. Pasan semanas y nadie toma una decisión. El Santo Oficio está como paralizado y la Suprema no se decide a intervenir. Don Alonso se desespera más y más ante esta pasividad. Pero sigue insistiendo ante la Suprema. El obispo Venegas, que no ceja en su empeño de acabar con aquella locura, convence al provincial de la Compañía de Jesús que envíe varios jesuitas jóvenes que hablen vascuence a la zona afectada. En aquellos momentos la Orden crece alimentada por muchos mozos de las provincias de Vizcaya, Guipúzcoa y Navarra, y el obispo está convencido de que no hay personal más cualificado para luchar contra la superstición. Como una auténtica guerrilla, los jóvenes jesuitas se despliegan por la montaña y los valles de la región. Para no perder el contacto con la evolución de los acontecimientos, don Alonso decide enviar a Baltasar con ellos.

Las noticias que llegan a Logroño son cada vez más alarmantes. Fray León de Araníbar, comisario del Santo Oficio, escribe desesperado al tribunal y pide ayuda. El conflicto social y vecinal aumenta cada día y teme un estallido de violencia descontrolada. Afirma que «ha llegado el mal a tanto que ya no hacemos caso de que haya brujos, aunque se descubre multitud de ellos» porque apenas si tiene tiempo para proteger a niños que proclaman aterrados que las brujas los llevan al aquelarre sin que haya modo de evitarlo, y con dificultad puede sosegar a padres dispuestos a todo con tal de proteger a sus hijos. Sin su intervención ya habrían asesinado a varias de las brujas más afamadas de la comarca, como ha sucedido en un pueblecito francés que está apenas a dos leguas. Allí los vecinos han quemado viva a una vieja a la que acusaban de brujería después de que esta reconociera que era verdad que llevaba a los niños del lugar al aquelarre. Hacia Navidad los inquisidores de Logroño vuelven a escribir a la Suprema solicitando instrucciones ante la avalancha de confesiones y denuncias que llegan de distintos pueblos.

La situación en la montaña navarra es de extrema gravedad. Ante la ausencia de autoridad reconocida que se haga cargo del asunto, la gente comienza a tomarse la justicia por su mano. Baltasar envía cartas a don Alonso dando cuenta de estos graves sucesos. En una aldea varios vecinos han encendido una gran hoguera y hasta ella han llevado a la fuerza a los brujos del lugar y los han amenazado con quemarlos vivos si no confiesan. En otro lugar los sospechosos de brujería han sido atados y arrojados al río helado. Una y otra vez los han izado y empujado de nuevo al agua para que confiesen sus crímenes diabólicos y es un milagro que ninguno se haya ahogado, aunque Baltasar tiene sus dudas al respecto. Otros han sido atados a los árboles y conminados a confesar mientras sus vecinos les arrojaban cubos de agua. El recurso al agua era habitual porque existía una superstición común según la cual los brujos no se ahogaban. En otras aldeas los sospechosos han sido obligados a pasear arriba y abajo atados a una escalera mientras los insultaban y arrojaban piedras en un espectáculo público de extremada crueldad que duró horas. El obispo de Pamplona don Antonio de Venegas comunica en sus informes que varias personas sospechosas de brujería habían muerto de manera violenta en la montaña navarra y refiere el caso terrible de una mujer embarazada que fue atada a un manzano, junto a otras desdichadas, y allí falleció mientras la gente le preguntaba una y otra vez si era bruja. Mientras tanto daban vueltas de garrote al cordel con que le habían atado piernas y brazos, apretando mucho. Esto ocurrió en Aurtiz, que es un barrio de Ituren. A otros el populacho enfurecido los atormentó metiéndoles los pies en cepos, y luego metían los pies y las pantorrillas en unas gamellas de agua, que con el frío que hacía se helaban enseguida y se congelaban los miembros, por lo que sufrían gran dolor. Entonces confesaban que sí, que eran brujos, pero luego, cuando el tormento acababa, se desdecían y lo negaban. Esto había ocurrido con cinco personas en Legasa.

De un pueblo a otro viajó Baltasar y pudo constatar que en Sumbilla murió otra mujer, caso que viene a sumarse al de Aurtiz, como don Antonio ya había denunciado; y otras más en Oronoz, y otra en Arráyoz y otra en Elizondo... Y posiblemente había más casos de los que las autoridades no tenían noticia porque sucedían en lugares remotos o de difícil acceso.

Poco antes de Navidad, Baltasar conoció en Yanci al padre Hernando de Solarte, cuyos puntos de vista sobre la brujería coincidían plenamente con los suyos y con los de don Alonso. Con discreción y razonables argumentos, Solarte logró sembrar la duda en el sacerdote Martín de Irisarri, hombre de gran prestigio en la región. La prueba de convicción principal fue demostrar que muchas confesiones eran falsas y que numerosos testigos, cuando no se sentían presionados, se retractaban. Uno de los casos que más mella hizo en Irisarri y en otros párrocos de la zona fue el del sobrino de Lorenzo de Hualde, un muchacho de dieciséis años que había sido acusado por varios mozos de su edad de brujería. Su tío le había atado desnudo a la cama y le había azotado hasta que confesó. Y solo cuando Solarte, a solas, le había prometido que jamás diría a nadie lo que le contara, fuese lo que fuese, se atrevió el muchacho a abrir su corazón y a declarar que ni era brujo ni sabía nada de brujería. Otros muchos casos como este fueron reuniendo con paciencia y extremada discreción Solarte, Baltasar y otros jesuitas y sacerdotes repartidos por distintos pueblos.

El momento de crisis del párroco Irisarri se produjo cuando él mismo hizo la prueba con una chica de quince años natural de Lesaca que era considerada bruja por todos; ella misma había confesado ser bruja. Irisarri la trató con la mayor amabilidad y le rogó que le dijese si había levantado falso testimonio. Con sosiego y buenas palabras, le aseguró que nadie sabría nada y que él se ocuparía de que no se viera perjudicada en modo alguno. A fin de cuentas, la discreción era el lema del Santo Oficio. La moza se vino abajo y entre sollozos confesó que lo que dijo lo dijo porque dos mujeres le pegaron y la amenazaron de muerte si no acusaba de brujería a las personas que ellas le dijeran. Irisarri casi cae enfermo tras oír esta declaración. Solarte y Baltasar tuvieron que atenderle durante varias horas porque el anciano no hallaba sosiego y no podía dejar de preguntarse cuántos casos como aquel habría. Pero sobre todo le dolía su propia responsabilidad en aquel asunto. Como Baltasar le hizo notar, hacía poco más de un año que nadie hablaba de la existencia de una secta diabólica y todo se limitaba, como siempre había sido, al repertorio habitual de supersticiosos, curanderas y saludadores. Irisarri se sentía entre otras cosas ofendido consigo mismo porque él también había creído a Hualde y a Valle, y no solo eso: desde el púlpito había propagado aquella locura colectiva, explicando a los vecinos cómo era el culto a Satanás, la ceremonia del aquelarre, la maldad de esta perversa herejía y había instado a sus feligreses a vigilar y a denunciar a todo aquel que pudiera resultar sospechoso.

Sentado a la mesa de trabajo de Irisarri en la casa parroquial de Yanci, Baltasar escribía a don Alonso dando cuenta de estos hechos. No se sentía desanimado aunque la situación era muy grave porque percibía que cada vez había más personas que dudaban de la veracidad de la brujería a pesar de las denuncias constantes y del pánico generalizado.

El día anterior, Hernando de Solarte y Baltasar habían llegado a la casa del padre Irisarri entre protestas de indignación. Solarte era casi de la misma edad que Baltasar y procedía del Colegio de Vizcaya, como casi todos jesuitas que recorrían la región.

Traían con ellos un pliego grande que había sido impreso en Logroño en casa del editor Juan de Mongastón en el mes de enero de 1611. Este tipo de publicación popular era frecuente y daba a conocer a la población sucesos o acontecimientos importantes. ¿Y qué había sido más espectacular en aquellas provincias que el auto de fe de Logroño?

A Baltasar le faltó tiempo para mandar noticia a su tío. Apenas podía creer que semejante texto hubiera sido autorizado. Baltasar escribía y escribía. Cada dos por tres tenía que ponerse en pie y hacer ejercicio. El frío era tan intenso que hacía crujir los huesos. Sobre la mesa mantenía encendida una lamparilla de aceite aunque era de día, para acercar los dedos a la llama y calentarlos. A veces se le quedaban rígidos del frío y le costaba escribir. Soltó la pluma con un suspiro y comenzó a mover los dedos cerca de la minúscula llamita. Apenas sentía calor, pero resistió la tentación de meter los dedos dentro del fuego porque sabía que esto le provocaría todavía más sabañones. Los sabañones le trajeron a la memoria a Alarcón, que esta vez se había quedado en Logroño sin chistar. Los hombres de la Compañía no eran de su gusto, así que no quiso adentrarse en la montaña navarra con ellos.

> Excúseme si me entrometo, pero me pregunto cómo las autoridades no han impedido la publicación de este pliego. De seguro V. M. habrá tenido

oportunidad de verlo en Logroño, siendo el impresor de la misma ciudad. ¿Recuerda V. M. las hojas volanderas sobre las brujas que me mostró Madame d'Hauterive? Hemos reflexionado más de una vez sobre la capacidad de propagación que estos panfletos tienen. La propia Madame d'Hauterive nos explicó en no pocas ocasiones que lo que el vulgo aprende sobre la brujería y el culto diabólico está en esas hojas impresas que, a veces con dibujos y a veces sin ellos, tienen un atractivo que resulta irresistible. Solarte y yo salíamos de Elgorriaga de sosegar a un padre desesperado que lleva muchas noches velando junto a la cama de su hijo para evitar que las brujas lo lleven al aquelarre. Su caso es el de muchos otros. El buen hombre está a punto de caer enfermo por falta de sueño. Noche tras noche se sienta junto a la cama de su hijo para evitar que las brujas conviertan a su muchacho en un ser diabólico. Y le consta que el cuerpo de su hijo no se mueve de la cama, pero ¿qué pasa con su alma? ¿Y si el cuerpo que él ve no es, en realidad, el de su muchacho, sino un cuerpo falso que el demonio ha puesto allí para engañarle? Como V. M. se temía, la doctrina del cuerpo fantástico se ha hecho popular. Al niño, que debe tener ocho o nueve años, no le pasa absolutamente nada. Solo tiene pesadillas porque está aterrado y sueña con aquello que teme, a saber, que las brujas vienen a por él y se lo llevan. Es una criatura preciosa, está sano y bien alimentado, aunque se asusta ante el menor ruido y mira con pavor cuanto le rodea con unos enormes ojos azules que son frecuentes en estas comarcas.

No sé si hemos conseguido convencer al padre de que cuando ve al muchacho en la cama, es que está en la cama, en cuerpo y alma, salvo que Dios disponga lo contrario y entonces la persona muere, y que nadie se ha llevado a su niño ni se lo va a llevar al aquelarre. Y desde luego él tiene que dormir porque la falta de sueño destruye la salud y la cordura como cualquier enfermedad. Cuando nos hemos marchado, parecía más tranquilo. Sin embargo, dudo de que pueda sustraerse al ambiente histérico que se respira en el pueblo. Y entonces, tras abandonar la casa de este buen hombre, ha sido cuando hemos visto al vendedor de pliegos de Mongastón voceando su mercancía en una esquina de la pequeña plaza del lugar. Con gran éxito por demás. Solarte y yo no podíamos dar crédito. ¿Cómo se ha permitido la publicación de tan morboso documento? Esto hace inútil nuestro trabajo aquí.

Mientras escribe en casa de Irisarri, Baltasar ignora que don Alonso de Salazar ha protestado ante las autoridades por la publicación del panfleto de Juan de Mongastón. Una vez más sus quejas han sido desatendidas. Don Alonso vive más y más acuciado por la sensación de que hombres hechos y derechos juegan con pólvora sin saber cuán peligrosa puede llegar a ser, como si fueran niños. La lectura del pliego indigna a don Alonso, pero tiene que reconocer que el impresor hace gala de un talento literario y comercial sobresaliente.

—Este se va a hacer de oro —comenta irónicamente Alarcón mientras le acerca a don Alonso un pequeño lebrillo con castañas que está asando en el rincón de la chimenea.

El frío no da tregua. Hay nieve en los tejados y los cántaros se rompen porque el agua se congela dentro. La lucha contra el frío absorbe la mayor parte del tiempo de Alarcón.

—Solo ve el negocio y no sabe que está arrojando brasas a un pajar —añade don Alonso.

—Es que puede ganar muchos reales y este Juan de Mongastón es un lince, según me han dicho —añadió Alarcón.

—Lo es, lo es. Fíjate que empieza contando que él se limita a imprimir un documento que ha encontrado, así que nada de lo que dice es responsabilidad suya.

—Bonita manera de lavarse las manos. Esto de encontrarse un manuscrito empieza ya a estar un poco sobado. Lo dice *La Celestina* y lo dice Cervantes, que está claro que lo tiene que decir por mor de la parodia, pero, vamos, una y otra vez con lo mismo... ¿no? Ganas me dan de comenzar yo un romance que diga: «Lo que sigue es todo sustancia salida de mi caletre, que ni me he encontrado manuscrito ni papel por las calles ni documento perdido...».

Don Alonso se echó a reír. Por fortuna Alarcón había recobrado su gracia natural tras la dura experiencia de los viajes.

—Anda, pues ponte a ello en vez de levantar coplas...

Alarcón alzó un dedo pidiendo silencio.

Advierta que es desatino
comprar pliego a Mongastón,
gástelo mejor en vino,
le dará mejor color.

—El licor de Dionisos es tu tema, Alarcón.

—Observe vuestra merced que he acertado a unir los dos tópicos en la misma redondilla —añadió Alarcón orgulloso.

Don Alonso hizo un gesto crítico con la cabeza.

—Has mezclado asonantes y consonantes.

—¡Válgame la Virgen de la Estrella! Ya me extrañaba a mí que no me saliera con alguna fineza. Mire, yo soy un poeta de esos de calles y plazas, no de los que escriben tratados sobre el endecasílabo *flemático*.

—Enfático.

—Ha sido un lapsus. Acentos en la primera, la sexta y la décima, pero no me abrume con la doctrina.

Mientras intentaba pelar una castaña sin quemarse los dedos, don Alonso protestó:

—¡Si eres tú el que se ha puesto a disertar sobre manuscritos encontrados y otras cosas semejantes a propósito del documento ese de que habla el pliego de Mongastón!

—Lo he dicho para que se vea que el tal Mongastón va sobrado de recursos...

Don Alonso movió la cabeza con preocupación.

—Sí, aunque el precio de verdad lo van a pagar otros. ¿En qué estará pensando este fray Gaspar de Palencia que ha autorizado la publicación?

Alarcón negó vigorosamente.

—No, no, ese fraile no tiene culpa de nada, que tiene por encima gente con mucho más mando que él. Aquí se quiere que los soldados tomen decisiones que no toman los capitanes... ¿Ha hecho la Suprema algo acaso?

Don Alonso tuvo que darle la razón a Alarcón.

—Que sí, Alarcón, que hay mucha verdad en lo que dices.

Pero Alarcón ya no se podía callar.

—Blancas se nos están poniendo las barbas de esperar ese edicto de gracia que no llega. Que las cosas que cuenta Baltasar ponen los pelos de punta, y el obispo Venegas, que no está dispuesto a callar, pero parece que predica en el desierto. Y en fin, que han matado ya a varias desgraciadas sin juicio y sin nada, y que a ver quién para la riada si se deja crecer el mal y esto...

Alarcón sacudió con apasionamiento el pliego.

—... esto es la puntilla, porque hasta ahora iba de boca en boca, pero de ahora en adelante se puede aprender leyendo.

Don Alonso mantenía la mirada en las brasas y en la castaña que se estaba asando.

—Y no solo eso, Alarcón, la letra impresa se fija en la mente de los hombres como si lo que en ella queda atrapado adquiriese un manto de veracidad que fuese indestructible con el paso del tiempo.

—No os entiendo.

Don Alonso levantó los ojos y miró a Alarcón aparentando indiferencia.

—Nada. Tonterías mías. Lo que quiero decir es que sí, que el pliego es un auténtico manual sobre brujería y que precisamente por eso su éxito está asegurado, porque no teníamos en España ningún texto como ese, así que encuentra un público ávido de novedades y misterio. Y la brujería fascina a chicos y grandes, como todos sabemos.

Alarcón no se había dado cuenta de aquel detalle.

—Claro. Y por eso vuestra merced nos envió a Francia, para ver lo que se había publicado allí...

Don Alonso asintió.

—No solo por eso, pero también por eso.

Alarcón estaba indignado.

—¡Qué listo, pero qué listo ese Mongastón!

—Sí, es muy listo —añadió don Alonso con sosiego—. Fíjate en el título: «Relación de las personas que salieran en el auto de fe» es ambiguo y por eso mismo engañoso, porque lo sucedido durante el auto de fe, lo que pasó durante el primer día y luego durante el segundo, con sus sermones y condenados que no son brujos, ocupa, en realidad, una parte muy pequeña, insignificante. Solo le interesa lo que tiene que ver con la brujería. Lo que en verdad da atractivo a la publicación es lo que viene después: «Relación de las cosas y maldades que se cometen en la secta de brujos, según se relataron en sus sentencias y confesiones». Y ahí no nos falta detalle. Aparece descrito todo el magisterio de la brujería con sus ritos de iniciación, sus maestros y discípulos. Los distintos ungüentos y los poderes que estos tienen, el aquelarre y las orgías en el «campo del cabrón». —Don Alonso se detuvo un momento y suspiró—. Casi te diría que puedo ver a los parroquianos, en el mesón y en la plaza, oyendo fascinados lo que lee algún vecino que sabe hacerlo. Y luego viendo brujas por todas partes.

Las denuncias, acusaciones y violencias relacionadas con la brujería crecen durante el otoño y el invierno hasta alcanzar el nivel del delirio. Y, sin embargo, la causa de los escépticos también va ganando adeptos. El trabajo, en ocasiones discreto y en otras no tanto, de Alonso de Salazar y el obispo Venegas se ve multiplicado por otros ayudadores como Hernando de Solarte o el padre Martín de Irisarri.

La situación alcanza un punto crítico en el mes de febrero de 1611. Como don Alonso y el obispo Venegas habían previsto, el auto de fe había multiplicado la popularidad de la brujería. A esto se añadió el éxito fulminante del pliego de Mongastón, que se vendía como las rosquillas. Por fin el inquisidor general, que no quería precipitarse en sus decisiones, comprendió que se estaba llegando a unos niveles de conflicto que, de no atajarse, podrían tener consecuencias impredecibles. La lectura del pliego le había revuelto las tripas y el 25 de febrero anuló todo compromiso, y con su fiel Oviedo como amanuense se retiró a su huerta de Atocha. Allí se dedicó a escribir cartas y peticiones de informes. Al tribunal de Logroño envía una solicitud de información detallada y precisa, pueblo por pueblo.

Don Bernardo solicita, además, el parecer del tribunal sobre varias cuestiones como, por ejemplo, si consideraba necesario trasladar la sede a Pamplona para estar más cerca del epicentro de la región afectada o qué otras medidas les parecían convenientes para resolver el problema. Aquel mismo día el inquisidor general escribe también a Pedro de Valencia solicitando su parecer de humanista y de hombre de gran prestigio en el reino sobre las brujas, pues no en vano era cronista real y gozaba de la confianza del rey Felipe III. También escribe a otras personas a las que pide opinión y consejo. Pero sobre todo se dirige directamente al obispo Venegas, que tiene muchas cosas que decir sobre la persecución de las brujas. Don Bernardo de Sandoval se dispone a tomar una serie de decisiones arriesgadas y quiere cubrirse las espaldas.

La llegada de esta carta de la Suprema deja a don Alonso desconcertado. Por una parte el inquisidor general parece dispuesto a seguir el parecer oficial del tribunal del Santo Oficio en Logroño, que obviamente es el de Valle y Becerra y no el suyo, puesto que pide abiertamente su consejo. Pero por otra deja entrever la necesidad de un edicto de gracia.

Juan del Valle Alvarado y Becerra Holguín trabajan de noche y de día junto con otros miembros del tribunal en la elaboración de un gigantesco informe, que es enviado a Madrid en apenas unos días, con información precisa sobre pueblos y aldeas y hasta una suerte de mapa estadístico. El 9 de marzo el tribunal de Logroño envía este memorial a la Suprema con unos datos escalofriantes. En veintiún pueblos, que juntos suman una poblaciónde 6.030 personas, 287 han confesado que son brujos o brujas. Estos, por su parte, han acusado a otros también de serlo, hasta un total de 1.271 personas que, sumadas a los casos anteriores, hacen un total de 1.558 acusados de brujería por sí mismos o por otros. Es el 26 por ciento de la población. En algunos lugares concretos la situación es todavía peor. Así, por ejemplo, en Zugarramurdi y Urdax es el 52 por ciento de la población y en Vera, el 37 por ciento. Hay constancia de casos que alcanzan a cincuenta pueblos y noticias de que la herejía diabólica ha podido llegar hasta Santander.

Por supuesto, estos datos vienen acompañados de una elaborada descripción de las medidas que se deben adoptar y que son realmente las de un estado de sitio. Don Alonso, en un primer momento, no comprende cuáles son las intenciones del inquisidor general, ya que no sabe de las otras cartas que también ha enviado, pero sobre todo ignora que se ha puesto en contacto con el obispo Venegas. Se siente más y más aislado. Apenas habla con sus compañeros, que no le dejan participar en la elaboración del informe. No acierta a explicarse para qué le envió don Bernardo de Sandoval a Logroño nada más empezar el problema de Zugarramurdi. A fin de cuentas, su trabajo no ha servido para nada, nadie le ha hecho caso en ningún momento y sus esfuerzos solo han servido para poner en peligro de muerte a Alarcón y Baltasar y comprender que el problema de las brujas de Navarra viene de Francia, conclusión a la que también el obispo Venegas ha llegado por su cuenta. Sin embargo, una vez muerto el rey Enrique IV esto ya no tiene importancia. Lleva meses en Logroño actuando según su criterio, como le dijo el inquisidor general, aunque no sabe qué utilidad ha podido tener esto. El auto de fe se celebró igualmente y la epidemia de brujería crece sin parar. Salazar se traga su propia decepción en silencio y no permite que Alarcón critique al inquisidor general. El fraile está furioso y le cuesta callar. Por ese motivo don Alonso se resiste a comunicarle los detalles del informe que Valle y Becerra envían el 9 de marzo a Madrid, pero está tan angustiado que apenas puede disimular su zozobra y termina contándole a Alarcón la causa de su pesar. El plan diseñado por los dos inquisidores para acabar con la brujería es colosal. En primer lugar, Valle y Becerra solicitan la intervención del rey para cercar la zona e impedir que nadie pueda salir de ella.

—¡Pero eso es como una guerra! ¡Hará falta traer al ejército! —exclama Alarcón, desconcertado.

—No es como una guerra. Es una guerra —dijo don Alonso muy despacio.

A Alarcón no le entra en la cabeza que el inquisidor general pueda ser tan torpe.

—O sea, que al final va a haber una guerra en Navarra, como quería el francés, pero ya sin el francés, y la vamos a provocar nosotros.

Don Alonso intentaba serenarse y mirar la situación con ecuanimidad, aunque le costaba. Era consciente de que había amargura en su tono de voz y una decepción que apenas ponía ocultar.

—Pero hay también la posibilidad abiertamente expresada por la Suprema de un edicto de gracia, aunque...

—¿Aunque qué? —preguntó el fraile con impaciencia.

—Aunque Valle y Becerra insisten en que no debe durar más de cuatro meses y en que deben ser ellos los que se encarguen de propagar y administrar el edicto —añadió el inquisidor con la mayor frialdad que pudo.

—¡Pero eso es un disparate! Ese edicto de gracia en manos de Valle y Becerra no servirá de nada. Y cuando terminen los cuatro meses, ¿qué pasará?

—Valle y Becerra aconsejan proceder con la mayor dureza. Sin piedad. Han hecho sus planes y prevén juicios en masa, personal de apoyo y otras medidas excepcionales. Entre ellas, como te he dicho, cercar el territorio.

Don Alonso se puso en pie y se dirigió hacia la ventana. A pesar del frío, su frente, habitualmente despejada y serena, se había perlado de sudor y no quería que Alarcón viese su turbación.

En este momento don Alonso de Salazar no sabe que más rápido en contestar a los requerimientos de don Bernardo que Valle y Becerra ha sido el inquebrantable obispo de Pamplona, a quien la fragilidad de cuerpo no le ha debilitado la determinación del espíritu. A la mayor celeridad escribe a don Bernardo con fecha de 4 de marzo. Es una carta apresurada y en ella anuncia al inquisidor general otra misiva más larga y con un memorial detallado de sus muchas investigaciones por los valles y montañas afectados por la herejía diabólica. Le urge poner sobre aviso a don Bernardo y hacerle comprender que hay que atajar la persecución de la brujería inmediatamente. Pero esto don Bernardo de Sandoval ya lo sabe y solo está buscando apoyos para el caso de que las disposiciones que va a tomar sean criticadas. Por eso no espera la llegada del memorial del obispo Venegas, que es enviado a Madrid con fecha de 1 de abril, es decir, seis días después de que Sandoval, con la aprobación de la Suprema, envíe a Logroño no solo un edicto de gracia cuya duración excederá con mucho lo que a Valle y Becerra les parecía aceptable, pues será de seis meses, sino con órdenes precisas para que dicho edicto sea administrado por un solo inquisidor y este será don Alonso de Salazar y Frías. El mismo 1 de abril, en que el obispo Venegas acaba su carta y memorial para enviarlo a Madrid, recibe el tribunal del Santo Oficio de Logroño el edicto de gracia y las instrucciones precisas para la visita a todo el distrito inquisitorial que don Alonso debe hacer.

Valle y Becerra, en un primer momento, no daban crédito a lo que ellos interpretaban como un viraje radical y casi herético en las disposiciones de la Inquisición española sobre brujería, pero su reacción no fue contra sus superiores, sino contra don Alonso, a quien consideraban culpable de lo que había pasado. Y también porque no cabía pensar que se insubordinaran contra el inquisidor general y la Suprema. Sin embargo, la creencia en la brujería estaba muy arraigada y el resto del tribunal de Logroño no se resignó ante lo que, a sus ojos, era un disparate.

Don Alonso de Salazar prepara su misión con todo cuidado y pormenor. Tarda dos meses en organizar su viaje y no quiere dejar nada al azar. Le acompañan dos secretarios del Santo Oficio, Francisco Ladrón de Peralta y Luis de Huerta y Rojas, y dos intérpretes de vascuence. Sabe que va a encontrar muchas resistencias y que en la mayoría de los lugares a los que llegue la gente espera a un inquisidor que acabe con los brujos, no que los confiese y los perdone para, acto seguido, pedir a la comunidad que los vuelva a aceptar en su interior con un acto simbólico de reconciliación. Pero naturalmente no se pueden ignorar las denuncias de aquellos que se sienten perseguidos o perjudicados por las brujas o la gente se tomará la justicia por su mano. De manera que hay que manejar tan compleja y volátil situación con una enorme dosis de paciencia y mano izquierda. Una de las principales preocupaciones del inquisidor es detener el proceso de las acusaciones en cadena, riada sin freno que lleva acrecentando el problema desde su mismo inicio. Y esto no es fácil, porque debajo de esas acusaciones hay en la mayoría de los casos relaciones vecinales envenenadas por motivos muy diversos, desde celos entre cuñadas a herencias, pasando por enfrentamientos en los concejos de las villas o por la leña de los bosques.

Por fin, en mayo de 1611, Alonso de Salazar y Frías emprende un largo viaje para llevar el edicto de gracia de pueblo en pueblo y de parroquia en parroquia. Si la persecución de las brujas había sido dura, la pacificación de la persecución no lo es menos. Desde Logroño don Alonso marcha a Pamplona y desde allí continúa hacia Santesteban, Zubieta, Ezcurra, Iráioz, Lizaso, Olagüe, Elizondo, Arizcun, Amaya, Urdax, Zugarramurdi, Valderro, Lesaca, Vera, Fuenterrabía, Pasajes, Rentería, San Sebastián, Tolosa, Azpeitia, Guetaria, Deva, Motrico, Berriatúa, Marquina, y vuelta a Azpeitia y de allí a Vergara, Oñate, Valderaquil, Alsasua, Salvatierra, Vitoria y finalmente Logroño.

Feliz, como siempre que tenía una tarea que cumplir, Baltasar se unió a su tío y le ayudó en todo, lo que permitió a Alarcón, que no tenía ningún interés en involucrarse en más problemas relacionados con la brujería, dedicarse a sus tareas entre pucheros, compotas y rima asonante. Otro factor no desdeñable que mantenía a Alarcón apartado era la abundancia de jesuitas en los pagos por los que debía discurrir la visita del inquisidor. El fraile se dispuso a disfrutar de unos meses de tranquilidad y descanso en Logroño. Pero unas semanas después tuvo noticia a través de Francisco Ladrón de Peralta, uno de los secretarios, de que don Alonso se mataba a trabajar a tales extremos que todos temían por su salud. Arrastrados por el ejemplo del inquisidor también secretarios y escribanos se afanaban día y noche hasta caer extenuados. Alarcón podía imaginarse muy bien la situación y sabía que Baltasar no servía de nada en aquel trance, porque, aunque tenía buenas tragaderas, cosa que don Alonso no tenía, era capaz de comerse las suelas de los zapatos con tal de no quedarse atrás. Y mucho más si el que marcaba el ritmo era don Alonso. Se convenció a sí mismo de que acabarían todos en un hospital, para gozo de Valle y Becerra y de todos los Lancres de este mundo. Cuanto habían logrado se perdería por exceso de celo y falta de descanso y buenos alimentos. Una mañana se armó de valor y fue al corral de Tello.

—Nunca imaginé que os volvería a ver por aquí —comentó el mulero con sorna.

Alarcón cuadró la mandíbula desafiante, pero no respondió a la provocación. En el corral de Mingo Tello aviaron para Alarcón un viaje a medida sin que él lo supiera. El mulero sabía que el fraile no era hombre al que se pudiera poner en el Camino Real sobre un cuadrúpedo cualquiera, sin más ni más. Apreciaba de veras a Alarcón, pero sobre todo a don Alonso, a cuyos buenos consejos legales debía el haber evitado que le subieran muchos maravedíes en la renta que pagaba por sus corrales. Encajó al viajero en una reata que salió de Logroño con cueros para botas con destino a Lesaca. Allí alcanzó a don Alonso y se ocupó de que hubiera buenas viandas y cama decente para aquella caravana inverosímil que, mandada por Salazar, iba de pueblo en pueblo escuchando a los vecinos, atendiendo las denuncias, administrando reconciliación, animando a la gente a retractarse de los falsos testimonios, firmando documentos de gracia a todos los arrepentidos, levantando actas... y recomendando silencio. No hay que hablar de la brujería. Es malo, hace daño, vuelve loca a la gente. Cientos de folios, tinteros derramándose por doquier, baúles con legajos, resmas de papel... y cada vez más mulas para cargar con tanto documento. Y con la caravana, docenas de jesuitas, casi imberbes, desplegados por las aldeas, que se subían a los púlpitos, a los pilones de agua, a donde fuera, para explicar a los aldeanos en vascuence y castellano que las brujas no existen.

Durante aquellos meses en que don Alonso con sus ayudantes administró el edicto de gracia por distintas comarcas, pasó de todo, incluidos episodios absolutamente hilarantes. Como el caso de una moza natural de Arizcún, Catalina de Sastrearena, de dieciséis años, que se presentó con varios brujos y brujas más en Elizondo con el propósito de pedir reconciliación al Santo Oficio. Acto seguido, y sin que esto le pareciera contradictorio, anunció con gran desparpajo a don Alonso que estaba condenado a muerte por el demonio desde hacía tiempo e incluso que le habían quemado en un aquelarre, al modo de las efigies que se quemaban en los autos de fe. Como el inquisidor no mostró demasiada preocupación ante tan terribles noticias, Catalina y sus brujos le hicieron saber que sería asesinado el día de Santiago Apóstol por la noche por medio de unos polvos que le introducirían en la boca mientras dormía.

Unos días antes le habían dicho que estaba rodeado de demonios por todas partes y que en la sala en la que estaba había por lo menos cuarenta, aunque él no los veía. Meses después don Alonso, que procuraba registrarlo todo con objetividad y sin ironía, no pudo evitar que se le transparentara el sentido del humor que sin duda tenía:

> Y no es mucho que dejase de sentir esto, puesto tampoco parece que sentí lo demás ni otra ocasión en que haciendo audiencia en la dicha sala, teniéndome atado el demonio y brujos por una parte, otros me encendían fuego a la persona y silla donde estaba sentado.

Hubo también momentos terribles, como el suicidio de Mariquita de Atauri, que se quitó la vida después de confesar a su hija que había levantado falso testimonio contra treinta y ocho personas.

Los colegas de don Alonso que habían encajado aparentemente las órdenes de la Suprema sin protestar estaban muy lejos de haber aceptado la situación y las nuevas disposiciones emanadas de la Suprema. Pasado un tiempo prudencial, volvieron a la carga e intentaron sabotear el trabajo de don Alonso.

El fiscal San Vicente, con el apoyo de Valle y Becerra y sin consultar a sus superiores, decide ir detrás de don Alonso para ver cómo van las cosas y llega hasta San Sebastián. De este trabajo de espionaje saca en claro que el edicto de gracia, tal y como lo está administrando don Alonso, es un coladero general. De vuelta a Logroño San Vicente, de acuerdo con Valle y Becerra, intentará entorpecer la tarea de Salazar por todos los medios, y así escriben a la Suprema que el resultado de la visita de Salazar es que «la tierra quedó con los mismos daños y mayor perdición». La consecuencia de tanta blandura, cuando no directamente negligencia, es que la herejía demoniaca se extiende sin tregua y que ellos no pueden hacer nada para evitarlo. Hasta tal punto esto es así, que la propia ciudad de Logroño, sede del Santo Oficio, ha sido alcanzada y los tres hombres informan de que en la plaza de San Francisco de la mentada ciudad se celebran aquelarres con total impunidad. A pesar de todo esto, en carta del 12 de septiembre, la Suprema expresa su conformidad con el método de trabajo de don Alonso, le felicita explícitamente y le asegura que goza de toda la confianza del inquisidor general.

El viaje de don Alonso de Salazar y Frías duró desde el 22 de mayo de 1611 hasta el 12 de enero de 1612, dos meses más de los seis que al principio estaban previstos. Desde Logroño fue sin detenerse a Pamplona, como exigía el protocolo, a presentar sus respetos al obispo por cuya diócesis iba a discurrir la mayor parte de la visita con el edicto de gracia. Así pudieron por fin conocerse los dos hombres que llevaban tanto tiempo luchando contra la superstición y ayudándose mutuamente en la distancia. Venegas admiraba de veras a don Alonso y de su aprecio da testimonio que le prestó su propio palio como señal inequívoca de apoyo incondicional, y bajo aquel palio hizo el inquisidor el mayor de su trabajo. Era un gesto excepcional que escandalizó a Valle y Becerra. Pero es que al obispo no se le escapaba que si se levantaba una polvareda contra el edicto de gracia; si el problema persistía o se acrecentaba; si la creencia en las brujas ganaba la partida en última instancia... la cuerda se rompería por el lado más frágil y ese lado era el inquisidor Alonso de Salazar. Por lo tanto era muy importante que se supiera públicamente que don Alonso contaba con las bendiciones del obispo y que su autoridad se viera reforzada de esta manera. Con seguridad le hubiera gustado acompañarlo a los lugares más conflictivos, pero don Antonio de Venegas no estaba ya en condiciones de viajar.

Don Alonso de Salazar regresó a Logroño con unas 11.200 páginas manuscritas de protocolo correspondientes a la administración del edicto de gracia. Había instruido alrededor de mil ochocientos casos. Todo ha discurrido en paz y el objetivo de sosegar la región parece haberse logrado. Sin embargo, a pesar de que la posición de Salazar es ahora firme, todavía Valle y Becerra intentaron defender sus puntos de vista y desacreditar el trabajo de su compañero y del obispo Venegas de diversas formas. En carta a la Suprema de 24 de marzo de 1612 hacen saber al consejo que Salazar solo pretendía defender «el voto singular que dio en contrario de otros ocho que con él asistimos a ver y votar las causas de los brujos que salieron en el auto». Se quejan amargamente de que don Alonso «pretende reducirlo todo a sueños y embelecos del demonio», y que los documentos que trae están preparados para justificar «su opinión y la que trata de defender el señor obispo de Sigüenza, que lo ha sido de Pamplona, con quien nuestro colega tiene particular amistad».

El 31 de marzo de 1612 empezaron a llegar los memoriales de Salazar a Madrid. Iban acompañados de una carta de Valle y Becerra pidiendo tiempo para elaborar sus propios informes tras haber leído y estudiado la documentación que Salazar traía de su visita y administración del edicto de gracia. Empezó ahí una batalla judicial por las leyes con que debían juzgarse los casos de brujería que duró varios años. Las posturas enfrentadas dieron lugar a una auténtica guerra de memoriales e informes que inundó la Suprema, hasta tal punto que fueron necesarios casi dos años para hacer la digestión de tanto documento.

Esta guerra iba acompañada de otra más concreta y cotidiana en el tribunal de Logroño. La tensión que allí se vivía terminó afectando al fiscal San Vicente, que en el mes de julio escribe una carta a la

Suprema para pedir traslado porque ya no aguanta más. En ella cuenta que la vida en el tribunal es insoportable y que varias veces ha tenido que ir desde su despacho a pedir a los inquisidores que moderen sus voces porque se los oye desde la calle. La situación le parece escandalosa e impropia del Santo Oficio, y manifiesta con total sinceridad que más preferiría que los inquisidores vivieran amancebados o aceptaran sobornos a aquel enfrentamiento a cara descubierta que amenaza con convertirse en la comidilla no ya de Logroño, sino del reino. El fiscal San Vicente se refiere en este momento a los tres inquisidores por igual y no hace distinción entre ellos en cuanto a comportamiento. Más tarde sí lo hará y reconocerá que don Alonso se mostró en todo momento cortés y educado con sus colegas aun cuando —explica San Vicente— se notaba el esfuerzo que tenía que hacer para mantener la calma. San Vicente fue trasladado en septiembre de aquel mismo año. Lejos del ambiente tóxico de Logroño, parece haber reflexionado y su postura resulta más moderada y sensata. Pero cambiase o no cambiase de opinión en lo que a la brujería se refiere, hay que reconocer que intentó ser ecuánime con don Alonso y que no le escatima méritos ni le duele reconocer cuán cumplidor de sus obligaciones era, que jamás faltaba al trabajo y que incluso en los días en que el tribunal estaba cerrado, don Alonso se dedicaba «al estudio entre los libros». De estas tareas, señala, solo se distraía para salir al campo, también con un libro y casi siempre solo. Una vez le preguntó por esa costumbre suya y don Alonso le contestó que no necesitaba más para distraerse. San Vicente culpa a los dos secretarios de Valle, Juan de Agüero y Juan de Zorrilla, de hostigar sin piedad a don Alonso y sembrar cizaña por doquier. Juan de Agüero llegó a afirmar ante testigos que era el mismísimo demonio el que había llevado a don Alonso a Logroño. Salazar nunca se quejó de ellos ante la Suprema. Con cuánta prudencia obró el obispo Venegas cuando envió su palio para acompañar a Salazar en su viaje, mostrándole así, pública y abiertamente, su apoyo y su protección. Tampoco estuvo torpe don Bernardo cuando solicitó el parecer de varios hombres notables del reino, entre los que destaca Pedro de Valencia, para apoyar las decisiones que al final se adoptaron tras el caso de Zugarramurdi.

A primeros de diciembre de 1613 don Alonso marchó a Jaén para ciertos asuntos jurídicos relacionados con la diócesis en cuya catedral seguía siendo canónigo y a la que siguió representando en distintos pleitos y conflictos de competencia. A Alarcón esto le pareció una señal de la Providencia, porque la verdad es que él tampoco aguantaba ya más aquella tensión en Logroño. A punto había estado de llegar a las manos con los secretarios de Valle más de una vez. Baltasar le había puesto directamente un ojo como un colchón a Agüero tras una mañana en que este se insolentó con don Alonso de una manera especialmente irrespetuosa. El inquisidor no respondía a aquellas provocaciones porque sabía que lo que ambos querían era montar gresca obedeciendo las indicaciones de Valle y que el conflicto llegara a tales extremos que la Suprema tuviera que intervenir. Pero a Baltasar se le calentó la sangre y esperó a Agüero en un callejón y lo calentó bien. Agüero, que era más o menos de la edad de Baltasar, dijo que se había caído por una escalera. El sobrino de don Alonso era aquel jesuita que había ido a Japón y vuelto vivo donde todos habían muerto, y que luego había permanecido meses yendo a misa sin comulgar, un sujeto con el que la Compañía no sabía qué hacer. Corrían inquietantes rumores sobre él y a Agüero le daba miedo. Pero don Alonso intuyó lo que había ocurrido y tomó cartas en el asunto. Escribió al general de la orden, Claudio Acquaviva, y le comunicó que, salvo que la Compañía tomara otra disposición, su sobrino marchaba a Salamanca a proseguir sus estudios y doctorarse en leyes, y que si no se le negaba por escrito el acceso al colegio del Santísimo Nombre de Jesús, que era el que tenía la Compañía en Salamanca, se iba a alojar en este lugar. Como Acquaviva no contestó, don Alonso obtuvo el permiso requerido del provincial. Tenía por delante una tarea que requería gran capacidad de concentración y no podía estar pendiente de los arrebatos de Baltasar. Por otra parte, él mismo necesitaba de todo su autodominio para no perder los nervios. No podía controlar a la vez los suyos y los de Baltasar. El joven jesuita acató la decisión sin protestar. La verdad es que era ya de poca ayuda a don Alonso. No tenía suficiente conocimiento de leyes como para poder aportar nada decisivo, y las labores de secretario ya las hacía Alarcón. En aquellos meses Baltasar se había dado cuenta de que las grandes batallas no siempre están en los confines del mundo. Quizás si se convertía en un buen abogado como su tío, podría ser tan útil como él sin necesidad de marchar a las antípodas.

El viaje a Jaén no detuvo la batalla jurídica en la que se enzarzaron Valle y Becerra por un lado, y por otro, Alonso de Salazar, cabezas visibles de dos posturas enfrentadas por unas normas legales que iban a condicionar el futuro. Ahí se discutieron asuntos de gran calado desde el punto de vista del Derecho como, por ejemplo, el valor de las testificaciones (¿cuando dos o más testigos coinciden hay que dar por cierto aquello que afirman?) o la definición de lo que se debe considerar «hecho positivo». La cantidad de literatura jurídica que esta disputa generó fue extraordinaria. El memorial de 3 de octubre de 1613, que fue escrito todavía en Logroño, resultará especialmente importante. Don Alonso detalla aquí no solo las irregularidades que ha presenciado durante los cuatro años que ha durado el caso de Zugarramurdi, sino que se acusa muy duramente de haber callado algunas cosas para evitar conflictos con sus colegas. Insiste con empeño en que estos han seleccionado el material que envían a la Suprema anotando y comentando solo aquello que parece favorecer su punto de vista e ignorando el resto. Pero sobre todo hace un memorable repaso de los casos anteriores y de toda la jurisprudencia generada por la propia Inquisición en materia de brujería y demuestra de manera apabullante que en el caso de las brujas de Navarra el Santo Oficio ha actuado contra sus propias normas. En todas las causas por brujería despachadas entre 1526 y 1596 «ni una sola bruja había sido quemada en todos aquellos años; ni siquiera se había obtenido licencia para detener a nadie con motivo de dicha acusación sin consultar a la Suprema». Las instrucciones inquisitoriales que Salazar cita demuestran un sano escepticismo, que es la vía correcta, y que el caso de Zugarramurdi no debe alterar. Hay por lo tanto que desandar el camino y reparar en lo posible los errores que se han cometido. Don Alonso destaca las Instrucciones de 1526, en las que el Consejo establece que el testimonio de los acusados por brujería no es válido ni para detener ni para juzgar a otras personas. El caso de Zugarramurdi y el auto de fe de Logroño constituyen por lo tanto una flagrante violación de las propias leyes del Santo Oficio.

Desde Jaén, don Alonso envía otro memorial con fecha 7 de enero en el que continúa desarrollando una doctrina jurídica que neutralice el discurso legal de Valle y Becerra, que insisten una y otra vez en que están en condiciones de probar que la secta de las brujas existe realmente.

En marzo de 1614 don Alonso sigue en Andalucía para deleite de Alarcón, que le acompaña. Allí recibe orden de presentarse en Madrid. Se acerca el momento crucial en que la Suprema por fin se dispone a tomar una decisión definitiva. La postura de Salazar tiene cada vez más partidarios. Juan de Zapata Osorio, miembro de la Suprema, que es quien le escribe por orden de esta para informarle de que debe presentarse en Madrid, le hace saber con toda claridad: «Pienso en estos negocios lo mismo que vuestra merced», pero no se le escapa que «es menester ir con mucho tiento».

Por fin, en agosto de 1614, el Santo Oficio dio por terminado tanto el debate entre las partes como las deliberaciones, y con fecha del día 29 quedaron redactadas las nuevas instrucciones. Eran treinta y dos artículos en los que se seguía prácticamente en todo las recomendaciones legales que Alonso de Salazar había ido trasladando a la Suprema. A continuación fueron enviadas a los comisarios inquisitoriales para su conocimiento y con ellas vino lo que el propio don Alonso años después llamó «el edicto de silencio», encaminado a atajar el pánico general y las acusaciones en cadena, porque, como muy bien sabía el inquisidor, «no hubo brujos ni embrujados hasta que no se empezó a hablar de ellos».

Epílogo

Don Antonio de Venegas fue nombrado obispo de Sigüenza. Su reputación, lejos de menguar por su decidida intervención en el asunto de las brujas, creció y fue designado presidente del Consejo de Castilla, uno de los cargos más importantes de la monarquía, pero murió el 8 de octubre de 1614 sin que le diese tiempo a tomar posesión. El estudioso danés Gustav Henningsen lamenta que nadie se haya tomado la molestia de escribir una biografía de este hombre extraordinario.

Juan del Valle Alvarado, que había pedido una licencia por motivos de salud, regresó de su estancia en el balneario en noviembre para encontrarse con las nuevas instrucciones sobre brujería, que fueron para él una enorme decepción. Pero, pensara lo que pensara, era un hombre disciplinado y no osó oponerse. Tampoco parece que estuviera ya para mucha batalla porque sus problemas de riñón se acrecentaron. De Logroño se ausentó varias veces buscando alivio en las aguas termales. Murió al año siguiente, en agosto de 1615, con sesenta y tres años.

Alonso de Becerra Holguín fue nombrado fiscal de la Suprema, cargo que ejerció hasta 1617, y luego fue consejero en ella hasta su muerte en 1619.

Los tres inquisidores no volvieron a verse nunca más.

El fiscal Isidoro de San Vicente fue trasladado a Mallorca y luego a Zaragoza y Galicia. En 1630 regresó a Logroño como inquisidor mayor. Fue luego consejero de la Suprema y escribió un manual de inquisidores que tuvo bastante éxito. En él se refiere varias veces a lo que él llama «Instrucciones de Logroño», que acata. Sin embargo, deja traslucir más de una vez que sigue creyendo en la veracidad de la brujería.

Pierre de Lancre publicó en 1612 la versión definitiva de su tratado sobre brujas y demonios *Tableau de l'inconstance*. El éxito del libro fue tan grande que fue traducido a varias lenguas. Iba, además, acompañado de llamativas ilustraciones. Lancre dedica un capítulo completo a explicar cuán superior es la justicia francesa en relación con la española, especialmente la inquisitorial.

La fama imperecedera del auto de fe de Logroño en España procede del pliego de Mongastón, que fue ininterrumpidamente editado siglo tras siglo, pero su resonancia en el resto de Europa se debió a que Pierre de Lancre lo incluyó en su *Tableau de l'inconstance*, con gran lujo de detalles sobre la crueldad, ya legendaria en aquel entonces, de los inquisidores españoles. Se guardó muy mucho de contar el rastro de sangre que dejó su paso por el Labort, con más de ochenta ejecuciones, según Henningsen. Toda la documentación de la caza de brujas en el Labort se quemó oportunamente en el siglo XVIII. En 1612 Lancre es nombrado consejero real y miembro del consejo de Estado. Tuvo una carrera larga y exitosa y murió en 1631 admirado y reconocido por todos.

La vida de don Alonso siguió adelante, siempre al servicio de la justicia. Y siempre con un ojo puesto en los casos de brujería porque las Instrucciones del Santo Oficio de 1614 no acabaron ni con la brujería ni con la creencia en la brujería.

A partir de los miles de folios de su viaje, don Alonso fue elaborando sus famosos informes que luego Henningsen editó en *The Salazar Documents*. Por influencia de ellos, y sin duda con el apoyo del inquisidor general don Bernardo de Sandoval, las disposiciones legales sobre brujería en España adoptaron un punto de vista que podríamos considerar casi contemporáneo, mucho antes que en otros reinos de Occidente.

En octubre de 1614 Salazar marchó a Granada a investigar las cuentas del tribunal del Santo Oficio de esta ciudad por encargo expreso de don Bernardo. Allí, tras una inquisición (investigación) espectacular, descubrió un desfalco de cientos de miles de reales y... al culpable. Regresó luego a Logroño y continuó batallando contra la persecución cuando las denuncias, a la vista de que la Inquisición ya no hacía nada, empezaron a ir a los tribunales civiles.

En 1616 la epidemia rebrotó con virulencia en Vizcaya. La Inquisición promulgó inmediatamente el edicto de silencio, pero el problema no se atajó. Como las denuncias ante el Santo Oficio no se cursaban, estas empezaron a acumularse en los tribunales civiles. Ante la inacción de los inquisidores, diversas autoridades de Vizcaya consiguieron del Consejo de Castilla poderes reales para que el corregidor pudiera juzgar los casos de brujería. En dos años el corregidor despachó 280 causas. Don Alonso y otros inquisidores paralizaron en más de una ocasión los juicios con el argumento de que la brujería era delito que competía en exclusiva al Santo Oficio. Por fin Salazar logró que se revocara la orden real del Consejo de Castilla a favor del corregidor. Pero hubo otros casos. El más grave sucedió en Pancorvo en 1621, cuando ocho personas fueron quemadas por brujería. Don Alonso intervino indignado y culpó de manera directa a la Suprema por no haber paralizado a tiempo la acción de la justicia civil. Con el tiempo los tribunales civiles terminaron inhibiéndose por completo a favor de la Inquisición y esto acabó con la persecución de las brujas, gracias a que don Alonso jamás descuidó su vigilancia ni ahorró esfuerzos.

En 1618 don Alonso es trasladado a Murcia. Regresa a Logroño tres años después como inquisidor mayor. En 1628, con sesenta y cuatro años, fue nombrado fiscal de la Suprema y en 1631 miembro de su consejo. Allí protagonizó algunos enfrentamientos sonados, como el que le llevó a criticar abiertamente al nuevo inquisidor general, Antonio de Zapata y Mendoza, que venía de ser virrey de Nápoles, por prometer cargos que aun no estaban vacantes a determinadas personas. Intervino también de manera decisiva para revocar la orden de dividir la Suprema en dos cámaras, dirigiéndose sin intermediarios al rey Felipe IV, que escuchó sus argumentos. Don Alonso de Salazar murió el 9 de enero de 1636 a los setenta y dos años de edad.

Por una de estas bromas del destino, Alonso de Salazar, que era el más conocido de los inquisidores presentes en Logroño, terminó cargando con la responsabilidad de lo que allí había ocurrido. No fue ajeno a ello Leandro Fernández de Moratín, que volvió a editar a Mongastón con el propósito de acrecentar la oleada anticlerical, arrastrando el nombre de don Alonso por el lodo. Como señala Caro Baroja, «no pensaría [don Alonso] que al cabo de trescientos años historiadores como Lea o Salomon Reinach iban a ensalzarle. Mas poco valen las alabanzas al lado de lo que él hizo. Su memoria merece más y sin embargo ha sido manchada por burlas como las de Moratín, que no necesitó sino la apariencia para hartarse de decir lo que se le antojaba siempre con tendencia a denigrar naturalmente».

Años más tarde, otro extranjero, Gustav Henningsen, dedicó años de su vida a investigar los escritos y la vida de don Alonso. Eso, sin embargo, no ha despertado el interés de sus compatriotas por un hombre tan extraordinario, al menos hasta el presente.

Para saber más

Un resumen sobre el trabajo de Salazar puede verse en Julio Caro Baroja, *Estudios vascos y brujería vasca*, San Sebastián, Editorial Txertoa, 1975, págs. 263-280.

También puede leerse:

Gustav Henningsen, *El abogado de las brujas*, Madrid, Alianza Editorial, 2010. La primera edición es de 1980.

Gran parte de los memoriales de Alonso de Salazar se han perdido, pero los que se conservan fueron editados por Henningsen en *The Salazar Documents*, Leiden & Boston, Brill, 2004. En el mismo libro se incluyen con traducciones al inglés textos del obispo Venegas y de otros, todos ellos relacionados con el caso de Zugarramurdi.

El panfleto de Mongastón está editado como apéndice en Pedro de Valencia, *Discurso acerca de los cuentos de las brujas*, eds. Manuel Antonio Marcos Casquero e Hipólito B. Riesgo Álvarez, León, Servicio de Publicaciones de la Universidad de León, págs. 157-181, tomo VII de las *Obras completas* de Pedro de Valencia bajo la coordinación de Gaspar Morocho Gayol.

